LA BÂTISSE AUX AMANDIERS

Du même auteur

Sous le pseudonyme de François Gardes :
La Foire aux espions, Albin Michel
Sainte assassine, Pensée universelle
Mémoire d'un président, coll. La Table ronde
Parole d'espion, Mercure de France
Chasseurs d'OVNI, Albin Michel

Sous le nom d'Henri Julien :
Toi, Durance, Terradou
Les Rubans de Ninette, Éditions de Haute-Provence
OVNI en Provence, Éditions de Haute-Provence
Le Guide du débarquement en Provence, Éditions de Haute-Provence
Raconte la Provence des légendes, Éditions de Haute-Provence
Gens d'alors, Cheminements
Gavotinades, Cheminements
Les Passe-pays, Cheminements

Diffusion : De Borée
53, rue Fernand-Forest 63540 Romagnat
Achevé d'imprimer en France en février 2005
Dépôt légal : février 2005
ISBN : 2-84494-283-0

HENRI JULIEN

LA BÂTISSE AUX AMANDIERS

De Borée
Terre de poche

Bas-alpin d'une souche paysanne, enracinée dans la vallée de la Durance, près de la citadelle de Sisteron, **Henri Julien** *est né en 1921, à Alger, ville où son père, officier de carrière, était en garnison. Son milieu familial et ses amitiés de jeunesse en Haute-Provence lui rendent familières les traditions locales provençales et lui enseignent un art de vivre paysan ancestral. Saint-Cyrien de formation, il fait carrière dans les services de renseignements. Il quitte volontairement ses fonctions en 1964, en raison des événements algériens. Sous le pseudonyme de François Gardes, il publie quelques romans et compilations historiques. Puis il s'attache à faire revivre la paysannerie provençale du* XIX*e siècle avec ses couleurs, ses croyances, son labeur acharné, mais aussi ses joies, sa résignation, ses espoirs. Il écrit contes, récits, romans, avec lucidité et amour.*

Au pied des oliviers,
des ombres du passé s'inquiètent
des temps à venir, d'une civilisation
qui se croit différente et meilleure
parce qu'elle devient aveugle.

Les mots suivis d'un astérisque font l'objet d'une définition dans le glossaire de la page 456.

I

Antonine Mercadour, l'orpheline d'Aspremont

UN APRÈS-MIDI DE JUILLET 1877 à Aspremont[1].

Il fait chaud et calme. La grande place sent la paille poussiéreuse, le crottin et le suint. Elle vient de changer de nom, officiellement, pour saluer la vigueur de la IIIe République. Félicien Chabot, le maire, a eu cette idée. Ses convictions politiques le font si sectaire qu'il a souhaité honorer de façon éclatante le député rouge Villemaure. Désormais, le nom d'un socialiste remplacera par confusion onomastique celui, séculaire, d'un inconnu, le Vièi

1. Aspremont *est le nom fictif d'un village des Alpes-de-Haute Provence où l'histoire de cette ferme appelée La Guette s'est réellement déroulée. Nous le situons dans un rayon de 15 km de Digne, chef-lieu du département, dans la vallée d'un affluent de la Durance.*

Mouart (le vieux mort). Et le Félicien se félicite de sa hardiesse.

La plus belle bâtisse de la grande place est la maison des Lescuyer ; sur la façade, une horloge donne l'heure avec des tintements de cloche aigrelets. En soufflant à pleines joues, les deux angelots bleus du cadran ont l'air de faire tourner les aiguilles. Comme une possession du ciel sur le temps des hommes ! C'est le Pascal, un paysan tout en maigreur, qui a fait la folie de donner des minutes précises au lent travail des champs. Le pauvre raisonneur est mort, l'esprit dérangé.

Dans la fontaine communale, des melons rafraîchissent ; l'agitation des eaux vertes grossit leurs rondeurs et les fait se bousculer. Le souillard ruisselle et joue avec des rayons de soleil. Là, le boulanger lave l'écouvillon à nettoyer le four afin de ne pas troubler le cristal glauque du bassin où les bêtes de trait s'abreuvent. Dans sa boutique coincée entre deux remises à charrettes, ses enfants jouent avec des chats blancs de farine. Aspremont-la-Rude se félicite d'avoir un boulanger bravasse qui fait du pain sentant si bon qu'il faut parfois le disputer aux guêpes. Pour la fouée, on lui apporte des fagots de chêne blanc, un peu comme une prière à Dieu, sans rituel, sans grimaces... En échange, on ramasse les cendres de sa braisière qu'il vide dans la rue ; taupes et musaraignes s'écartent des jardins où on les épand. On lui offre aussi fruits et légumes, avec l'espoir qu'en guise de merci il oubliera une encoche sur la taille à compter les pains[1]. Allons ! Il n'y a jamais de sentiment d'amitié totalement gratuit.

Quel garnement n'a pas, dans nos villages provençaux, dérobé le *patarasoun*[2] alors qu'il séchait devant la porte ou que le fournil était désert. On se déguisait avant de frapper aux volets d'un casse-pieds ou d'une chichiteuse. On contrefaisait sa voix car, pour être réussie, la farce devait rester anonyme.

« Hé ! Vous autres, là-dedans, une commission de la part de monsieur le curé. »

Une fenêtre s'ouvrait, une tête se penchait. Paf ! On la barbouillait avec le paquet de chiffons mouillés et sales. Quelles fuites éperdues et quelles ventrées de rire ! Et cette joie se reportait sur le boulanger.

---

1. *En venant chercher du pain, chaque famille présentait une branche de figuier avec une marque distincte. Le boulanger avait l'identique. À chaque pain vendu, il faisait une encoche au couteau aux deux morceaux de bois. À intervalles réguliers, il était payé en farine ou en blé.*
2. *Le* patarasoun *est l'écouvillon que le boulanger utilisait pour nettoyer le four de ses cendres. À une extrémité, il porte un paquet de chiffons humides.*

En cet après-midi torride, des martinets animent la place du Vièi-Mouart. Ils se poursuivent, tourbillonnent, ont des courses fantastiques dans les ruelles étroites. Les culs-blancs maladroits les fuient dont les nids font des guirlandes au bord des toits. Sous l'auvent du lavoir municipal aux pierres parpaignes*, scellées par des happes de fer battu, des fillettes s'amusent. Chapeaux de paille, jupes longues et plissées, pieds nus dans des galoches, un même tablier noir boutonné dans le dos, l'uniforme de la décence et de leur pauvreté. Elles jouent à *tanto Gouieto*. L'une d'elles tient le rôle d'une bigote en butte à des espiègleries d'enfants. Elle s'appuie sur une canne, boite, se déhanche, traîne les pieds, se mouche fort et crache. Ses compagnes imitent ses gestes, l'agacent, se moquent, chantonnent :

Tanto Gouieto,	Tante Gouieto,
m'ount'anas ?	où allez-vous ?
À la messo.	À la messe.

On s'arrête pour un simulacre de prière. Signes de croix, génuflexions, patenôtres.

Tanto Gouieto,	Tante Gouieto,
mi voulès ?	me voulez-vous ?
Mi faras gé de pet ?	Tu ne péteras pas ?

Nàni !	Que non !
Venès !	Viens !

L'imagination aidant, voilà ce petit monde à l'église, mains jointes, marmottant, la tête baissée. Soudain, une pétarade avec les lèvres. Indignée, la tante Gouieto se dresse, brandit son bâton, court après les effrontées. Qui sera touchée la remplacera. Le jeu est plein de bousculades et de cris d'effroi pareils à ceux des martinets. Curieux, les oiseaux noirs véloces viennent frôler de leurs ailes effilées ces gosses qui les imitent.

À l'écart de la troupe bruyante, une gamine silencieuse est adossée à l'un des trois ormeaux de la grande place. La mousse des troncs et le feuillage épais donnent à leur ombre une luminescence verte. Le visage de la fillette en paraît plus blanc. Ses yeux mangent son visage. Elle a l'air de rêver, en regardant ses souliers. Pourtant pas un geste des joueuses ne lui échappe. Quand la tante Gouieto frappe l'air avec sa canne, elle esquive, prête à fuir. Elle voudrait être à sa place. Une seule fois ! Mais elle ne s'avance pas car elle a peur d'une rebuffade. Alors, elle s'amuse dans sa tête. L'arbre centenaire la rassure où elle réfugie son appréhension dans une sorte de niche sombre. Autrefois, vers 1792, au pied de cet ormeau, des paysans avaient jeté dans les flammes les archives de la cure, les papiers du seigneur, les actes notariés. Ils croyaient à une nouvelle liberté de l'homme par la destruction de symboles à leur portée. Hélas ! Le feu de joie avait fait naître des appétits et des haines différents. Et l'ormeau au tronc brûlé avait survécu pour témoigner des illusions d'une époque.

Cette enfant craintive est une orpheline et se nomme Antonine Mercadour. Personne ne lui a raconté que, là où elle vibre du plaisir des autres, *lou vièi mouart* avait été trouvé. Quelle aventure ! On en parlait encore aux veillées. Un matin d'hiver, près de l'arbre de la Révolution, un cadavre recroquevillé gisait, si durci qu'on l'avait installé en équilibre sur le carreau du four du boulanger. En fondant, le givre avait fait couler des larmes sur ses joues. Redevenu mou, il avait craqué et esquissé un geste désabusé[1]. Une forme convenable pour l'allonger dans une tombe lui avait été redonnée. Mais on s'étonnait de sa petite taille, de sa peau violette, de sa barbe jaune, de son crâne volumineux luisant comme du bois

1. *En raison de dilatations articulaires provoquées par un brusque changement de température. Un phénomène similaire s'est produit lors de l'enlèvement des bandelettes de la momie de Ramsès II ; les assistants crurent à un geste de menace du cadavre du pharaon et s'enfuirent épouvantés.*

ciré, de sa bouche minuscule, de ses yeux ronds aux paupières épaisses. On n'avait jamais vu quelqu'un qui lui ressemblât. Était-il un monstre perdu par un forain de passage ? Pourtant aucun pas de cheval n'avait été entendu. Il est vrai que les nuits de janvier sont terribles de froid et que chacun s'enferme dans la tiédeur des habitations. Quel monde infernal avait vomi ce mort bizarre ? Que signifiait sa présence ? Rien ne l'indiqua jamais. Les autorités pas plus que les villageois fouillant le passé ne parvinrent à l'identifier. Et de nos jours, aucun érudit n'explique l'événement sans émettre les plus folles hypothèses. Peut-être n'était-il venu mourir là que pour donner un nom à la grande place d'Aspremont.

Les fillettes ont cessé de jouer. Jusqu'au crépuscule, il leur faudra torchonner, coudre, nettoyer bêtes et bébés... Que de tâches ! Antonine a suivi des yeux la fuite de tante Gouieto dont la mère hurlait des promesses de raclée. Qu'elle aimerait courir vers une maison où l'attendrait l'amour maternel ! Elle accepterait rebuffades et punitions. Oh, oui ! Tout plutôt que ces regards qui glissent sur elle comme si elle n'existait pas. Elle déteste ces « Bonjour, petite ! » sans chaleur qui répondent aux saluts qu'elle adresse. Jamais on ne lui dit de rudes gentillesses. Pas une bourrade amicale... Pas un propos moqueur... Pas une fille, pas un garçon n'a échangé avec elle le serment d'amitié du *touca lou pichoun det* (toucher le petit doigt), petit doigt accroché à un autre petit doigt. De là, part une veine qui va droit au cœur[1]. Dans le sien, que d'amour à offrir comme elle fait aux lapins tremblants qu'elle serre dans ses bras à les étouffer. Les larmes la suffoquent. Elle mord ses deux auriculaires, l'un après l'autre, et la douleur redouble ses pleurs. Lentement, elle va par les ruelles désertes. Elle doit faire le défeuillage car les magnans ne mangent que du frais. Autour de la Guette, la ferme qu'elle habite, il n'y a pas de mûriers. Alors, chaque jour, elle traverse le village pour se rendre à la mûraie sur le communal.

Antonine cueille des feuilles tendres, une à une, et les fourre dans le sac pendant sur sa poitrine. À la nourricerie[2] quand personne ne la surveille, elle s'amuse à déranger des larves grasses avec un brin de

---

1. *Certains guérisseurs provençaux auscultaient, en prenant le petit doigt du malade avec leur propre auriculaire. Ils reconnaissaient alors les symptômes de la maladie cardiovasculaire du consultant. En acupuncture, sur la face interne de l'auriculaire droit se trouve un point qui agit directement sur les mouvements du cœur. Une ancienne pratique paysanne se trouve confirmée par des constatations d'un art médical ancien.*
2. *L'endroit où se fait l'élevage des vers à soie (les magnans).*

paille et rit de leurs contorsions. Quelle hâte pour grignoter une feuille, d'un bout à l'autre, avec la régularité d'une navette de tisserand ! On dirait la vieille Léontine Groussaille qui, assise sur le pas de sa porte, fait de même sur son métier en bois. Ses pièces de chanvre sont aussi rudes que de l'écorce. Sur les marchés, elle vend celles d'étain plus douces au toucher, aussi des fromages et des sachets d'herbes des collines. Ses conseils et remèdes soignent les maladies. Cette femme laide lui fait peur. Ne dit-on pas que celle qu'on appelle la *Leco-Toupin* (la lèche-pot) fait le mal à qui lui déplaît ?

Le sac est ample et se remplit lentement. Repues du suc violet des mûres, les mouches font un vacarme assourdissant. La fillette perd patience. Pourtant, il faut que les vers à soie prospèrent. On en élève peu à la Guette car cette tâche prend du temps et exige beaucoup de soins. Certaines années, la muscadine, un mal étrange, les a tous fait périr. Sa tante *Joussaleto*[1] s'en occupe. Durant la première quinzaine d'avril, elle ramène de la ville les œufs minuscules dans un cornet en papier blanc soigneusement plié. Où elle les achète reste un mystère. Elle aime tant que l'on croie à ses secrets !

---

1. *La fille du Joussaud. Le diminutif indique la filiation.*

Même pour des riens. Dans son armoire, elle cache un coffret en bois contenant des poudres. Les jours de fête, elle les utilise pour colorer les plats cuisinés en rouge, jaune ou vert et se montre ravie des compliments. Pour un peu, elle affirmerait être une magicienne. Antonine aime bien, comme un jeu, la puérilité de sa tante. Un matin où elle était seule à la ferme, elle a ouvert la boîte interdite et n'a trouvé que des herbes écrasées et odoriférantes. Pourquoi s'écarter de la réalité de la vie ?

Un chien l'a reconnue. Avec sa truffe, il lui a soulevé la robe et mouillé le haut de la cuisse. Cette fraîcheur agace la fillette en parcourant sa peau. Elle se baisse pour rajuster sa jupe. L'animal lui saute au visage, la couvre de bave, gambade, donne de la voix, gronde et déchaîne son affection sur celle qui sait, sur ses oreilles et son crâne, gratter des caresses à plisser les yeux de plaisir. Elle le chasse avec des rires. Ce corps-à-corps avec un pelage lisse, pris à plein bras, l'excite et lui procure une sorte d'ivresse, la même qu'elle éprouve à trop longtemps pleurer parce que personne ne l'aime. Lui, c'est le houret du maréchal-ferrant, corniaud battu, fouilleur d'immondices, chasseur de rats pour vivre. Un jour, traînant sur son derrière, il avait gémi doucement et tendu la patte vers elle. Bouleversée par cette manifestation d'amitié, l'enfant l'avait pris par le cou et embrassé.

Fatiguée par la turbulence de son compagnon, elle lui lance des pierres. La queue entre les jambes, il s'enfuit avec des regards en biais. Lorsqu'elle a les mains vides, il revient après un demi-tour fulgurant et l'enferme dans des bonds. En la tirant par le poignet, il l'empêche de ramasser des cailloux. Brusquement, il s'arrête de folâtrer, secoue les oreilles, hume longuement et file comme une flèche. Deux ou trois jappements en guise d'au revoir.

Antonine ramasse son sac. Pourquoi la repousse-t-on quand elle veut avec ses mains, son visage, son corps, toucher les gens pour les aimer ? C'est avec des doigts qui serrent fort et des lèvres qui donnent des baisers qu'on fait partager les sentiments de son cœur. L'amitié d'un chien fou ne lui suffit pas. Pour s'attacher un animal, c'est facile. On porte du pain sous le bras ou entre les cuisses et on lui en frotte le museau avant de le lui faire manger. Hélas ! On ne peut pas faire de même avec les grandes personnes. Elle sait aussi que celui qui, volontairement, tue un chien sera voué à sept années de malheur[1]. Mais elle n'a pas commis ce crime impardonnable. Alors, pourquoi son malheur, fait de

1. *Anciennes croyances locales.*

l'indifférence des gens d'Aspremont, dure-t-il depuis les sept années de son existence ?

Sur le chemin du retour, le long de la rivière où les chevesnes font des ronds dans les trous d'eau, la fillette mal aimée pleurniche. L'amertume et le dépit coulent d'elle comme l'eau sous les mousses, le long d'un rocher. Oh ! Qu'elle voudrait entendre ces tendres propos qui lient l'enfant à ses parents.

« Mon bel oiseau... »

Qu'elle aimerait qui l'aimerait !

« Mon petit moineau... »

Elle croit que le bonheur la ferait chavirer comme elle s'endort au chaud de sa paillasse.

« Mon gentil poussin... »

Antonine renifle.

À répéter les mots de douceur qu'elle a entendus murmurer à d'autres enfants, elle n'est plus tout à fait triste.

II

Les trois femmes de la Guette

La Guette est une bâtisse rectangulaire, étalée comme une bête assoupie, sur une éminence, au mitan de la vallée. Une tour ronde et pointue la flanque. Construction plusieurs fois séculaire, faite de blocs de pierre arrachés au torrent, elle ressemble vaguement à un château fort. Pour avoir résisté au temps, un chat a dû y être emmuré vivant par les bâtisseurs[1]. De loin, sa silhouette suggère un berger menant paître par bosquets et olivettes. La façade nord est sans ouverture à cause de la violence du mistral, qu'aucune porte ou fenêtre n'arrête jamais, et les pignons est et ouest sont aveugles afin d'éviter

1. *Cette pratique très ancienne avait pour finalité de préserver les constructions des mauvais sorts. Lors de récents travaux de restauration de la cathédrale de Fréjus (Var), l'administration des Beaux-Arts eut la surprise de découvrir le squelette d'un chat probablement emmuré vivant au* XIII*e siècle.*

les vents entraîneurs de pluie. L'hiver, la ferme se réchauffe aux rayons obliques du soleil. L'été, elle se protège de cette force brutale par des treilles et deux tilleuls à l'ombre humide et profonde. Devant les bâtiments, une aire pavée de galets évite la boue et facilite les travaux saisonniers.

La propriétaire est Enna Mercadour, veuve Leroy.

Dans la cuisine de plain-pied, on touche avec la main le plafond à poutres apparentes. Un cellier obscur la prolonge. Une fenêtre étroite l'éclaire. Par temps de chaleur, la porte reste ouverte et l'on y suspend un sac de toile de jute pour s'opposer à la ruée des mouches. Dans cette vaste pièce, on vit, attend, travaille, se divertit. Peu de meubles : une table pour vingt convives, un grand placard en noyer foncé, un vaisselier, deux crémaillères dans la cheminée large et noire. Dans un coin, un évier en grès taillé et au-dessus, accrochées au mur, des casseroles émaillées, rouges ; l'eau s'écoule par un souillard jusqu'à une mare extérieure, née des pluies tombant d'un chéneau. Lové dans l'épaisseur du mur nord, un escalier en bois conduit aux pièces supérieures. Il est si étroit que seules des personnes minces peuvent l'emprunter. Les objets encombrants se montent à l'étage par un tracas s'ouvrant dans le plafond. Cette ouverture permet la descente des cercueils avec des cordes, comme un essai avant la plongée finale dans la terre du cimetière. Tante Enna et tante Jeanne ont chacune leur chambre. Une troisième pièce reste fermée à clé. Celle qui est au-dessus du cellier est la nourricerie ; à l'automne, des provisions s'y accumulent.

La tour est un pigeonnier où l'on accède, depuis la cuisine, par une porte basse. Trois planchers superposés s'y esquissent que relient des échelles mobiles. L'intérieur est éclairé par les boulins. Les pigeons nichent dans des cavités venues de construction ou dans des manottes vermoulues, accrochées au hasard. Domaine puant et bruyant d'Antonine, plein de claquements d'ailes et de tournoiements de plumes. À demi sauvages, toujours affamés, les bisets s'agrippent à ses poings pour exiger du grain. Si, par jeu, elle met de la pisaille sur sa tête, ils picotent ses cheveux en voletant tandis que les moins hardis caracoulent furieusement. Parfois, elle en attrape un et aime ressentir la peur du prisonnier. Sur sa joue, le plumage soyeux devient un plaisir physique. Ces dévoreurs volent très loin pour trouver de la nourriture et sont exécrés par les paysans qui les abattent à coups de pétoire. Les nichées étant nombreuses, la maîtresse de la Guette vend des poussins dodus et duveteux au marché de la ville.

Un hangar prolonge le bâtiment d'habitation et sert de remise à outils, d'écurie, de fenil. Dans la semi-obscurité, un vieux cheval somnole ses heures de repos, la volaille promène son importance, des lapins clapissent et tapent du pied dans leurs cages étroites... Quand la chaleur d'un lapereau au nez rose frissonne dans son cou, Antonine rêve de tendresse. Sa journée est bien remplie : donner à manger aux chiens du troupeau, traire les chèvres que, souvent, elle a menées paître, suivre la tante Jeanne comme son ombre pour apprendre à faire la cuisine, cultiver le jardin et se conduire en paysanne attentive aux rites séculaires des hommes et aux rythmes de la nature... Elle a de l'affection pour ses tantes, femmes rudes dans un monde rude. À la ferme, le travail suit le soleil, les mœurs sont simples, l'argent est rare. À vivre avec les animaux, on connaît toutes choses. La fillette sait pourquoi on attache un tablier de cuir au ventre du bélier et aide à poser les tribarts aux chèvres en chaleur afin de les empêcher de courir vers le bouc dont elles sentent la présence dans la vallée. Elle assiste aux mises bas et souffre quand les larmes coulent des yeux des mères. Les sautillements maladroits des nouveau-nés la ravissent et la font danser de joie.

La Guette ?

C'est quelques ares de jardin, des oliviers, des amandiers, un savart bosselé de taupinières le long de la rivière, des pièces de blé pour payer le boulanger. Parce qu'on a peu de soin pour le vin, les vignes donnent un reginglard qu'on boit largement coupé d'eau. Le bois de chauffe est coupé au communal et les genêts font des fagots flambant haut dans la cheminée.

Tante Enna est belle. Forte d'épaules et de hanches, seins fermes, ventre plat, nuque droite. Elle va, vêtue de noir. Ses yeux gris-vert, énigmatiques ne sourient jamais. Pour enrayer le champ aux labours d'automne ou de printemps, elle tient les mancherons de la charrue d'une poigne solide. La Joussaleto marche devant, en tirant droit par le bridon le vieux cheval avalé qu'elle encourage avec des noms d'amitié. Lorsqu'au bout du sillon la bête lui donne des coups de tête pour un peu de repos, elle dit sans conviction :

« Paix ! La paix donc, *lou goï* (le boiteux) ! »

S'il recommence, elle rit car elle se veut de caractère aimable. Méticuleuse, elle épierre avec soin et met en tas au bord du champ les lauzettes que l'araire découvre, ou les jette sur un clapier[1]. Travail

1. *Tas de pierre. Après l'épreuve des intempéries, les plus grosses servaient à bâtir.*

épuisant que, dans d'autres fermes, on laisse aux enfants en les payant d'un peu de pain[1]. Il faut dire que, dans la vallée, le pain est si essentiel à la vie de chaque jour que, lorsqu'il tombe à terre, on le ramasse et le baise en l'appelant « la grâce de Dieu ». Antonine a appris à le respecter et à le signer de la croix du Christ avant de l'entamer. Une fois, la maie de la Guette était restée vide par inadvertance. Un pain emprunté à une ferme voisine a été rendu par ses tantes, enroulé dans une serviette blanche immaculée. Lavé et séché au soleil, le linge leur a été rapporté avec plein de souhaits et politesses. La fillette sait aussi que vers le soleil se tournent toutes choses : les fleurs, les insectes, l'aveugle hésitant, le vieillard transi... Elle l'aime et le fuit. Les contradictions font partie de sa nature. Elle n'ose aller jusqu'à l'accomplissement d'une pensée, d'un désir. Saoule de lumière, elle se réfugie dans une encoignure obscure dès qu'elle se sent heureuse. De là, elle guette les ombres bleues de la vieille bâtisse, les ombres grises des feuillages, les ombres veloutées des herbes

1. *Vers 1878, en Provence, on payait le mètre cube, selon la région, entre soixante centimes et un franc vingt, soit la valeur de un à deux kilos de pain. À rappeler qu'en France, à cette date, il fallait en moyenne deux salaires horaires d'ouvrier pour acheter un kilo de pain pesé.*

frissonnantes. Elle attend des découvertes et les redoute. Confusément, elle ressent que tout ce qui est matériel est lié à des forces inconnues, bouleversantes dont ses tantes détiennent les secrets.

Bizarrement, les deux femmes de la Guette se tiennent à l'écart du village. Sur les chemins de terre, elles n'échangent que de brefs saluts avec les villageois. Et dans ces hochements de tête qui rendent plus ovales les visages, plus aigus les yeux sous le fichu de tête noir, que de choses ignorées par la fillette ! Ce « Bonjour à vous et à la compagnie », salut traditionnel provençal, à qui s'adresse-t-il, sinon à des êtres invisibles, omniprésents, spectateurs indiscrets de la geste paysanne ? Sont-ils bons ou mauvais, anges protecteurs ou démons ? Qui saurait le dire ? On fait semblant d'oublier leur présence, mais on reste vigilant. Après chaque repas, la Joussaleto exige qu'Antonine balaye les miettes de pain tombées à terre et les brûle dans la cheminée. Sinon – affirme-t-elle avec le plus grand sérieux – des esprits les obligeraient, après leur mort, à les ramasser avec leurs paupières dans un panier sans fond pour les porter aux damnés jusque dans les enfers. Parce qu'elle souhaite à ses tantes d'aller au paradis, la fillette fait les gestes quotidiens d'obéissance à un au-delà fantastique. Pourtant, Enna prétend qu'il ne faut pas redouter les forces obscures et parallèles. Une série d'ennuis ayant tué des bêtes, gâté les blés, vidé la bourse, le mauvais sort avait été levé en offrant le pain[1] (oh ! il était connu celui qui leur portait tort...). Et tout alla mieux, les semaines suivantes.

Antonine est persuadée que la veuve Leroy ne s'est pas remariée pour mieux l'élever et elle lui en a de la reconnaissance. La Joussaleto raconte volontiers qu'à vivre à la Guette, elle n'a pas trouvé un prétendant ; mais elle dit tant de bêtises ! N'ayant aucun souvenir de ses parents, la fillette les imagine parfois, en se rappelant des gestes de mère, des gronderies de père. Les créations de son esprit la font rêver jusqu'au délire. Oui ! Elle est ce personnage royal dont parlent les légendes de la princesse égarée. Oui ! Elle sera riche et cruelle. Oui ! On la caressera et embrassera.

Lorsqu'elle quémande un peu de tendresse, tante Enna grommelle :

« Ouste ! Occupe-toi d'ouvrage, que le temps nous est à tous compté serré ! »

---

1. *Quand on avait la conviction d'être la victime d'un envoûtement, on enroulait un pain dans une serviette blanche et on l'offrait au premier passant rencontré, lequel était dans l'obligation de l'accepter sous peine de malheur. Ainsi, le mauvais sort était levé.*

Jamais elle ne brusque sa nièce. Elle ne refuse que les fausses attitudes. Dieu défend de prendre la place d'autrui, surtout d'une sœur morte en état de péché. Le ciel ait soin de l'âme de la pauvre ensanglantée, périe d'avoir donné la vie ! Parce qu'elle veut être une éducatrice sévère, il lui arrive de s'accuser de trop aimer la petite Antonine et de céder facilement à un assaut câlin. Souvent, pour dissimuler les marques d'affection qu'elle juge intempestives, elle prend sur le vaisselier un pot rempli de sucre candi et, avec brusquerie, en offre un morceau à l'enfant qu'elle sait gourmande.

En cet été 1878, les eiminado de bladette[1] ont été vitement fauchés.

De l'aube à la nuit, la maîtresse de la Guette a tranché les blés roses et bruns. À chaque aurore, elle a salué la montée du soleil à l'horizon en lui présentant sa faucille haut levée. La Joussaleto enjavelle. Les gestes des deux femmes sont rapides, précis, mécaniques. La tante Jeanne serre les gerbes avec un botteloir et met les épis perdus dans un sac porté court devant elle. Inutile de laisser du grain

1. *L'*eiminado *était une surface de terrain (entre huit et dix ares) ensemencée avec une émincée de grains. La* bladette *était un froment spécifique à la Provence.*

aux cailleteaux déjà grandets, aux perdreaux insatiables ! Elle chante des couplets très anciens. Amours, étoiles, mains serrées, bonheurs, chagrins, promesses... Juste et claire, sa voix louange les temps d'autrefois où les hommes étaient plus valeureux et probes et les femmes moins vertueuses avec plus de grâce et de douceur. Enna reprend les refrains pour affermir son courage. Le plat de la faucille claque dans l'ampleur de ses jupes et scande le tempo. Les doigtiers de sa main gauche[1] s'entrechoquent avec des bruits de grelots.

Antonine s'efforce d'être utile, apporte à boire, ameulonne* les gerbes et de toute son âme, écoute ces voix familières exprimer un art de vivre millénaire. À midi, elle fait réchauffer la *meissouniero,* le plat traditionnel des moissonneurs, sur un foyer de pierres plates. Allumé avec de la paille, le feu est entretenu avec du margotin*. Des jaillissements de sauterelles font crépiter la marmite en fonte. Pour chasser les mouches qui le dévorent, lou goï fait frémir sa peau. En vain ! Énervé, il frappe le sol et lance des ruades furieuses. Il ne supporte plus le vrombissement de cette multitude acharnée à se

1. *Pour ne pas être tranchés par la faucille, les doigts de la main gauche étaient protégés par des tuyaux de roseau.*

gorger de son sang. Alors, il va vers Antonine, en renâclant très fort. Avec une branche de feuillu, elle flagelle la brave bête. Des insectes écrasés jonchent le sol, mais des taons rayés, aux yeux verts, restent piqués à la peau du vieux cheval. Les mouches à corselet rouge, venues boire ses larmes, en cercle au bord des yeux, sont chassées de la main. Soulagé, il remercie la fillette par des regards d'amitié.

Antonine grimpera sur le dernier gerbier pour planter un bouquet de fleurs sauvages. Ainsi l'exige la coutume. Le temps de la moisson fini, les corps sont épuisés, mais dans les cœurs, des joies incommensurables demeurent à jamais.

Ce soir-là, la Joussaleto prépara une assiette de *pachichoio*[1] pour redonner des forces à la belle enfant qui avait tant travaillé. En croquant des fruits secs, elle prit un air mystérieux et, les bras levés, interpella son amie Enna.

« Si on se buvait un petit verre de liqueur des dames ? »

La tante Jeanne avait reçu la recette de cet alcoolat médical comme une initiation. Le secret consistait dans le dosage des plantes aromatiques. Il fallait compter, une à une, les fleurs et les feuilles

1. *Dessert fait de raisins secs, de figues sèches, de noix et d'amandes.*

bien saines et propres. On en remplissait une bouteille d'eau-de-vie de deux litres, en marmottant certaine formule... Quelles vertus les mots n'ont-ils pas quand ils sont prononcés au moment opportun et par celui qui a le savoir ! Pour puiser des forces magiques dans les énergies vitales de la terre et du cosmos, la bouteille restait quarante jours sur le rebord d'une fenêtre. Comme le Christ sur la montagne, face aux démons ! Pas un de plus, pas un de moins !

Dieu, quel parfum quand un filet ambré coule dans les verres ! On boit la liqueur revigorante à petits coups de lèvres, on l'écrase sur la langue, on la fait tourner dans la bouche. Et les collines vous sautent dans la tête. Envies de rire, de danser... Quelle importance de se sentir un peu ivre ! Couché, on s'endort avec des lumières éblouissantes dans la cervelle.

III

Découverte enfantine d'un secret de famille

ANTONINE A SON LIT DANS LA CUISINE. L'oreiller est en balle d'avoine mêlée à une poignée de genièvre afin d'avoir de bonnes idées et de garder des cheveux bien plantés sur la tête. Les draps en toile de lin sont rugueux et frais l'été. Nid douillet où il fait bon paresser pendant que la Joussaleto attise les braises et remue des marmites.

Ce matin-là, la fillette dormira tard. Ses tantes évitent de bousculer les chaises. Souvent, Enna maltraite les objets qu'elle touche et, pour s'excuser, prétend qu'elle a des mains de bois. Les deux amies vont s'asseoir sur les trois marches du perron aux pierres blanches s'étalant en rond. Le petit-déjeuner est pris au couteau, sur le pouce, les jupes tendues par les genoux écartés servant de table. À la Guette, on s'estime trop pauvre pour manger de ce *couiènt* odoriférant fait de lait caillé ébouillanté et pressé dans des faisselles en terre. On le garde pour le vendre à la ville. On ne mange que le recuit obtenu en chauffant le petit-lait et en recueillant avec une écumoire, patiemment, les flocons de caséine. On l'étale sur des lèches de pain à la croûte épaisse d'un doigt, à la mie dorée, qu'on mâchonne sans échanger une parole. Les regards errent sur les collines mauves où des brumes font des processions étranges. Au loin, sur un ensellement, des toits de tuiles rouges dominent la marqueterie des champs. C'est Aspremont, avec le clocher de son église attentif au moindre frémissement aérien.

Antonine se réveille heureuse : parce que sa chemise est remontée sous les bras, elle tourne sur elle-même, cherchant la griffure d'une paille plus forte sur ses cuisses et son ventre. À de légères douleurs, aiguës comme un trait d'ongle, elle reconnaît chaque partie de son corps. Jeu d'enfant ! Elle saute au cou de la Joussaleto qu'elle barbouille de baisers. La tante désenlace les bras accrochés après sa nuque et fait : « Tstt... tstt... » du bout des lèvres, avec des façons réprobatrices. La fillette montre sa poitrine, ses fesses, ses cuisses.

« Regarde. J'ai dormi de partout. Et j'ai grandi à respirer la fumée[1] ».

---

1. *On disait aux enfants que respirer de la fumée faisait grandir, sans doute pour ne pas avoir à écouter leurs plaintes. Au feu de la Saint Jean, garçons et filles sautaient par-dessus le brasier en criant : « Un, deux, trois, saint Jean, fais que je grandisse ! »*

Sa tante s'écarte avec brusquerie. Pourtant, elle est prête à tout pour voir de la joie sur ce visage d'enfant. Chaque jour, un peu plus, elle y retrouve les traits de l'Auguste, son frère, beau comme un archange, qu'on a tué à vingt-deux ans, quelque part au loin, dans un pays de mécréance. Soldat maladroit d'une France maladroite... Le chagrin de la Joussaleto revient. Depuis huit ans, elle l'entretient dans son cœur comme une lampe du saint sacrement pour se rappeler la vie partagée, autrefois, avec ce mort vivant qui fut de toutes ses découvertes.

Pourquoi la maîtresse de la Guette exige-t-elle le silence sur de pénibles événements familiaux ? Pourquoi refuse-t-elle à l'orpheline le droit de savoir ce que furent ses parents ? On ne règle rien en se taisant ; on n'obéit qu'à des raisons égoïstes. Combien de temps pourra durer le secret ? Elle va chercher le restant de *pachichoio* et marmonne :

« Mange du tien[1], petite. »

Puis, elle épluche des légumes avec l'envie de rompre la règle de cloître où l'enferme sa compagne taciturne. Raconter n'importe quoi, entendre sa voix résonner sur les murs de la cuisine, avoir le

---

1. *Il s'agit des produits obtenus par soi-même. Ce qui provient de l'extérieur de la ferme ne peut être, en bonne logique paysanne, que de qualité et de goût inférieurs.*

sentiment de faire partie d'une vraie famille, n'être plus une amie acceptée parce qu'elle partage l'éducation d'une enfant...

« Dis-moi, petite, les gens du village, quoi c'est qu'ils te disent ?

– Qu'on est des sauvages.

– Pas moins ! Oh têtes sans cervelle ! Oh tripes sans cœur ! Croient-ils qu'on mange les gens tout crus ? Ah ! Les faiseurs de sornettes ! N'y aura-t-il jamais quelqu'un de courageux pour arracher d'aussi mauvaises langues ? »

Elle entame le dialogue pour provoquer des confidences. L'enfant est prise à ce piège facile. Les coudes sur la table, les joues calées dans ses paumes, elle regarde sa tante droit dans les yeux. Son bavardage est fait de souvenirs récents, de réflexions entendues. Voilà la Galician, une méchante épicière qui la sert après tout le monde et la bouscule en criant :

« Ôte-toi de là, fille de pas grand-chose... »

Et des garnements qui tirent la langue en l'injuriant. Que leur a-t-elle fait ? Elle ne veut de mal à personne. Elle aime jouer, folâtrer, rire. Parfois, à l'écart du village, des garçons l'obligent à participer à leur jeu du quinet. Avec un bâton, ils font sauter le guichard, un bout de bois conique aux deux extrémités, et le frappent à toute volée en hurlant :

« *Cambi ! Cambi !* (Attention aux jambes !) »

Alors ils la forcent à courir pour le leur ramener. Si elle ne va pas assez vite, ils tirent sa natte, lui décochent des coups de pied, soulèvent sa robe en se bouchant le nez. Ou ils scandent, le pouce de la main droite entre l'index et le majeur, geste conjurateur qui rend inefficaces les manigances des jeteurs de sort :

« *Puto, putan, que lei trege veno dòu cuou ti petan...* » (Pute, putain, que les treize veines de ton cul éclatent...)[1]

Pourquoi l'accusent-ils d'être une sorcière ? Qui sont les sorcières ? Pourquoi leur dit-on des insultes ? Perplexe, la Joussaleto fouille dans un panier, à la recherche de légumes enfouis sous des fanes. Elle est si attentive à ces doléances que son couteau lui échappe des mains. Affilé à la meule, il

---

1. *La formule était :* « Qu'aquélei qu'enmascon que siegon pu puto que tu e que t'enmascon. » *(Que ceux qui jettent des sorts soient plus putes que toi et qu'ils t'envoûtent.) À remarquer qu'en provençal le terme* puto *(pute) est souvent utilisé pour indiquer une certaine méchanceté maligne.*

coupe comme un rasoir. Du sang perle sur le dessus d'une phalange.

« Ho bavarde, je me suis fendu la main à suivre les clarines de ton imagination. »

L'exclamation tire la fillette d'un rêve éveillé où elle se complaisait. Elle saute jusqu'au placard et en rapporte un flacon bouché à l'émeri. La tante Jeanne prend son temps pour en extraire un pétale de lis macéré dans de l'eau-de-vie de marc. Elle paraît officier. Sur le trait sanguinolent, torchonné d'un coin de tablier, elle pose avec soin le pétale jauni. Antonine a des larmes plein les yeux. Elle aimerait que ce soit à elle que l'alcool brûle la chair.

« Aïe, petite, que ça pique ! Moins qu'une guêpe, mais autant que la méchanceté. Aspremont est rempli de têtes stupides qui disent n'importe quoi pour se donner de l'avantage. Souviens-toi du proverbe : *“Gens de village, trompettes de bois”*. Des propos en l'air ne renversent pas les murs des maisons. »

Elle cherche une digression pour chasser les mauvaises pensées qu'elle voit passer sur le front de sa nièce en froncements de sourcils, en vaguelettes de rides.

« Le sang a cessé de couler. Te rappelles-tu les pouvoirs des herbes, surtout celles de la

Saint-Jean[1] ? C'est à l'aiguail, aux premiers rayons du soleil, qu'elles ont le plus de force. Alors, les pleurs versés par la Vierge sur les pécheurs de la terre les couvrent de rosée. Si tu veux rester belle, lève-toi, chaque matin, avant l'aurore et lave ton visage avec cette eau du ciel. Dans l'espoir de trouver un mari, les filles folles s'y roulent toutes nues, le matin de la Saint-Jean. Gare à celle qui se laisse surprendre par un regard d'homme ! Des démons l'emportent au fond des enfers. *Moun bèu cacarèu* (mon joli limaçon), aurais-tu oublié mes leçons ? »

Antonine explique la recette de l'*oli rouge* (l'huile rouge). On fait macérer des sommités de millepertuis dans de l'huile d'olive vierge. Fameux remède contre les coups et les blessures ! Au travail, loin de la maison, il faut toujours en avoir un flacon sur soi avec, naturellement, un chapelet bénit.

---

1. *Dans les campagnes, nul n'ignorait, il n'y a pas longtemps encore, qu'au solstice d'été (la Saint-Jean) les démons reviennent sur la terre. C'est un fond commun aux religions anciennes. Pour les neutraliser ou les utiliser, on avait recours à l'épervière, ou herbe de la Saint-Jean (*hieracium *ou* fuga dœmonum*), plante consacrée au soleil. Les druides s'en servaient pour des enchantements. Par extension, on a appelé herbes de la Saint-Jean les plantes médicinales cueillies à cette époque de l'année favorable à la floraison.*

Attention à ne pas s'approcher de l'*erbo de ciro* (gaillet ou caille-lait) quand la ruche bourdonne pour un nouvel essaim ! Les herbes de la Saint-Jean sont au nombre de douze, comme les constellations et les chemins qui conduisent le pécheur vers Dieu. Deux sont dangereuses ; qui sait leurs pouvoirs peut, seul, les utiliser et acquérir, grâce à elles, le pouvoir sur les bêtes, les hommes et le temps.

L'enfant est vive et intelligente. La Joussaleto cache sa jubilation sous une moquerie.

« Ouais, le beau merle qui chante en se lissant les plumes ! Mais n'oublie jamais que :

Erbo de Sant Jan	Si tu n'as que les herbes
S'as qu'aco	de la Saint-Jean
per viéure	pour vivre
Mouras de fam.	tu mourras de faim. »

Les propos d'Antonine affirment sa résolution. Il est temps que l'orpheline apprenne l'histoire de sa petite enfance. Si ses tantes la lui découvraient, n'en éprouverait-elle pas du ressentiment à leur encontre ? Qui peut savoir ce qu'il y a dans une cervelle de gamine ? L'idée lui vient d'un petit stratagème qu'elle croit habile.

« Vois là, mes souliers que les éteules* ont décousus. Une appointure du cordonnier, bien faite et solide, ne leur fera pas de mal. Va les lui porter. Mais avant, amène-moi deux pleines seilles avec la palanche* car cette cuisine n'est pas propre. Les saints me soient en grâce, on n'y a pas fait grand travail depuis quinze jours. »

Antonine tire l'eau du puits. Après quoi, sur une épaule, elle jette les souliers aux lacets de cuir noués. Par des raccourcis, le village est à une demi-heure de marche. Dans les taillis sifflent tant d'oiseaux ! Des lapins de garenne montrent leurs derrières où s'agitent des pompons blancs et détalent sans trop de peur. Ils ont deviné que l'enfant sautillante sur les sentiers aime leur univers de petits êtres vivants et sauvages. Le torrent est traversé sur un chevalis de grosses pierres. Dans le courant, des ablettes brillent en éclairs rapides. Les guilleris des friquets s'arrêtent aux premières maisons, là où des chats tapis dévorent les oiseaux imprudents, là où des ogres villageois à l'affût se délectent des bontés niaises des petites filles.

Le cordonnier d'Aspremont est Antoine Mercadour, le père d'Enna. On lui a donné le sobriquet de Pégat à cause de la poix puante (*pego*) qu'il utilise et dont l'odeur imprègne ses habits.

Le père et la fille, s'ils ne se saluent plus, ne s'évitent pas. Ils sont deux indifférences. Leurs haines latentes éclateraient comme la foudre si elles venaient à se heurter. L'expérience lui a appris que cette femme orgueilleuse va jusqu'au bout de sa volonté et que son impassibilité et ses allures de nonnain vêtue de noir sont des trompe-l'œil. Il enrage de la voir dissimuler sa nature violente alors que lui se montre tel qu'il est, affreux et sordide. Mais l'Antoine Mercadour se trompe. La veuve Leroy possède les deux vertus cardinales des Provençaux : la pudeur des sentiments et le silence sur la vie intérieure, profonde et riche, d'un monde paysan directement lié à Dieu. Elle révèle sa nervosité, ses inquiétudes, son besoin d'aimer par des réflexions courtes et aiguës. Aussi par des maladresses, de la vaisselle brisée, un coup de fouet injuste qui surprennent ses familiers en témoignant d'émotions trop vives. Parfois, à table, le buste droit, les mains entre les cuisses, elle ne fait plus d'effort pour cacher ce qui l'agite. Son visage sourit, morigène, pleure, prie, s'amuse, s'étonne... On le décèle à la plissure des lèvres et des paupières, à la contraction de muscles faciaux, à une inclinaison différente de la tête, à la main qui chasse une mèche de cheveux.

Admirable tante Enna ! Alors, la Joussaleto et Antonine évitent de parler, de choquer les assiettes, de se verser à boire. Un temps de silence comme une prière en commun. La maîtresse de la Guette reprend lentement conscience, fait claquer ses jupes, rompt le pain, mastique avec force. Ses yeux gris-vert découvrent ce qui n'a pas été fait et interrogent. Il faut comprendre aussitôt, rétablir l'ordre des objets familiers et des actes quotidiens.

Admirable tante Enna ! Elle a renié son père à la naissance d'Antonine, la fille de Damiane, sa cadette. Jamais, elle n'évoque cette rupture et elle s'efforce de taire son jugement sur cet homme qu'emporte le désordre de son esprit.

Aussi sale que les souliers qu'il rapetasse, racornis d'empeigne et troués d'usure, le Pégat tire l'alêne dans des cuirs durcis par l'argile, craquelés par le soleil, rongés par des sueurs vésicantes. Cette besogne ne le rebute pas. Il est né pour être cordonnier et ne maudit que les hommes et leur mépris. Dans la bouche, il met des clous à tête carrée et les crache entre le pouce et l'index de sa main gauche, comme s'il crachait sur ces villageois fiers de leurs champs et des pierres bâties par leurs ancêtres. De toute sa vigueur, il les enfonce avec le marteau à clouer, avec l'impression de frapper des visages insolents. Son débourroir devient poignard. Qu'il aurait de la joie à crever des poitrines !

Antoine Mercadour pue : poix, graisse, crasse, vins... Les odeurs écœurantes de sa boutique toute en longueur s'attachent à ses habits, indéfinissables et pénétrantes. On hume sa trace dans les ruelles et, après son passage, le buvetier ouvre porte et fenêtres de l'estaminet. Véritable armure, un tablier de cuir épais enveloppe le cordonnier et le protège du tranchet. À force de manier le marteau à battre, il a une épaule plus basse que l'autre. Non faits à l'image du Christ, qui était de corps parfait, les bossus sont des manifestations du démon. Le curé en paraît convaincu, qui déclare avec assurance :

« *Aquéli que lou bouan Diéu marco, dou diable soun pres en cargo.* (Ceux que le bon Dieu marque sont pris en charge par le diable.) »

Il a remarqué que ce mauvais catholique n'assiste jamais aux offices religieux. De la Révolution française, le père d'Enna a retenu que le bonheur de l'homme est de supprimer, en toute liberté, les gens d'Église et les rois. Il attend le retour de ces temps magnifiques et se réjouit à l'avance des vengeances qu'il espère satisfaire. Il en a discuté avec le boulanger avec tant de haine que, parfois, ce dernier retourne un pain sur le carreau et le met de côté pour le mécréant, sans savoir qu'autrefois, dans le four banal, on retournait le pain destiné au bourreau. Il n'en parle à personne, persuadé que si ce vilain bonhomme de rapetasseur de souliers venait à l'apprendre, il arriverait malheur à ses enfants.

La semi-obscurité de son atelier fait cligner les yeux du Mercadour. Des chalazions et la chassie le démangent. Il a l'impression d'avoir du sable sous les paupières, les frotte avec le dos de la main et les lave à l'eau de mauve, mais sans résultat. S'il l'en priait, sainte Claire améliorerait sa vue. Mais ce serait un acte si contraire à ses convictions qu'il a giflé la chrétienne venue lui conseiller ce remède souverain.

L'Antoine porte une manique ajustée serré à son poignet gauche par de la cabretelle lacée et ne l'enlève que rarement. À la buvette où, jusqu'à l'ivresse, il boit du vin blanc et du rhum frelaté, il la brandit au nez de ses contradicteurs. S'il fait un discours sur l'égalité, la fraternité, la liberté, on lui rit au nez, qu'il a camard et veinulé.

« Ho *pantaiare* (rêveur), fous-nous la paix ! On voit bien que, par ici, on s'échine pas au travail. Tu as trop de temps à toi. Boire, c'est pas bon pour les fainéants. Occupe plus tes mains et tu emmerderas moins le monde. »

Il tire furieusement sur sa cachotte éteinte car la fumée du tabac le fait larmoyer. Rageur, il vide son verre d'une lampée et s'en va en se déhanchant, tanguant d'une jambe sur l'autre. Sa manique noire fait des moulinets furieux. De loin, on dirait une hirondelle rasant le sol.

C'est la première fois qu'Antonine pénètre chez le cordonnier. La puanteur la fait tousser. Une telle saleté et le désordre l'étonnent. À la Guette, tout est propre et bien rangé ; la cuisine sent bon le bois brûlé, l'ail, l'oignon et le basilic frais qui éloigne les mouches. Le Pégat appuie de toutes ses forces sur une mailloche qui mord le cuir en crissant. Il n'a pas reconnu la mince silhouette à contre-jour et demande d'un ton rogue :

« Que veux-tu ?

– J'apporte des souliers à réparer.

– Pose-les là. À qui sont-ils ?

– À la Jeanne Joussaud, ma tante. »

Il redresse le buste, écarquille les yeux, se lève avec brusquerie et hurle :

« Hors d'ici, graine de garce ! »

Épouvantée, elle s'enfuit. Mais il lui faut ramasser les souliers jetés dans la rue. En attendant, elle se tient à distance de l'homme furibond. La voilà à la merci de ce loup grimaçant et, comme l'agneau d'un conte, elle ne pourra rien empêcher parce qu'elle tremble de tous ses membres.

Léonard Radelet, dit le Tambour, intervient en tempête. Sa bedaine est si enflée que, pour taper sur sa caisse de crieur public, il lui faut tendre les bras. Il a dû riveter un sanglon au baudrier pour pouvoir le boucler. Malgré cela, le plus souvent, il ne frappe que les cerces. De ses manches retroussées jaillissent des avant-bras épais comme des jambons. Ses mains de bon viveur se posent sur une angoisse d'enfant. Il cale Antonine sous son ventre et clame avec des déchirements de foudre :

« Ho Mercadour, serais-tu plus saoul que le porc sauvage, gonflé de raisins à la véraison ? Quereller son sang est d'un jean-foutre. Faudra-t-il qu'on t'apprenne les bons usages à coups de trique ? En quel pays d'enfer les hommes battent la fille de leur fille ? Personne n'a jamais rien eu à redire sur cet angelot. Approche, couillon de la lune, que je te fasse, avec ces deux poings-là, la tête aussi enflée qu'une brebis pleine. N'aie pas peur, mignonne tourterelle. Moi, je te veux du bien. À celui-là, ne pense plus. A-t-il seulement un jour de sa chienne de vie songé à toi, sa petite-enfant qu'il devrait adorer comme le Jésus de la crèche ? Viens-t'en, ma caille. »

Antonine se laisse entraîner. Le gros homme la rassure. Elle l'a entendu crier l'arrivée des marchands forains, les réunions du conseil municipal, les dates des jours d'arrosage... Un chagrin dévore son attention. Quoi ! Cet homme difforme qui lui soulève le cœur, ce serait son grand-père ? Ce n'est pas possible ! Mais pourquoi porte-t-il son nom ? On s'est gaussé d'elle, comme d'habitude. Elle s'arrache du Tambour. Il lui faut courir, à perdre le souffle, jusqu'à la Guette, où le silence est si rassurant, si familier. Dans la vieille bâtisse, il n'y a personne. Alors elle pleure si fort, si longtemps qu'épuisée elle sombre dans le sommeil. Sa tante Enna la trouvera allongée sur le sol de la cuisine, le tablier trempé de larmes. Avec d'infinies précautions, elle étendra sur le lit de la cuisine le petit corps doux à porter. Les yeux pleins de sentiments énigmatiques, elle caressera sa nièce avec une infinie douceur, jusqu'à ce que la petite-fille de l'Antoine Mercadour, le cordonnier d'Aspremont, se réveille et crie comme un reproche :

« J'ai peur de mourir et encore plus de vivre. »

IV

Le mariage d'amour de la tante Enna

ANTONINE ne racontera pas sa peur. Raconte-t-on sa honte ?

Que le Pégat soit son grand-père est une salissure physique. De penser à ce monstre lui fait mal au ventre, avec des douleurs pareilles aux coliques que donnent les prunes vertes. Et sa tête tourne comme lorsqu'elle imite la ronde du mouton malade du tournis. Elle enrage, bouscule les lapereaux dans les clapiers, donne des coups de pied aux chevreaux. En s'efforçant d'être méchante, elle a l'impression de lutter avec le cordonnier et frémit de sentiments inconnus et violents. Pour s'affirmer davantage, elle tient tête à la Joussaleto. Certes pas longtemps, car elle sombre devant les yeux pleins d'un étonnement attendri. Alors, elle s'en va, en levant haut les genoux comme un poulain, et crie à tue-tête :

Lesert, lesert,	Lézard, lézard,
Aparo me di	Protège-moi des
serp.	serpents.
Quouro passarai	Quand j'irai
à toun oustau,	à ta maison,
Te dounarai	Je t'offrirai
un gran de sau.	un grain de sel.[1]

Le lézard, c'est sa bonne tante Jeanne qui ne peut deviner qu'Antonine réclame sa protection contre un serpent dressé sur sa queue pour lancer des vieux souliers. Maintenant, la fillette ne doute plus que le Mercadour soit son grand-père. Quel meilleur gage de vérité que le gros ventre du Tambour ! « Crieur public ne ment pas pour lui » dit le proverbe. Pour faire s'enfuir les vipères, il suffit de passer de l'ail sur ses chaussures. Si on a oublié cette précaution et qu'on en rencontre une, on trace vite un cercle autour d'elle avec un bois bien droit. Plus de danger, plus de peur ! Désormais, elle se rendra au village, armée d'un bâton et les galoches frottées d'ail. La tête bruissante de projets, elle va dans la sartière, le long de la digue qui dompte le torrent.

1. *Le sel écarte les maléfices des jeteurs de sorts. L'habitude de mettre des grains de sel dans une poche du vêtement qu'on porte est une pratique toujours d'actualité.*

Avec son couteau à manche de corne, à la lame en forme de serpette, elle abat un surgeon de noisetier, l'ébranche rageusement, en menace les créatures de l'ombre et son cœur s'enhardit. Elle demandera à ce méchant bonhomme pourquoi il ne l'aime pas et elle préférera mourir plutôt que de s'enfuir.

Mais le Tambour a déjà plaidé pour Antonine. La graisse qui l'essouffle est sa force persuasive et fait que, jamais, il n'a de vraie querelle. Sa mère le dorlote encore, comme l'enfant chétif qu'il a été ; à soixante ans passés, voûtée et desséchée, elle s'occupe de la maison et fait les travaux pénibles des champs. De s'être opposé au Pégat a rassuré ce débonnaire sur sa propre lâcheté. D'avoir fait rentrer le violent dans sa boutique l'a enflé de vanité. Avec force détails, il a raconté son exploit à ceux auxquels il a offert à boire pour célébrer l'événement et se décrire avec complaisance. On l'a cru d'autant plus volontiers qu'on déteste le cordonnier, soupçonné, sans raison, d'être le jouet de forces contraires à la bonne santé d'Aspremont. Les gens sont changeants dès qu'on les amuse. L'orpheline est devenue, pour un temps, l'objet de l'intérêt général. Facile de reconnaître ses torts quand on n'a rien à perdre ! D'autant mieux que cette gosse mignonne et avenante n'a jamais attiré l'attention par des sottises, farces et peccadilles, lot de la jeunesse. Les attitudes d'une communauté paysanne se décident anonymement, s'expriment souvent au-delà du vraisemblable, changent sans que nul ne s'en rende compte. Elles sont étrangement différentes des comportements personnels de ceux qui, malgré eux, y participent.

Et Antonine de s'étonner ! Voilà qu'on la salue avec affabilité, en plaisantant son air décidé et le bâton qu'elle porte sur l'épaule comme une hallebarde. Des sourires encouragent l'attitude bravelette de celle que le Tambour – il l'a affirmé sans rire – a sauvée de la mort. Elle n'est plus sûre de ses graves résolutions. L'hostilité des villageois était-elle une façon commode d'ignorer un faux problème ? Aujourd'hui, elle n'ira provoquer personne. Que celui qui l'a injuriée reste dans sa tanière ! Par la Guette et ses lumières, elle est heureuse, et c'est à elle de prendre en pitié ceux qui n'en connaissent pas les bonheurs.

Sur la place du Vièi-Mouart, à l'ombre des ormeaux, garçons et filles jouent à *viro-gau*. Il fait bon se bousculer, en parlant tous à la fois, en criant son plaisir. Antonine s'avance hardiment pour réclamer le flot, une ficelle au bout de laquelle une pierre est attachée. Dans le cercle que des amandes régulièrement espacées figurent sur le sol, elle tourne sur elle-même. Pas plus de cinq fois, c'est la règle, tandis que les enfants chantent en faisant la ronde :

Viro-gau, viro-gau,	Viro-gau, viro-gau,
Viro bèn que	Tourne bien car
lis amando,	les amandes,
Viro-gau, viro-gau,	Viro-gau, viro-gau,
Me fan gau.	Me font envie.

Le flot choque trois fruits. La joueuse fourre ses gains dans la poche de son tablier et est félicitée pour son habileté. Une grincheuse ayant protesté, on lui donne des coups de cul et on lui pince les mollets. Enfermée dans une danse désordonnée, elle devient le centre d'une fâcherie. On gueule avec des contorsions et des grimaces.

Ai aganta un ase.	J'ai attrapé un âne.
Ai gagna cinq sòu.	J'ai gagné cinq sous.
Ai croumpa	J'ai acheté
uno troumpo	une trompe
Pleno de faiòu.	Remplie de haricots.

C'est le triomphe de la nouvelle venue. Signes irréfutables de fraternité enfantine, ses compagnes l'embrassent et les garçons lui donnent des bourrades. Elle leur promet de revenir chaque jour, tant que les magnans mangeront les feuilles des mûriers dont les silhouettes de moines encapuchonnés s'allongent en processions immobiles à la sortie du village.

À la nourricerie, des branches de genêt sec ont été dressées. Longs et gras, les vers à soie ont cessé de dévorer. Leur temps est venu de s'encoconner afin de renaître papillons. Antonine s'émerveille de leur habileté prodigieuse et les regarde se démener. Parfois, des brins de soie réfléchissent la lumière comme des fils de la Vierge dans le soleil. En quelques heures, les fagots se sont couverts de cocons. Tante Enna suppute le poids et le prix de toute cette soie grège en matasses*. Bastien Leroy[1], son défunt mari, lui a enseigné les secrets de cet élevage. Ne pas mettre les œufs en incubation tant que les feuilles du mûrier ne sont pas bien vertes. Faire le silence car les magnans détestent le bruit. Savoir que les passions humaines les tuent, qu'ils sont sensibles à la jalousie, à la colère, à la cupidité, qu'ils prospèrent dans les maisons calmes, à la semi-obscurité. Surtout, ne pas oublier de brûler des plantes aromatiques des collines au creux d'une auge en pierre, dût-on tousser de ces fumigations désinfectantes.

Bastien Leroy n'était pas du haut pays provençal. L'un de ses ancêtres avait dû conserver

---

1. *Lorsqu'une colonne de pèlerins arrivait à Saint-Jacques-de-Compostelle, celui qui, le premier, avait aperçu les tours de la cathédrale était appelé par ses compagnons « le roi » du pèlerinage. Au retour, il gardait souvent ce nouveau nom.*

ce nom au terme d'un long et pénible pèlerinage. Propriétaire de bonnes terres près de Sénas, entre Avignon et Salon, il allait, l'hiver, en remontant la vallée de la Durance, acheter des produits de la montagne : herbes médicinales, miel, essence de lavande, graisse de vipère, ce baume souverain, vingt autres ingrédients de l'épicerie et de la pharmacopée populaires.

Qui revend avec habileté fait de beaux bénéfices ! À Aspremont, il avait fait la connaissance d'Enna Mercadour. L'attirance mutuelle avait été immédiate. La jeune fille était restée sans voix devant le beau parleur à la large ceinture de laine rouge, au bonnet multicolore, à la blouse bleue de voiturier, disant toute chose avec de la douceur dans les mots et de la grâce dans les gestes. Elle béait d'admiration à l'évocation d'un monde rhodanien plus suave que les vallées arides, affluentes de la Durance, si terribles à vivre ! Et cette rivière démente qui, sans fin, dévorait les terres ! Enna n'était pas habituée à des manières d'homme courtoises. N'ayant connu que les sautes d'humeur, l'ivrognerie, les violences de son père, elle jugeait, enfin, qu'un mariage pouvait apporter le bonheur à une femme.

Parce qu'il était amoureux, le paysan-commerçant s'était attardé à Aspremont. À la fille du cordonnier, il raconta son clan heureux de vivre dans la gaieté et d'aimer avec délicatesse. Elle n'avait pas compris la tendre invite, ne s'imaginant mariée qu'à l'église de son village. Sur le chemin du retour, tourmenté par le désir de cette belle jeune femme, il laissa aller ses mules, rêvassa et, à l'étape, ne vérifia plus son chargement. En traversant les villages, il ne menaça plus de claques les gosses qui se laissaient traîner, accrochés à sa charrette. En croisant les attelages de rouliers, si nombreux sur les routes poussiéreuses, il ne les salua plus, comme il se devait, en faisant claquer le fouet. Et dans les cabarets, il oublia d'offrir aux compagnons l'eau-de-vie de l'amitié, à un sou le petit verre. Des yeux gris-vert en avaient fait un homme différent. Sa famille remarqua ce changement et essaya d'en deviner la cause. Mais on ne se livre pas facilement en pays provençal. Lui, d'habitude si disert, devint taciturne. Quelque chose lui manquait pour exprimer en chansons sa joie de vivre, pour retrouver les bonheurs simples d'autrefois. Son âme était la prisonnière d'une vallée de pauvreté dont il se mit à chérir les montagnes bleues, lointaines, les ciels violets, la sécheresse ocrée des collines où les genêts font éclater leurs ors et enivrent de leurs parfums. Il se rappelait des haies vives enserrant des terres veules et revoyait des taillis de fin d'automne, écarlates de cenelles flétries.

L'impatience dévora son sang. Ses proches s'inquiétèrent : quelque coup de lune avait dû lui laisser la cervelle de travers. Mais ils ne posèrent pas de question car en dire davantage aurait fait empirer le mal. Discrètement, sa mère lui fit boire des tisanes de chélidoine, herbe que les hirondelles cueillent pour soigner les couvées. Elle espérait guérir la langueur de son fils. Ce fut inutile.

Bastien Leroy avança de plusieurs jours la date de son départ pour les achats de l'hiver. Il avait gratté, poncé, reverni les bois de la charrette. En sanglant les mules, il rayonnait sa joie. Habillé de velours, chapeau de feutre à large galon noir, gilet de couleur, deux brins de moustache sous le nez, des cheveux épais, nets, ondulés... qu'il était beau ! Pour le voir s'en aller, parents et domestiques se rassemblèrent sur le seuil du mas familial. Il embrassa grands et petits, reçut, tête nue, la bénédiction du père, lança ses bêtes au trot et ne se retourna pas. Sa mère pleurait. C'était contraire à la coutume. On lui en demanda la raison.

« Bonne Vierge Marie ! Celui-là nous ne le reverrons plus jamais. Un *matagot*[1] nous l'enlève. »

Forçant l'allure de ses bêtes, se nourrissant de pain d'olives et de fromage, il mit quatre jours pour

1. *Chat des sorciers. Par extension, femme fatale.*

atteindre Aspremont. Il trouva Enna au lavoir communal où l'eau verte a des crissements d'acier et transforme le grain de la pierre en coquillages animés. Brisé par tant d'attente, il avait crié :

« Me voilà ! »

Souriante, elle lui avait fait face. Nulle surprise ! Sur le linge mouillé, elle posa calmement son battoir en bois où des *dracs*[1] sculptés s'enlaçaient furieusement. Sa main disciplina une mèche aventurée sur son nez. Une joie fulgurante la faisait trembler de la tête aux pieds. Avant de se remettre à genoux pour achever son travail, elle avait dit :

« Je t'attendais. Nous nous marierons devant Dieu quand tu le voudras. »

Ce fut la seule déclaration d'amour que la fille aînée du Mercadour fit au Bastien Leroy. Mais elle l'aima de tout son être, à l'abri des regards, dans la chambre de l'étage à la Guette, celle qu'elle fermait à clé et où personne, jamais personne, n'avait dormi depuis le décès de son époux.

En arrachant doucement les cocons de soie aux branches de genêt, la tante Enna a raconté, sans émotion apparente, un temps de sa jeunesse. L'aveu

---

1. *Dragons mythiques du folklore provençal. Ils ont donné leur nom à de nombreux sites, notamment à la capitale varoise, Draguignan.*

de son amour est comme une prière au mort qui vit en elle. Stupéfaite, Antonine découvre une femme nouvelle, étonnante, encore plus magnifique.

La Joussaleto décrusa à se brûler les doigts. À quelque marchand de passage, elle échangerait une partie de la soie grège contre de la mercerie et des épices. Les genêts furent mis de côté pour le feu traditionnel de la Saint-Jean.

Antonine n'eut plus l'occasion d'aller au village. Un après-midi, des gamins la surprirent alors que ses chèvres paissaient sur une pradelle* de la ferme, entre deux bosquets de chênes. Elle veillait à ce que les maraudeuses se tiennent sur les lisières et n'aillent pas à l'aventure d'arbres encroués. Ne craignant guère la houssine de leur bergère, elles venaient, désinvoltes, renifler son tablier où elles savaient, les malignes, trouver des grains de sel ou de la fenasse* ramassée sur les planches de la maie. La fillette respectait l'indépendance et les entêtements de ses bêtes qui, follettes, la précédaient sur les sentiers avec des façons précautionneuses de chiens cois, humant une piste. Leurs béguètements répondaient à sa voix, presque en confidence, comme à une amie.

L'intrusion d'écervelés dans le silence du domaine déplut à Antonine. Elle se voulait toute à sa tâche et refusa le plaisir d'un jeu collectif. Taquins, les garçons lui lancèrent des fruits de bardane, dont les bractées s'accrochent aux cheveux et aux habits, la tirèrent par sa natte, la jetèrent au sol pour lui faire manger de l'herbe. Ils scandaient une comptine, reliquat d'une chanson perdue.

Un poung – bourdoun	Un poing – un bâton de pèlerin
Jousé – Simoun	Joseph – Simon
La pèiro	La pierre
gardiano	de la gardienne
Que fielo de lano	Qui file de la laine
De fin coutoun ;	De fin coton ;
Coumpaire	Compère
Coumaire	Commère
Bessoun.	Jumeaux.

Ils disaient aussi qu'elle était plus sotte que ses biques et plus affreuse que ses chipies de tantes, ces deux *garamaudo*[1] (démons) venues de deux familles possédées du diable. Avec des mots orduriers, ils promettaient de lui mettre une paille dans le cul et une autre là par où elle pissait, comme ils le faisaient

1. *La garamaude est une bête mythique, mi-serpent, mi-dragon. Elle se tenait à l'affût dans les lieux obscurs, d'accès difficile. On en menaçait les enfants pour leur interdire, par la peur, certains endroits dangereux, tels que les puits.*

aux crapauds. Et ils souffleraient très fort l'un après l'autre jusqu'à la faire éclater. Alors, les animaux sauvages de la montagne viendraient la manger, morceau par morceau. Ils détaillaient les parties de son corps, les tâtaient, faisaient le simulacre de les dévorer à pleines dents. Et ils riaient, riaient...

Elle eut honte de sa robe relevée jusqu'au ventre. À force de se débattre, elle parvint à s'asseoir, bouscula celui qui pesait sur ses cuisses et se releva, frémissante.

L'herbe barbouillait son visage de vert et avait coupé ses lèvres. Ils l'empoignèrent de nouveau, ouvrirent leurs braguettes, firent semblant de la compisser. Elle pensa à son couteau dans la poche de son tablier, l'ouvrit et se mit à tourner comme au jeu de viro-gau. Les exclamations de joie devinrent des cris de peur. Les gamins du village comprirent qu'un amusement allait s'achever en drame et s'éloignèrent à la hâte. À bonne distance, ils lancèrent des pierres. La fille de la Guette fut blessée à la tête, le sang la masqua de rouge et l'aveugla. Ses anciennes craintes la reprenaient. Elle hurla de douleur et de rage, se secoua, chuta au sol. Croyant avoir tué la meneuse de chèvres, les garnements s'enfuirent à toutes jambes.

À la Guette, Antonine raconta l'incident à la Joussaleto et confondit sa honte du jour avec celle éprouvée chez le Pégat. Pourquoi lui en voulait-on ?

Ses questions se bousculaient pour soulager son cœur. Ne sachant que répondre, la tante Jeanne soigna la coupure du cuir chevelu avec de la teinture de lis et y mit un emplâtre fait d'une plante veloutée, appelée langue de chat, qui tire infection et humeurs.

La blessure pansée, elle versa du vin dans un bol, y jeta un charbon ardent, ordonna à sa nièce de le couvrir avec ses deux mains, de respirer lentement et de boire d'un trait. La fillette eut les jambes fauchées par l'alcool. Son appréhension s'en alla avec ses forces physiques. Elle éprouva de la difficulté à formuler des pensées et à les exprimer, ses yeux cillèrent, sa tête dodelina. La Joussaleto la conduisit à son lit, en fredonnant le refrain qu'on chantonne aux tout-petits pour guider leurs premiers pas.

Sàuti sus lou pèd dre	Saute sur le pied droit
Sàuti sus lou pèd gauche	Saute sur le pied gauche
Moun bouan Jésus	Mon bon Jésus
Sàuti sus lei doua pèd.	Saute sur les deux pieds.

Cœur naïf qu'un chagrin d'enfant bouleversait ! Il ne trouva d'autre ressource que la prière et demanda à la Sainte Vierge qu'Aspremont-la-Rude oublie la triste histoire de son frère aîné l'Auguste Joussaud et de la Damiane Mercadour, la sœur cadette d'Enna.

V

L'ondoiement posthume du fils d'Enna

La Guette possède des pièces de vigne sur d'étroites *restanques*[1] ; brûlée par le soleil, la grouette est maigre et sèche. Peu feuillus, les ceps portent de rares grappes aux grains petits, serrés, donnant un vin violet, âcre, au goût d'écorce mâchée de noisetier. À la treille de la ferme pendent des grappes blondes et translucides. Le plus tard possible dans l'automne, on y coupera des moissines qu'on accrochera dans la nourricerie à des roseaux horizontaux retenus par des ficelles aux poutres du plafond. Ce raisin blanc figurera parmi les treize desserts du repas de Noël et sera dégusté à la nouvelle année.

---

1. *Les* restanques *sont des terrasses limitées et soutenues par des murs en pierres sèches, les* bancao *(le verbe provençal* restanca *signifie : arrêter, endiguer). Les constructeurs étaient soit des familles paysannes, soit des spécialistes, les* emparadaire. *Elles coûtaient fort cher à réaliser car elles exigeaient d'importants terrassements et transports de terre et de pierres.*

Pour vendanger, la Joussaleto utilise des ciseaux à lames courtes et épaisses. Elle jette sa cueillette dans un gamelot en bois ripé sur le sol et au bout de la rangée, la verse dans un dandrelin* d'osier. Quand ce dernier est plein, Enna le charge sur son dos. Un fronteau ajusté l'aide à équilibrer la charge. À petits pas réguliers, prudents et dansants comme ceux d'une mule, elle franchit les perrés et va le vider dans un cuveau sur la charrette. Les doigts d'Antonine collent à tout ce qu'elle touche et le jus noir des fruits sucrés lui fait la bouche ronde. Pour cueillir des *rapugons*[1] oubliés, elle se glisse sous les feuillages. Tante Jeanne chante à tue-tête. Cette année, les renards n'ont pas saccagé les grappes basses. Grâce à elle ! Dans un feu de bois, elle a pris une bûche presque consumée et l'a traînée autour des parcelles de vigne. Elle tient de son père que le rituel écarte ces animaux futés et gourmands. Il est vrai que le vieux paysan prétend que c'est bien du travail et qu'il a davantage confiance en son fusil. Crédule tante Jeanne qui s'estime la gardienne des traditions !

Le conquet* pour fouler le raisin est au fond de la remise. Il est fait de madriers de chêne dressés, serrés par des barres de fer battu, ajustés si net qu'on distingue mal les joints. À la base, un blo-

1. *Grappillons ne comportant que quelques grains.*

cage de mortier donne à l'ensemble une forme ovale. Bastien Leroy avait passé les heures calmes d'un hiver à le réaliser. Après quoi, il avait brillé les anciennes barriques moisies à l'odeur forte et aigre.

Non, Enna n'a pas oublié les ardeurs de son mari !

Au début de leur union, elle l'avait laissé faire, heureuse de le voir heureux. Mais une nuit, sa chair avait flambé merveilleusement. Elle avait crié sa surprise et son plaisir. Cette mort apparente l'avait laissée inanimée, les lèvres exsangues, le menton couvert de perles de sueur. Alors, elle était devenue insatiable. Et le temps du bonheur avait coulé, fulgurant, magnifique. Six courtes années ! Elle souhaitait un enfant. Bastien riait.

« Moi, je t'en donne que trop. Te décideras-tu à choisir parmi tous ceux qui jaillissent de mes reins ? Devrons-nous embrasser le plus gros chêne de la forêt[1] ? »

---

1. *Réminiscence païenne. Les jeunes époux désireux d'un enfant embrassaient le plus gros chêne de la forêt. Puis, champêtrement, ils faisaient ce qu'il faut faire pour avoir un rejeton. La version catholique de cette coutume voulait qu'on demandât à l'arbre de porter ce désir d'enfant à sainte Madeleine afin qu'elle le réalisât.*

Leur désir avait été exaucé. Elle fut grosse. Sa passion pour son mari redoubla. Trop de jouissance physique, juste avant la naissance, provoqua une fausse couche. Du moins en fut-elle persuadée par les vieilles femmes agglutinées autour de sa délivrance. L'enfant était mort-né. À serrer cette chair inerte sur ses seins douloureux, l'accouchée faillit devenir folle. Son mari avait fui, proférant d'horribles blasphèmes, comprenant, dans une déchirure, que rien ne serait jamais plus comme avant. Dieu maudirait-il les amours heureuses ? Comme une loi du talion inversée, ferait-il payer à l'homme son accomplissement en lui rappelant, brutalement, la menace originelle « Malheur à toi ! » ?

Enna se persuada qu'elle subissait une punition du ciel. Ce devait être un crime que de fondre sa chair avec une autre chair. C'était aller contre l'ordre divin que de s'abandonner à la douceur d'un sourire, à la caresse d'une main. Mais il devait y avoir autre chose... Soudain, elle crut comprendre que le destin lui refusait de donner la vie. Alors, sur son salut éternel, elle fit à son époux le serment de ne plus jamais être à lui. Comme une folie, la tentation de tuer sa femme et de se trouer la poitrine s'empara du Bastien. Il alla décrocher son fusil, mais le courage lui manqua. De désespoir, il brisa la crosse de l'arme contre le mur de la cuisine et pleura. Rafistolée, la pétoire pendait encore à une cheville de bois près de la cheminée comme le témoignage de la vanité de tout geste humain excessif.

Deux jours plus tard, Enna attela le cheval à la charrette. Après avoir emmailloté le petit mort, elle le prit dans ses bras et quitta la Guette sans une explication. Non ! Son fils n'errerait pas pour l'éternité dans le monde obscur des enfants sans baptême. Afin que Dieu lui accorde une grâce exceptionnelle, elle pria Notre-Dame et saint Ours l'Irlandais d'intercéder en sa faveur. Elle arriva à Moustiers, l'allègre village aux eaux ruisselantes, aux maisons de pierres blanches enchevêtrées tapies au frais d'un vallon verdoyant, aux cascades bruissantes, entre deux hautes parois de calcaire. Au-dessus des toits, les hirondelles dansaient une ronde heurtée. Le ciel purpurin flambait, la campagne s'estompait de violets et de vapeurs soufrées. Spectacle magnifique et paisible ! Enna se rendit à l'église de *Nostre-Damo-de-Bèu-Vesé* (Notre-Dame-du-Beauvoir). Elle y passa la nuit, le corps meurtri par la fatigue de l'accouchement et du voyage. Muette et anéantie, elle offrait le léger cadavre à l'obscurité et au néant.

À la messe du petit matin, le curé la découvrit, incapable de bouger et de répondre à ses questions. Il réalisa le drame de cette belle étrangère et n'en fut pas ému. Il avait l'habitude ! Tranquillement, il s'en alla à la recherche d'une veuve, celle qui, tout à l'heure, officierait à sa place pour que l'enfançon mort, un instant ressuscité[1] par un miracle routinier, reçoive l'ondoiement. Après quoi, on l'enterrerait sans façon avec de grands mercis à Notre-Dame.

Une femme accepta l'offre du prêtre pour l'amour de Dieu. Elle vint réconforter Enna et lui fit boire un bol de lait d'ânesse. Le petit cadavre, marbré de taches violettes et suintant les premières purulences, fut déposé sur le couvercle des fonts baptismaux. Neuf filles vierges se réunirent dans une chapelle latérale, allumèrent des cierges et firent le cercle pour prier saint Ours et adjurer la Vierge Mère. Des litanies résonnaient dans l'ampleur des voûtes et devenaient incantations. En ondoyant au souffle des poitrines, les flammes prenaient des formes irréelles. L'atmosphère se chargeait d'énergies potentielles et de peur. Des

---

1. *Selon les archives épiscopales de Riez, le nombre de résurrections était considérable : certaines années, plus de vingt furent enregistrées. Il est vrai que le taux de mortalité des nouveau-nés était très élevé. À rappeler que dans les siècles passés, une fille mère dont l'enfant mourait sans baptême était condamnée à la pendaison par les tribunaux ecclésiastiques. D'où l'importance de cet ondoiement posthume.*

heures passèrent, la fatigue tendait les jarrets, des crampes brûlaient les reins, les regards ne quittaient pas le visage du petit enfant mort. La première à découvrir soit une agitation des lèvres, soit un mouvement des bras du ressuscité serait une mère heureuse. Une sorte d'ivresse s'emparait des esprits.

Soudain, un cri ! Une des participantes a cru voir... Oui ! Elle a vu... Elle l'affirme... Sur sa part de paradis...

« Merci saint Ours. Louange à toi, Notre-Dame ! »

La joie est indicible. Une fois encore, une volonté exprimée en commun a eu raison de la mort. Par-delà les barrières infranchissables de l'au-delà, le fils du Bastien a fait un signe. Il est revenu sur la terre par la bonté de la mère du Christ. Il faut faire vite car il n'est vivant que pour quelques instants. La veuve verse l'eau bénite sur la tête de l'enfant, lui enfonce un grain de sel dans la bouche, précipite la formule du baptême et les signes de croix.

« Pauvre femme, nous te le rendons baptisé, le pauvre petit mort. Le voilà auprès de Dieu. De le savoir t'apportera un peu de paix. Nous prierons pour toi. Cet ange n'a plus besoin de nous. »

Toutes ensemble, bruyantes et bouleversées par cette manifestation du divin, les neuf filles vierges allèrent conter l'événement à leur curé[1] qui haussa les épaules. Le miracle engendre le doute quand il se répète à la volonté des hommes ! Le prêtre creusa la tombe, ensevelit le cadavre, récita la prière des morts, bénit la mère et s'en alla vaquer à ses occupations.

Enna remonta dans sa carriole. À la sortie du village, elle s'évanouit et resta allongée sur les aubages*, inconsciente. Le cheval revint à la Guette au pas, s'arrêtant pour brouter ce qui lui convenait le long des chemins sinueux. Il savait qu'au-delà des collines semées de chênes verts le maître l'attendait, assis sur le seuil de la cuisine, les yeux mangés par le chagrin, les paumes saignantes où ses ongles s'enfonçaient.

---

1. *La cérémonie se faisait en l'absence du clergé. Elle n'était que la continuation de pratiques païennes. Visites des malades aux* asclepieion *grecs, miracles opérés par divers dieux. Faute de réussir, aux cours des siècles, à déraciner d'antiques croyances, le catholicisme remplaça les divinités païennes par des saints de la nouvelle religion. Miracles et guérisons continuèrent jusqu'au XXe siècle, où la dépopulation des campagnes a fait tomber en désuétude les traditions paysannes.*

Enna faillit mourir de cette aventure insensée. Bastien la veilla, la lava, la soigna. Pendant des semaines, il regarda souffrir celle dont l'âme s'était perdue dans un monde de folles croyances. Lorsque la malade fit ses premiers pas, elle n'était plus la même. Lointaine, hiératique, le regard absent, elle marchait le buste droit, indifférente à tout. Elle adressait rarement la parole à son époux et lorsqu'il hasardait quelque geste affectueux, elle le repoussait vivement. Jamais plus, elle n'évoqua son premier-né enterré à Moustiers. Jamais plus, elle ne consentit à redevenir la femme de chair de son époux. Jamais plus, il n'eut envie de faire chanter les moissons. Jamais plus, le travail n'allégea leurs deux vies.

En cette fin d'été de l'année 1878, le raisin fut rare, mais sain et couvert de fines poussières bleues. Le vin serait bon si on était méticuleux et attentif. Fouler la récolte fut vite fait. La Joussaleto a retroussé sa jupe en bandière épaisse, l'a serrée à la taille avec une lanière de cuir et a sauté dans la cuve. Les coudes appuyés au muret, elle se met à touiller la vendange sur le plancher à claire-voie. Elle a des grappes jusqu'aux genoux et tire ses jambes avec peine. Les pulpes écrasées font un affreux bruit de succion. Enna enlève le douzil* pour que le jus s'écoule dans une grande bassine de terre cuite et qu'elle puisse en remplir des tonneaux à l'aide d'une casserole.

Antonine trépigne d'impatience car elle veut aider sa tante Jeanne. La maîtresse de la Guette y consent à condition qu'elle ne salisse pas ses habits. La fillette se dévêt en un tour de main et la voilà nue, tache claire sur le conquet. Ravie, elle agite ses jambes comme des mécaniques et hésite avant de se lancer dans cette odeur forte. Lorsqu'elle a du raisin jusqu'aux fesses, elle crie sa peur de sombrer. Alors, Enna lui tend les mains et la tire comme un drap de la lessive trop chaude, avec précaution pour éviter des éclaboussures. Sur ses bras, elle ressent la chaleur de cette nudité d'enfant et la rejette aussitôt. Comme si elle se brûlait à des souvenirs...

Antonine est toute à sa joie. Elle patauge, boit dans son poing fermé en gobelet, crie des sottises à tue-tête, s'identifie à cette force qui, dans quelques mois, donnera aux humains la fureur des rivières. Le chatouillement des grappes l'énerve. Elle cherche des endroits plus aqueux, là où elle a la sensation de courir un danger en s'enfonçant jusqu'aux reins. Elle regarde son corps violet, où des pulpes écrasées restent collées.

Enfin, tout le raisin est foulé. On remet le jus dans le conquet, qu'on ferme avec des madriers entrecroisés afin qu'en bouillant le moût ne déborde pas. Maintenant, il faut aller se nettoyer. Antonine gambade dans le soleil. Elle est potelée et ses épaules blanches éclatent de lumière. Enna tire l'eau du puits et la verse dans des seaux. Pour éviter d'être trempée en arrosant sa nièce, elle a relevé sa jupe. Soudain, à travers les perles irisées qui collent ses paupières, l'enfant aperçoit les jambes de sa tante, tend les mains pour s'y retenir, les trouve tendres et douces. Ses doigts s'agrippent à la naissance des cuisses, là où la peau est soyeuse comme le ventre d'un chaton.

« Je voudrais en avoir d'aussi belles que les tiennes. Celles de tante Jeanne sont maigres. On dirait deux croissants de la nouvelle lune.

– Veux-tu te taire, effrontée !

– Oui ! Je les ai vues quand elle enfilait ses bas. »

Elle reçoit une cascatelle* sur la tête. La Joussaleto rit de tout son cœur. La toilette se poursuit avec des cris, des esquives, des fuites. La maîtresse de la Guette ne quittera pas la fillette des yeux et lui sourira tout le temps qu'elle se séchera et s'habillera. Antonine gardera le souvenir de ce sourire satisfait. Tendre, lointain, un peu sournois, il flottait sur les lèvres de la veuve Leroy comme une promesse, une attente.

Puis, Marguerite, dite la Mandeto, la fille unique du Bernard Lilamand, vint travailler à la Guette. Plus berger que cultivateur, son père laissait tout aller en ruine dans sa ferme. Il compliquait tout ce qu'il touchait et passait des heures à défaire un nœud ou planter un clou. Quand il finissait de bâter l'âne, l'heure était venue de le rentrer à l'écurie. Son blé pourrissait sur l'aire et ses brebis crevaient à la bergerie. Par dérision, on le surnommait l'*Escoubaire* (le balayeur), nom familier du mistral, car seul ce vent balayait sa maison. À son propos, on citait un méchant dicton car sa bavarde de femme étalait ses confidences devant qui n'aurait pas dû les entendre :

« *Aquéu escoubaire a testo caudo et couo freio.* (Ce balayeur a la tête chaude et la queue froide.) »

La Marguerite, quant à elle, use de balais, guipons, plumeaux plus que tout le village. La rage de nettoyer s'est emparée d'elle à l'âge de seize ans lorsque, sa mère morte, usée par le travail, elle a dû s'occuper de la ferme et du veuf inutile. On jurerait qu'elle a appris ce que les femmes ont eu de savoir depuis des millénaires. Elle connaît les relations de la lune et des plantes, bâte une bête pour la première fois, au dernier jour de la vieille lune, afin qu'elle reste obéissante et douce, et plante les figuiers au troisième jour de la pleine lune. Elle fait mentir le proverbe « *Qu vòu faire messourguié, si fasse devinaire de tems*. (Qui veut devenir menteur, se mette à prédire le temps.) »

Car elle prédit, justement, les récoltes à la couleur de l'arc-en-ciel. Rouge, le vin ; vert, le blé ; jaune, l'huile... Là-dessus, elle a bon jugement. À écouter les sonnailles changer de ton, à passer ses doigts sur la pierre humide, elle annonce que la pluie est en chemin. On prétend qu'elle a la main verte[1] et qu'elle voit fumer les eaux[2].

La Mandeto porte une paire de ciseaux suspendus à la ceinture de son tablier par une chaînette d'argent. C'est le signe de sa responsabilité de *bono fremo* (sage-femme), celle qu'on appelle pour aider les accouchées de ses conseils et couper le cordon ombilical du nouveau-né.

Des années plus tôt, parce qu'elle est laide, les enfants lui lançaient des pierres en chantant :

---

1. *Certaines personnes ont le pouvoir, en gardant quelques instants des graines dans leurs mains, d'accélérer le processus de germination. La parapsychologie moderne étudie ce phénomène sans pouvoir en déterminer les causes.*
2. *Perception intuitive qui permet de matérialiser, le plus souvent par des couleurs, la présence de sources ou de nappes phréatiques. Certains sourciers sont capables, souvent de loin, de constater l'évaporation de l'eau souterraine aux frémissements de l'atmosphère et d'évaluer l'importance et le débit des nappes d'eau qui en sont à l'origine.*

Té, Margarido	Tiens, Marguerite
Recasso acò	Attrape ça
Dins toun faudau	Dans ton tablier
Que i'a de trau.	Plein de trous.

Ces garnements sont devenus des parents auxquels elle a permis d'avoir des fils solides et de mignonnes filles. Maintenant, la mère assoupie, on fredonne encore le refrain moqueur, en mettant dans son tablier des cadeaux et le prix de ses services. C'est devenu une tradition. La Mandeto ne s'en choque plus et répond par des plaisanteries salaces. Elle restera célibataire – dit-elle – jusqu'au jugement dernier, où elle aura peut-être la chance de trouver, enfin, un homme à peu près convenable. Elle se console de n'être pas une mère en s'occupant, à sa façon, des enfants des autres. Rien ne lui a échappé des remèdes et pratiques qui tiennent la marmaille en santé et la font pousser droite. Dès qu'elle entre dans une maison, elle y va d'un conseil. Son œil vif accroche des indices, des subtilités, décèle l'urée, la tension du sang, les faiblesses du cœur, les rhumatismes. Elle recommande des tisanes, confectionne des emplâtres, fait des lavements. Aux fraîches fiancées, honteuses de taches de rousseur, elle vend une lotion ambrée infaillible à base de sève de vigne printanière. Sa seule science est d'avoir su écouter et retenir. Elle a appris bien des choses de son père qui, malgré sa tête folle, guérit les maladies en éloignant les mauvais esprits[1].

La tante Enna n'aime pas tirer l'aiguille. Les travaux de la ferme ont noué ses doigts. Elle manque de patience, casse le fil, laisse filer l'étoffe. Il arrive à la Joussaleto de coudre un accroc par-ci, par-là. Mais elle n'est pas minutieuse et tant d'autres tâches l'occupent !

Alors, une fois l'an, la Marguerite Lilamand vient « faire la révision » à la Guette. Elle est vaguement couturière et sa hardiesse plus que son talent taille dans les chiffons, là où les ménagères hésitaient par peur de gâcher du tissu. Dès son arrivée, elle inspecte le linge avec soin, trie ce qui est sale et ce qui ira claquer dans la lumière, en plein vent pour se teinter de ciel bleu. Dans une corbeille, elle fourre, en vrac, toutes les pièces à ravauder. Puis, elle s'installe sous les tilleuls où, par temps d'automne, il fait bon se réchauffer au soleil, un fichu sur les épaules, les pieds reposant sur un petit banc de bois, les jupes déployées en rond. Et les doigts de se démener. Et les langues

1. *Pour la plupart des civilisations anciennes, mais également pour le christianisme des premiers siècles, les maladies étaient provoquées par des démons spécifiques. De nos jours, certaines de ces croyances païennes subsistent dans bien des régions de la France.*

d'aller bon train. La tante Jeanne a une année de silence à rattraper. Sur la Guette, elle n'a rien à dire ; il ne s'y passe que le lent déroulement du temps, les mêmes besognes sans cesse recommencées. Elle ressent confusément que l'affection d'une nièce ne remplit pas le vide de son existence. Alors, elle débonde son cœur, raconte sa jeunesse et les amours qu'elle a cru avoir, s'épouffe de rire, explique en détails rencontres furtives, déclarations d'amour, embrassades et ces jeux où les filles aiment à être rudoyées par les garçons. Elle a bien aimé le Jean Joussaud, son père, un homme aux yeux rieurs, à la moustache jaunie par le tabac. Il a été le premier à lui montrer une tendresse d'homme. Quand elle lui racontait ses amourettes craintives, il la prenait sur ses genoux et la plaisantait sur ses formes arrondies. Dans son cou, elle garde le souvenir des piqûres de joues mal rasées. Il grondait :

« Ah, le monstre ! T'embrasse-t-il aussi bien que ton papa ? »

Lui aussi aimait à évoquer sa jeunesse lorsque, maître de la Jouvènt[1], la canne enrubannée de chef élu à la main, il dirigeait les jeux des adoles-

1. *L'assemblée des jeunes du village. Leur chef élu était parfois appelé « l'abbé de la jeunesse ». Cette coutume s'est perdue après la Grande Guerre.*

cents de son village. Le 21 janvier, on suspendait les filles, les jupes attachées aux chevilles, à un bâton, la tête en bas, comme des pipistrelles. On les chatouillait n'importe où pour les faire tomber. Certaines mijorées qu'on avait déjà bousculées dans les foins ou sur des gerbiers criaient, les hypocrites, plus fort que les autres. Le tour des garçons était pour le lendemain[1]. Malheur à qui s'échappait !

Le Joussaud ne donnait pas de mauvais conseils. Il racontait sans hypocrisie une joyeuse façon de se comporter dans ce bref et ardent passage qu'est la jeunesse : il ne cachait pas ses écarts conjugaux et il reniflait la femme en désir d'une virilité comme le chien une piste encore chaude. Hardi et bien fait de sa personne, il était rarement repoussé. Le temps passant, l'affection de ses deux enfants ne fut plus suffisante pour qu'il supportât son épouse, une héritière réservée et joliette. Il s'était marié avec l'espoir qu'elle et lui feraient un couple aimable et paisible avec de bons et de mauvais moments. Au début de leur union, il avait voulu se livrer aux plaisirs bien naturels de l'amour. Horrifiée, elle le repoussa, sauvagement. Réminiscences de catéchisme, discours de prêtres

1. *Rappel d'un rite païen très ancien consacrant le passage de la puberté à l'adolescence.*

sur le péché de chair, peur de l'enfer, cent autres sottises... Il avait renoncé et narguait l'épouse qui sombrait dans la bigoterie, en plaisantant vilainement le dieu des catholiques qui dirige si mal les affaires humaines. Il traitait de fariboles les légendes chrétiennes et de couillons ces saints dont les enfantillages feraient crever de rire des sangliers rembuchés. Sa femme l'aurait bien volontiers tué si cet acte lui avait obtenu ce paradis qu'elle croyait gagner en imposant à d'autres ses propres réflexions. Assurément, c'est par la braguette des hommes que Satan montre ses cornes aux femmes !

La Joussaleto est heureuse de parler de sa famille. Mais vite, elle revient à ses amours de jeunesse. Pour trouver un fiancé, elle avait peigné ses cheveux au clair de lune[1] et jeté trois petits cailloux dans des niches de saints, chaque fois qu'elle passait devant un oratoire. Non et non ! Elle n'était pas faite pour être épousée. Pourquoi les femmes ne peuvent-elles pas se marier entre elles ? Tout serait alors si facile ! La Mandeto la fixe de ses yeux noirs qui sondent les cœurs encore mieux que les corps malades et ne trouve en sa compagne qu'ignorance et sottise.

---

1. *Vestige du culte d'Hécate.*

« C'est alors, ma belle Jeannette, qu'on en ferait des paillades[1] que toute une moissonnée n'y suffirait pas ! »

Ostensiblement, elle parle d'autre chose.

---

1. *Autrefois, dans les villages provençaux, on faisait savoir à la communauté qu'une femme n'était pas sérieuse en répandant de la paille entre sa maison et celle de son amant.*

VI

Naissance d'Antonine

L'APRÈS-MIDI, le travail reprend.

Antonine fait des sachets avec des carrés d'étoffe usée ; bourrés d'épis de lavande, ils seront glissés entre les piles de linge. Les chambres garderont bonne odeur jusqu'au printemps, car les fleurs sèches perdent leur parfum dès que viennent les sèves nouvelles.

La bono fremo parle de son art, sans rien déguiser ; sang et peines attendent l'épouse dont l'amour est rarement payé de retour. Ses récits deviennent horribles car les femmes se plaisent à exagérer leurs douleurs pour transmettre la vie. Mais est-ce utile de parler un ton trop haut ? La nièce d'Enna retient conseils et recettes qui l'aideront, peut-être, à franchir les épreuves qui, de l'amoureuse, font une mère, être nouveau, d'essence différente. Tout dépend d'elle. Pendant la grossesse, elle doit ménager ses efforts.

Surtout, éviter toute surprise avec les animaux car une frayeur pourrait faire pousser des oreilles de chauve-souris, des touffes de poils, des nævi sur l'enfant qui s'agite dans son ventre. Elle doit être prudente à l'égard de tout, à l'encontre de tous. Parce qu'elle doit satisfaire ses envies, chacun s'efforce de lui être agréable. Oui ! Il est bon pour le village que les futurs paysans de cette terre n'exhibent pas sur leur peau des gousses d'ail, des fraises, des grappes de raisin ou de groseille. Dans une ferme de la vallée, on a vu un avant-bras d'enfançon à forme et couleur de papeton*. En pays de Salon, une nonnain a mis au monde un garçon avec de gentilles cornes de diable. C'est stricte vérité qu'à négliger les caprices d'une femme enceinte, on est maudit sur des générations.

« Regardez les *Rompu-Cuou* (casse-cul), cette famille de galapiats, faiseurs de chicanes, une lèpre au cœur d'Aspremont. De père en fils, ils ont le nez comme une tomate, depuis qu'un de leurs aïeuls a refusé l'entrée de son jardin à une fille grosse qui avait envie de cueillir des pommes d'amour. Dans ces cas-là, je recommande aux futures mères de se toucher les fesses et non la figure. Mieux vaut une figue à cet endroit qu'au milieu du front. Moi, je sais quand un fils va naître. Toutes les maisons m'en réclament, comme si je pouvais remplacer le bon Dieu ! Les parents sont bêtes et cupides qui pensent tous au travail qu'un garçon fera dès l'âge de dix ans. Je dis toujours que c'est une fille que je vais voir apparaître, le ventre aussi fendu qu'un melon éclaté, même quand la mère met le pouce dehors en faisant le poing ou que son visage est tellement affreux qu'on ne peut la regarder, signes évidents qu'elle porte un mâle. J'ai obligé Damiane, une bien douce pigeonne, à porter sur elle une image sainte pour écarter les maléfices de la jeteuse de sorts dont je tairai le nom. Cette *manjo bouan Diéu, cago diable* (mange bon Dieu, ch... le diable) avait dû compter quantité de grains de sel gris. »[1]

Antonine réalise que la Mandeto raconte sa naissance. Elle voudrait se jeter aux pieds de la conteuse pour ne pas perdre un seul de ces mots qu'elle a tant désiré entendre. Mais l'appréhension d'une horrible découverte la paralyse.

« À Damiane, j'avais dit qu'elle aurait une fille. *Vèntre pounchu, fiho attendudo* (ventre pointu, fille attendue). Le Pégat l'avait frappée à coups de pied quand il apprit qu'elle allait donner la vie. Lasse d'être maltraitée, elle se réfugia à la Guette auprès de sa sœur. Bastien l'avait trouvée couchée

1. *Ce procédé d'envoûtement est encore utilisé pour nuire à une personne qu'on déteste.*

dans le fenil, pâmée de faim, folle de terreur. Le malheur était en elle. Personne ne peut rien contre ça. Non ! Personne... Alors, le Leroy perdait la tête, lui aussi. Il a gardé la malheureuse avec l'espoir qu'Enna lui rendrait son amour en découvrant une femme plus infortunée qu'elle. J'ignorais tout cela lorsqu'il m'a fait venir pour délivrer ta pauvre maman. Le Seigneur soit avec elle dans le ciel ! »

On était le 17 janvier 1870, le jour de la Saint-Antoine. La bono fremo avait mis à tremper un bouton de rose d'hiver et chaque quart d'heure venait le regarder. La fleur ne s'ouvrait pas. Mauvais présage ! La parturiente hurlait, les deux poings contre son cou. Dehors, la tempête grondait. Des rafales secouaient la maison. À la cuisine, dans une bassine d'eau bouillante, des linges blancs trempaient qui nettoieraient la mère et le nouveau-né. Bastien entretenait le feu et regardait craquer les éclairs. Désœuvré, il sortit son couteau et créna un morceau de bois. Il se vit stupide et s'en fut à l'écurie où des reginglettes attendaient d'être remises en état. À l'étage, ça n'allait pas fort. Damiane avait bu de la tisane de graines de chanvre, calmante et analgésique. Sous ses aisselles, les femmes avaient placé un drap plié en huit et s'en servaient pour lui soulever le buste quand ses douleurs devenaient insupportables. Sans alléger sa torture, sans faire cesser ses cris. Alors, Enna coiffa les cheveux de sa sœur, en fit une tresse épaisse et serrée et lui recommanda de la mordre de toutes ses forces.

Le bouton de la rose d'hiver ne s'ouvrant pas, la bono fremo prévoyait des complications, peut-être une hémorragie qu'on arrête en appliquant sur le ventre une assiette frottée d'ail. Elle n'avait pas de levain qui, placé sur les muscles abdominaux, les aurait détendus. La nature devrait agir seule. On alluma le cierge de la Chandeleur. Puis, on invoqua Notre-Dame de la Ceinture de Brignoles pour que sa compassion vienne en aide à l'infortunée.

Les heures passèrent. La cadette du Pégat ne hurlait plus, les mâchoires crochées dans sa tresse. Elle avait perdu les eaux, mais rien ne paraissait bouger quand on appuyait les mains sur ses flancs. L'orifice vulvaire suintait du sang. Réalisant que la mère et l'enfant allaient mourir, la Mandeto marmotta une prière à saint Benoît Labre, se signa, récita le *confiteor*. Par le Dieu vivant ! Elle irait chercher cette fille entêtée à ne pas venir au monde ! Doucement, lentement, avec ses deux mains enduites d'huile d'olive, elle écarta le passage, en déchirant les chairs. Damiane ahanait. À bout de forces, elle s'évanouit. La bono fremo se fit plus énergique, ses poignets se teintèrent de rouge, ses doigts palpaient une boule ronde qui oscilla lorsqu'elle la tira par de légers mouvements. Une série de secousses. Un crâne rond apparaissait, puis un début de cou. Soudain, un cri bizarre, enroué. Une épaule dehors, le nouveau-né hurla. Le dégager demanda quelques minutes. L'accouchée ne reprit pas conscience et mourut exsangue.

Après avoir enveloppé le placenta dans une serviette de lin, la bono fremo le confia à Bastien afin qu'il l'enterrât au pied d'un figuier[1]. Le nouveau-né fut appelé Antonine. Non pas à cause de la coutume qui voulait que les enfants portassent les prénoms des grands-parents, mais pour remercier saint Antoine, le saint du jour, de l'avoir sauvée de la mort.

« Vrai, que tu étais laide à ta naissance ! Pour t'arracher à ta mère, j'avais enfoncé mes ongles dans tes joues et ton cou. Peut-être avait-elle souhaité t'emmener avec elle, là où les *masc* (jeteurs de sorts) avaient préparé son passage. Tu n'avais pas de cheveux, donc je ne peux te prédire le bonheur. Je t'ai laissé la plus grande longueur de cordon que j'ai pu. Lorsqu'il a été desséché, je l'ai enfoui sous le rosier dont une fleur m'avait annoncé la mort de ta maman. C'est pour ça que tu es si belle de peau. La pauvre Damiane doit être fière de te voir si jolie et si avisée. Allons, remets-toi à l'ouvrage ! »

---

1. *Symbolisme du lait de la figue. Le geste avait pour but de permettre à l'enfant de bien téter.*

Antonine ne respire plus. Elle a souffert le calvaire de sa maman et mordille le bout de sa natte. La Mandeto la regarde à la dérobée et se rend compte que son récit l'a frappée au cœur. Mais il fallait que quelqu'un ait ce courage. Pour que la défunte trouve la paix, sa fille doit l'aimer telle qu'elle était. Au bord des larmes, la Joussaleto n'ajoutera pas un mot au récit dramatique.

Et la révision continue.

De temps à autre, Enna vient s'asseoir auprès des ravaudeuses et s'enquiert de ce qui a été fait, de ce qui reste à faire pour montrer, selon l'usage, qu'elle est la maîtresse des choses et des gens de la Guette. Antonine ne peut s'empêcher de l'admirer. Elle la trouve belle, trop belle pour les dures besognes qu'elle accomplit, et l'imagine vêtue de robes de couleur, avec la figure blanche des femmes de la ville qui, parfois, visitent le village dans des calèches peintes et que des ombrelles de dentelle protègent du soleil. Sa maman aussi devait être jolie. Elle est certaine d'avoir rencontré son regard, celui d'une chatte[1] qu'elle aimait. Doux et résigné, il était

1.*Cette croyance est très ancienne. Elle peut être considérée comme la reconnaissance de la réincarnation. Selon elle, le regard d'un défunt pouvait s'exprimer dans les yeux d'un animal familier.*

d'une âme qui a souffert et a su pardonner. Combien de fois l'enfant solitaire a-t-elle interrogé les yeux de l'animal pour savoir leur secret ? Ils ne fuyaient pas et s'attardaient sur elle pour l'assurer d'une amitié lointaine et protectrice.

Sans transition, la bono fremo raconte un événement insolite. Un détail burlesque et inattendu change parfois l'aspect respectable qu'on s'efforce de donner à la mort.

À Aspremont, il y a un *pàntou* (un rustre), et c'est Bertrand Lardol. Figure large, ventre épais, démarche lourde. Une brute sans les gestes sobres et le port altier des paysans de la haute Provence. On tolère ses façons pour avoir, dans le village, la représentation caricaturale de ce qu'il ne faut pas être. Que ses gestes irritent ou fâchent, peu lui importe ! Il fait éclater des rots dans la rue, égrène des pets à l'église, pisse n'importe où. Les garçons s'amusent à « prendre la mesure du Pàntou ». Jeu idiot mais passionnant ! On coupe une branchette d'un empan et on piste le malotru jusqu'à ce que le gros homme ouvre sa braguette, cérémonial compliqué car il porte chemise longue, tricot, caleçon et une ceinture de flanelle rouge sur le pantalon. Alors, les gosses se rassemblent autour de lui. Silence ! Il faut estimer la longueur de la verge, opération difficile car le bonhomme la secoue avec vigueur. Que de commentaires joyeux, en comparant les bouts de bois !

Ah, ce Pàntou ! Il était une de ces figures originales disparues des campagnes. De nos jours, les paysans sont des ouvriers mécaniciens, de même modèle, avec une commune âpreté au gain, et la plupart meurent du travail de galérien qu'imposent les machines. Jadis, le cheval s'arrêtait quand il était fatigué. Impossible d'aller contre sa volonté ! En obligeant le maître à la réflexion, il lui permettait de déceler les rythmes de la nature, de les comprendre et respecter. Maintenant, on travaille la nuit à la lueur des projecteurs. On appelle ça le rendement et on succombe d'épuisement à quarante ans.

Le Pàntou en avait cinquante-deux lorsqu'il mourut de trop de galimafrées, de trop de sauces, de trop de cochonnailles.

C'est six heures de la soirée. Le soleil rase les toits et les fait danser avec des ombres qui s'allongent. L'Armand Banon arrose. L'eau vient d'un barrage de branchages, galets et sables dans le torrent. Détruite à chaque gros orage, la fragile construction est refaite avec patience, car sans eau, rien ne pousserait. Le canal qui l'amène dans les jardins a deux kilomètres de long et coûte cher d'entretien. Une fois par an, une équipe de volontaires débroussaille ses rives, brûle les ronciers et les herbes sauvages, enlève la boue, vérifie les prises d'eau. On se retrouve entre hommes plus libres de paroles qu'à la buvette où traînent des oreilles indiscrètes. Belle occasion pour dire ce que l'on pense ! Voisins qu'on déchiquette, femmes folles qu'on partage, clergé tatillon, gouvernants lointains et ignares... Chacun raconte des histoires transmises de génération à génération, improvise poèmes et chansons, redonne vigueur à l'entité vivante, en constante transformation dans sa pérennité, qu'est un village provençal.

Depuis les Salyens qui, jadis, défrichèrent cette vallée, les hommes vénèrent l'eau, en la faisant couler chaque jour dans leurs mains. De la serfouette, le Banon en discipline les lacis brillants. Les pluies d'automne rendront inutiles les heures d'attente à la regarder s'enfoncer dans la terre avec de grosses bulles blanches. Il se divertit de l'ahurissement d'une musaraigne surprise par un déluge. Les poils collés, couinant sa peur, la remuante bestiole sera tuée d'un petit coup de poignet. Un frétillement, un clapotis. Une truite perdue éclabousse de la lumière. Jetée sur le sol sec pour y mourir, elle clappe des ouïes, horrifiée par un monde tueur, à deux dimensions, où elle a cessé d'être poisson.

Tâche monotone ! Voilà que de minces filets rouges s'étirent et se tortillent autour d'une herbe ou d'un caillou. Le paysan s'étonne, inspecte la vanne, découvre des tourbillons écarlates dans le courant ; le fait étrange exige une explication. Après avoir abaissé les martellières*, il chemine le long du canal jusqu'à une silhouette accroupie, statue dont le socle est l'ouvrage maçonné assurant la distribution des eaux dans quatre directions.

« Holà, Bertrand ! »

Pas de réponse. L'homme immobile a les fesses à l'air. Son dos s'appuie à une murette, sa tête retombe sur la poitrine, ses mains crispées sur la ceinture paraissent retenir les pantalons. Et dans l'eau, des remous rougeâtres... En faisant ses besoins, le Pàntou a été surpris par la mort. Peu lui importait qu'on le vît. Depuis sa jeunesse, il a toujours fait ainsi. Pourquoi aurait-il changé ses habitudes ? L'écurie avec de la paille pour faire le fumier... L'eau d'arrosage qui emporte tout et va engraisser le champ... Logique et économie paysannes d'un temps où chaque geste avait son utilité ! Les gueulements du Banon ameutent des passants. Rien à faire pour dégager le Lardol, qui glisse, échappe, pèse une immensité. On jurerait un de ces soldats teutons en faïence vernissée, grotesquement assis sur des pots de chambre contenant de la moutarde. Revanche individuelle et malicieuse de la défaite de 1870 ! Des paisseaux sont placés sous le cadavre que des hommes soulèvent avec de grandes secousses des reins. Et voilà le Pàntou étendu sur l'herbe. César Fortoul, celui qu'on appelle, à juste titre, *lou Renaire* (le rouspéteur), résume la situation :

« Celui-là, il mangeait de trop. En poussant fort, il s'est fait péter les veines du cul. Misère ! »

On allonge le mort sur un diable à maçon qui achevait de pourrir dans un champ voisin. Et chacun tirant ou poussant, on le ramène chez lui. L'excitation tourne à l'allégresse. Une des deux roues vermoulues de la charrette basse s'étant brisée sur les galets de la rue, on enveloppe la dépouille avec des sacs serrés par des cordes et on la porte à bras. L'incident est un motif à plaisanter, si bien que, à la veuve, son deuil est annoncé comme une farce. Pour monter à la chambre à coucher des Lardol, l'escalier se révèle trop étroit. Impossible de passer à plusieurs porteurs pour hisser ce volume encombrant. Alors, on l'abandonne sur le palier. L'épouse regardera son défunt mari sans manifester la moindre émotion. Elle sait, elle, que ce décès va alléger sa vie.

« Avec lui, ça ne pouvait finir que comme ça. Mettez-le à l'écurie où il attendra sa caisse. Et venez boire de son vin, que ce pas-grand-chose n'en offrait jamais à personne. »

Le mulet ne daigna pas tourner la tête pour regarder son maître. La justice entre les hommes et leur providence laissait indifférente cette bête intelligente, trop souvent battue sans raison.

Et ce furent les visites. On vint jeter une piécette de monnaie à côté de la main du mort[1]. Le Tambour alla de maison à maison, brandissant une sonnaille et répétant :

« *Es mouart lou Bertran. L'enterran deman a cinq ouro.* (Le Bertrand est mort. On l'enterre demain à cinq heures.) »

Son tour de village achevé, il passa à l'église prendre un cierge bénit qu'il alluma aux pieds du cadavre. Dans la cire fondue, il plaça par prudence quelques grains de sel conjurateurs. Sait-on ce qu'il y a dans l'au-delà ?

Contrairement aux usages, personne ne veilla, la nuit. La veuve souffla la flamme pour ne pas mettre le feu à la paille et, après un repas copieux, se

---

1. *Rappel d'un certain paganisme. Le denier de Caron se mettait dans la bouche du mort ou à côté de lui. Cette coutume n'est pas totalement disparue de nos campagnes. En fait, pour ceux qui avaient des intérêts communs avec le mort, elle prenait la signification d'un rite de rachat. À cause des pièces de monnaie qu'on laissait dans le cercueil, le défunt perdait tout motif de revenir sur terre pour tourmenter héritiers et voisins.*

coucha tranquillement. L'enterrement du Pàntou devait rester dans les annales d'Aspremont.

Devant la carriole funéraire, une vieille femme balançait une lanterne éteinte. Derrière, le Tambour portait un cierge allumé[1]. Sur le chemin qui conduit au cimetière, on entendit dans le cortège un bruit fort et régulier. Cette ganache rigolarde d'Olivier Estremau, dit *lou Rousset* (le rouquin), avait des pantalons de velours trop larges. Chaque fois qu'en marchant il croisait les genoux le frottement de l'étoffe à larges côtes produisait ce son bas, prolongé, étouffé. L'assistance fit semblant de croire qu'il avait trop mangé de fèves[2]. Le fou rire fut vite général. En lançant une poignée de terre sur le cercueil, en dernier adieu, personne n'avait de tristesse au cœur. On murmurait :

« Ah, celui-là ! Quelle idée de s'éclater du cul ! »

---

1. *La signification des deux objets est évidente : mort terrestre et résurrection à la lumière de la vie spirituelle.*
2. *Les fèves provoquent des flatulences. Elles étaient la nourriture de base des bagnards à Toulon. À Marseille, leur consommation était interdite sur certaines galères royales à deux rangs, à cause de la position décalée des rameurs. Anecdote pour servir la petite histoire de la Provence.*

Après une dernière aspersion d'eau bénite, le curé s'éloigna. Les femmes le suivirent, honteuses de la joie des hommes. Un mort est un mort ! Il faut s'en méfier. Saint ou damné, il peut être la cause de bien des malheurs. Déjà, le fossoyeur faisait sonner des pelletées... Alors, le Barnabé Pélissier eut une idée saugrenue, l'idée qu'on a une seule fois dans sa vie.

« Ho vous autres, si on lui foutait une salve d'honneur ! » On s'enthousiasma.

« *Justi ! Gauto ! Fué !* (En joue ! Pointez ! Feu !) »

Ce fut à qui ferait le plus de bruit. Pire que les pétarades aux bravades des villes de la Méditerranée, le jour de la fête du saint tutélaire. Quel succès ! Quels rires !

Au retour, un franc luron improvisa une chanson, en modifiant les paroles d'une comptine.

An enterra lou Pàntou	On a enterré le Rustre
Aquéu vièi couioun.	Ce vieux couillon.
Petard de sort	Pétard de sort
qu'èro couioun !	qu'il était couillon !
À soun enterramen	À son enterrement,
i'avié trento-sèis	il y avait trente-six
petaire	péteurs
Emé lou curat	Avec le curé
dou cantoun.	de la paroisse.

Quéti rire !	Que de rires !
Quéti rire !	Que de rires !
I'avié 'n panard	Il y avait un boiteux
em'un gibous.	et un bossu.
Quéti peto	Que de pets,
que fasien touti dous !	ils faisaient
	tous les deux !

Et chacun de contrefaire le Pàntou, le curé, le boiteux, le bossu. De tant s'esclaffer avait donné soif. À la buvette, on but comme le champ trempé de rosée. Dans l'enthousiasme général, on décida un grand honneur posthume pour le Bertrand Lardol si étrangement mort. À son surnom de Pàntou, on ajouterait le titre glorieux de *petaire* (péteur). Et ce Pàntou-Petaire est encore, de nos jours, célèbre dans toute la vallée et, assurément, dans toute la haute Provence.

Antonine s'est divertie. Désormais, elle pensera peut-être avec un peu moins d'amertume à la fin tragique de sa maman.

Décidément, la Mandeto est une habile femme.

Bonne et charitable, à sa manière.

VII

Jours de la Toussaint

Les travaux de l'automne, s'ils sont moins pénibles que ceux de l'été, exigent davantage de soins.

À la vieille lune, on cueille les poires tardives sans les meurtrir de l'ongle ou d'une pression des doigts. Sur des clayons de jonc et de paille semblables à ceux qui égouttent les fromages, elles rejoignent figues blanches, tomates, melons, pommes soigneusement étalés. En mars, on mangera encore de ces fruits plus fondants et sucrés que fraîchement cueillis.

À une pleine lune, on soutire le vin dont le cuvage est terminé. On en remplit des dames-jeannes renforcées d'osier. Antonine officie en tenant le goulot à deux mains et crie lorsque la mousse violette va déborder. On le transvasera, une dernière fois, juste avant Noël, après que les premiers gels l'auront fait clair, et on versera un peu d'huile d'olive dans les bonbonnes vinaigres. Le vin vieillira à l'abri de l'air, lentement, doucement, comme font toutes choses dans la nature et dans le cœur des gens fidèles.

Aulx tressés et bouquets d'oignons rouges et violets sont suspendus à des clous plantés en ligne dans les poutres de l'écurie. Les amandes font de gros tas dans la cuisine. Pendant les veillées d'hiver, on ôtera les écales, véritable friandise pour les chèvres. Carottes et navets sont enfouis à l'obscurité, sous une couche de sable ; pris à la rivière, à pleines pelletées, il coule entre les doigts comme des rayons de soleil. Poivrons, aubergines, cornichons ont été tassés dans du marc de raisin arrosé de vinaigre. Des milliers de moucherons tourbillonnent autour des récipients en terre cuite. Dans quelques semaines, ces légumes seront onctueux, parfumés, délicieux à manger.

Il faut aussi chabler les noix. Six noyers séculaires à côté de la pièce de vigne dite « les trois mésanges » sont une corbeautière bruyante, agitée de bavardages. Les oiseaux malicieux détachent des fruits et les emportent dans leur bec. Ayant repéré une dalle de rocher, ils reguindent* haut, laissent tomber leur larcin et l'accompagnent en tourbillonnant. Au sol, ailes battantes, ils sautillent avec des croassements d'intimidation et s'acharnent sur les coquilles brisées par le choc, car picoter les cerneaux est une délectation. Les femmes de la Guette chassent à coups de perche les gueux criards installés sur les plus hautes branches. Ces ventres affamés ont calculé la longueur des bâtons et marquent d'un panache noir la possession de leur garde-manger. Par le nombre et le vacarme, ils voudraient effrayer trois formes agitées, bien décidées à faire tomber les noix comme grêlons. Leur patience lassée, ils se rassemblent dans une prairie pour délibérer sans fin. Mais que faire contre de si étranges créatures ? Au faîte des grands arbres, il restera quelques fruits qu'ils se disputeront à coup d'ailes, dans un volettement de plumes arrachées. Malgré les voleurs, la récolte a été bonne.

Un soir, Enna a regardé avec sévérité sa nièce qui mange sa soupe avec un grand bruit de lèvres.

« Tu te tiens mal. À dix ans, tu ne fais guère honneur à ton pauvre père, un faraud toujours astiqué comme la joue du fusil. »

Elle hésite à donner un ordre qui de cette gosse, qu'elle aime sans jamais le laisser paraître, fera une grande personne responsable de ses gestes et de son temps. Alors, elle brusque la Joussaleto.

« Si tu t'occupais mieux d'elle... Ô Vierge Misère ! Secoue-moi cette paresseuse. Demain, tu l'enverras, avec le cheval, ramasser des châtaignes dans la forêt, là-haut, à la cascade des

Fadons. L'hiver, on mange aussi quand le champ est sec ! »

Elle s'en va, tirant sur son front la pointe de son fichu de tête noir. La peur et la joie frappent à grands coups la poitrine d'Antonine car l'expédition durera toute une journée. Sur les pentes de la montagne, les eaux d'un torrent tranchent les feuillus comme une chair ouverte. Autrefois, les châtaigniers étaient la providence des familles pauvres. Bêtes et gens en profitaient. Travail de femmes et d'enfants...

Antonine a quitté la Guette avant le lever du jour et a marché pendant quatre heures. Avec célérité, elle ramasse les fruits au sol et se pique les doigts à ouvrir des bogues récalcitrantes. Des feuilles pourries recouvrent des plaques de sable traîtresses sur lesquelles elle glisse. Le panier plein est porté jusqu'à la clairière où le cheval mâche de l'herbe. Remplir quatre sacs fut harassant et prit toutes les heures du jour. À peine le temps d'avaler un croûton de pain festonné de mangeures... La nuit surprit la fillette alors qu'elle attachait sa récolte sur le bât. Au retour, le long des sentiers, la forêt résonnait d'une musique étrange, douce et inquiétante. Des odeurs de bois moisis et de bêtes sauvages naissaient de l'humidité nocturne. Antonine pressa le pas. Tiré par le bridon, *lou goï* baissait la tête, tendait le cou, renâclait. Avec une telle charge sur le dos, il n'acceptait pas qu'on le bousculât.

Enna est venue à la rencontre du vaillant équipage. Tendue à bout de bras, une lanterne à huile éclaire son visage. Les bronchades du cheval sur les pierres du chemin lui annoncent les silhouettes de l'enfant et de la bête dans le clair-obscur lunaire. Alors, elle ouvre tout grand ses bras. Depuis des heures, sa nièce ressentait le besoin de ce refuge et court s'y blottir.

« Est-ce que tout va bien, petite Tonine ?

– Oui, ma tante.

– Bien ! Cette année nous mangerons tes châtaignes. »

La maîtresse de la Guette a insisté sur le possessif. Alors, la joie submerge Antonine. En se tenant par la taille, toutes deux cheminent jusqu'à la vieille bâtisse où la Joussaleto a préparé un copieux repas. L'enfant dévore et va se coucher épuisée. Toute à son bonheur, elle oublie sa prière du soir. Mais qu'importe !

Enna n'est pas mécontente de la saison.

En calculant juste, elle pourra engager un de ces *recuraire* (émondeurs d'oliviers) qui, de ferme à ferme, de fortis à fortis, redonnent vigueur aux oliviers. Tâche difficile ! Cet émondeur, il faudra le payer. La maîtresse de la Guette songe au pot de grès sur la cheminée, avec son ventre rebondi, ses tiquetures et son oreille cassée. Il est plein de haricots. Lorsqu'on les verse sur la table, ils coulent avec des reflets rubigineux et laissent apparaître des pièces d'or, les derniers louis du pauvre Bastien, ceux de son héritage, là-bas, dans une plaine où les cavalcades furieuses du mistral font tourner vers lui les cornes du bétail.

Où le temps s'est-il perdu ? Que reste-t-il de cette histoire d'amour et de travail ?

La Guette ! Avec ses peines quotidiennes... Mais vaut-elle de vivre de tant de cruels souvenirs ?

Deux jours avant la Toussaint, on sortait des armoires vêtements de deuil et bottines noires à boutons qu'on porterait pour la visite traditionnelle des tombes.

Le matin de la Toussaint, la Joussaleto constata que le vent était à l'est.

« C'est le levant blanc qui souffle dans un ciel sans nuage. Demain, pour les morts, ce sera le levant gris avec quelques nuages. Peut-être qu'il pleuvra un peu car la suie de la cheminée sent plus fort. Après, nous aurons le levant nègre, avec un déluge d'eau, vrai temps pour pleurer ! Même la nature s'en mêle. Dans le fond, ce qui vient à mal, c'est nous qui le voyons comme ça. Le bon Dieu doit savoir ce qu'Il fait, sinon, on peut plus rien comprendre. »

Au cimetière d'Aspremont, après avoir déposé des fleurs sur ses disparus, on visite les caveaux des familles du village sans s'attarder sur aucun. Une courte prière, un signe de croix et l'on s'en va plus loin. Chacun ressent que la mort est égalitaire. Nul ne veut donner l'impression que, dans son souvenir, il accorde une place de faveur à ceux qu'il a perdus. Ce serait une inconvenance, presque un défi.

Le temps de la Toussaint est mis à profit pour se saluer, se rencontrer, renouer au-delà d'anciennes querelles. Des questions en attirent d'autres. Prudence et astuce ! Un certain code des usages est renouvelé par la pratique car les rapports sociaux doivent évoluer au fur et à mesure que gens et fortunes se modifient. Temps de vérité ! Grâce à la présence impalpable des morts, personne ne dissimule au-delà d'une certaine tolérance. Chacun est persuadé qu'aller trop loin dans le mensonge et la fourberie provoquerait des réactions néfastes de l'au-delà.

Enna dit sa préoccupation : la taille de l'olivier mange les journées de travail. Quelqu'un parle d'un émondeur, un homme encore jeune dont la réputation croît d'année en année, bien qu'il ne soit pas de la vallée. Pourquoi faudrait-il être vieux pour détenir les secrets de la terre ? On sait ou on ne sait pas. C'est comme pour participer à la peine ou au bonheur des autres. Enna a fait cette comparaison machinalement et la honte brûle ses joues. Depuis son veuvage, c'est la première fois qu'elle livre un peu de ses pensées. Elle réagit vite ; il faut comprendre son propos comme une aimable excuse à la jeunesse de ce *recuraire*.

Antonine a aperçu les garnements qui l'avaient blessée à la tête, leur a tiré la langue et dit qu'elle était allé, seule, ramasser des châtaignes à l'ubac des collines, passé la cascade où des fées viennent se baigner et envoûter les humains. S'ils osaient venir la narguer, elle les rosserait. Non ! Elle ne leur tient pas rigueur de leurs taquineries.

Bien au contraire ! Sa blessure avait provoqué un regain de tendresse de sa bonne tante Jeanne.

Le Pégat croise les femmes de la Guette. Dans un geste de menace, il lève haut la main derrière son épaule. Enna s'arrête et à voix haute, afin d'être entendue de l'entourage, elle dit :

« N'aie pas peur, petite. Celui-là, c'est le Mercadour. À force de coups et de soucis, il finira bien par tuer ma malheureuse mère. Je le tiens pour responsable de la mort de ta maman. Sans la Mandeto, tu aurais péri, toi aussi. Que cette bête brute prenne garde à ne jamais te faire le moindre mal ! Aucun lien de parenté n'interdit de châtier le criminel qui pèche contre Dieu, en péchant contre ses propres enfants. Allons, viens ! »

De nouveau, la maîtresse de la Guette a livré un peu de sa vraie nature et s'en étonne. Serait-il fini le temps de la pénitence volontaire et du secret ? Antonine s'empare d'une main de sa tante et, comme un remerciement, la met contre sa joue. Enna s'en veut de n'avoir pas maîtrisé sa mauvaise humeur. Le jour de tous les saints, il ne faut menacer personne parce qu'alors le malheur vient dans la maison.

Sur le chemin du retour, la veuve Leroy va de son pas élastique et la Joussaleto trottine. La lumière du ciel est opalescente et l'humidité assourdit les bruits. Au-dessus des arbres, un vol de grives trace des lignes droites, un faucon plonge, des plumes voltigent. L'oiseau de proie et sa victime chutent derrière une futaie. Chacun meurt pour que d'autres vivent... C'est la vie ! Antonine pense à sa mère morte en mordant sa natte de cheveux. Pourquoi cette image s'est-elle fixée, hallucinante, dans son esprit ?

Le chien fou des collines humait les vagues odeurs que le levant gris traîne avec lui. De loin, il a flairé la fillette et s'est précipité pour des jeux et des caresses. Quand elle l'appelle, il jappe et son corps frétille. Déjà, on aperçoit les tuiles de la Guette que grisaillent les lichens des battellements. Enna et la tante Jeanne pressent le pas. L'animal saute sur les épaules de son amie, la culbute au sol, lui lave le visage à coups de langue, la pousse du museau, mordille ses souliers. La grillette* de son collier sonne furieusement. Antonine essaye de calmer cette fougue, encore que cette lutte, corps à corps avec la bête souple, habile, aux bons yeux malicieux, lui plaise infiniment. Elle dit, sans conviction :

« Le vilain ! Finiras-tu ? »

Il redouble feintes et glissades. Alors, elle se décide à courir vers la ferme car des cabrioles ne sont pas convenables en ce jour de souvenir. Lui, le chien, ne comprend pas cette dérobade et s'assied sur son derrière pour réfléchir. Puis, il change d'idée et va fourrer sa truffe dans des trous de lapin qui sentent bon l'odeur captivante des longues oreilles.

Le matin, avant de partir pour le village, on a mangé à la hâte la *castagnado*, le premier plat traditionnel de châtaignes, qu'on a laissé sur la table pour le repas des morts[1].

---

1. *Réminiscence païenne. Cette pratique est encore suivie dans les familles provençales respectueuses des traditions.*

En rentrant dans la cuisine, la Joussaleto, qui a l'œil à tout, remarque que des fruits manquent. Elle s'émerveille, convaincue que les trépassés leur sont favorables et qu'ils l'ont fait savoir à leur manière. Et Antonine a honte d'être si gourmande. Avouer son larcin ferait de la peine à sa tante. Alors, pourquoi gâcher une si bonne journée à une cervelle prête à croire n'importe quoi ?

Pour satisfaire aux coutumes, on resta trois jours sans travailler. On évita de laver du linge car chacun sait que la femme qui ose faire une lessive à la Toussaint ne voit pas la fin de l'année. On ne s'écarta guère des bâtiments, nul n'ignorant que les victimes de crimes de sang reviennent, ce jour-là, sur les lieux où ils ont été tués. Invisibles et remplis de colère, ils réclament aux vivants une impossible justice. À quelle fin Dieu donne-t-il la paix aux assassins et des errances éternelles aux victimes ? Malheur à celui qui passe à la portée d'une âme désireuse de vengeance ! Il est marqué à jamais par les *pessu de mouart* (les pinçons de mort). L'Anaïs Favasse, dite *l'Esquichoun*[1], en est le témoignage irréfutable. Sur un avant-bras, elle a les

---

1. *L'*esquichoun *est un en-cas consistant à mettre du petit salé entre deux tranches de pain qu'on aplatit. Le surnom indique une extrême maigreur.*

marques d'une main surnaturelle, cinq escarres noires qu'aucune herbe n'effaça. En passant sous une alignée de peupliers, elle avait ressenti la présence de son arrière-grand-oncle, le Cyprien Favasse, le vieux chasseur qui, de son vivant, s'y embusquait pour surprendre des sangliers se baugeant dans les allaises*. Dès l'aurore de la Révolution, les armées de la nation avaient fait un soldat courageux de ce paysan naïf. Il était un rescapé des aventures militaires de la République et de l'Empire, aussi du choléra et de la dysenterie qui, sur les chemins de la Russie, tuèrent des centaines de milliers de soldats de Napoléon. De graves blessures lui interdisant tout travail, il giboyait à l'espère (à l'affût). Sa pétoire éclatait comme le tonnerre et fumait comme un écobuage de taillis humides. À soixante-dix ans passés, l'œil clair, il voyait bouger à deux cents pas les oreilles inquiètes du lièvre relaissé qu'il débusquait en lançant son corniaud et fusillait en plein bond. Cet ancien artilleur ne croyait ni à Dieu ni à Diable, et sa seule amitié céleste était sainte Barbe.

« *Quouro lou tron petara, santo Barbo m'assoustara*. (Quand le tonnerre éclatera — la mort viendra — sainte Barbe me viendra en aide.) »

En attendant, il ricanait sur son propre trépas et menaçait, d'une platée de mitraille, les jean-foutre du village. N'ayant jamais servi comme soldat, ils oubliaient que la France avait terrifié l'Europe avec des flots de sang. Parce qu'il avait conservé sa verdeur, il tenait aux femmes des propos scandaleux. Si elles ne se défendaient qu'un peu, l'affaire ne traînait pas. C'était fait pour ça, les femmes ! Pas pour redouter des discours de chapelle sur des événements sans queue ni tête, passés sur une terre de mensonge. Mais pour ouvrir leurs mains et leur chair. Qu'il en avait bousculé sur les prés, assailli et forcé dans les maisons ! Elles hurlaient avant, l'embrassaient après, le serraient contre leurs seins pour d'autres recommencements. Putains de garces ! Il faut oser et les prendre telles qu'elles sont.

L'ancien soldat comparait les morts déraisonnables qu'il avait connus et aimés à travers ses errances à ces vivants qu'il détestait. Les sales tripes ! Il était devenu un déraciné à cause d'eux qu'il avait cru défendre et qui le payaient, en retour, d'indifférence et de mépris. Mais il se vengeait subtilement en évoquant l'enfant malade, le père incestueux, le parent incurable, l'aïeul impotent, la catastrophe qui avait ruiné une ferme ou dévasté des champs. Persuadé que ses ribaudailles militaires l'avaient fait d'essence différente, il se voulait sarcastique et drôle. À la vérité, il était devenu plus méchant que ceux qu'il insultait parce qu'il les haïssait.

On l'avait découvert la gorge ouverte, le corps lacéré. Un ours l'avait-il étouffé et déchiqueté ? Personne ne put l'affirmer. Ses yeux grands ouverts contemplaient avec stupéfaction un spectacle étrange. Deux ragages* sanguinolentes faisaient son sourire sardonique. À quelques pas de son cadavre, des sangliers avaient fougé autour d'une source aux couleurs de l'ardoise et couché des ajoncs. Comme on était au temps de la Toussaint, Aspremont se persuada que le Favasse avait envoyé du plomb à quelque défunt revenu sur la terre. L'entité infernale n'avait pas supporté d'être agressée, là où elle avait été tuée par violence, jadis. Elle s'était vengée afin de retrouver la paix. Avec quelle cruauté ! Pourquoi les trépassés feraient-ils montre de bonté ?

Un enseignement ancestral veut que les fleurs apaisent et aident les défunts. Alors, l'Esquichoun avait déposé un bouquet à l'endroit, marqué d'une croix de pierre, où la dépouille du Cyprien avait été trouvée. Elle était persuadée d'honorer son aïeul et de lui porter secours. N'avait-elle pas appris qu'en purgatoire, on souffre sa délivrance en esprit, mais avec des douleurs encore humaines ! Et quelque chose l'avait secouée comme l'arbre sous le vent.

Devenue lourde infiniment, elle s'était enfoncée dans le sol. Fulgurante, atroce, une brûlure à l'avant-bras gauche l'avait fait hurler :

« Vierge Marie, venez à mon secours ! »

Aussitôt, son tourment avait cessé. Pétrifiée par l'horreur, elle réalisait qu'elle avait par inadvertance interrompu le déroulement d'une procession des morts. Sur sa peau, cinq caroncules noirâtres prouvaient l'effarante réalité. Les marques de cette main infernale ne s'effacèrent jamais. En quelques minutes, la pauvre femme avait tant vieilli qu'elle ressemblait à un cadavre décharné. Même en se bourrant de pain, de pois chiches et de lard, elle resta efflanquée, les jambes tortes pas plus épaisses que des poireaux. Sous la robe, son épine dorsale saillait comme celle d'un vieux chien. Après sa confrontation avec l'au-delà, elle traîna dans ses habits une odeur de maladie et de mort. On la sentait dès qu'on s'approchait d'elle et on s'en éloignait sous le premier prétexte. À côtoyer l'enfer, on se prépare une triste fin... Elle-même crevait d'angoisse à l'idée de rejoindre ceux qui l'avaient marquée d'un signe satanique et se confessait à la moindre peccadille. Le curé y trouvait son compte et la citait en exemple des pouvoirs terrifiants des démons. Devenue le doigt de Dieu, la pauvre insensée montrait les portes du ciel à Aspremont.

On croyait un peu à tout cela... Pas plus qu'il ne fallait... Pour ne faire de peine à personne... Pour laisser les bigotes et le curé à leur désœuvrement... Mais les *pessu de mouart* furent une excuse toute trouvée aux garçons dont les pères avaient calculé d'agrandir leur domaine en passant sur le ventre de ce laideron propriétaire de si bonnes terres.

VIII

Fiançailles et mariages à Aspremont

TRADITION UTILE que les trois jours de repos de la Toussaint.

Car il va falloir biloquer* la terre jusqu'aux pierrailles du sous-sol. Fumier et charrée ont été épandus. Des baradeaux* seront à refaire, l'eau sourd au pied des rochers qui escaladent la colline arlequinée de cystes et de genêts et infeste les prairies d'herbes dures et d'ajoncs. Pour remplacer les ceps morts, il y aura des augelots* à creuser, profonds et larges. Des murs de soutènement des fortis se délabrent où des chantepleures attendent, depuis des saisons, qu'on les répare...

Que de temps perdu à reprendre l'ouvrage qu'une force d'homme achèverait d'un coup ! Mortier à gâcher, planches à ajuster, ferrures à marteler à la forge, outils à réparer... La Joussaleto a beau faire son possible ; sa vocation est de souffler sur la braisette pour qu'éclate une régalade et de tournicoter des cuillères dans les marmites. Vaillante bien que jeunette, Antonine fait de la besogne utile en s'occupant des bêtes et du ménage.

Ces soucis quotidiens donnent à réfléchir à Enna. Voilà six ans qu'elle est veuve. Maintenant, elle reconnaît avoir été injuste, sinon cruelle, envers son mari. Pourquoi a-t-elle commis la folie de le priver de son amour ? Pourquoi sa dévotion à l'homme aimable qu'il n'avait jamais cessé d'être s'était-elle transformée en aversion ? Pourquoi, le jour de son décès, avait-elle éteint les bûches en versant de l'eau sur le foyer comme s'il s'était agi, dans la maison d'un étranger, de se conformer à une coutume ? Elle éprouve désarroi et honte à évoquer des souvenirs de celui qui n'est plus que « le pauvre mort » parce que, dans la vallée, on évite d'appeler les défunts par leur patronyme. Pourtant, dans cette Guette qu'il a fait revivre avec ses mains, ses reins, son cœur, il reste présent. Ses gestes flamboient dans le clair-obscur de l'écurie. Il fait claquer ses souliers sur les pierres du chemin pour que sa femme vienne se jeter dans ses bras. La nuit, une chaleur s'allonge près d'Enna et flatte son corps jusqu'à l'énervement. Réveillée, elle cherche en vain une présence, car le désir d'aimer est toujours en elle. Alors, elle pleure de rage déconfite tandis que, sur le plancher du grenier, des effraies scandent des marches de soldat. Parfois, elle va à l'extrémité du pré sur lequel la ferme est bâtie. Après l'enterrement et pour respecter les usages, la paille du lit conjugal y avait été transportée. Personne n'oserait la toucher et elle restera là jusqu'à son intégration avec la terre. Les mains sur le ventre, Enna la contemple et revit de merveilleux moments d'amour. Lorsqu'elle revient à la Guette, elle est, non pas apaisée, mais inquiète de l'avenir. Elle ne supporte plus la vie factice qu'elle s'est imposée après la mort de l'époux enterré en habits de noces[1]. Il lui arrive même de penser qu'elle pourrait avoir des enfants. Pourquoi tout ne redeviendrait-il pas normal selon la règle des champs et des hommes ?

Jadis, à *lou soupa deis armeto*[2] (le souper des âmes défuntes), les parents décrivaient minutieusement les qualités, les travers, les habitudes des disparus, afin que les enfants, devenus adultes, puissent reconnaître en d'autres enfants les vertus et les folies des morts familiaux. Puisque, sur cette terre, tout paraît obéir à des recommencements cycliques, pourquoi les créatures humaines ne subiraient-elles

1. *Usage ancien. L'habit de noces du marié était soigneusement conservé pour servir d'habit mortuaire.*

2. *L'étymologie grecque de* armeto *signifie, non pas « âme » selon la conception catholique, mais « premier signe de vie de l'enfant dans le sein de sa mère ». Ce rituel païen était, en quelque sorte, la reconnaissance de la transmigration des âmes des défunts.*

pas une loi similaire ? Après le repas, garçons et filles emportaient leur dessert et le mettaient sous l'oreiller afin que les âmes apaisent leur faim. Ce geste les reconnaissait vivantes parmi les vivants.

Parce que ses tantes observent scrupuleusement cette coutume, Antonine les prie d'évoquer des souvenirs de son père. La Joussaleto est restée naïvement amoureuse de son frère. Pourtant, par respect et par devoir, elle parle d'abord du Jean Joussaud.

« Croyant continuer l'œuvre de Dieu, l'Église exige des naissances après avoir béni les mariages. Sur l'insistance du curé, la Marie-Anne s'était soumise à son époux, en de rares occasions, comme un sacrifice, en expiation des péchés d'autres femmes qui – lui avait-on raconté – se complaisaient à de telles souillures. »

Pendant l'acte d'amour, elle récitait des prières. Son mari assoupi, elle allait se laver avec des hoquets d'écœurement. Puis, à genoux sur les carreaux de la cuisine, elle implorait le pardon de la toute pure Vierge Marie et souhaitait l'enfer à l'homme qui avait pénétré et souillé sa chair. Furieux d'un tel comportement, le Jean Joussaud enrageait et querellait. Plus d'une fois, il eut envie de cingler à coups de fouet, jusqu'au sang, cette intolérante superstitieuse. Souvent, il s'en allait dormir au fenil ou traînait une paillasse à l'autre bout de la maison, maudissant le destin qui l'avait lié à une cervelle détraquée. Avec des rages bleues, il se rappelait le temps du *caligna*, cette cour d'amour villageoise traditionnelle.

Sur l'allée de platanes[1] qui, de la grande place du village, amorce la descente vers le fond de la vallée, les jeunes filles se promènent, le dimanche après vêpres. Fraîches et accortes, avec fichus et jupes de couleur, bas blancs, bonnets de dentelle, souliers noirs, chapeaux de paille dans le dos, elles pouffent de rire, guignent les garçons, daubent leurs travers et plaisantent leur peu de biens. Petites hypocrisies ! Ce qui saute dans leur ventre, ce n'est pas calcul de fortune, mais violent désir d'être prises par le seul dont elles ne pourront pas se défendre. Elles le savent, ces matoises, et ne livrent pas à leurs compagnes la folie de certaines nuits lorsque, éveillées, elles pressent leurs seins dans un geste d'offrande à l'amoureux de leurs rêves. Des jeunes gens les suivent, en habits du dimanche, farauds et violents. À voix haute, ils disent compliments et balourdises, font les fendants, tirent du gousset la montre d'or empruntée au grand-père.

---

1. *À partir du XIXe siècle, en Provence, les platanes supplantent les arbres traditionnels : ormes, tilleuls, micocouliers, et même les marronniers qui indiquaient, fréquemment, la maison du nobliau local ou du propriétaire le plus fortuné.*

« Ho, toi, la Louise, pourquoi tu ne regardes pas le Léon ? Peut-être que tu sais pas qu'il est fou de toi. Moi, je donne tort à ce pauvre couillon. »

Léon fait semblant de se mettre en colère et de châtier l'insolent. Mais à voix basse, il l'encourage. C'est l'usage. L'interpellée hausse les épaules.

« Lui, bonne mère des anges ! Il est le prince des fainéantasses, même pas capable de cueillir des fleurs pour me faire un petit plaisir. Et ses parents sales et avares... Et ne me parlez pas de leur maison... »

De part et d'autre, on étale de vieilles histoires, des hontes, des méfaits. La critique est violente et impitoyable. Moment d'intense vérité, bonne humeur et malice, sans intention méchante. Un village n'a de secret que pour les étrangers. Avant de s'épouser pour l'éternité, il est bon de tout connaître des familles qu'un mariage va unir.

Pourquoi, mais pourquoi le choix du Jean Joussaud s'était-il porté sur la Marie-Anne ? Pourtant ses camarades l'avaient mis en garde, sachant qu'elle avait peur du diable. Qui couche avec une toquée de Dieu doit s'attendre à ce que son lit devienne l'enfer. Bah ! Les amoureux deviennent sourds et aveugles. La fille du Pélissier était joliette, grande, bien faite. Un dimanche, après la joute oratoire, les garçons avaient lancé, comme à l'habitude, des cailloux aux pieds des promeneuses. Ils soufflaient dans le cou du Joussaud :

« *Qu vòu va. Qu non vòu mando*. (Qui veut, va de lui-même. Qui ne veut pas vraiment envoie quelqu'un à sa place.) »

Ils étaient persuadés que celui-là était mûr pour des fiançailles. Tant pis pour lui ! Alors, le Jean-Nigaud interpella la Marie-Anne et lui lança une pierre. Elle se baissa, la ramassa, la montra à ses compagnes et la garda dans la main ; le geste était un aveu public d'amour partagé que tout le village allait connaître. Fou de bonheur, il emmena la bande de joyeux soiffards chez le buvetier. Tard dans la nuit, ivres de vin et de chansons, ils se répandirent à travers les ruelles, faisant sonner les portes du pied, battant les chiens, jetant les chats dans les fontaines. L'événement était d'importance.

Vint la Saint-Jean[1], la fête du saint le plus populaire de la Provence. Les enfants soufflaient

1. *Fête du solstice d'été, avec ses rites de l'eau et du feu. Réminiscence de traditions millénaires. Les Celtes réservaient à cette cérémonie le « mont du combat » (le* menez-kad*), l'Église catholique plaça cette fête sous l'égide de la Saint-Jean car l'écriture affirme : « Jean le Baptiste était la flamme qui brûle et éclaire. » Les feux de la Saint-Jean rappellent les Palilies, ou fêtes de Palès, ancienne divinité protectrice des troupeaux. Autour des feux de joie, les bergers antiques organisaient des divertissements allégoriques. Certains villages provençaux continuent cette tradition.*

dans des trompettes en terre cuite remplies d'eau, les faisaient siffler comme des oiseaux et s'en servaient pour asperger les passants. La nuit précédente, les promeneurs attardés avaient été trempés par des flaquées tombant des fenêtres. Filles et garçons avaient fait le tour des maisons et, pour demander des fagots de sarments, criaient :

Un gavèu pèr lou fue	Un fagot pour le feu
de Sant-Jan	de la Saint-Jean
Un, dous, tres,	Un, deux, trois,
tant que voudrès.	tant que vous voudrez.

Cuisines, greniers, ateliers, remises avaient été si bien dévalisés que, dehors, on trébuchait sur des tas de bois et de meubles cassés. Ces vieilleries furent traînées jusque sur la place du Viei-Mouart, où elles faisaient un amoncellement énorme. Le maire y mit le feu avec une poignée d'immortelles de l'année précédente, séchées et bénites. Et l'on fit le compérage de la Saint-Jean. Des amis passaient le feu ardent, en se tenant par la main. Dès lors, ils devenaient frères pour toujours.

Rien ne les séparerait plus, ni l'argent, ni la politique, pas même l'amour d'une femme. Du moins le croyaient-ils ! À chaque bond réussi, la foule criait :

« *À bèn sauta*. (Il a bien sauté.) »

Les vieux couples enjambaient les braises. Les aïeules retroussaient leurs jupes par précaution car elles n'étaient plus agiles. Et tous de plaisanter leurs mollets maigres et de leur souhaiter une année de plus en bonne santé...

Le Jean Joussaud s'était enhardi jusqu'à prendre la Marie-Anne par la taille et à l'entraîner par-dessus les flammes. Tous deux signifiaient à Aspremont leur volonté d'être unis en mariage.

Aller trouver les parents de l'aimée pour l'obtenir en justes noces ne pouvait être le fait de l'amoureux. Les démarches étaient confiées aux marieurs, *lei branda cadaula* (les secoueurs de loquets). À eux, la tâche difficile d'aborder les parents du trésor qu'on va dérober. Il fallait user de cautèle, rechigner, discutailler. Comme pour le caligna, on mettait au jour, pour en bavarder et éventuellement le résoudre à l'avance, ce qui pourrait gêner l'entente des futurs époux. Les transactions duraient longtemps. Faire accepter la visite du père du jeune homme était une démarche compliquée. Personne ne voulait avoir l'air de céder car chaque fille a son prix. S'il arrivait qu'il y eût nécessité d'un mariage rapide, car filles et garçons ont le sang chaud et brûlent les étapes, on s'en consolait en souriant.

« *Qu a bruta l'escudello e la lavo degun a ren a li dire*. (Celui qui a sali l'assiette la lave, personne n'a rien à lui dire.) »

Les préliminaires accomplis, le père du Jean Joussaud vint en habits du dimanche frapper à la porte des Pélissier.

« Savez-vous ce qui m'amène ?

– Pas du tout, mais entrez quand même dans notre maison. »

D'inviter le visiteur à s'asseoir à la table familiale était l'acceptation tacite du mariage envisagé. Mais lier deux gerbes qui donneraient des moissons d'enfants, de biens et de bonheurs exigeait qu'on en discutât sérieusement, à mots pesés, en buvant sans façon du meilleur vin de la cave. Intérêts et volontés contraires s'affrontaient.

« *Quant li fes a vouastro fiho ?* (Que laissez-vous à votre fille ?)

– E vous, que li dounas a vouastre enfant ? (Et vous, que donnez-vous à votre enfant ?) »

On avait fini par toper.

Octobre vit les épousailles du Jean et de la Marie-Anne. L'automne n'était pas encore fini que rien n'allait plus dans le jeune couple. Les parents ne peuvent deviner ce qui se passe dans les têtes et les ventres de leurs héritiers. Pauvre Joussaud au sang bouillant, aux reins agités de désir ! Il faut pourtant que nature parle. Par la force des choses, il revenait à son épouse avec les mêmes exigences et les mêmes querelles. Il la menaçait de l'enfer si elle restait bréhaigne. La naissance de deux enfants ne changea rien au comportement de la Marie-Anne qui, se rappelant ses capitulations et ses hontes, supportait mal sa progéniture. Sa répulsion et son ressentiment à l'égard de son mari ne s'atténuaient pas avec le temps ; bien au contraire. D'autant que son époux exprimait son athéisme avec une violence qui atteignait la haine. Ses gravelures ne ménageaient ni sa femme, ni le clergé, qu'il confondait et blâmait dans une même indignation. Il avait rejoint le camp des révolutionnaires du canton, les irréductibles d'un comportement passé de mode. Avec outrance, comme une rupture avec une folle qui l'obligeait à se conduire en fou. Jamais plus le Jean Joussaud ne participa à une fête catholique ni ne se signa. Il évitait ces interjections et jurons paysans qui évoquent le nom de Dieu. Rien ne put modifier son attitude. Si on le contrariait, il menaçait d'aller chercher sa pétardière. À ses moments de fureur anticléricale, il revivait les nuits où, las d'attendre un peu de tendresse, des attouchements aimables, il forçait sa femme comme une bête en rut. Les enfants se rendaient compte de l'hostilité qu'exprimait le silence buté de leurs parents ; intermédiaires prudents, ils allaient de l'un à l'autre. Dès qu'ils furent en âge de comprendre, ils refusèrent un rôle qui les abaissait, et la maison des Joussaud éclata en disputes ouvertes.

« Il faut que tu saches, Tonine, que ton père et moi, nous nous aimions tendrement. Quand j'étais petite fille, mon plus grand plaisir était de le retrouver dans son lit et de m'endormir au chaud de son corps. Il me disait des douceurs, m'embrassait, me caressait. Ce sont les plus beaux souvenirs de mon enfance. »

Une nuit, la Marie-Anne s'étonna de ne pas voir Jeanne en boule sur sa paillasse. Elle la découvrit endormie dans le lit de son frère, la tête reposant sur l'épaule du garçon. Cette vision lui fut insupportable, car elle ne pouvait imaginer tant d'innocence et de pureté. Les enfants furent battus avec un trait. L'Auguste faillit être défiguré par une boucle de laiton et, sous la douleur, se rebiffa et frappa. Grotesque avec ses jambes velues et le cul à l'air, le Joussaud accourut au vacarme, gronda, rétablit l'ordre familial par un simulacre de torgnoles. La Marie-Anne proférait des malédictions envers sa fille, cette graine de putain. Que Dieu la punisse d'être portée au mal, si jeune ! Quant à l'Auguste, elle exigeait du ciel un châtiment terrible. Son mari n'y put tenir, sauta sur la furieuse, jura qu'il allait lui briser les dents si elle hasardait encore un mot. Prise de panique, elle s'enfuit en vociférant des propos insensés. Au petit matin, à une croisée de chemins, elle priait encore, à genoux, une vierge en bois peint, à l'abri des intempéries dans une niche d'oratoire.

« Hélas ! Les malédictions de ma mère devaient prendre corps. Elles firent naître des forces obscures et contraires. Le malheur de notre famille en découla. Moi, je n'en suis pas morte. Mais qui m'expliquera pourquoi je n'ai pas, comme les autres filles du village, trouvé un bonheur de femme ? Cessons de nous plaindre et allons dormir. »

La tante Jeanne se verse un verre d'eau de lune[1], qui fait devenir centenaire. Puis, elle embrasse gentiment sa nièce et la dodine un instant contre sa poitrine plate et dure.

Antonine s'endormit heureuse. Pour que la Joussaleto ait tant aimé son papa, il fallait qu'il eût été admirable.

---

1. *On exposait une carafe d'eau aux rayons de la pleine lune. Des expériences modernes rigoureuses démontrent que la lumière polarisée de la lune modifie les propriétés de l'eau.*

IX

Travaux saisonniers avant la Noël

CETTE ANNÉE 1878, des fruits petits et durs, les avaraires, chargèrent les oliviers de la vallée. Ils perdirent leurs couleurs d'herbe naissante, eurent des reflets violets et, par vagues, devinrent noirs.

« *Sesoun d'avaraire, sesoun d'òli.* (Saison de petites olives, saison d'huile.) »

La récolte serait bonne. Chaque tour de la pierre conique du moulin écraserait les pulpes. Et dans la maye, l'huile coulerait verte, luisante, douce au toucher, sans écume. Son goût éclaterait dans les narines. Quelle fierté !

Avant Noël, aux premières gelées, on fit la cueillette, les doigts bleuis de froid, fendillés de gerçures. Feuilles pointues et petit bois mort hachaient les mains. Le vent se mit de la partie. Après avoir traînaillé sur les premières neiges montagnardes, il soulevait les robes, glaçait les cuisses, faisait trembler jusqu'au ventre. En perçant les fichus les plus épais, il enfonçait des aiguilles de glace dans les épaules. Suspendues entre ciel et terre, le corps engourdi et pesant, les femmes de la Guette allaient sur la besogne avec de lents déplacements.

Au moulin, le Barnabé Pélissier accueille avec des plaisanteries l'équipage transi de froid. C'est sa façon de reconnaître le courage et de le dire. Il invite les visiteuses à entrer dans les enfers, une vaste cave voûtée aux odeurs fortes. Là se trouve la machinerie vieillotte de la meule et du pressoir ; fraîchement astiqués, des estagnons étamés ont de gros ventres brillants. Le bonhomme offre un coup de remontoir, un verre de vin de noix rehaussé d'eau-de-vie. L'accepter est un accord tacite pour qu'il s'occupe de la récolte. Et du chaud éclate dans les poitrines, irradiant un bien-être illusoire.

« Enna, ma femme est usée. Il faut remplacer à temps les vieux *toupins* (pots en terre cuite). Laquelle de vous trois conviendrait en mariage à un coquebin* de mon espèce ? »

Il invente des fariboles et contrefait le curé, ce *patte-pelu*, pour une cérémonie de comédie.

« Décidément, c'est Antonine, la demoiselle, qui est ma préférée. Viens ici, que je bisotte ta peau d'agnelet. Sur mon cœur, ma petite fiancée de quatre sous de sucre. »

Il avance les lèvres et fait des grimaces. Il ressemble au mascaron qui, à la fontaine, crache l'eau par un canon de bronze égueulé. La fillette s'enfuit ; cette face de rousseau lui fait peur. Elle pense au Pégat et à sa mère morte à cause de la laideur des hommes et se jette dans la rue. L'air froid serre sa tête à la briser et lui fait oublier ce qu'elle ne comprend pas. Le Pélissier rit de bon cœur. Cet homme heureux et bon adore faire des farces. En égayant, un moment, la vie dure et solitaire d'Enna et de la Joussaleto, il n'a que le dessein d'être charitable. Pour expliquer que sa maison déborde de marmaille, il argue de son sens de l'économie. Afin d'éviter les longues mouchures, il souffle la chandelle avant de se glisser dans le lit. C'est un tort qu'il avoue :

« Dans le noir, j'imagine ma guenille de vieille épouse aussi avenante qu'à ses quinze ans. Dieu me pardonne ! Chez nous, c'est nuit de noces d'un bout de l'an à l'autre. »

On l'aime bien. Sa franchise raccommode les réputations malmenées, et on le sait honnête au sou près. Pas une décision concernant Aspremont-la-Rude ne se prend sans son avis. Ils sont plusieurs de la même trempe, aux mêmes vertus ancestrales, constituant une sorte de tribunal pour juger avec sagesse toute chose de la communauté autour d'une bouteille de vin paillet.

Le Barnabé a cessé de plaisanter. Il rentre les sacs d'olives et complimente les deux femmes une dernière fois. Puis, il les pousse vers la porte. Le menton tremblant de froid, Antonine est incapable d'un bavardage. Une idée bloque sa cervelle : l'attente d'un feu pétaradant dans la cheminée. Dès l'arrivée à la Guette, elle saute de la charrette, bondit vers la cuisine, tend ses mains engourdies vers les cendres de l'âtre. La chaleur retrouvée pique des larmes dans ses yeux. Alors, elle soulève haut ses jupes et ouvre ses cuisses à la tiédeur des pierres comme l'animal offre son ventre au soleil.

La Joussaleto s'affaire. Elle coupe un pain boulot en fines lèches et, de la pointe d'un couteau, les fait glisser dans les assiettes. Ce soir, on cassera deux œufs frais sur la soupe bouillante. Et l'on goûtera aux confitures cuites après les vendanges. Toute une journée, le chaudron de cuivre plein de jus de raisin n'avait pas été quitté des yeux car il fallait que le feu ne fût ni trop bas ni trop fort. Des fruits mûrs, sans cotissure, tardivement venus de l'arrière-saison, avaient été coupés en petits carrés. Poires, pommes, prunes, tomates, melons, cognasses avaient lentement confit. La cuisine sentait plein d'odeurs indéfinissables.

Enna entre. Elle vient de s'occuper du bétail. Le froid de l'extérieur l'enveloppe. Elle ôte sa pèlerine, son fichu, son bonnet. Ses cheveux se défont sur ses épaules. Antonine la contemple, émerveillée. Le Pélissier est-il fou ou aveugle pour n'avoir pas vu que sa tante est plus belle que la Sainte Vierge à l'église, celle qui porte sept rayons d'or dans son cœur ? Le feu craque. Des branchettes explosent en gerbes d'étincelles. Antonine imagine des étoiles filantes, se secoue, écarquille les yeux pour que s'enfuie l'envie de dormir qui plombe ses paupières. Le repas avalé, la tante Jeanne la conduit à sa paillasse et l'aide à se déshabiller. Elle la sent couler entre ses bras, la couche et borde le lit. Ses doigts errent sur le fin visage, où la cernure des yeux marque la fatigue du jour. Elle retrouve les traits de l'Auguste : front large et bosselé, nez droit, courbe douce du menton fendu comme l'abricot... Et les lèvres charnues un peu écrasées, faites pour mordre à la vie, à pleines dents, à pleins espoirs. Bouleversée par des souvenirs, elle est soudainement accablée par l'injustice qui a tué son ami, sa joie. Elle en veut à Dieu de l'avoir, si tôt, privée de l'affection d'un frère. Elle se penche. Sur sa joue, un souffle frais, régulier. Des odeurs de confiture. Alors, elle baise cette bouche entrouverte. Doucement, légèrement, comme elle aimait baiser celle de son frère endormi.

La Joussaleto va se mettre au lit, mais ne peut trouver le sommeil. Le froid creuse ses os et ses genoux la font souffrir. Elle aimerait veiller avec Enna, parler du passé, évoquer l'avenir, mais la veuve Leroy ferme à clé la porte de sa chambre et, dès l'aurore, se relance au travail. Dans ses heures d'insomnie, la Jeanne Joussaud aime revivre les événements anciens se rapportant à l'Auguste, son soleil, qu'elle suivait dans la maison et servait à table. Elle aimait qu'il la prît dans ses bras pour la faire voltiger et crier de plaisir et de peur. Leurs abandons confiants cessèrent lorsqu'il devint amoureux. Sa passion pour une fille de son âge emportait son cœur dans le ciel. Oh ! Il continuait à chérir sa sœurette et lui racontait des histoires drôles ou tristes. Mais lorsqu'elle venait à lui pour des jeux caressants, il prétextait une obligation et s'en allait. Une sensation indéfinissable le troublait qu'il ressentait dans la nuque et les reins. Peut-être l'idée du péché de chair dont la Marie-Anne n'avait cessé de menacer son enfance ? D'instinct, il redoutait que, dans la fraîcheur de son affection, sa cadette l'obligeât, naïvement, à des gestes qu'il n'avait jamais osés avec d'autres filles. Ses premiers poils de moustache le firent bourru et taciturne.

Un après-midi, alors qu'elle conduisait les chèvres à un pâtis, loin du village, elle aperçut son frère cheminant sur une tortille dans le clair-obscur d'un bosquet. Elle courut vers lui qui tenait une fille par les épaules. Elle voulut s'enfuir dans une revirade, mais ses jambes la trahirent. Alors, elle pleura bruyamment tandis que ses bêtes sautaient dans les feuillus pour donner, à leur envie, des coups de dents aux branches basses. Cette trahison l'ulcérait. Comme une forcenée, elle se jeta sur Damiane, regimba, cogna des deux poings. Le garçon les sépara rudement.

« Toi, Jeannette, c'est une souffletade que tu mérites ! »

Il n'osait pas la prendre dans ses bras pour la consoler. C'est difficile de vivre deux amours si différents ! Tant d'affection fraternelle, si clairement exprimée, bouleversa Damiane. Alors brusquement, il les serra fort, toutes les deux, contre sa poitrine. Il aurait voulu parler, expliquer, mais dans sa gorge, une boule d'angoisse l'étouffait. Il effleurait deux visages mouillés de larmes, tendus vers son hésitation, les poussait par la nuque l'un vers l'autre. Son amoureuse se détacha de lui, prit la sœur de l'Auguste par la main, lui lissa la chevelure, lui essuya les yeux, l'embrassa tendrement.

« Dans son cœur, je suis après toi. Tu te marieras, un jour. L'aimeras-tu moins en aimant ton époux ? »

La Joussaleto ne souhaitait qu'être bercée par des paroles affectueuses. Elle sombra dans les bras de Damiane comme elle sombrait dans les bras de son aîné, comme elle aurait aimé sombrer dans les bras maternels... Le jeune homme huchait pour appeler les chèvres qui vinrent à lui en musardant. Et la fille du Pégat partit pour le village, se retourna, agita les bras, envoya des baisers.

La cervelle vide, la Jeannette regardait les nuages se chevaucher, lutter et se détruire pour se reformer plus larges, plus forts. Les amours humaines sont-elles des nuages changeants ? Si elles se fondent en un seul, ne deviennent-elles pas envahissantes et dominatrices ? Cette comparaison l'étonna et la rassura vaguement.

Parce que le soleil ne permettait que quelques heures de travail, Enna déchaumait en se hâtant. Elle aurait dû perdre beaucoup de temps à enlever les grosses pierres que, d'une saison à l'autre, la charrue fait venir à la surface du champ. En bouquets fous, genêts, cystes, bruyères, cytises constellaient la propriété. Des lisières étaient à dessoucher. Les cépées donnaient des arbres enchevêtrés où la hache rebondissait sur l'élasticité des branches. Dans les taillis, le mort-bois devenait encombrant. À chaque semaison, la terre arable rétrécissait. Le pauvre mort devait s'en désoler qui avait pris des champs incultes à pleins bras et les avait faits aimables à travailler.

À la lune des Avents, la Joussaleto entreprit la taille des vignes qui se tortillaient et sifflaient sous les coups de vent. Elle allait lentement, attentive aux courçons. Antonine l'accompagnait, marquait les paisseaux à remplacer, bottelait les sarments pour en faire des meulons indisciplinés. Ne cessant pas de penser à ses parents, elle quémandait des renseignements à sa tante qui, elle, faisait la sourde oreille. Ce mutisme devait cacher des drames. La fillette jura de les découvrir. Au fond de son cœur, une méchanceté latente se révélait. Voilà qu'elle se sentait capable de dissimulation et de mensonge. De tant réfléchir lui fit tourner la tête et elle alla s'asseoir sur une table de calcaire. Le froid de la pierre la fit frémir des pieds à la nuque. Elle se dressa, sauta sur place, capricante, se réchauffant à coups de talon. Sur les accourcies*, elle évita de traînailler et devança la Joussaleto courbée sous le poids d'un fagot. Elle avait hâte de retrouver la vieille bâtisse et ses confidences. Les maisons où l'on naît, où l'on meurt, sont égoïstes à leur façon. Elles vivent du clan familial qui les anime et leur protection n'est qu'un choc en retour.

Un chat l'accueillit avec des ronronnements. Le dos arqué, tournant en rond, il frottait son ventre au pied d'une chaise. Il souhaitait des caresses et offrait son amitié. Antonine lui décocha un coup de pied ; personne ne connaîtrait sa mauvaise conduite. Surpris, il souffla de colère et roula à l'autre bout de la cuisine où elle le pourchassa avec un balai. Miaulant de terreur, il se réfugia sous le lit. Elle prenait plaisir à sa propre rage et frappait de toutes ses forces. Le bruit de branchages raclant le seuil de la cuisine fit cesser le cruel amusement. Une silhouette s'encadra dans le chambranle. En voulant s'échapper à l'extérieur, la bête affolée bondit sur la Joussaleto et lui lacéra les mains. Imaginant qu'il était devenu enragé, la tante Jeanne claqua la porte, prit une pelle à cendres et assomma l'animal tremblant d'angoisse, les yeux grands ouverts sur la stupidité de sa mort.

Antonine jouissait de sa victoire et d'avoir fait d'une grande personne le jouet de son humeur. Sa victime fut jetée sur un tas de fumier pailleux. La nuit, quelque renard ou blaireau l'emporterait. Et demain, personne n'y penserait plus.

Une vie, qu'est-ce que c'est au juste ?

Huit jours avant Noël, les cloches de l'église sonnèrent pour annoncer, bruyamment, la perte des eaux de la Vierge Marie[1]. Les sautes de vent de la

1. *Cette coutume s'est perdue à la fin du* XIX*e siècle.*

vallée amenèrent leurs vagues sonores en rebondissements jusqu'à la Guette. Bientôt, le Christ enfant apporterait à l'homme un réconfort illusoire, le jour du solstice d'hiver[1], que l'humanité, les yeux rivés sur le soleil et les étoiles, a toujours fêté.

C'était le temps des sœurs Catogan, deux vieilles filles, sœurs jumelles qu'un tortillon de cheveux, haut sur la nuque, casquait à la manière des dragons. Chaque année, elles faisaient la crèche. Les coups de cloche de cet après-midi annonçaient que les enfants pouvaient venir à l'église contempler les mystères de la Nativité à la lueur de chandelles payées, tout exprès, par des bigotes.

À la Guette, quatre jours avant le gros souper (le repas de Noël), on couperait la gorge du chapon qui rôtirait à la broche. On le pendrait par les pattes à une solive afin que sa chair devienne tendre. Tante Jeanne préparerait *lei gibassie* (fougasses à l'huile d'olive) qu'on rompt avec les doigts en rappel de la communion eucharistique. Le couteau qui, par malheur, les trancherait, apporterait la ruine dans

1. *Si l'on se reporte à la tradition chrétienne des premiers siècles, Jésus est né en juillet. Cette datation était ésotérique, comme l'est Noël, choisi au VIe siècle pour faire cadrer la naissance du Christ avec les réjouissances païennes au solstice d'hiver.*

la maison. Il y aurait plein de bonnes choses. On s'empiffrerait, car Noël est jour de joie, une fête des corps, une pause dans la rigueur de la vie paysanne. Un panier au bras, des miséreux parcourraient le village, en chantant des cantiques. La charité leur serait faite sans compter. Ne faut-il pas remercier Dieu du cadeau qu'Il a fait à l'homme, en offrant son fils unique en partage ? Malgré l'éloignement, les gueux viendraient à la ferme, car les chemins sont courts pour qui cherche pitance ; la Joussaleto leur aurait préparé des victuailles à emporter. À l'extrémité de la grande table de la cuisine, on dresserait le couvert du pauvre, ce visiteur invisible qui pourrait être le Maître Divin.

La veille de Noël, un peu de vin nouveau sera tiré d'une dame-jeanne pour être dégusté. Le blé mis à germer dans des assiettes à la Sainte-Barbe serait planté aux quatre coins de la propriété. Signe certain de prospérité s'il a poussé fort et dru. « *Quouro lou blad vèn bèn, tout vèn bèn.* (Quand le blé pousse bien, tout pousse bien.) » S'il séchait en pleine terre, les récoltes seraient protégées de l'orage.

Pendant les douze jours précédant Noël, la maîtresse de la Guette examinera le ciel, jugera la force des vents, la hauteur des nuages, la coloration des montagnes et des collines ; ils préfigureront le temps exact des douze mois de l'année à venir. Elle notera ses observations dans les marges d'un vieil *Armana prouvençau*[1] à dix sous.

Pourquoi ne pas utiliser les avertissements de Dieu qui a mis remède et charité à côté de chaque événement d'apparence mauvaise ? À l'homme de chercher s'il veut vraiment se rapprocher de Lui.

---

1. L'Almanach provençal *était un périodique en langue provençale, très lu, que les frères Aubanel éditèrent à Avignon sous l'égide des Félibres.*

X

Évocation à Noël de la vie d'Auguste Joussaud

La Joussaleto accompagne sa nièce à l'église du village. Devant les *santibelli*[1] et les papiers peints de la crèche, elle devient prolixe pour expliquer le berceau vide, les animaux, l'étoile de carton suspendue par un fil. Les statuettes sagement rangées sur un tapis de mousse fraîche reçoivent des noms familiers. Au creux d'une tuile, un miroir représente l'eau d'un ruisseau. Une bougie éclaire la grotte où le Christ va naître. Tout est merveilleux et naïf pour accueillir un dieu un peu poète et négligent. Antonine réfléchit. Pourquoi dans sa vie simple, où chaque événement

1. *Les* santibelli *sont des statuettes de faïence colorées dans la masse et importées d'Italie. Les santons sont en argile crue ou cuite, peinte à la main. Vêtus à l'ancienne mode provençale, ils représentent différentes catégories socioprofessionelles venant rendre hommage à l'enfant divin. Ils sont devenus l'expression d'un certain snobisme artistique et souvent de simples objets de bazar.*

arrive au temps prévu, la bono fremo lui a-t-elle raconté la mort de sa maman ? Pourquoi ce silence à propos de son papa ? À l'intention de ses parents disparus de cette terre, elle fait une prière à la Sainte Vierge, de tout son cœur.

À genoux près du maître-autel, Marie-Anne Joussaud égrène le chapelet, entraînant un groupe de vieilles gens à l'assaut de faveurs célestes. De temps à autre, elle tourne sur elle-même comme une vigie attentive. Faire respecter le caractère sacré du lieu est sa responsabilité. Elle impose le silence avec des « chut ! » tonitruants ou bien utilise les cliquettes de bois qui font se lever ou s'asseoir les paysans balourds. Sa tête pivote par saccades en inclinant le cou, à la façon d'un rapace. La présence de la Joussaleto et d'Antonine lui est insupportable. Elle l'affirme à voix haute pour que l'assistance l'entende. Pourquoi, à la manière du bon Maître, ne pas chasser les mécréants du Temple ? Sa hargne fait vibrer les oreilles comme le crissement de la lime mordant une pièce de fer et confond la place publique où, parfois, des femmes d'Aspremont-la-Rude s'insultent pour un mari volé, un enfant mal élevé, avec l'église, domaine des retours sur soi-même et d'un certain apaisement mystique. Sa fille ne rétorque pas. À quoi bon ! D'ailleurs, il est temps de s'en retourner à la Guette.

Aux dernières maisons du village, la tante Jeanne a une idée soudaine. À Noël, l'usage veut qu'on offre des galettes faites à la maison à ceux qui ont quelque chose à vous pardonner, mais aussi à ceux envers lesquels on a des griefs. D'habitude, ces présents sont faits après le gros souper. Elle en a emporté dans les poches de son tablier pour l'insatiable gourmandise de sa nièce. Et si, aujourd'hui, elle allait – tant pis pour la tradition ! – les offrir au Joussaud ? Assis dans un fauteuil en bois de fruitier, la pipe éteinte aux lèvres, son père rêvassait sa solitude. Les braises de l'âtre éclairaient chichement la cuisine. Cette visite n'étonna pas le vieil homme. Peut-être l'attendait-il à force de l'avoir désirée ?

« Bonsoir, maître Joussaud[1]. Voici votre petite-fille. Dites-lui, car elle en a besoin, que vous l'aimez comme vous avez aimé l'Auguste. »

Parce qu'il ne sait que dire, il prend Antonine par les épaules. Des ombres mobiles soulignant le visage enfantin y creusent des rides, l'animent sans qu'il bouge, le vieillissent étrangement. Il croit revoir son fils. Alors, il serre l'enfant contre lui de

1. *Les enfants vouvoyaient leurs parents et donnaient à leur père un titre respectueux. Les parents agissaient de même avec le fils aîné. En général, ils étaient plus familiers avec les autres enfants.*

toutes ses forces pour que cette image d'un mort, qui a été sa vie, ne lui échappe plus.

« Allume la lampe que je contemple de tous mes yeux celui qu'ils ont tué pour me punir de l'avoir chéri ! »

Ses mains sont rêches et dures. Leurs plissures cornées accrochent des cheveux fins. Sur cette figure maigre, aux sourcils gris, broussailleux, tranchés par une taroupe* noire, la fillette croit découvrir une affection paternelle qu'elle a tant cherchée et répond hardiment :

« C'est toi, mon bon papa. Je t'aime bien puisque tu m'aimes. »

Le Joussaud cède au tendre appel. Ses moustaches sentent le tabac. Antonine a un haut-le-cœur. Des doigts la retiennent comme des serres. Sur son front, sur ses joues, tout près de sa bouche, les mouillures de lèvres malhabiles...

C'est la première fois qu'une rudesse d'homme hérisse sa peau. Elle met ses bras autour du cou de son grand-père et l'embrasse de toute sa fraîcheur.

Et le temps s'efface.

Il agace sa Jeannette, en lui soufflant dans le cou... Il lance l'Auguste jusqu'au plafond... Il écrase contre lui les corps chauds, doux, énervants d'autres femmes que la Marie-Anne, cette cagote...

Les souvenirs font mal. Alors, il pleure avec l'attendrissement sénile des hommes finissants qui ne versent des larmes que sur leur propre sort. Et la Joussaleto est contente.

« Père, habillez-vous et venez partager le gros souper. Vous nous ferez la veillée. La petite a tant de choses à apprendre. Moi, je n'ai pas osé lui parler de la famille. C'est votre rôle. »

En chemin, il chante de vieilles rengaines et exige qu'Antonine reprenne les refrains. Il la tient par la main et la fait virevolter. Fière d'avoir pour grand-père le meilleur homme du village, elle le lui dit, en sautant à son cou, alors qu'ils atteignent la Guette.

Enna accueille le Joussaud avec réticence. Mais la nuit de Noël, personne ne peut refuser sa porte à qui s'y présente pour la charité d'une illusion, l'aumône d'un peu de chaleur de l'âme. Et sa nièce paraît si heureuse auprès du vieil homme qu'elle ne quitte pas des yeux...

Le gros souper fut gai. Enna plaisanta l'invité et, par sous-entendus, lui rappela l'aventure qu'il avait eue avec l'Étiennette, sa mère. Il gesticulait pour qu'elle se tût et son embarras fit rire les deux femmes. La maîtresse de la Guette avait tenu à mettre, elle-même, sur la table, en l'honneur du Père, du Fils et du Saint-Esprit, trois nappes, trois chandeliers, trois assiettes de blé vert. Elle alluma des bougies. Aucune ne s'éteignit pendant le repas. C'était un signe favorable, l'année prochaine tout irait au mieux, bêtes et gens. La Joussaleto alla chercher la bûche de Noël, un tronc de fruitier à noyaux, précieusement gardé depuis sa crevaison d'août. Avant de la mettre dans la cheminée, où elle brûlerait le temps des festivités, l'ancien l'arrosa de vin cuit. Les femmes se signèrent en récitant :

Diéu nous mando	Dieu nous envoie
proun de bèn.	suffisamment de biens.
Diéu nous sauve	Dieu protège
nostri gènt...	nos gens...

Le Joussaud avait détourné la tête, ne voulant pas entendre parler de Dieu. Il dit comme une réponse :

A l'an que vèn !	À l'an prochain !
E se sian pas mai,	Et si nous ne sommes pas plus nombreux,
Sieguen pas mens !	Que nous ne soyons pas moins !

On remplit l'assiette du pauvre avec chaque mets. L'absent eut sa part d'escargots au gril, de chapon rôti, de passereaux frits, d'estouffades, de cardes bouillies rehaussées de *pebrado* (une sauce forte faite d'huile d'olive vierge, de poivre et de sel). Il eut droit à la pâtisserie, aux treize desserts et à un verre de vin nouveau[1]. Et l'on gorgea les chats de nourriture[2].

On n'irait pas à la messe de minuit. On resterait au coin du feu. Quel merveilleux temps de retrouvailles ! Quiétude du foyer et silence de la nuit. Au dehors, des glapissements de renard. Dans le pigeonnier, des roucoulements, des froissements d'ailes. Des souris *guioraient* pour des miettes de pain. Le bonheur ne s'invente pas, ne s'explique pas. Il faut en jouir pour le découvrir, Antonine ne desservit pas. Elle releva les coins des nappes, car ses tantes lui avaient appris qu'en agissant ainsi on invite les anges et les morts à venir se restaurer. Puis, assise sur l'âtre, les bras autour des genoux, elle attendit que son grand-père parlât des disparus. Surtout de son père !

« Quel dommage, petite Tonine, que tu ne sois pas un garçon. Je t'aurais laissée courir, à travers la nuit, jusqu'au village. Tu ne peux pas imaginer les

1. *Le vin nouveau ne devait pas être consommé avant la Noël, sinon – disait-on – la cuvée se gâtait.*
2. *Un chat qui miaule au cours du repas de Noël est l'annonce de grands malheurs pour la famille.*

farces de toute cette jeunesse après la messe de minuit. L'Auguste était le plus enragé à faire des sottises. »

Passées la première envie de dormir et la longue patience de la cérémonie religieuse, les enfants défoulaient leurs ardeurs. Par tradition et par merci à Dieu, la fin de cette nuit sacrée leur appartenait. À l'église, ils tendaient des ficelles entre les bancs. On trébuchait, en se hâtant vers la sortie pour aller déguster l'*anchoiado*, ce plat succulent fait d'anchois et d'ail écrasé. Quel culbutis ! Des jurons éclataient comme des inconvenances. Les jupes des grincheuses étaient attachées avec des épingles. Quels rires de les voir tirées à hue et à dia ! Dehors, le froid ferait craquer les oreilles. On presserait le pas vers les maisons chaudes où la veillée se prolongerait jusqu'au petit matin à raconter des histoires, inventer l'inimaginable, transmettre légendes et traditions aux héritiers assis à l'écart du cercle des vieilles personnes. Chaque année, on se laissait surprendre par les mêmes espiègleries. On sautait sur des pétards, on recevait des gerbes de paille sur la tête. Des chiens hurlaient en traînant des casseroles. Le curé n'était pas à l'abri du débordement juvénile. Il lui arrivait, en revenant à la sacristie, d'y trouver des chèvres ou un âne brayant sa détresse. Personne ne l'aidait. L'Enfant-Dieu s'était bien débrouillé seul avec les animaux qui eurent tant pitié de sa nudité qu'ils le réchauffèrent de leur haleine...

L'Auguste faisait peu de cas des enseignements de la religion, suivant en cela l'exemple de son père. À treize ans, il avait fait scandale. Sous le prétexte que Dieu ne pouvait être de la pâte à pain insipide, il refusa l'hostie consacrée et à voix haute, en pleine église, déclara que croquer la queue d'un chat aurait davantage de signification. Le curé lui distribua une fantastique volée de claques et sa mère le battit si sévèrement que pour se venger, il s'empara de son chat, une bête de dix livres, au poil emmêlé comme de la *couaille*, mordeur et rancunier, et le noya dans un purot. Porté sur un brancard, le cadavre nauséabond fut promené à travers le village. Les enfants chantaient des horreurs ridiculisant les catins punaises qui caressent leur chat au lieu de donner de la satisfaction à leurs maris. Le village goûta fort l'indévotion de la mascarade. On se moque, tant qu'on peut, dès qu'on le peut, d'attitudes déraisonnables. L'animal maléficié fut pendu au loquet de la maison des Joussaud. La comédie délirante fut le prétexte à railler l'état des relations conjugales entre les deux époux. Pendant la messe, des farceurs attachaient des testicules de bélier à la ceinture de la Marie-Anne. À la sortie, ils lui offraient, avec insolence, des bouts de cierge informes. Et ils riaient sans retenue en hasardant de grossières plaisanteries.

« Hé, quand c'est que tu nous en feras un de petit Jésus ? Toi seule en es capable, que le Bon Dieu, Il prend que des femmes qui ont jamais servi.

– Dis nous voir si les anges, ils ont la queue aussi longue que les ailes ? Tu devrais prendre la mesure de ton mari, que tu l'as sûrement oubliée ! »

Elle brûlait de colère.

Devenu fort, musclé, indépendant, l'Auguste ne redouta plus sa mère. Sa joie de vivre, son esprit caustique et inventif l'avaient fait élire, à seize ans, maître de la Jouvent. Il organisa aussitôt des bagarres entre villages, empoignades rudes, ancestrales, où le plus fort a droit au respect. On s'insultait comme des guerriers grecs avant la lutte, et les poings cognaient dès qu'on était suffisamment excité. Les règles de l'affrontement étaient sévères. Pas de coup défendu ! Sinon les frères ennemis se réconciliaient, le temps de corriger le malhonnête. De loin, les filles admiraient les vaillants et les gueulards. Les horions pleuvaient, les dents se brisaient, des nez saignaient, des lèvres se fendaient. Plus d'un bagarreur s'en revenait chez lui avec des ecchymoses douloureuses, mais bien décidé à participer au prochain pugilat. Le fils Joussaud présidait la cérémonie épique. Il plantait sa canne renflée de maître de la Jouvent enrubannée par les filles d'Aspremont à côté de celle du maître de la Jouvent, son adversaire. Puis, il se lançait le premier à l'assaut, distribuant soufflets et coups de pied. Dès que le bicorne d'un gendarme ou la trogne soufflée de graisse du garde champêtre apparaissait, les garçons se dispersaient comme une compagnie de perdreaux. Ils criaient : « *Viro, viro...* (Au large...) » Hors de portée des représentants de la loi, injures et quolibets reprenaient de plus belle.

Quelquefois, la Jouvent allumait des mèches soufrées dans les tuyaux de poterie qui évacuaient dans la rue les eaux sales des cuisines. L'odeur âcre et piquante se répandait dans les maisons et obligeait à ouvrir portes et fenêtres. Alors, les jeunes gens jetaient à l'intérieur des peaux de lapin bourrées de paille ou des marmites ébréchées, pleines de duvet, qui, en se brisant, faisaient voler des plumules. Parfois, ils lançaient des tripes de mouton ou des excréments humains bien bréneux, mais uniquement pour se venger des parents qui maltraitaient leurs enfants ou interdisaient aux filles d'aller au caligna.

Musicien, l'Auguste soufflait dans un cornet à pistons sans connaître une note et faisait partie de l'orphéon municipal. À chaque festivité, l'aimable troupe massacrait allègrement à coups de clarinette, de clairon et de tambour plein de chansons populaires. Ces faiseurs de bruit étaient de toutes les mascarades. *Lou Pautassie* (le boueux) les dirigeait. C'était le sobriquet de Martin Féréol, qui soignait avec de l'argile ramassée dans les javeaux des torrents où le limon est fin, onctueux, de couleurs et de vertus différentes suivant les terres d'origine. Il la manipulait avec une cuillière plate, en bois de cade, tout en marmottant des formules. Il en remplissait des pots qu'il fermait hermétiquement. Ce joyeux drille, compère de beuverie les jours de liesse et franc diseur de sornettes, était un guérisseur hors pair, à condition de suivre ses conseils à la lettre. Ne pas se tromper d'une pincée... Ne pas boire une goutte de trop... À tel jour de la lune... À telle heure... Avec des tisanes d'herbes... Et des prières à saint Roch, à saint Médard, à saint Donat... À d'autres saints que lui seul semblait connaître... Parfois, il usait d'emplâtres chauds ou froids... Il effaçait aussi les brûlures avec des coquilles d'escargots calcinées[1] au gris, finement pilées dans un mortier de marbre.

Il ne tirait nulle gloriole de son savoir et aimait à dire au rechignard :

« *O paure fadoli* (pauvre insensé), si tu crois pas à mes manigances, tu risques pas de te guérir. Les têtes

1. *Encore utilisé dans nos villages par des personnes âgées, ce médicament est à rapprocher des liniments oléocalcaires de la pharmacopée moderne appliqués sur les brûlures.*

de cochon, elles se gardent leurs maladies. Pour sûr, que je t'en ajouterais volontiers deux ou trois, histoire de te rappeler des choses sacrées de nos anciens. »

Miracle de la foi ou de la persuasion ? Excellence d'une pharmacopée venue d'une connaissance différente de la médecine actuelle ? Qui voudrait trancher ? Ce qu'il y a de certain, c'est qu'on ne souffrait pas longtemps d'un lumbago, d'un zona, d'un rhumatisme, d'une arthrose. Les jambes enflées diminuaient en une nuit. Au bout de deux jours, on guérissait d'une fluxion de poitrine à ses débuts. Le drôle connaissait certaine préparation qui faisait merveille, les nuits de noces. Et d'autres qui ragaillardissaient les vieux maris plus désireux de jeunettes qu'aptes à satisfaire leurs guenons. Son art de guérisseur était au service de tous afin que ce village aille d'aplomb. Dans sa famille, on avait le don de père en fils. Aussi se désolait-il de n'avoir pas d'enfant. Il disait que c'était un signe des temps et que la Provence entrait en agonie pour renaître différente[1].

---

1. *Ce qui semble effectivement avoir lieu, si on considère le développement urbain et démographique de cette province française au cours des trois dernières décennies et les prévisions optimistes de la prospective.*

Le Martin Féréol épaulait le maître de la Jouvent dès qu'il fallait un fond sonore à une farce. Quel tintamarre quand on menait le charivari ! Pour le Louis Pélestor et la Josette Entraigues, Aspremont en avait célébré un resté fameux. À eux deux, ces coquinassons atteignaient le siècle et demi d'âge. On les avait surpris se baisotant, plus acharnés à leur plaisir que des jeunes épousés de la semaine. Ils furent tellement moqués qu'ils décidèrent de se marier. Et personne ne planta saule pleureur ou peuplier[1] devant aucune maison du village.

Les noces de ces tourterelles amoureuses nées sous la première République avaient été une pantalonnade. Contrairement à la coutume qui voulait qu'on ne se mariât pas en *mai*[2], ils avaient choisi ce mois pour célébrer leurs épousailles et se gaussaient des médisants qui prétendaient qu'au *mes de mai, se marido que leis ai* (au mois de mai, seuls les ânes se marient). Pour coiffer la mariée, on avait choisi,

---

1. *Devant la maison d'un prétendant évincé, la nuit qui précédait le mariage de la fille qu'il avait convoitée en vain, la Jouvent plantait un peuplier. Devant la maison d'une fille délaissée, elle plantait un saule pleureur.*

2. *Le mois de* mai *est le mois de la Vierge Marie. En cette période consacrée à la mère du Christ, les couples évitaient de s'aimer d'un peu trop près. Cette coutume catholique ne plaisait guère aux maris moins dévots que leurs épouses.*

selon la coutume, une femme heureuse en ménage. Le cortège nuptial parcourut à pied les rues du village. Les fiancés se donnaient le bras et paraissaient ravis du chaud tumulte populaire. Sur leur passage, on hurlait :

« *Vivo li novi !* (Vivent les mariés !) »

C'est vrai que plus il y a de cris à une noce et plus elle est belle. Les invités lançaient des bonbons et des sous. Les enfants se battaient pour les ramasser. Meutes bondissantes, endiablées et hurlantes, au sein desquelles s'échangeaient des torgnoles, discrètement, mais avec quelle vigueur ! À l'église, il y eut un brouhaha énorme. On ne pouvait rester sérieux devant les mines de chats gourmands de ces deux vieux amants aux cheveux gris tourdille. Le curé interrompit la bénédiction pour prendre l'assistance à témoin. Le marié avait mis le genou sur la robe de sa femme. C'était le signe manifeste qu'il entendait porter la culotte dans le ménage. Les hommes approuvèrent ; leurs épouses protestèrent. Alors, la Josette fit face à l'assistance et, les yeux narquois, donna un conseil :

« Le vrai bonheur de la femme est de se laisser guider par son mari. Si vous saviez cela, ô putassières et chattemites, il n'y aurait pas dans cette église un tel rassemblement de porteurs de cornes. »

Cette vérité transcendantale fit cesser les moqueries. Les cierges des nouveaux époux s'éteignirent en même temps. C'était un présage heureux : la mort de l'un suivrait de près la mort de l'autre.

Au repas de noces, il y eut abondance de mets et de vin. Chanteurs et conteurs s'excitaient et vantaient de folles nuits. Il revint au maître de la Jouvent l'honneur d'enlever un des rubans qui tenaient les bas de la Josette. Le fils Joussaud émergea de dessous la table en brandissant également un soulier qu'on fit circuler pour que chaque invité y mette des pièces de monnaie. Les aides de cuisine reçurent le produit de cette quête.

Alors, le Louis se leva. En tant que doyen, il avait un discours à faire. On applaudit à tout rompre. C'est vrai que de mémoire d'homme de la vallée, on n'avait jamais vu un nouveau marié être le doyen de sa noce...

« La vraie jeunesse, mes amis, c'est de vivre comme si la mort n'existait pas. Vous, les garçons amoureux, restez hardis ! Et vous, les filles, soyez, chaque jour que Dieu vous comptera, couvertes de caresses et de baisers comme un sous-bois de feuilles par temps d'automne. Je vais faire *lou courchoun* (la présentation du pain). »

Il fit le tour de la table ; les jeunes filles se dressèrent, l'une après l'autre. Il les dévisageait.

À certaines, il offrit un morceau de pain. À leurs parents, à la communauté d'Aspremont-la-Rude, il était publiquement signifié que lui savait qu'elles avaient envie d'un mari. Damiane reçut son croûton. Le maître de la Jouvent en fut honteux. Il eut l'impression qu'en lui arrachant son secret on l'écorchait vivant. Pas une fois, il n'invita à danser celle qui, pourtant, n'avait d'yeux que pour lui.

Fatigués par le vacarme, les mariés s'éclipsèrent. Bouteilles, baricauts, chaises et bancs renversés faisaient un décor de fin d'ouragan. Enivrés par des mélanges de vin et d'eau-de-vie, des invités avaient glissé sous la table et ronflaient. Alors, le charivari commença. Les *brandaire* (les participants au charivari) avaient ramassé seaux, arrosoirs, casseroles, clarines, clavelles, clochettes, grelots... Chacun tapait ou secouait comme un possédé. Les musiciens du Pautassié faisaient hurler leurs instruments. Enfin, des volets de la maison du Féréol s'ouvrirent ; le fracas s'amplifia. Le Louis apparut en chemise de nuit. Il mit ses mains en tampon sur les oreilles car il avait la sensation qu'on lui cassait le crâne. À plusieurs reprises, il fit le geste de lancer le contenu d'un pot de chambre ; le tintamarre devint démentiel. Brusquement, il renversa l'ustensile utilitaire et des pièces de monnaie tintèrent sur les galets de la ruelle. Un dernier salut amical à cette troupe de forcenés... Une formidable ovation... Restait, pour bien finir la nuit, à réveiller le buvetier...

Au petit matin, l'Auguste rassembla les *brandaire* capables de tenir d'aplomb sur leurs jambes. Par tradition, la Jouvent devait une visite à la Josette. Elle la trouva sagement assise sur le lit. Un vase de nuit lui fut présenté, flambant neuf, avec plein de tortillons bleus et de fleurs ocrées. Il venait de Salernes, village du haut Var où les potiers font ronfler, depuis le temps des Romains, les fours à cuire l'argile. Il contenait de la purée de pois et un morceau de boudin. Après avoir mangé de bon appétit, les mariés en découvrirent le fond en souriant ; un ruban voltigeait autour d'un gros œil. On pouvait lire :

« *Aviso couquinet, que iéu te vese*. (Attention, petit coquin, que je te surveille.) »

La Jouvent le laissa dans la chambre en souvenir.

« Trois années plus tard, on les enterrait tous les deux, à quelques jours d'intervalle. Ouais ! Les cierges du mariage ne se trompent jamais. »

Le Jean Joussaud a vécu son récit sans cesser de regarder sa petite-fille. Il faisait de même avec son aîné pour des confidences d'homme à celui qu'il souhaitait voir devenir un homme. Rien ne paraissait avoir changé à travers le temps. En cette veillée de Noël, les gens de la Guette ont ressenti profondément que les morts sont souvent dans nos vies plus présents que les vivants. Pour la première fois, Antonine a vu vivre son père dans le discours passionné d'un aïeul qui, croyant parler d'un fils, n'a parlé que de sa propre jeunesse.

Soudain, ce grand-père apparaît ridicule à la fillette et cesse de l'intéresser. Un vieil homme a parlé d'un autre Auguste. Son papa à elle est tellement différent ! Elle est prête à le jurer. Alors, elle se lève et va se coucher.

Les menteurs ne méritent que le mépris.

XI

Réjouissances coutumières et découvertes familiales

L'AUBE DE CE PREMIER JANVIER 1879 est si limpide qu'on y respire à pleines goulées. Tout est net : les dos noirs des collines, les rochers, les arbres, un sentier à l'horizon...

La Joussaleto s'est habillée d'un caraco de couleur, d'un fichu à grosses fleurs savamment noué sur la poitrine et d'une jupe unie de ton gris. Antonine la contemple avec une admiration exagérée. Son sourire est si ouvertement moqueur qu'elle est bousculée. Allons ! Il est temps d'aller souhaiter l'An nouveau au Jean Joussaud. La fillette marche à côté de sa tante. La pensée de son père l'obnubile. Oui ! Le vieil homme a menti. Elle ne veut pas de ce papa turbulent et ridicule. Cette image est contraire à son attente. Mais qui pourrait lui dire la vérité ? Peut-être la femme du Pégat ? Pourquoi pas ! Antonine ne la connaît pas : elle va si rarement au village. Sa demande est brutale :

« Je veux voir ma grand-mère, celle qui est mariée au cordonnier. »

La tante Jeanne sursaute. Elle a l'impression de buter sur le regard de sa nièce, froid et observateur.

« C'est pas possible !

– Pourquoi ?

– De vieilles histoires.

– À cause de ma maman, n'est-ce pas ? Ça m'est égal. Elle me dira ce qu'on lui a fait. À elle et aussi à mon papa. »

Pour dissimuler son embarras, la Joussaleto agite un mouchoir aussi vaste qu'un torchon et fait le simulacre d'y perdre son nez. N'ayant pas trouvé de réponse plausible, elle le replie soigneusement et du poing montre le village dont les arêtes des maisons saillent au soleil levant.

« Petite, un jour, je te dirai ce que j'en sais. »

C'est une dérobade. Après une vague réflexion, sa nièce s'estime plus sensée que cette grande enfant qui hâte le pas. Et pour la première fois de sa vie, elle ressent la joie que donnent l'orgueil de soi et le mépris des autres.

Le père de tante Jeanne accueille les visiteuses sans démonstration d'affection. Pour l'échange des vœux traditionnels du Nouvel An, il est redevenu *lou mestre* (le maître). Parce qu'il ressent profondément que le respect des apparences tient debout la société paysanne, il ne voudrait en aucune façon faillir aux usages. Sa petite-fille lui en sait gré qui l'a détesté en verdelet attendri. Mieux vaut cet air hautain, ce visage à la fois sévère et bienveillant. Elle retrouve le comportement hiératique de tante Enna. Mystère des attitudes ! Les propos échangés ne l'intéressent guère : la Guette, l'état des terres et des bâtiments, les travaux en cours, les projets... Par quel miracle deux femmes seules réussissent-elles à tirer de cette ferme de mauvaise réputation ce qu'il faut pour vivre ? La Joussaleto ne l'explique pas ; elle raconte simplement leur vie quotidienne. Et le paysan comprend que la propriété subsiste grâce à la récurrence du travail acharné du Bastien.

« La Mercadour est une bien rude garce. Ah ! Si j'avais une femme comme elle... »

Dans sa main gauche, l'éclat d'une *roussette* (pièce d'or). Il l'a tirée d'une poche de son gilet et la présente comme un ostensoir. Par ce don, il reconnaît le lien de parenté existant entre un vieillard désabusé et une enfant à l'avenir incertain. Antonine ne prend pas le cadeau : elle ignore cette tradition et c'est la première fois qu'elle voit briller de l'or.

« Elle est à toi, ma fille. Tu la mettras dans un *toupin*, avec d'autres, car j'espère vivre assez pour t'offrir la douzaine. Promets-moi de n'y toucher qu'à ton mariage. »

Il va chercher des raisins de la dernière vendange. Les offrir et les manger le jour de l'An avec ses visiteurs, c'est leur souhaiter de gagner beaucoup d'argent. Antonine en déguste une grappe, grain à grain, en serrant la pièce d'or dans son poing. Soudain, elle se rappelle qu'elle n'a pas dit merci à son grand-père. Baste ! Le Joussaud est revenu à ses jérémiades.

« La Marie-Anne vit de grimaces et moi, je mange la soupe que je prépare, à l'aventure des heures. Son Dieu est devenu une trinité d'un autre genre : Intolérance, Vengeance, Hypocrisie. De quoi réduire en cendre toutes les églises. Et la brûler, elle aussi ! Pour purifier cette maison, comme on faisait avec les sorcières, braves femmes le plus souvent ! Jeannette, est-ce que, la mouvette* à la main, tu bouscules toujours sauces et ragoûts ? As-tu préparé le coq farci ? »

Elle n'ose pas avouer que la Guette n'est pas assez riche pour qu'on sacrifie plusieurs poules dont les foies farciraient un coq. D'ailleurs, le temps fait défaut pour chercher sous les chênes les truffes qui font le fumet de ce plat traditionnel. Pourtant, Bastien lui a appris à reconnaître la mouche truffière qui vibre dans un rayon de soleil et conduit droit au champignon délicieux. Impossible d'avouer sans un peu de honte que cette année, à la ferme, le repas du Nouvel An sera frugal, fait de soupe épaissie par du pain cuit. Elle préfère parler d'Antonine, vaillante et déjà forte. Son père a l'air satisfait. En réalité, il pense au coq garni de truffes, de marrons, de chair à saucisse et de foies de volaille que, jadis, il découpait, et dont il offrait les parts à chacun des membres de la famille comme une démonstration irréfragable de son autorité.

« Écoute, petite ! En Provence, il y a des maisonnées pleines de sous. Au gousset, les messieurs portent des chaînes d'or et leurs épouses sont plus couvertes de bijoux que des châsses de saintes reliques. Au repas du Nouvel An, la domesticité sert à leur table douze perdreaux, un pour chaque mois de l'année ; il faudra les manger, comme on doit aller au bout de ses peines de janvier à décembre. On présente aussi trente truffes noires et trente œufs durs blancs, honteux d'être sans valeur. Pas une miette jaune, blanche ou noire ne doit en rester. Ainsi se grignotent, en bien ou en mal, une à une, les minutes des trente nuits et des trente jours d'un mois. La truffe, c'est l'obscurité avec ses parfums, ses délicatesses, ses mystères. L'œuf, c'est le soleil et son cosmos fluide et nourricier. Les coutumes font les familles solides et sûres d'elles-mêmes. C'est ça qui nous a manqué... »

De nouveau, il maudit sa destinée. Pourquoi a-t-il choisi la Marie-Anne parmi tant d'autres filles ? Vraies femmes, celles-là, dont les maris évoquent, en souriant, les joies qu'elles donnent. Douce est la tête aux cheveux défaits qui, pour réveiller des désirs, se niche dans le cou de l'homme harassé par le travail ! Quel bonheur de s'endormir, dépouillé de tout orgueil, dans les bras de qui vous aime ! S'accomplir par un autre... Être simple et confiant... Se livrer dans l'amour...

Il aurait aimé une maison encombrée de petits-enfants qu'on écarte de soi avec douceur et tendresse. On fait ainsi avec les nouveau-nés de la brebis, hésitants sur leurs pattes grêles. Il parle de l'Auguste et ses mots se font sauvages. Son fils ne lui avait pas caché son amour pour Damiane et son désir de l'épouser. Lui ne voulait pas se priver d'un compagnon de besogne par qui champs, vignes, oliveraies et jardins devenaient différents. Il lui avait avoué son angoisse à le voir partir, comme on dit ses fautes à un confessionnal, plus pour s'en débarrasser que pour être entendu de Dieu. Le jeune homme avait feint de ne pas comprendre. Il vivait trop intensément son amour tout neuf. Un sentiment de culpabilité avait interdit au Jean Joussaud d'affirmer sa volonté, car il avait été l'amant de la mère de Damiane.

Leur liaison avait duré jusqu'au jour où de mauvaises langues informèrent la Marie-Anne et le Pégat de leur infortune conjugale. Sa femme avait traité avec indifférence cette comédie de l'amour. Trop couard pour s'opposer à un rival musclé comme un taureau, le Mercadour avait choisi de rouer son épouse de coups. Dès lors, les relations coupables cessèrent. Mais l'Étiennette ne s'en consola jamais. Aimable et bel homme, le Joussaud la comblait.

L'infortunée ! Orpheline à l'âge de cinq ans, elle fut recueillie par des voisins, à Saint-Symphorien, un village à quelques lieues en aval d'Aspremont. De son dos rond, un pont enjambait la rivière où, dans les sourives, les enfants pêchaient le fretin en rabouillant avec des paniers. Ses piles en forme de bateau à l'étrave triangulaire dataient de la nuit des temps. Des messieurs à chapeaux très hauts, à longs poils, venaient parfois le dessiner, en hochant gravement la tête.

Malgré les bonnes terres de la vallée, les paysans vivaient à la limite de leurs peines et de leurs faims. L'argent gagné se cache, achète des meubles, du linge, de la vaisselle, des bijoux en or. Dans les fermes, les cuisines se ressemblent avec leur cheminée à l'épais tas de cendres. C'est là qu'on veille, reçoit, discute. Mêmes vaisseliers, mêmes portes de placard cirées, aux gonds de fer craquants, même table de bois plein, mêmes bancs, même évier de grès poli où on se lave le visage en soufflant l'eau dans ses mains. Simplicité des gestes quotidiens ! Aux cœurs et aux esprits de trouver dans la lumière du jour, face à tant de beauté de la nature, ce qui donne la paix de l'âme. Le bonheur, n'est-ce pas d'être un homme libre d'entraves et possesseur des secrets de la terre ?

Dès qu'elle put utiliser ses mains, l'Étiennette fut obligée de gagner son pain, durement, du lever au coucher du soleil. À douze ans, elle ne connaissait du monde que ce qu'elle en avait entendu dire à l'église. Docile et simplette, elle vivait en bête de somme obéissante. Voulant passer pour justes, ses maîtres ne la rudoyaient pas.

À dix-huit ans, elle était courtaude et solide : poitrine forte, fesses larges, la fraîcheur de la jeunesse. Elle aimait les fêtes où on rit facilement en se saoulant de paroles. Un moment de sa vie, le village devenait exubérant. Ces paysans à l'air altier et leurs femmes pudiques et farouches perdaient leurs apparences. Drôles et pleins de finesse, ils faisaient voler les plaisanteries. Que de trépignements quand une fille, un bandeau sur les yeux, cassait avec une trique l'une des trois marmites suspendues ! La première contenait de l'eau, la seconde de la suie, la troisième une pièce de monnaie. Des courses étaient organisées avec des obstacles à franchir, en tournant autour des arbres, un seau plein d'eau sur la tête. Lorsqu'un des participants convoitait une femme, il laissait tomber le sien à ses pieds. Si elle lui donnait un baiser pour pardonner d'avoir été trempée, le sournois lui proposait un rendez-vous. Il y avait aussi des parcours à dos d'âne, en poussant des brouettes, en sac, à reculons, une cuillère serrée entre les dents avec un œuf posé dessus... Et que de farandoles[1] endiablées !

Au concours de grimaces, l'Étiennette n'avait pas sa pareille. Son visage rond, ses yeux étirés vers les tempes, ses lèvres charnues, son nez épaté faisaient merveille. On lui demandait de contrefaire le coléreux, l'ivrogne, l'hypocrite, l'idiot... D'être complimentée lui tournait la tête. Un soir, elle accepta que des jeunes gens la raccompagnassent. Ils affirmaient que des loups hantaient la vallée et que les rires les attirent de fort loin. Elle ne vit pas malice à ces sornettes et découvrit des jeux interdits. Cela se sut. Désormais, à chaque fête, on la grisa de jaseries et de mélanges de vins. Sur le chemin du

---

1. *L'origine de la* farandole, *danse paysanne, se perd dans la nuit des temps. Des danseurs de farandole figuraient sur le bouclier d'Achille (*L'Iliade, *chant 16, Homère).*

retour, elle prenait du plaisir avec ceux qui le lui demandaient. C'était sa façon de les remercier pour les heures agréables dérobées à son travail d'esclave. Elle eut la chance de ne pas être enceinte.

À vingt-cinq ans, l'Étiennette dut quitter la ferme. Ses maîtres étaient morts. En la chassant, les héritiers ne lui laissèrent que ses hardes. Réfugiée dans une écurie abandonnée, elle travailla à la journée. On l'appréciait, sans la payer davantage. Le spectacle de sa misère ne provoquait pas la moindre réaction charitable. Elle continua à avoir des amants. Rencontres sans importance...

L'Antoine Mercadour, le cordonnier dont les femmes ne voulaient pas car il était sournois et sale, la demanda en mariage. Elle crut qu'il se moquait d'elle. Mais non ! Le Pégat avait besoin de deux bras vigoureux pour tenir son ménage et travailler ses jardins... Il revint à la charge. L'Étiennette ne résista pas longtemps. Ils s'épousèrent. Elle avait trente-trois ans, cinq de plus que lui. Enna naquit le 13 mai 1843. Ce jour-là, haut dans le ciel, évolua un énorme globe de feu suivi d'une traînée lumineuse[1]. Le Pégat y vit

---

1. *Ce fait est confirmé par des archives (Bulletin de la société d'archéologie de la Drôme – années 1888 et 1889) reprenant des observations anciennes, confirmées par plusieurs témoins sérieux.*

un avertissement le concernant particulièrement. Il devint jaloux sans raison et sa femme entama un long calvaire. Quatre années plus tard, Damiane voyait le jour.

Le Joussaud vit son récit :

« La boutique devint l'enfer. Les fillettes grandirent auprès d'un alcoolique vociférant, toujours prêt à cogner. Parce qu'il était possessif par vanité et sottise, il exigeait que sa femme et ses enfants l'admirent, lui complaisent, obéissent sans discuter. Il ne respectait ni son épouse ni ses filles. Oh ! je ne raconterai pas les confidences de l'Étiennette. Parfois, Damiane venait jouer à notre maison. Ses grands yeux pleins de peur étaient ceux de sa mère. Elle était frêle, délicate, et son visage reflétait une tristesse inexplicable. Mon fils était l'eau vive dont elle avait besoin pour vivre. Lui aimait sa tendreté et, parce qu'il la savait désarmée contre ceux qui la blessaient, il prenait sa défense à toute occasion. Damiane était la femme de son attente et de sa charité, rêvée toute de douceur et de mansuétude. C'est vrai qu'elle était digne d'être aimée. Pourquoi n'est-elle plus de ce monde de misères, mais aussi de vivants bonheurs ? Je maudis Dieu aussi à cause de cette mort. Ses prêtres ont des paroles bonnes et belles sur le destin des hommes ; pourtant, ils laissent martyriser les humbles et les doux. Ne sois jamais soumise à personne, mon enfant. Tu te souviendras de ta maman. Tu n'oublieras pas que ton papa a été tué pour rien. »

Antonine écoute de toute son attente. Son grand-père devient un messager de l'Ailleurs. Homme aveugle ! Elle ne le plaint pas. En ne chassant pas la Marie-Anne, en ne recueillant pas Damiane, sa maman, il a mérité son sort. Dans le troupeau, on punit sur-le-champ qui en trouble la tranquillité. Malheur à qui n'a pas eu le courage de se montrer dur afin d'être équitable ! Les sentiments du Joussaud étaient faux, et il s'illusionnait sur lui-même. Dans sa main crispée, la fillette a la sensation d'une brûlure et a envie de jeter la pièce d'or à la tête de ce vieil homme que, soudainement, elle déteste. Mais elle n'ose pas faire le geste de révolte tant la découverte qu'elle vient de faire l'effraie.

Dans la rue, elle court jusqu'à la boutique du Pégat, qu'elle trouve fermée. Alors, elle ramasse des cailloux et brise les vitres. Aux passants qui interviennent, elle donne des coups de pied et elle hurle :

« C'est une saloperie ! Il a fait mourir ma maman. »

Personne n'insiste. Au cordonnier de régler ses affaires de famille !

La tante Jeanne retrouvera sa nièce en pleurs, menaçant à travers des hoquets de se venger de ceux qu'elle vient de découvrir criminels. Elle s'efforcera de la calmer. Comme les tout-petits. Sottement. Bien inutilement.

D'ailleurs, que pourrait-elle faire d'autre, cette tête légère ? Comprendrait-elle, même si on le lui expliquait, que l'amour et la haine sont en train de transformer l'enfant insouciante de la Guette en une femme au devenir redoutable ?

XII

Amours et mariage d'Enna Mercadour

Vint la Chandeleur.

Ce jour-là, les sœurs Catogan démontaient la crèche. Santibelli, maisons en carton, collines en papier étaient rangés dans une caisse que le curé fourrait dans un bas de placard à la sacristie. L'enfant Jésus s'en allait dormir sur de la ouate et des fleurs de lavande.

La Joussaleto a pétri et enfourné les gâteaux traditionnels[1]. Elle ne manque jamais, chaque 2 février, de célébrer Notre-Dame du *Fue Nou* (du feu nouveau). Avant de partir pour la messe, elle éteint le feu de l'âtre. De l'église, elle rapportera deux cierges bénits dont la flamme sera protégée par un cornet de papier.

---

1. *À Marseille et dans d'autres cités du Midi de la France, ces gâteaux étaient appelés « navettes » parce qu'ils avaient la forme d'une barque évoquant l'arrivée des saintes femmes sur les côtes de la Provence. En fait, ce symbolisme semblerait n'être qu'une récurrence du culte égyptien d'Isis.*

Le plus petit servira à signer d'une croix de fumée les portes et les ouvertures du bâtiment d'habitation ; ce rituel protège des maléfices, des mauvais esprits et de la foudre. Après quoi, il allumera un fagot de genêt sec aux brindilles se brisant sous les doigts. Au-delà de siècles de pratique d'un catholicisme conventionnel, des rites et des usages païens seront prolongés que ni l'autorité ni l'arrogance des religieux n'ont réussi à faire disparaître de nos campagnes. Le restant de chandelle sera soufflé et rangé sur l'étagère du vaisselier.

L'autre cierge, le plus gros, sera présenté avec déférence à la maîtresse du domaine qui, dans sa chambre, le mettra à côté du christ en bois taillé dont le clouage lui rappelle, chaque fois qu'elle prie, les souffrances du pauvre Bastien. C'est vrai qu'il a des vertus multiples : il évite les calamités naturelles et la destruction des habitations, aide les femmes en couches, sert à signer le moribond à hauteur du front. Enna l'avait fait brûler pour éclairer sa nuit de noces ; son mariage serait heureux s'il se consumait entièrement. Né dans une contrée moins crédule, volontiers moqueur des superstitions des hautes terres, son mari l'avait soufflé par bravade. Elle lui avait dit que son geste fou risquerait, quelque jour, de le faire périr de mort violente. C'est avec des baisers qu'il l'avait fait taire.

Au moment de passer à table, on frappe à la porte. Une voix gronde :

« Femmes, ouvrez à deux gosiers assoiffés de votre vin bisaigre. »

C'est Jean l'Agneau, le berger. Un inconnu se tient à distance. Rejeté en arrière, son chapeau découvre sur le front un bandeau de peau blanche, tranchant net le bistre du visage. Ses yeux clairs paraissent s'étonner de tout. Largement échancré, le col de la chemise fait saillir un cou fin et musclé, image d'une souche de bruyère. Malgré le temps de gel, il ne porte qu'une veste de baracan et réchauffe ses mains dans les poches de son pantalon. Ses sourcils et ses cheveux sont gris. Pourtant, il a l'air si jeune !

« Que venez-vous faire ? Un pareil jour ! Est-ce un prétendant pour la Joussaleto que vous m'amenez ? Elle n'en voudrait pas pour sablonner[1] sa vaisselle. Hé, faut-il que je vous arrache les mots à coups de fouet ?

– Tout doux, belle impatiente ! Lui, c'est Célin Fouassard, le *recuraire* qu'on vous a parlé. »

Antonine apporte une assiette, car lorsqu'il y a des invités la femme qui sert à table reste debout et ne

1. *On frottait d'abord la vaisselle grasse avec du sable fin (le sablon) avant de la laver à l'eau très chaude où des cendres de bois avaient trempé.*

mange pas. Elle verse à boire. Enna remarque que l'inconnu gobelotte*.

« Celui-là travaille-t-il aussi petitement en pleine brise ou au dur soleil ? Il me paraît cagnarder. Tu es venu me voler deux repas. »

Jean l'Agneau rit car sa réputation n'est plus à faire. Partout, il apporte de l'allégresse. À ceux qui savent écouter de le comprendre...

Drôle de bonhomme !

Son sobriquet vient de ses vêtements à l'odeur hircine et faits d'agnelin, qu'il taille et rentrait[1]. La solitude des collines est son existence. Comme il n'a pas son pareil pour découvrir les meilleurs gagnages, ses vassiveaux sont magnifiques et les marchands les payent cher. Les travaux des champs l'ont toujours rebuté avec leurs heures haletantes, l'acharnement sur l'outil, la multiplicité des tâches quotidiennes. Il se plaît dans l'inconfort des bories aux murs épais en pierres sèches. Quand on l'accuse d'être fatrassier, il hausse les épaules. Que de découvertes à observer les étoiles, humer la nuit, écouter glatir un aigle ! Pourquoi trimballer un épuisement ancestral d'un bout de pré à l'autre ? Les sonnailles des bélières lui ont plus appris sur les temps à venir que les livres à bien des savants. Il connaît le cœur des hommes à force d'avoir vu ses

1. *Rentraire : réparer les défauts après foulage, tonte et apprêt.*

chiens harceler le troupeau. Et s'il a tant de délicatesse envers les femmes, c'est qu'il aide ses brebis à agneler ; alors, il les appelle avec des noms d'émotion et les larmes de leurs yeux dorés sont autant de mercis.

C'est la vérité qu'il a changé de caractère après avoir été surpris et bousculé par une avalasse (forte crue) entre deux falaises rocheuses. L'orage avait craqué comme un feu s'embrasant au sec de l'été. La boue avait giclé de toutes parts. Voyant venir la mort, il s'était recommandé à Jean-Baptiste, le saint qui, sur les images pieuses, a de l'eau jusqu'au ventre et une colombe au-dessus de la tête. Le torrent d'argile liquide et de cailloux roulés l'avait emporté sans le noyer. Alors, pour narguer les bigotes jalouses des faveurs célestes, il s'est créé miraculé et à l'église occupe, d'autorité, le premier rang. Magnifique, il chante à pleine gorge, d'une voix fausse car depuis la terrifiante tornade, il est enchifrené. À hurler de terreur, quelque chose avait craqué dans son larynx. Maintenant, il utilise son nasillement pour obliger les gens à mieux l'écouter.

Jean l'Agneau tresse le cuir, sculpte le bois, cueille simples et champignons. Il excelle dans la fabrication et le maniement des frondes. Avec de petits cailloux, il frappe ses bêtes sur le dos pour les rendre obéissantes à sa voix. Il arrête la marche précautionneuse du renard, la charge du blaireau, le trottinement du loup, en brisant l'échine de ces animaux sauvages avec de grosses pierres aussi meurtrières que des boulets. Sur des cadres de bois, il tend leurs carbatines*, les frotte d'un mégis dont il a le secret et les racle avec soin. Les peaux restent souples et de belle couleur. Ses fromages éclatent de blancheur dans des caserets d'argile cuite et des échinons* de bois souple. Il a de l'argent. Au juste, il ne sait quelle somme car il n'en a pas besoin. Mais l'idée de sa possession lui donne cette assurance malicieuse qui le fait se comporter en original. Il est foncièrement bon, d'une bonté particulière, celle qui a les apparences de la méchanceté parce qu'elle s'en tient à la vérité.

Enna sait tout cela et réfléchit. Dans la vallée, les bergers passent pour être la voix de Dieu. N'ont-ils pas appris les gardes[1], qu'ils récitent en secret, accompagnés de gestes rituels ? Ainsi, ils se font obéir des *fantasti*[2] qui, dans les collines, face aux étoiles,

1. *Les* gardes *(ou jets) sont des formules conjuratrices transmises d'initié à initié.*

2. *Esprits follets communs à de nombreuses légendes paysannes, connus sous les noms les plus divers. Ils sont les anciens dieux protecteurs. Le clergé catholique les avait transformés en démons qu'on sollicitait par la sorcellerie. Selon lui, leurs pouvoirs se limitaient à des maléfices et enchantements à propos de menus faits de la vie quotidienne. Bien des paysans les considèrent tout autrement et ont, encore de nos jours, commerce familier avec eux.*

chantent dans les *jasses*[1] avec des notes de cristal. Le repas terminé, la maîtresse de la Guette interpelle Jean l'Agneau :

« J'emmène ton compagnon. Gare à toi s'il ne sait pas reconnaître un olivier d'un *reganaire* (chêne kermès). »

L'allure un peu raide, elle marche vers ses champs. Sans la quitter des yeux, il la suit à distance, selon l'usage. Sur ses reins, elle sent peser ce regard et frissonne. Arrêtée, elle sautille en agitant les bras, plus pour se donner une contenance que pour se réchauffer. Sans façon, il lui frictionne le dos. Elle voudrait se rebiffer, mais n'ose pas. Brusquement, elle réalise qu'il est le premier homme à avoir posé la main sur elle depuis la mort de son pauvre mari.

Le *recuraire* passe d'un olivier à l'autre, avec l'air à la fois joyeux et triste d'un voyageur retrouvant des parents appauvris, vieillis, délaissés. Il s'attarde à inspecter des volis brisés par la fougue des vents du nord et caresse des troncs qui paraissent couler comme la cire au pied du cierge ardent. Il ne fait plus attention à cette femme superbe d'autorité et de dépit. Avec douceur, il entame un dialogue avec les arbres, ses amis parce qu'il a reçu d'eux le don d'amour, celui qu'on

1. *Cabanes légères ou bergeries provisoires bâties sur les pâturages éloignés des villages.*

offre aux hommes afin qu'ils vivent en hommes, et il les plaint d'avoir été abandonnés. Patience ! Il les taillera en coupe offerte au ciel. Légers, frémissants sous la brise, ils retrouveront la joie d'être beaux, harmonieux, possesseurs des couleurs des nuages.

« Capables de discernement, ils ont des préférences, des dévouements, des haines. Ils expriment leurs sentiments avec lenteur, mais fermement, et veulent être abordés comme la femme désirée, mains tendues, cœur battant. Êtres vivants et sensibles, ils s'attachent à qui les protège et meurent de la mort de celui qu'ils aiment. Et Dieu le sait aussi qui ne les frappe jamais de la foudre. »

Enna est abasourdie. Ne serait-il que folie, cet homme d'apparence tranquille qui, maintenant, s'adresse à elle avec une soudaine timidité. Il ne va plus au bout des phrases et laisse à cette femme intelligente le soin d'achever sa pensée.

« Y a du croulier... Des murs à renformir... Le désordre, les oliviers l'apprécient guère... Faut du temps pour se défâcher de l'abandon... »

Se moquerait-il d'elle parce qu'il l'a devinée ? Sa détresse de veuve est-elle si apparente, en dépit du soin qu'elle prend à la cacher ? De la colère gronde dans sa poitrine, car elle, la superbe, ne supporte pas la moindre pitié. En vérité, il ignore cette femme vibrante à ses côtés. Déjà, dans son esprit, les talus cessent de s'écrouler, les murs sont consolidés, les arbres sont redevenus eux-mêmes. Déjà, ses bras ont tranché dans des forces vives pour les rendre plus vivantes.

« Ils peuvent plus attendre... Ils oublieront... »

L'équivoque se prolonge. Qu'a-t-il voulu dire ? Elle cherche un calcul dans le regard lumineux de cet inconnu qui, par sa seule présence, lui rappelle son crime d'indifférence contre Bastien, l'époux qu'elle aime encore par-delà la mort. La rage et l'impuissance mettent des larmes au bord de ses paupières. Nul ne peut refaire le passé. Châtiment implacable que Dieu inflige aux terrestres pour les punir de leurs actes orgueilleux ! Le recuraire feint de ne pas voir cette soudaine désespérance. Chacun a ses malheurs et la dignité qu'on doit à soi-même exige qu'on les dissimule. Le traitement des cœurs, comme celui des arbres, doit rester un acte secret car il est aussi volonté d'amour.

Au souper, en s'asseyant face au Célin Fouassard, Enna se sent moins guindée, plus apte à s'intéresser à la vie des autres. Il devance sa pensée :

« Votre prix sera le mien... Vous déciderez après le travail... Je viendrai dès que je serai libre...

– Que Dieu vous tienne en joie ! »

Elle ne saurait dire si le remerciement va à l'émondeur d'oliviers ou à l'homme qui l'a rassérénée.

Jean l'Agneau s'en est allé sur une dernière plaisanterie. Les épaules secouées de rires, il a confié à la Joussaleto qu'il tenait de fameux boucs à son service. Elle l'a menacé avec un balai. En s'éloignant de la ferme, il agitait son bâton de sorbier rouge[1] et criait, dérisoirement, l'appel aux béliers dociles, meneurs du troupeau. À pleine gueule, il se moquait de cette femme sotte au point de n'avoir jamais compris le désir d'un mâle.

La maîtresse de la Guette a proposé au *recuraire* de passer la nuit à la Guette. La veillée est gaie. Enna a la répartie rapide. Le Fouassard parle peu, mais justement il raconte des anecdotes jamais méchantes. À l'aise quand on le presse de questions, il répond avec simplicité et malice. Le visiteur plaît à Antonine. Elle lui a offert le pain et le sel, gages d'une amitié naissante. Elle refusera d'aller se coucher et ira s'asseoir sur l'âtre.

Enna et Célin restent face à face.

---

1. *La canne traditionnelle des bergers provençaux portait des marques et sculptures hermétiques dont seuls les possesseurs connaissaient la signification.*

« Il vit seul. Sa famille a été brûlée vive dans une grange embrasée par la foudre. Il a eu la vie sauve parce que, sous l'orage, il courait après une mule affolée par les coups de tonnerre. Impossible de s'approcher de l'incendie. Alors, il a galopé vers le village, talonnant furieusement sa monture. Quand les secours sont arrivés, il ne restait que des pierres calcinées. Sa mère, son père et son frère avaient péri, si serrés les uns contre les autres qu'on ne put séparer leurs restes. On les avait mis dans le même cercueil. Il venait d'avoir seize ans. Pendant des années, on l'a volé et trompé. Aucune aide de personne. Non ! Il n'est pas tâcheron. Propriétaire aisé, rien ne l'oblige à louer ses bras. Un cousin germain s'occupe de ses terres. Il avoue qu'il se méfie des femmes. Non pas qu'il ne les désire pas... Mais pour s'occuper de l'une d'elles, il lui faudrait délaisser les oliviers. Peut-on partager sa vie en deux parts égales ? Il ne le pense pas. Jean l'Agneau lui a dit que la maîtresse est veuve et qu'elle élève une nièce. L'enfant est jolie, mais dissimulée. Pareille à un chat, elle guette son heure... »

Involontairement, elle parle, elle aussi, à la troisième personne comme a fait le *recuraire*. Comme si, en racontant l'histoire d'une fille du Mercadour, le cordonnier d'Aspremont, elle allait se découvrir différente. Elle a posé sur la table ses mains gercées par le travail. Mains d'imposture ! Car cette femme est belle de gorge, d'épaules et de cou.

« Nos convictions et nos projets apparaissent dérisoires dès que le temps les estompe dans les mémoires ! L'important est de vivre le présent. Ce soir, le plaisir de bavarder avec vous me le prouve. »

Elle est une enfant de pauvres, fouettée à chaque peccadille par un père à la cervelle détraquée par l'alcool... Une étrange famille où l'on tremblait de peur, tout au long des heures. Dès qu'elle eut la force, elle se rebiffa, ne supportant plus l'ivrogne hypocondriaque. Un jour, elle s'empara d'une corde, visa la figure du tortionnaire et frappa de toutes ses forces.

« Que cela te serve de leçon. Et si jamais tu recommences à me maltraiter, je te fais jaillir les yeux de la tête. »

Elle venait d'avoir quinze ans et en paraissait dix-huit. La correction n'arrêta pas la méchanceté du bonhomme. L'Étiennette, sa femme, continua à être son souffre-douleur. Il exigeait tant et plus d'absurdités qu'elle fut malade du ventre et hurlait dès qu'il la touchait. La fille aînée intervint de nouveau avec autorité. Dorénavant, sa mère coucherait seule. Et si cette brute s'en approchait, elle l'étrillerait si bien que sa peau partirait en écailles. Damiane, la sœur cadette, une fille douce et mélancolique, pleurait sur cet horrible petit monde.

« Vous saurez que le nom de Mercadour n'est pas d'ici. Nos aïeux venaient du centre de la France, d'où ils avaient été chassés du temps des huguenots, sans autre ressource que de devenir des trimardeurs. Ils se racontaient cette tragédie afin de rejeter les causes de leur misère sur autrui. Dans le village, on tolère mon cordonnier de père parce qu'il est le seul à savoir couper et coudre les cuirs. Moi, je fus tout de suite amoureuse d'un marchand que le destin avait conduit à Aspremont. Et lui m'aima de toute son âme, dès qu'il m'aperçut. »

Le Bastien Leroy chercha des terres pour s'installer dans la vallée. On les lui refusa. Personne n'acceptait qu'une fille de la communauté, parmi les plus jolies et les mieux faites, se donnât à un étranger. Plus subtilement, on estimait que cet homme distingué, instruit et qui paraissait de bonne famille, courait à un malheur en s'acoquinant avec la fille du Pégat. On ne cessait pas de lui rebattre les oreilles avec cent sottises. Mais il n'entendait rien car pour lui le bonheur était de vivre avec cette femme et de l'aimer. Finalement, un notaire lui signala une ferme à vendre, à l'abandon depuis huit années. Elle s'appelait « La Guette ». Malgré son prix dérisoire, aucun paysan de la vallée n'en avait voulu. Il est des lieux chargés d'impondérables qui attirent ou repoussent, peut-être parce que des récits déformés ou amplifiés se transforment lentement, inexorablement, en vérités vécues.

La Guette ? Des bâtiments presque en ruine et des champs dévorés par les cystes, les cytises, les genêts, les chardons... Le nouveau propriétaire la fit bénir, la meubla, répara la toiture, remit d'aplomb ustensiles et outils poussiéreux et rouillés que nul ne s'était avisé de dérober. Il travaillait comme un démon. Au bout de quelques mois, tout paraissait en ordre. Les terres labourées luisaient sous le soleil. Les vieux murs avaient l'air heureux. En retrouvant un maître, ils avaient oublié une aventure de leur passé.

« Un jour, Bastien me montra le grand lit où il n'avait jamais dormi. En me serrant contre lui, il me dit que là nous ferions nos enfants. Je ne résistai plus à la folie d'amour qui me faisait défaillir. Mais lui me voulait comme son père avait voulu sa mère. À la face de tous. Alors, je le priai d'aller me demander à mon père. »

Furieux, le Pégat ne voulut rien entendre. Alors, Bastien Leroy s'en retourna à sa ferme. Des pensées mauvaises l'agitaient. Il proposa à Enna de l'emmener dans son pays, où les gens ne vivent pas comme des sauvages de la montagne, rudes et de mauvaises manières. Elle le consola. Il leur restait la possibilité du traditionnel raubage (l'enlèvement). Le Tambour consentit à être le témoin ; sa corpulence intimiderait. Il se fit assister par Baptistin Pécoul, un gars de trente ans aux épaules rondes comme des melons, aux poignets capables de briser un timon de charrette. Elle quitta la maison paternelle en emportant ses affaires et se rendit à la Guette où, épuisé par l'énervement, Bastien attendait. Cette coutume voulait que ce soit la fille qui enlevât son amant et le mît à l'abri des poursuites, en déclarant son acte publiquement. Dans la cuisine, Enna interpella ses amis :

« Voulez-vous être mes témoins ?

– Assurément, nous le voulons.

– Connaissez-vous Bastien Leroy ?

– Oui. Nous le tenons pour honnête et brave homme.

– Alors, apprenez que je l'ai compromis. Allez en faire la dénonciation à mon père, l'Antoine Mercadour, le cordonnier, et faites le savoir aux gens d'Aspremont.

– Tu nous donnes un grand souci qu'il est pas possible de refuser. Que Dieu vous protège tous les deux ! »

On avait trinqué.

Elle n'avait pas voulu coucher dans le grand lit et avait dormi par terre, sur une paillasse. Le lendemain, elle alla travailler aux champs avec Bastien, main dans la main.

En compagnie du Baptistin, le Tambour alla trouver le Pégat, qui jura de saigner à coups de tranchet le voleur de filles s'il venait, suivant l'usage, s'excuser, le chapeau à la main, et rendre une enfant à son père.

« *Moussu Mercadour, veici vouastro fiho.* (Monsieur Mercadour, voici votre fille.) »

Non et non ! Elles ne sortiraient jamais de ses lèvres, les paroles d'acquiescement et de paix.

« Tu l'as brigandée, tu te la gardes. »

Les témoins du raubage en furent désolés.

La maîtresse de la Guette continua.

« Et nous nous sommes mariés, simplement. À la sortie de l'église, la Jouvent avait préparé la barre fleurie[1]. Bastien la sauta dans la bonne humeur générale. Mes parents n'assistèrent pas à la

1. *Cérémonie traditionnelle. Après la bénédiction nuptiale à l'église, le mari étranger devait franchir la barre fleurie d'un bond et offrir un repas à la Jouvent. Dès lors, il faisait partie, sans aucune restriction, de la communauté villageoise. Cette coutume rejoint l'hostilité générale paysanne des temps passés contre les horsains (gens de l'extérieur).*

cérémonie. Cela nous importait peu. Quelques heures plus tard, dans le grand lit de la Guette, nous fûmes vraiment mari et femme. »

Il arrive que des souvenirs heureux fassent mal. Enna pleure doucement. Elle voudrait conter plus avant ses joies et ses découvertes, car l'amour avait comblé son attente et effacé dans son âme les meurtrissures de sa jeunesse. Mais le regard du *recuraire* l'oblige à se taire. Chacun doit garder pour soi ce qui n'est que de soi. Les secrets d'un cœur doivent rester secrets. Il le sait, l'exige, refuse d'en écouter davantage, cherche le motif qui ne la froissera pas. Du menton, il montre Antonine.

« Elle tombe de sommeil... C'est pas bon pour une jeunesse... Demain, je pars tôt... »

Elle a l'impression d'avoir soliloqué à haute voix. A-t-elle été écoutée ? Pourtant, les yeux plus durs qui la dévisagent lui révèlent que ses confidences de femme amoureuse ont déchiré comme des taillades. Alors, elle ne peut retenir un élan de tendresse fraternelle pour l'homme plein de pudeur et de discrétion qui, sans se retourner, gagne sa chambre.

En aidant Antonine à se mettre au lit, Enna retrouve des gestes d'autrefois. Avec Damiane...

Pourquoi a-t-elle gâché tant d'années ?

XIII

Découverte par Antonine de la Jouvent d'Aspremont et de l'histoire de ses parents

LE *RECURAIRE* A DISPARU au bout du chemin à l'instant où le soleil surgissait des brumes érugineuses. Le bruit de ses pas s'est perdu, effacé par des piaulis. Dans les tilleuls, des oiseaux gringottent. La Joussaleto lance des émondes aux chèvres, qu'elle mènera paître dès que le givre se sera sublimé. Antonine pose des questions sur l'inconnu de la veille. Enna sourit. C'est si peu habituel que sa nièce arrête son bavardage. Redevenue secrète, elle observe sa tante pour découvrir ce qui la rend différente. Sur des mouillères tièdes, des brouillards se lèvent et prennent des formes rondes, troupe de grosses courges grisâtres, grimpant lentement le long des pentes douces. Nés de la terre, ils rampent vers le ciel pour y disparaître. Elle les regarde changer de volume et d'allure, s'en veut d'être musarde, passe la porte du pigeonnier.

Des ailes tourbillonnantes claquent ses joues, des pattes aux ongles acérés crochent ses habits. Un petit monde voletant réclame de la pitance avant d'aller sur les bassiers des torrents picorer le millet sauvage et des graines perdues au hasard des vents. Ce soir, les bisets reviendront à tire-d'aile, s'abattront sur le toit, roucouleront leurs amours. Le colombier est un souci permanent. À chaque orage, il faut vérifier s'il ne pleut pas dans le grenier car les volatiles détériorent les vieilles tuiles. Malgré des larmiers et un crépi lisse sur les murs extérieurs, des rongeurs s'y introduisent, gobent les œufs, dévorent les poussins, affolent les adultes.

Dans un rompis*, une mistralade a fait un saccage. Quelle pitié de voir les arbres couchés les uns sur les autres, déracinés ou éclatés ! La tante Enna décide qu'Antonine en fera du bois de chauffage. Coupées à la hachette, les branches minces font des fagots serrés par une rouette souple et résistante. Sciées, les plus grosses donnent du brigot*. À l'aide d'un témoin, la fillette fait des raches* sur les écorces afin que les morceaux soient de la même longueur. Le bois débité est mis en tas. On viendra le chercher avec la charrette et on l'entassera dans la remise. Parfois, elle interrompt ce pénible travail, ramasse des méreaux, galets plats, lisses, de forme régulière, joue à la marelle, sautille entre Ciel et Terre, évite l'Enter et les pièges de sa maladresse. Elle chante ce qui lui passe par la tête : la mauvaise humeur des chèvres, le temps inclément, sa solitude, les tâches quotidiennes. Elle reprend des couplets de la tante Jeanne où meurent des jeunes filles tristes d'amour et partent pour de lointaines aventures des jeunes hommes méchants d'indifférence. La vie serait-elle un jeu de la marelle ? Aura-t-elle l'habileté et la chance nécessaires pour réussir la sienne ? Qu'a découvert l'œil clair du *recuraire* ?

À table, Antonine pose brutalement la question. La maîtresse de la Guette ne répond pas. L'air absent, elle déplace le couvert de la Joussaleto dressé en face d'elle. Là, l'ami des oliviers l'a intéressée et émue. C'est à la place qu'occupait Bastien, autrefois, qu'elle s'est confiée, sans retenue et sans amertume. Aujourd'hui, pour elle seule, le pauvre mort est là, offrant ses mains pour qu'elle y mette les siennes. Il prend ses poignets et les caresse. Rauque de désir, sa voix murmure les mots qui chaviraient son âme et qu'elle répète :

« Ô mon amour ! Ô ma chair ! »

Antonine ne sait que penser d'une tante si étrange.

Mais sa réflexion s'arrête devant la soupe chaude où flotte un morceau de poitrine salée.

Sans regarder personne, la Joussaleto remarque :

« Demain, c'est mardi gras. L'Auguste et moi aimions nous déguiser. Ce que nous avons pu rire !

– Moi aussi, ma tante, ça me plairait bien... »

Enna contemple sa nièce avec des yeux neufs. C'est vrai qu'elle l'a tenue éloignée du village. Pourtant, une fillette doit, avec des compagnes, jouer dans le soleil. Damiane s'amusait avec tant de plaisir ! Sans plus réfléchir, elle livre la cause de son comportement, rigide depuis tant d'années.

« Sais-tu, Tonine, que nous avons enterré ta pauvre maman sans une prière de l'Église. Nous l'avons mise dans un cercueil fabriqué à la Guette et transportée au cimetière sur notre charrette. Le curé n'avait pas voulu la recevoir dans la maison de Dieu. Moi, je ne voulais pas te garder ici à cause de mon fils mort et j'ai demandé qu'on te recueille. Le Pégat a interdit que tu franchisses jamais la porte de sa maison. Il n'avait pas su pardonner à une morte et ne pardonnait pas davantage à un nouveau-né l'amour de ses parents. Le Joussaud t'aurait bien élevée, en attendant le retour de l'Auguste. Mais la Marie-Anne fut encore plus terrible que mon père. Nous avons dû fuir les maisons du village et je les ai maudites. »

Découverte par Antonine…

Maladroit mais plein de douceur, Bastien s'était occupé de la toute petite, l'avait langée et couchée sur de la paille dans le tiroir d'une armoire. Il lui faisait boire du lait de chèvre avec une cuillère. Hélas ! l'enfançon criait sa faim perpétuelle. Un après-midi, il la prit trempée de *pissat* et s'en alla trouver la Joussaleto.

« Jeanne, je te sais aimante et charitable. C'est à toi de la garder car tes dix-huit ans te font femme. Ton frère t'aimera que mieux si tu aimes sa fille. Dieu te regarde. »

Elle avait accepté. Quelques jours plus tard, vaincue par l'imbécillité maternelle, elle se réfugiait à la Guette.

« Elle est arrivée ici avec toi dans les bras. Bastien vous a amenées à moi. Il tremblait que je refuse de vous accueillir. Mais je compris qu'il ne céderait pas. Ce cœur tendre avait le fol espoir qu'en t'aimant toi, l'enfant de l'amour, je lui rendrais mon amour. Alors je l'ai laissé faire. Jeanne et lui t'ont bercée. Ensemble, ils t'ont fait faire les premiers pas. »

Quand Antonine fut grandette et babillarde, son oncle l'emmena aux champs dans un panier, sur le dos d'une chèvre calme et malicieuse. Lorsqu'elle pleurait, il lui fourrait une tétine de l'animal dans la bouche. La Joussaleto était restée à la ferme. En perdant l'Auguste, elle avait tout perdu. Son besoin d'affection s'était reporté sur la fille du disparu ; elle s'en occupa comme une mère.

« Tonine, ici, la vie n'est pas gaie pour toi. Demain, tu iras te divertir au village. Nous allons te faire un si bon déguisement que personne ne reconnaîtra une *machoto* (chouette) de la Guette. »

Cette décision inattendue, presque saugrenue, inquiète la fillette. Elle appréhende une moquerie et regarde sa tante Jeanne aussi ahurie qu'elle. Enna grimpe à l'étage et en revient avec un parapluie de berger à grosse toile bleue dévoré par les mites ; vaste comme une frondaison, il pourrait abriter six personnes. Sur l'avant-bras, elle porte un costume d'homme usé jusqu'à la corde.

« Prenez des ciseaux et de quoi coudre. Nous allons *mascarer* (déguiser) cette enfant de belle façon, avec une perruque de paille et un masque d'étoffe noire. Dans sa bouche, elle mettra deux noyaux d'abricot pour déguiser sa voix. Je faisais ainsi au temps de ma jeunesse. »

Jadis, la mi-carême était un instant de défoulement collectif. Cette pause joyeuse et courte au milieu d'un temps de pénitence en chair et en esprit préparait aux efforts qui courberaient les échines dès le temps de Pâques. En fait, on n'en retenait que la signification antique, différente dans son essence. Carnaval[1] était le dernier dieu païen qu'on avait licence de célébrer ouvertement et gaiement. Pour s'en excuser, on livrait – avec quelle ironie ! – les villages aux enfants. Costumés d'oripeaux, les garçons déguisés en filles et les filles en garçons (mais la règle n'était pas absolue afin de laisser planer l'équivoque), visages barbouillés ou dissimulés, voix contrefaites, un petit peuple en liesse butait contre les maisons en criant :

« *N'en voulès de mouresco ?* (En voulez-vous des masques ?) »

Les portes s'ouvraient pour accueillir des rires et du désordre. On dévorait beignets traditionnels, amandes, noisettes, figues sèches, bouts de fromage... On buvait de la dernière piquette de l'année, du sirop d'orgeat, de l'eau de noix... Et on remerciait par des chansons et du tapage. L'anonymat devenait puissance et permettait la justice, celle des enfants, cruelle et impitoyable. L'hôte devait écouter et se taire. Oh ! il en apprenait de belles sur sa femme, ses familiers, ses amitiés, et recevait ses quatre vérités

---

1. *Dans les amusements de Carnaval, on retrouvait partie des usages romains aux lupercales de février. À rappeler qu'en plein XVIIIᵉ siècle catholique, le pape Benoît XIV dut interdire, dans l'État pontifical et avec la plus extrême rigueur, les cortèges de personnes nues rappelant les lupercales antiques.*

comme une volée de bois vert. S'il protestait, il y avait de la casse. S'il s'amusait franchement à cet examen de conscience fait par des censeurs à l'œil clair et moqueur, il était acclamé. Puis, on fuyait comme volée de moineaux pour d'autres jugements lapidaires.

Personne ne reconnut la fille de la Guette. Dans ce vieil habit ample et ravaudé, sous cette tignasse faite de paille merdoie, devait se cacher un joyeux drille avec des idées et du toupet. Bravo !

Antonine pensait à son père, l'ancien maître de la Jouvent. En elle, le désir impérieux de se venger... De la Marie-Anne, d'abord ! Dissimulée par l'énorme champignon de toile bleue, elle interrogea ses compagnons :

« Cette année, à laquelle ferons-nous *lou bataculo* (taper les fesses par terre) ? »

On ne trouva personne qui méritât vraiment la punition infamante. Filles et femmes étaient honnêtes ou bien discrètes. Elle questionna :

« Quelle plus mauvaise épouse que celle qui abandonne son mari pour se fourrer dans les robes d'un curé ? »

Des noms furent prononcés.

« À Aspremont, il y a surtout cette vieille garce de Marie-Anne Joussaud. En avant, les amis ! »

La bigote fut trouvée à l'église où elle passait son temps à arranger l'autel, changer l'eau des vases de fleurs, essuyer la poussière. Avec componction, comme si elle célébrait une messe à sa manière. Les masques avaient rameuté les villageois sur la place du Viel-Mouart, car faire le *bataculo* est un plaisant spectacle. Il n'est pas rare d'apercevoir certain trésor que celle qu'on maltraite pour avoir été peu farouche réservait à son amant. Sous un quelconque prétexte, les enfants firent sortir la Joussaude sur le parvis, où elle fut aussitôt entourée de grimaces et suffoquée de mots grossiers.

« Voici la pute, putaine, putante... Il n'est pas de plus grande catin jusqu'en Chine et au Japon. Prépare ton cul s'il t'en reste encore assez tant il doit être usé par cent mille coups de corne du diable. »

On soulevait ses robes pour montrer aux badauds des jambes fortes, gonflées par des faisceaux de varices, et on se bouchait le nez, en pétaradant avec la bouche. Dans le creux de ses mains, la nièce d'Enna prit de l'eau à la fontaine et singea une bénédiction.

« Ô femme insensée, Carnaval pardonne ta méchanceté et ta bêtise par la Sainte Trinité du Rire, de la Farce et de la Bonne Conscience, et te donne l'absolution. Mais en punition, nous t'ordonnons de devenir charitable et avisée. »

On leva haut la Marie-Anne par les jambes et es bras et on la laissa tomber sur les fesses, sans ménagement, par trois fois. Elle criait de rage tandis qu'une ronde s'organisait. On chanta sur l'air des soufflets[1] :

Sian uno bando	Nous sommes une bande
de gaio juventuro	de gais lurons
Qu'avien un gran fue	Qui avons un grand feu
que nous brulo.	qui nous brûle.
Nous sian imagina	Nous avons imaginé
Pèr lou fa passa	Pour l'éteindre
De prene uno masco	De prendre une sorcière
e au cuou li boufa...	et de lui souffler au cul...

Antonine est ravie. Le spectacle de cette femme outragée la console de ses imaginations. Elle s'indigne aussi d'avoir si peu d'amitié pour autrui. Mais qui à Aspremont-la-Rude en a pour elle ? Maintenant, il lui faut se venger des rebuffades du Pégat. Elle a une idée en entendant ses compagnons discuter à n'en plus finir. Qui, cette année, a mérité la tardoule, un vieux jarron en terre cuite rempli de la lie puante et grasse de la presse à huile ?

1. *Cette danse populaire fort joyeuse se faisait en caleçon blanc, bonnet de nuit, chemise longue, un soufflet à la main. Les garçons soufflaient de la farine ou de la suie sous les robes des filles. En échange de baisers, ils leur offraient des rubans et des fleurs. La danse des soufflets n'avait pas lieu chaque année.*

« Il n'y en a qu'un. Le Pégat ! J'offre mon parapluie en cadeau à qui la brisera chez lui. Qu'on ramasse de la suie, des plumes, de la sciure. »

Un quart d'heure plus tard, la porte du cordonnier vole en éclats. Dans la ruelle, Antonine fait tournoyer son parapluie de berger comme une roue de lumière. La tardoule est lourde et il faut se mettre à plusieurs pour la casser. La boue noirâtre à l'odeur infecte s'étale sur les carreaux. On en jette sur les murs, on y trempe les outils. L'Étiennette s'oppose à ce désordre, mais elle est bousculée et priée de s'éloigner. Ce n'est pas à elle qu'on en veut mais à son chien de mari qui, ivre de chasse-cousin[1], est attablé chez le buvetier. La meute endiablée fait voler les plumes et répand la sciure et la suie. La boutique prend des couleurs bizarres. Vite lassés par le jeu facile, les enfants s'en vont. Certains rejoignent leurs parents car, le jour de la mi-carême, des familles se réunissent dans leurs cabanons pour déguster une brandade de morue ou un aïoli aux escargots. Et l'on boira tant de vin pour noyer le sel que le chemin du retour sera doublé par des zigzags d'ivrogne.

Le soir, il y aura un bal public. Tard dans la nuit, on allumera un bûcher pour y jeter un chat vivant et

1. *Très mauvais vin qu'on servait pour éloigner ivrognes et parasites.*

brûler un mannequin, « la vieille », après l'avoir déchiré à coups de fusil. On chantera à tue-tête, un peu pris de boisson :

Anan brula lou paure	Nous allons brûler le pauvre,
Lou paure Carnava.	Le pauvre Carnaval.
Ounte l'anan brula ?	Où le brûlerons-nous ?
Au prat de moussu lou curat.	Sur le pré du curé.

Antonine n'assistera pas aux réjouissances nocturnes ; elle a regagné la Guette avant le coucher du soleil. Epuisée mais heureuse, elle sait maintenant que le plaisir de la vengeance ne se goûte pleinement qu'avec l'exacerbation de l'hypocrisie et du mensonge. Le long du chemin du retour, elle a sifflé son ami, le chien fou, et n'a entendu que sa grillette. Peut-être a-t-il deviné cette méchanceté nouvelle et s'en méfie-t-il ?

À table, Antonine racontera en détail cette journée mémorable. Mais elle évitera de parler de l'humiliation de la Marie-Anne, du saccage de la boutique du Mercadour et s'excusera du vol du parapluie bleu.

« Bah ! – dira la Joussaleto – ce n'est pas mi-carême tous les jours. »

XIV

La colère du cordonnier

LA COLÈRE DU CORDONNIER fut terrible.

Vision intolérable que le saint-crépin éparpillé au sol, les cuirs maculés, les murs salis et puants. L'alcool le rendit fou furieux. S'en prendre à son gagne-pain était une atteinte à sa dignité. Il rejeta la responsabilité de cette insulte sur l'Étiennette, qu'il traîna par les cheveux jusqu'à la boutique. Là, il la souffleta de toutes ses forces. À genoux, elle reçut une volée de coups de pied et, pour protéger son ventre, se mit en boule. Alors, il la frappa du talon dans les côtes jusqu'à ce qu'elle hurlât. Penché sur elle, il l'accusait de connivence avec les brigands. Qu'elle avoue ! Mais qu'elle avoue donc ! Il la serrait à la gorge, se réjouissait de l'étrangler, lui reprochait l'atelier saccagé, ses amours avec d'autres hommes, ses filles putassières. Il insultait Dieu qui l'avait fait gibbeux et méprisé. Pourquoi avait-il gâché sa vie avec cette ordure de femme ? Il menaçait de lui ouvrir la gorge avec un tranchet. Mal assuré, le geste fit une estafilade sous le menton. Le sang jaillit que la malheureuse regarda, avec stupéfaction, graisser ses doigts et flamboyer dans sa tête. Elle cria son épouvante de mourir torturée. Hurlant de plus belle, il lui frottait le visage par terre, brandissait son arme pour la forcer à lécher le sol, à nettoyer avec sa langue la lie puante, à manger la sciure et les plumes. Alors, elle sombra dans sa détresse, coincée entre deux pieds de la table où le Mercadour exposait les souliers et les selleries réparés. L'ivrogne s'acharna sur elle qui ne bougeait plus, évanouie, et lui martela la tête. Lorsqu'un peu de lucidité lui revint, une peur panique des gendarmes et de la prison s'empara de lui. Aux passants accourus au vacarme, il répétait avec des hoquets :

« Tiennette s'est foutue par terre. »

De nouveau, l'alcool dévora sa raison. Il s'escampa en titubant et s'écroula dans un fossé où il fut retrouvé, ronflant et couvert de vomissures violettes. On était allé chercher le curé, qu'on supposait un peu médecin. Voyant la femme du Pégat en piteux état, il s'en fut revêtir des vêtements sacerdotaux, revint portant le Saint sacrement et, à tout hasard, administra l'extrême-onction. Plein de pitié, le Joussaud décida de transporter la blessée chez lui où des voisines la déshabillèrent, la nettoyèrent, mirent du baume sur les ecchymoses.

Enna était accourue au chevet de sa mère. Des récits de commères lui apprirent la vérité. Ne convenait-il pas d'intervenir énergiquement ? Elle s'en ouvrit aux juges du village qui, en sa présence, exigèrent des explications de l'Antoine Mercadour. Dégrisé, le cordonnier ne se rappelait plus le drame et réclama avec violence le retour de son épouse à la maison.

« Il ne la corrigerait pas plus qu'avant. Tous les hommes savent que les femmes sont putes, filles de putes et mères de putes ! Et celle-là de la Guette était encore plus putain que toutes les autres... »

Il n'y avait rien à tirer d'un tel forcené. Le Joussaud accepta d'héberger l'Étiennette, le temps qu'elle récupérât la jugeote. La malheureuse ne devait pas, hélas ! retrouver une parcelle de raison. Dès que ses blessures furent cicatrisées, on la conduisit par la main pour l'asseoir au soleil. Elle restait prostrée. Parfois, elle agitait furieusement les coudes comme si elle revivait l'horreur du supplice qui avait fait d'elle une morte vivante.

Enna venait soigner sa mère, la débarbouillait, la changeait, la coiffait, la faisait manger, telle une petite enfant. Avec rudesse, elle avait mis son père en garde :

« Si vous lui faites le moindre mal, je vous casserai la tête avec le fusil du Bastien. »

Connaissant sa fille, le Pégat se le tint pour dit.

La pauvre insensée ne guérissait pas. Elle avait la manie de se dévêtir. Des garnements la provoquaient en enlevant leurs habits devant celle qui les imitait aussitôt. Et ils riaient à contempler la nudité d'une vieille femme. Torgnoles et punitions n'y changeaient rien. Au début, cette indécence avait provoqué des sourires. Bientôt, on s'indigna et on bouscula la démente, qui se mit à frapper ceux qui l'empêchaient de faire ce que bon lui semblait. Ses hurlements rappelaient l'appel des chiens, les nuits de pleine lune. Des gendarmes vinrent enquêter à Aspremont et leurs rapports furent inutiles. C'était le Mercadour qu'il aurait fallu condamner à la prison. Mais aucune loi n'interdisait alors à un mari de battre sa femme quand l'envie lui en prenait.

Un après-midi de mars sur la place du Viei-Mouart, l'Étiennette agite ses mains dans l'eau glaciale de la fontaine. Elle rit des éclaboussures qui trempent sa robe, et chacun se réjouit de cette joie enfantine. Une puanteur fait s'ouvrir le cercle des curieux. Le cordonnier estime qu'en plaisantant avec sa femme on se moque de lui. Il la tire violemment en arrière et, comme elle se rebiffe, il veut la gifler. Mais avec une vigueur étonnante, elle l'empoigne, le bascule dans le bassin et le maintient sous l'eau par les épaules. Prenant appui sur le fond, il jaillit, soufflant, crachant, appelant à l'aide. Les spectateurs se tordent de rire. Quatre hommes forts seront nécessaires pour le sauver de la noyade. Il est hué et frappé à coups de poing dans le dos.

Au long des mois, la fureur de la folle d'Aspremont devint patente. Sa force physique était hallucinante. Comment avait-elle pu, pendant trente années, se laisser maltraiter par un gringalet ?

Il fallait qu'on lui eût jeté un sort.

Oui, vraiment. Quoi d'autre ?

La maîtresse de la Guette est préoccupée.

Sa mère l'avait aimée d'un sentiment quelque peu animal, très fort. Entre elles, il n'y avait jamais eu de gestes de tendresse. Le Mercadour ne les aurait pas supportés.

Certes, il lui arrivait de caresser ses filles, mais avec des intentions équivoques. L'Étiennette s'en était rendu compte et, dès que son aînée fut nubile, elle la mit en garde. Désormais, Enna refusa familiarités et attouchements de son père et, plus d'une fois, le bouscula. Le cordonnier satisfaisait ses manies avec celles qui apportaient le travail à la boutique. Il les lutinait et leur tenait des propos scandaleux. Quelques-unes osèrent le dénoncer. Alors, on ne plaisantait pas avec la pudeur, et les explications avec les parents se terminaient par des horions.

Ce matin-là, Enna décide qu'Antonine l'accompagnera chez sa mère. D'abord, que sa nièce finisse de gratter la poulenée sous les juchoirs où la volaille passe la nuit et la verse sur la colombine. Mélangé à de la terre souple, ce fumier servira aux semis de tomates, mélongènes et poivrons, garnira les trous des melonnières et sera répandu à pelletées en bêchant le jardin.

La terre est halitueuse aux premières tiédeurs du printemps. Pour traverser le torrent laiteux, grossi par la fonte des neiges, il faut se déchausser, retrousser les robes, s'engager hardiment dans l'eau froide. Le courant suce les pierres sous les talons et fait trembler les mollets. La fillette lutte avec des effrois amusants. Arrêtée au milieu du flot rapide, elle regarde les jambes galbées de sa tante ; leur blancheur tranche sur la jupe noire. Un peu d'angoisse dans son cœur, un sentiment inconnu, très doux, un élan de tout son corps... Assise sur les galets, Enna lève haut la jambe pour enfiler un bas. Le geste découvre son ventre, comme au secret de la chambre. Antonine est choquée, mais heureuse. C'est le premier geste familier de femme qu'elle voit faire à la maîtresse de la Guette. Elle se libère de sa surprise, lui saute au cou, la mignote. Enna ouvre les bras à cette exubérance, reçoit, tout contre elle, un corps élastique, rend caresses et baisers, a des mots d'amitié et fait cesser l'attendrissement, en rappelant les devoirs qu'on doit aux grands-parents. La marche reprend à vive allure. Déjà, la veuve Leroy se reproche ce moment d'abandon comme une impardonnable faiblesse. Pourtant, cette enfant doit savoir qu'elle est aimée. Il lui semble que, à travers le temps, son mari le lui demande, un peu comme une réparation à son égard. Brusquement, elle redonne la vie au disparu, en cessant de l'appeler « le pauvre mort ».

« Ton oncle Bastien t'a offert les présents (cadeaux rituels aux nouveau-nés). Le cœur joyeux, il a dit en te les présentant : "*Siegue bouan coume lou pan, plen coume un uou, sàvi coume la sau e dre coume uno brouqueto*." (Sois bonne comme le pain, pleine comme un œuf, sage comme le sel et droite comme une allumette.) »

Il a ajouté du miel sauvage pour que tu sois indépendante. Puis, il t'a fabriqué un berceau et un paillot. Tant que tu n'as pas été baptisée, la Joussaleto a tenu allumée, auprès de toi, une veilleuse à huile. Elle prétendait que les démons s'empareraient de ton âme si la petite flamme venait à s'éteindre. La naïve créature ne sait pas que le diable prend possession des femmes bien plus tard. Parce que mon mari était bon et juste, il t'a aimée comme un père et t'a amenée dans le soleil pour qu'il te fasse vigoureuse. Ta tante Jeanne refusait de te sortir de la maison à cause des jeteurs de sorts et de leurs maléfices qui traînent dans l'air. Comme si tous nos malheurs ne provenaient pas de la seule absurdité de nos comportements ! Lui, l'homme de la lumière et de la joie, lui qui détestait les superstitions, il a, pour te porter bonheur, cloué un fer à cheval sur la porte de la Guette. Comme si tu avais été de son sang et qu'un jour sa ferme dût t'appartenir. Je me souviens de sa jubilation le lundi où l'on te chaussa[1]. Et moi, je fus heureuse de son bonheur. Ton père fut tué le 10 août 1870, dans un bosquet lorrain, alors que son régiment s'enfuyait devant une troupe de Prussiens. La panique était générale. Des soldats français maladroits et affolés l'assassinèrent en lui trouant le cœur. Un des témoins du drame, fantassin à sa compagnie, est venu, des mois plus tard, raconter au Joussaud l'effroyable méprise.

1. *On chaussait les enfants à l'âge de quatre mois, c'est-à-dire qu'on leur ôtait le maillot serré qui les enveloppait depuis la naissance afin de leur passer des vêtements plus amples et une robe. Selon la tradition, les filles étaient « chaussées » un lundi afin qu'elles deviennent de bonnes ménagères.*

Il rapportait le couteau du mort, celui que tu possèdes. Et on ne sait pas où ton pauvre papa a été enterré. »

La disparition de l'Auguste, après celle de Damiane, donna libre cours à des clabaudages. Jamais plus le soldat tué ne viendrait faire taire les mauvaises langues. Rien de plus affreux que la vulgarité humaine lorsqu'elle s'exprime au nom de principes supérieurs. À qui voulait l'écouter, la Marie-Anne Joussaud racontait comment la fille du cordonnier avait débauché son fils.

Dieu, que la réalité était différente ! Très vite, Damiane et Auguste avaient cessé les jeux violents où les garçons renversent les filles pour des simulacres d'accouplement. Ce sont elles qui, les premières, refusent les gestes osés, dès qu'elles se sentent devenir femmes. Certes pas par pudeur, mais parce que les changements d'état de leur ventre leur ont appris que, désormais, elles sont les responsables des générations à venir. Au *caligna*, les deux amoureux ne s'adressèrent jamais la parole ; ils gardaient leurs promesses et leurs baisers maladroits pour des rencontres furtives. On les vit rarement danser ensemble. De loin, ils avaient des sourires heureux pour se regarder. À la Jouvent, l'Auguste défendit, à plusieurs reprises, la réputation de celle qu'il adorait. C'était son rôle, au plus fort des amusements, de faire respecter la décence et une certaine délicatesse des mœurs.

Un jour, la Marie-Anne surprit une conversation : le frère confiait à sa sœur le soin d'aller trouver Damiane pour lui fixer un rendez-vous. Voir vivre ses enfants attentionnés l'un à l'autre comme deux jumeaux lui était insupportable. D'apprendre que l'amour d'une fille de pauvres les liait davantage la fit se précipiter chez le cordonnier. Au nom de la morale, de la religion, du respect dû à la Vierge Marie, elle le somma de faire cesser les relations coupables de Damiane et de l'Auguste. Ce genre d'arguments importait peu au Pégat. Mais son esprit d'autoritarisme le portant aux excès, il appela sa cadette et la corrigea sévèrement en présence de l'accusatrice. Les cris de la jeune fille firent accourir l'Étiennette que, tout à trac, la Joussaude accusa d'être la plus sale catin parmi les femmes d'Aspremont.

« Apprenez, vous, le mari, qu'à tout moment de l'année cette femelle se fait trousser dans les fossés et culbuter sur les meulons. Vraie chienne en chaleur, elle a détourné plus d'un honnête homme de ce village. »

Bien que stupéfaite par une telle volonté de nuire, la mère de Damiane ne s'en laissa pas conter. À son tour, elle accusa avec violence cette pute bigote, ce cafard vicieux de rejeter, pour qu'on les excuse, ses turpitudes sur autrui. Elle se rua sur la menteuse, la frappa au visage, la jeta à la rue. Le Mercadour eut vaguement peur.

« Bon ! On connaît son genre. Mais vous autres deux, tenez-vous d'aplomb. Pas question de servir de paillasse à une famille qui n'a que du mépris pour les gagne-petit de mon espèce ! »

Quelques jours plus tard, l'Auguste passa devant sa boutique. Il conduisait une charrette de foin dont l'odeur embaumait la ruelle. Le Pégat l'apostropha, en brandissant un pilon à assouplir le cuir.

« Ho mange-merde ! Il paraîtrait que tu baises ma fille. Viens par ici que je t'arrange les côtes. »

Qu'on parlât aussi salement de celle qu'il aimait fit sauter le cœur du garçon. Il saisit une fourche en bois aux dents renforcées de petits cornets de fer battu, pointus, dangereux comme des fers de lance. Hors de sens, il s'élança sur l'insulteur et le coinça dans l'embrasure d'une porte.

« Demande pardon à Damiane, cet ange sur qui tu t'acharnes. Crache, sale porc ! Sinon, je te crève la poitrine. »

Déjà, les pointes acérées pénétraient la peau. Un geste maladroit et elles la déchireraient. Sa bravoure ne s'exerçant jamais que sur plus faible que lui, le Mercadour fit des excuses. Les curieux avaient évité de participer à la querelle. Dans le fond, le cordonnier méritait cette leçon et depuis longtemps ! Il était même heureux que le maître de la Jouvent la lui eût donnée.

Calmé, le fils du Joussaud courut vers sa maison. Le cheval s'en était allé tranquillement. Arrêté devant l'écurie, l'encolure basse, il attendait patiemment que quelqu'un le dételât.

XV

La folie d'Étiennette Mercadour

C'EST PAR LA BOUTIQUE qu'on pénètre dans la maison des Mercadour.

Pourtant, une deuxième entrée existe, porte basse et étroite ouvrant sur la ruelle où les toits paraissent se rejoindre. Le cordonnier l'a barricadée car il tient à surveiller les allées et venues de ses familiers. En traversant l'atelier, Antonine ne peut surmonter son inquiétude et se serre contre sa tante. Le Pégat feint d'ignorer les visiteuses et tape en sourdaud sur une semelle. En présence de l'Étiennette, la fillette a très peur. Dévêtue, les cheveux défaits, les mains tremblantes, la folle est pelotonnée sur son lit. Enna lui parle doucement comme on fait avec le cheval ombreux. Sa mère se laisse approcher sans faire un geste et boit avidement un bol de lait. Une sorte de béatitude physique noie son visage rond.

Antonine éprouve du dégoût. Quoi ! C'est ça, une grand-mère ? Un animal prostré, incapable de reconnaître qui le soigne. Quelle déchéance !

Décidément, elle ne connaît que des femmes maltraitées ou réduites à travailler comme des mulets. Oh, qu'elle déteste ce diable de cordonnier cruel et déjeté ! Quand elle sera grande, elle rouera le monstre de coups jusqu'à ce qu'il devienne fou, lui aussi, comme il a fait à cette malheureuse qui pousse des cris inarticulés parce qu'on la peigne et l'habille.

« *Es coupa de bouano luno* (elle a été coupée à la bonne lunaison). Elle va durer longtemps. Ah, il nous fallait cette misère ! Bon Dieu pitoyable, qu'allons-nous devenir ? »

Antonine console la maîtresse de la Guette. Elle travaillera davantage. Et si son grand-père tourmente ses bonnes tantes, elle le menacera avec le couteau de l'Auguste. Elle a vu comment on ouvre la gorge du porc après l'avoir pendu par une jambe à une échelle. Confusément, elle sent que la propriété va souffrir un nouvel abandon. Oui, cette aïeule démente annonce des difficultés sans nombre.

Enna arrache les planches clouées à la porte condamnée. Désormais, elle ira chez sa mère sans avoir à supporter la vue de son père. La chambre mise en ordre, Antonine emmène l'Étiennette en promenade. Des villageois lui font des recommandations et conseillent des remèdes.

« Avait-on consulté un leveur de sorts ? C'est pas naturel une femme de bon sens dans un pareil état ! Les bergers gavots savent soigner ceux que les vers intestinaux tourmentent jusqu'à la démence. S'ils n'avaient pas le don de guérir, les troupeaux ne les accepteraient pas et les feraient périr sous les piétinements. Jean l'Agneau tire le feu des cervelles. Il verse lentement de l'eau salée dans une assiette en équilibre sur la tête, y pose un toupin renversé ; aussitôt l'eau monte, bout en quelques minutes, et fièvre et folie s'en vont. Pourquoi ne sauverait-il pas l'Étiennette ? »

Autour de la fillette, des poings vont et viennent pour affirmer des convictions. Maintenant, on raconte que la Grimaço peut, elle aussi, provoquer la folie. Cette jeteuse de sorts, les sœurs Catogan, la Joussaude et la Rompo-Cuou se réunissent sous le prétexte de réciter le chapelet. Assurément, leur cénacle se livre à des manipulations magiques, interdites par la religion.

La Grimaço (la Grimace), c'est la Clémentine Maranne, celle qui lit l'avenir des femmes mariées dans les effondrilles des marmites et connaît les formules et les gestes d'envoûtement ou de conjuration. Elle prétend ne rien ignorer des ingrédients à brûler, à faire avaler, à répandre devant les portes, à cacher dans les écuries et sous les lits pour déclencher des forces occultes, celles qui donnent la maladie, la jalousie, la mort, celles qui punissent insolents et mécréants, celles qui écartent du village par ruine ou pauvreté...

La Grimaço a l'œil gauche plus grand que le droit, signe évident de sa méchanceté. Dans sa maison, elle attire des chats et des chouettes, bêtes familières aux sorcières. Elle appartient, nul ne peut le nier à force de l'avoir entendu dire, au monde des *masc* (sorciers), *li gent que fan de mau* (les gens qui font du mal). Pour se défendre de leurs manigances, il faudrait porter un vêtement à l'envers. Mais ce serait les prévenir d'une méfiance qu'ils feraient payer cher ! Les grains de sel qu'on met dans la poche ou dans un sachet pendu au cou ne suffisent pas à repousser leurs influences néfastes. D'évidence, la Clémentine s'en est prise à l'Étiennette, à la demande du Pégat qui la flatte et raccommode ses souliers gratis. Aussi de la Marie-Anne Joussaud, cette possédée du diable. Quant aux Catogan, elles sont toujours d'accord pour nuire à leur prochain. Vrai qu'on déteste ces deux laiderons piqués devant l'autel de saint Antoine comme deux cierges rances ! La Rompo-Cuou a dévoilé l'affaire ; c'est son habitude de mettre son nez là où il ne faut pas. Elle n'a pas sa pareille pour envenimer les conflits familiaux, faire flamber des haines inutiles, provoquer des vengeances disproportionnées à des peccadilles qu'elle transforme en monstruosités criminelles.

Tout cela n'est un secret pour personne. La Grimaço, cette vieille mauvaise, enlève le pas[1] et fait voler l'outil qui brise les os. Par elle, l'attelage casse et les cordes de tille se défont. Elle donne le tour de reins, déboîte les articulations, rend le mari impuissant et la femme frigide. Pas une maladie d'enfant, une toux de vieillard, un mal de relevailles dans lequel elle n'ait sa part. La preuve de ses pouvoirs occultes est qu'elle garde les mains sèches et attrape des oiseaux vivants[2]. Rouges-gorges, fauvettes, mésanges, verdiers sont encagés après qu'elle les a attirés chez elle, l'hiver, avec des graines pétries dans de la graisse animale. Elle ferme sa fenêtre. Crac ! Le produit de ses grimaces est vendu cher aux oiseliers de la ville. Pauvre Étiennette Mercadour ! Elle n'a plus grand-chose à espérer, à moins de trouver un leveur de sorts plus habile que la Grimaço. On n'a de conseil à donner à personne, mais, à tout bien considérer, l'Escoubaire pourrait bien être plus efficace que Jean l'Agneau.

---

1. *Enlever le pas, c'est empêcher, par des pratiques de sorcellerie, bêtes et gens de marcher normalement.*

2. *On prétendait reconnaître les sorcières au fait que leurs mains séchaient aussitôt sorties de l'eau. Attraper des oiseaux vivants, pour une civilisation qui les tue par millions, relève assurément de la sorcellerie...*

Antonine ne pourra pas tenir sa langue et rapportera à la Joussaleto les propos entendus au village. Quelques jours plus tard, la tante Jeanne se rendra à la hâte chez le père de la Mandeto. Le vieux paysan est persuadé de posséder le don. C'est vrai qu'il a eu des réussites. Mais pour soigner autrui, il suffit d'un conseil, une présence, un réconfort. Les simples, les tisanes, les paroles, les gestes rituels, le cérémonial souvent extravagant des guérisseurs de village ne servent, le plus souvent, qu'à aider les volontés défaillantes. On guérit d'abord en esprit, même quand on est réellement malade. L'Escoubaire promet d'agir. Qu'on revienne le voir sous trois jours avec une mèche de cheveux de la possédée !

La fille du Joussaud sera au rendez-vous. Dans la cheminée du *demascaire* (le leveur de mauvais sorts), le feu ronfle où il jette des paquets d'herbes sèches[1] dont il respire la fumée. Puis, il fait le simulacre de capturer les flammes les plus hautes, celles qui s'envolent en effilements jaunâtres nimbés de bleu. Il marmonne une prière qu'il hache de signes de croix.

---

1. *La composition de ces paquets d'herbes hallucinogènes était variable selon l'utilisateur. On y trouvait des solanées et des plantes narcotiques telles que la jusquiame, l'aconit, le pavot, la mandragore, l'ellébore, etc.*

« *Ô grand Dieu vivent, mi recoumàndi à vous pèr que m'aparès dei marridèis esprit...* (Ô grand Dieu vivant, je me recommande à vous pour que vous me protégiez des esprits malins...) »

Après quoi, rassuré sur la protection divine, il invoque des démons aux noms compliqués et les suppliera pendant des heures. Aucune révélation ! Ne pouvant avouer son impuissance, il vaticinera ce que tout le monde sait : le Pégat est le seul responsable de la folie de l'Étiennette. Et rien, sauf un miracle du ciel, ne guérira cette pauvre femme. Il affirme que tout aurait été facile s'il s'était agi d'un envoûtement[1]. Hélas ! La malédiction a des causes plus profondes et frappera encore. Mais qui ? La Joussaleto pense à son père, à Enna, à sa nièce, les seuls êtres au monde pour lesquels elle éprouve de l'affection. Et elle a affreusement peur.

Ce 1er mai, Antonine va seule au village.

---

1. *C'est dans la période qui a séparé les deux conflits mondiaux qu'a eu lieu l'abandon des croyances aux jeteurs de sorts. On a souvent affirmé que le développement de l'instruction publique en est la cause. En fait, des études récentes et précises établissent que cet abandon est dû à la diminution radicale des pratiques religieuses qui, pour la plupart des paysans, se confondaient avec d'anciennes superstitions païennes, concomitantes et transmises parallèlement.*

En entrant dans la maison du Pégat, elle serre son couteau dans son poing et tremble car son courage est factice. Si le cordonnier l'interpellait, elle serait un oisillon impuissant devant la chouette. Elle comprend pourquoi *lou machotié*[1] tue tant de petites victimes. Chez lui, ses oiseaux gris le suivent comme des chats et grimpent sur ses épaules pour qu'il caresse leur plumage électrique et soyeux. Et les chouettes le contemplent avec leurs grands yeux dorés, immobiles, énigmatiques, si beaux à voir. Quels liens existent entre le *machotié* et ces créatures du diable dont le chant, près des maisons, annonce la mort des humains ? Pour chasser, leur maître les attache par une patte à un arbre dénudé et se tient à distance, tapi, silencieux. De toutes parts les passereaux accourent en voletant. Sont-ils fascinés, comme on le prétend, par la fixité du regard de leurs ennemies, au point de rester à la portée de l'homme qui va briser leurs ailes à coups de perche ? Ou bien se rassemblent-ils pour se donner le courage des faibles, afin que leur multitude crève les yeux des oiseaux de nuit aveuglés par la lumière ?

La folle se laisse soigner. À chaque craquement de la boiserie, sa petite-fille sursaute, saisit

1. *Chasseur d'oiseaux grâce à des* machoto *(chouettes).*

son couteau, se retourne pour faire face à un danger inconnu, écoute le Mercadour taper sur du cuir, siffloter un refrain, faire sonner une râpe, et se rassure vaguement. Pourquoi cet homme est-il si haïssable ? Elle couvre chaudement sa grand-mère pour lui éviter *lei reguignado de la vièio* (les ruades de la vieille), ces quelques jours de temps mécréant qui, au début du mois de mai, font éclater les poitrines des vieilles gens et les conduisent au cimetière. Sur la place du Vièi-Mouart, à l'abri de la bise froide, elle installe la pauvre sans cervelle. L'Étiennette est encore agréable de visage et ses lèvres épaisses entrouvertes marquent de la bonté. Antonine est reprise par ses colères. Cette femme abandonnée de Dieu lui donne l'envie de mordre et de frapper. Alors, elle prend les mains de la démente pour les réchauffer. Et ce geste affectueux est comme un hommage confus à sa maman, la Damiane.

En ce 1er mai, Aspremont a un air de fête.

Les enfants ont décoré les fontaines. Ils sont allés cueillir des brassées de fleurs pour les répandre sur le seuil des maisons où ils savent que des jouvencelles sont en mal d'amour. En saluant leur beauté, la jeunesse indique aux parents que, bientôt, elles les quitteront pour d'autres joies et d'autres peines. Ce jour de liesse voudrait rappeler à chacun son utilité au sein de la communauté. Point de tricherie ! Au battant de sa porte, la vieille fille découvre un rameau de figuier sec. Pauvre femme qui ne sert à rien ! Le célibataire est gratifié d'une énorme branche où des figues desséchées d'octobre pendent encore. Le dicton est cruel qui affirme :

« *Vièio fiho, vièio gueniho. Vièi garçoun, vièi couioun.* (Vieille fille, vieille guenille. Vieux garçon, vieux couillon.) »

Les symboles frappent mieux l'imagination qu'un discours. Dans une célébration, l'essentiel est le rituel et non de vaines paroles. Tel portail indique une méchante langue à en juger par les fagots de laurier que les gamins y ont entassés ; c'est celui de la Rompo-Cuou, cette harpie chicaneuse. D'autres bouquets accrochés ici et là sont plus discrets. À chacun selon ses mérites ! Les femmes acariâtres, celles qui grondent au foyer, rechignent, disputent pour des riens, se sont vu offrir des tiges d'épineux : roncier, poirier sauvage, paliure.

Et le village s'étale comme un livre ouvert. Point de secret, sinon au fond des consciences, domaine où personne n'oserait s'aventurer.

La collectivité organise sa défense par des plaisanteries et des enseignements, aiguillonne les amours-propres, corrige sans blesser. Une sincérité enfantine ne saurait offusquer. Quel meilleur moyen d'être jugé sans être condamné ? Pas de règlements contraignants, de gendarmes, de tribunaux... En revanche, de la bonne humeur, un sens aigu du ridicule, une échelle des valeurs véridique... Et chacun retrouve sa place réelle car l'œuvre charnelle de la terre n'admet pas les imposteurs.

Les trois premiers jours de mai, les rogations étaient l'occasion de cérémonies familiales. Enna avait terminé les labours et sèmerait après la troisième nuit du mois, celle où, chaudement vêtu, on saluait dans le ciel « la Belle brillante », comme faisaient jadis les païens. On l'invoquerait pour qu'elle donne à foison le blé qu'elle avait, dans des temps immémoriaux, apporté aux terriens comme un signe universel d'amour et de paix. On rentrerait à la maison, le cœur léger, et on se réchaufferait avec des bols de chaudeau fait de lait bouillant et d'œufs battus. Chipotiers et fainéantasses feraient grise mine car dès le lendemain, il leur faudrait courir après le temps et travailler durement.

Le curé a organisé une procession et multiplie les croisettes bénites, croix faites de branchages qu'on plante au bord des champs pour protéger les récoltes de la grêle. Les paysans manquent rarement cette bénédiction, véritable exorcisme contre le hasard, les intempéries, les maladies mystérieuses des plantes... Elle fera beau le méteil et évitera les blés niellés. Par prudence, il faut se mettre bien avec les forces religieuses officielles après avoir, dans son cœur, invoqué les autres, les mystérieuses, celles dont on ne parle qu'entre soi aux veillées. Pour ne froisser personne, on prétend que c'est manière de faire des anciens[1]. Car à la réflexion, comment peut-on se fier à ces prêtres catholiques qui ne savent parler que de pays inconnus, sans aucun rapport avec cette terre de « vivance » ? À la messe, les simples essentiels ont été bénis. On a présenté ces plantes au curé pour un acte de confiance symbolique, pour s'excuser, en quelque sorte, de croire fermement à des pratiques ancestrales. Mais pourquoi l'Église se fâcherait-elle de ce paganisme ouvertement affiché ? Cueillir des fleurs sur les chemins de la vie restera toujours une œuvre humaine. Quelles que soient les religions et l'idée que les hommes se font de Dieu, la bourrache procurera toujours des sueurs abondantes, l'hysope régularisera le cœur, la sauge facilitera la digestion, le thym désinfectera les voies digestives...

1. *À l'occasion des rogations, les paysans attiraient l'attention des habitants du ciel sur leurs champs. Signes de croix, eau bénite et* Agnus Dei *remplaçaient les talismans, charmes et incantations des cérémonies païennes similaires.*

XVI

Engagement d'une servante. Le maître de la Jouvent

La folie de l'Étiennette Mercadour oblige, chaque jour, une femme de la Guette à se rendre au village. Presque une lieue de distance et le torrent à passer à gué par tous les temps. Pour mener à bien les tâches quotidiennes de la ferme, il faut rogner le sommeil et courir après les heures. Enna aurait volontiers gardé sa mère auprès d'elle, mais elle a jugé que la démente pourrait mettre le feu aux bâtiments, faire périr le bétail, détruire les provisions. Impossible de prendre le risque d'un tel désastre. Plus que jamais le domaine réclame les épaules solides d'un homme. Pourtant, elle repousse cette solution, sachant bien qu'elle résisterait mal à une sollicitation masculine. Et puis, il y a Antonine ! Ses seins pointent, ses hanches ont forci, sa silhouette allongée indique la femme gracile et vigoureuse qu'elle sera dans quelques saisons. Quel ouvrier agricole aurait suffisamment de cœur pour ne pas profiter d'une jolie fille sans expérience ? La maîtresse de la Guette pense aussi à la Joussaleto. À cause d'un porteur de moustaches, elle ne tient pas à perdre cet autre elle-même acharné au travail. Le proverbe dit vrai : « *Chasque toupin trovo sa curbecello.* (Chaque marmite trouve son couvercle. Chaque femme trouve un prétendant.) »

Cette tête légère serait capable de se jeter à la tête du premier diseur de paroles aimables. À qui demander conseil ? Quelles décisions prendre ?

Les journées s'écoulent, rapides. À l'aube, des jaillissements de nacre s'élancent dans le ciel en bouquets mordorés, hardes bondissantes et colorées. Et le crépuscule n'en finit pas de perdre sa lumière, prolongeant les soucis très avant dans la nuit. Le temps s'est maintenu au sec. On doit multiplier les binages. L'herbe est courte ; les foins seront médiocres. Privés des pluies de mars et de mai, les blés s'alanguissent. La végétation paraît vivre au ralenti. Contrairement aux présages, l'année sera mauvaise. Hélas !

Le premier mercredi de chaque mois, avant l'aurore, Enna attelle la carriole bourrée, la veille, des produits de la ferme, et s'en va au marché du chef-lieu. Des hommes l'interpellent car ils devinent sa nature ardente. Leurs désirs évidents et naïfs l'agacent. Elle feint de croire à de la familiarité et renvoie les solliciteurs à leurs épouses avec des plaisanteries crues et brutales. Mais qui s'en offusquerait ? Après bien des hésitations, elle a décidé d'engager une servante. À Aspremont, on l'a écoutée avec une attention affectée, sans rien promettre, sans créer d'obligation à personne. Le Pégat a fait une réputation si épouvantable à la Guette que pas un être vivant de la vallée n'accepterait d'aller y vivre. Ces vieux murs inspirent la peur. Rémanence d'événements passés ? Imprégnation d'actes mauvais ? Pratiques maléfiques ? Au juste, que savait-on ? Rien ! Mais mieux valait laisser trois femmes à leur solitude que de provoquer les *masc*.

Chaque année, avant les moissons, faucheurs et lieuses de gerbes viennent se louer à la foire du mercredi sans être trop regardants à propos de qui engage pour quelques semaines. La maîtresse de la Guette fait lentement le tour des travailleurs. Chacun a sa gourde, sa faucille attachée dans un carquois pendu dans le dos et un long bâton. Chapeaux de feutre à larges bords délavés par la sueur et le soleil, mentons bleus de barbe, allures fières, habits usés avec de larges pièces rectangulaires de couleur aux poches et aux genoux... Quand on est pauvre, il n'y a pas de honte à vouloir gagner l'argent qui chaussera et vêtira la famille. Sur leur domaine, ils ont fait les tâches les plus pénibles ; jardins et récoltes seront soignés par femmes et enfants. Pouces dans la ceinture de laine rouge, pipe au bec, muets, ils attendent. On plaît ou on ne plaît pas. Au loueur à se décider...

« *Qu dèu gauvi, dèu chausi*. (Qui doit utiliser, doit choisir.) »

Eux sont des hommes libres, les égaux de tous ceux qui, avec plus ou moins de bonheur, vivent des champs. Pourtant, les regards sont tristes. Visiblement, esprits et cœurs sont ailleurs que sur ce marché. À qui les interroge, ils posent la déconcertante énigme des inégalités sociales. Dans la foule, Enna a souvent cherché les yeux clairs du recuraire. Parfois, sa surprise devenant une joie, elle a tressailli en apercevant une silhouette mince, un visage puéril. Elle se dominait aussitôt et s'en voulait de laisser galoper son imagination. Aujourd'hui, qu'elle aimerait le découvrir parmi ces hommes offerts, disponibles ! Sur le foirail, des femmes souhaitent être engagées comme servantes ; les terres familiales ne peuvent plus les nourrir où chaque croustille de pain a la valeur de l'or. Certaines, qui se louent pour la première fois, sont vaguement honteuses, répondent mal aux questions, sourient niaisement, égrènent le chapelet. La veuve Leroy observe leurs dents, leurs mains, leurs reins. Elle cherche à découvrir des défauts physiques et n'éprouve aucune gêne à cette inspection d'acheteur de bétail. C'est la coutume !

Accepter une fille de ferme est un choix difficile. Une jeunette lui plaît bien. Seize ans passés, le visage fin, allongé, l'air à la fois réservé et décidé. Le regard est noir ; le blanc éclatant de l'œil le fait encore plus vif. Son hameau est au flanc de la montagne ; des frères et des sœurs moins âgés y réclament, chaque journée, pois chiches et caillebottes parcimonieuses. Son nom est Amandine Bramafam (clame faim). Non ! Ce n'est pas un sobriquet. Ses parents possèdent des champs arides, depuis toujours, dans l'accul d'une vallée, au pied de grands rochers clairs où des chèvres sauvages se brisent parfois les os. Elle fait son éloge :

« Je suis forte, peu exigeante, ni cagne ni caillette, comme une bonne fille à la maison. J'ai appris à traiter les abeillons, faire le croît du troupeau, couper et planter selon la lune. Je n'entends rien à la couture et ne connais de cuisine que les soupes et pot-au-feu familiaux cuits à petits bouillons. Mais je peux apprendre, ayant bonne tête et volonté. Je sais manier herminette et rabot pour ajuster planches et aideaux, redresser le fer rougi sur l'enclumot, réparer les outils. J'ai assez de lettres pour lire l'almanach et tenir des comptes. Que proposez-vous ? »

Cette jouvencelle est plaisante. Bien que timide, elle s'exprime joliment et avec franchise. Enna explique que d'argent elle n'a guère. Amandine

Bramafam accepterait-elle d'être servante à l'année chez deux femmes seules ? Elle serait nourrie, logée, vêtue. Elle ne répond pas et à son tour, questionne. Les bâtiments ? Les gens ? Les bêtes ? Les tâches à accomplir ? Enfin, elle se déclare prête à dire oui. Mais il lui faut l'accord du père. Sec, altier, les moustaches hérissées, l'œil malicieux, un homme a écouté l'interminable discussion, comme s'il n'était qu'un badaud. Sa fille, une habile coquine, se donne une maîtresse à fière allure. Tant mieux. Pour parler, il garde son chapeau sur la tête, preuve que, lui aussi, il est le maître sur ses terres. Il s'invite sans façon, boit lentement, juge le vin après l'avoir fait claquer sur la langue et rouler entre les joues. Sans hâte, il répète les paroles d'Enna pour les graver dans sa mémoire, tend sa main gauche où brille le large anneau d'or rouge de son mariage et prononce à la façon d'un serment :

« Pour marquer notre accord, confiez-moi vingt francs. Parole du Gaspard qui jamais ne fit tort d'un sou à son prochain, je vous les rendrai si la petite ne fait pas l'affaire. »

Il reçoit un napoléon.

« Maître Bramafam, rien qu'à vous connaître, je sais que la pièce ne retournera jamais dans ma maison. Si Amandine est bonne travailleuse, nous nous entendrons bien. »

On se salua. Sur le front de sa fille, le paysan des hautes terres fit, avec le pouce droit, un signe de croix et s'en alla sans se retourner. La nouvelle servante souleva son baluchon et le plaça sur la hanche. Ses yeux luisaient. La maîtresse ne lui déplaisait pas qui était tellement plus belle que les femmes de son hameau pendu là-haut, comme une breloque, aux rochers de la montagne.

La Jeanne a expliqué à son père les difficultés qui assaillent la Guette depuis la folie de l'Étiennette. Alors, il a distrait quelques jours de son travail pour, dit-il, donner un coup de main. En réalité, il voulait revoir Antonine et bavarder avec elle. Il a réparé des harnais mal en point, vérifié la bonne santé des bêtes, consolidé l'échelle du fenil, refait un mancheron à la charrue, remis d'aplomb les bouteroues renversées à la sortie de la remise. Cette ferme n'est que désordre et gâchis ! Il faudrait nettoyer la grange pour déranger rats et souris. À l'écurie, les litières empestent et deviennent un danger pour le cheval et les brebis. La serve* serait à curer ; des herbes et des boues fétides y croupissent et les canards ne se hasardent plus dans cette pourriture. Les alentours ne sont que fumades. Des volets vont tomber à un fort coup de vent car il y a des pentures à refaire et des gonds à sceller. À la seillerie, la plupart des objets de boissellerie sont vermoulus. La roselière n'ayant pas été éclaircie, les cannes se sont brisées les unes sur les autres et s'étouffent. Pourquoi ne pas avoir plessé* les haies qui mangent le jardin et partent en tous sens comme des bosquets fous ? Les échaliers ne servent plus qu'à blesser les bêtes. Des rangées de vignes sont à démaillonner. Après la taille hâtive de la Joussaleto, des viètes* sont restées sur les paisseaux. Les sarments nouveaux auront de la peine à s'épanouir. Et il y a plus de billons que de ceps harmonieux et bien entretenus. Vigne mal soignée est vigne déjà morte !

Enna a coupé court à ces critiques justifiées et recommandé au Joussaud de donner du courage à ses compagnes. Un après-midi, il a entraîné sa petite-fille dans une promenade à travers le domaine. Elle l'a suivi, docile, sans familiarité. Non ! Elle n'aime plus ce donneur de conseils faciles et radoteur de litanies de la rancœur. Elle feint de s'intéresser à la fuite d'un mulot, au glissement d'une couleuvre, au grisollement d'une alouette. Mais dès qu'il parlera de son papa et de sa maman, elle l'écoutera de toute son âme.

« Petite Tonine, le départ de ton père a été le grand malheur de mon existence. Nous étions tellement habitués l'un à l'autre ! Jeannette tenait bien la maison. Tous trois nous ne prêtions guère d'attention à la Marie-Anne. J'avais espéré que, lors de la conscription, l'Auguste tirerait un bon numéro. Le destin ne le voulut pas. Hélas ! Je ne trouvai pas de remplaçant, même pour une fortune. Par ici, tous les fils sont indispensables ; les terres sont si dures à travailler. Mes propositions d'argent repoussées, même les plus folles, je me rendis au chef-lieu du département où je savais trouver des marchands d'hommes[1]. Mes démarches échouèrent. Désespéré, je compris que mon aîné devrait partir pour une garnison. »

Harnachés de rubans, les jeunes gens de la classe avaient comparu devant des personnages officiels, pontifiants, couverts de chamarrure. Leur exubérance était factice. Ils se rappelaient des pleurs de mères, des imprécations de pères, des trahisons de fiancées. On les mettait dans l'obligation de se réjouir, en considérant le service armé comme un passage vers l'état de citoyen. À leur retour au village, ils avaient célébré l'événement dans l'amertume de la farce, avec des plaisanteries et des chansons, à coups de grosse caisse, au son du clairon. Ils embrassaient les filles rencontrées, traînaient le matériel agricole abandonné ou pris dans les remises et le jetaient dans les fontaines. Tout

1. *Entremetteurs qui, moyennant de fortes sommes, présentaient des remplaçants ou avaient des relations nécessaires pour truquer les états civils.*

chien ou chat capturé était accroché à une sonnette. Ça gueulait :

« *Sian de la classo ; s'en fouten pas mau dòu mestie*. (Nous sommes de la classe ; nous nous foutons pas mal du travail.) »

Des couplets antimilitaristes étaient improvisés où l'on défoulait ses véritables sentiments, cette angoisse du dépaysement, ce brisement qui traumatiserait jusqu'à la fin de la vie. Certes, les conscrits reviendraient sur leurs terres, mais uniformisés et moins sensibles à la voix des traditions. Sans s'en rendre compte, ils partaient pour un bagne d'un nouveau genre. Au lieu de chaînes à porter, ils arboraient des cocardes sur lesquelles était écrit d'un côté : « Bon pour le service » et de l'autre côté : « Bon pour les filles ». Une invocation stupide scandait, en langue française, cette marche vers l'absurde.

Ça bout, ça sent le jus de la gamelle.
Ça bout, ça sent le bouillon du régiment...

On s'égosillait à tue-patience au cours d'un repas champêtre. Que de gueulements et de plaisanteries imbéciles ! On parlait des femmes qu'on baiserait aux poternes des bastions et on s'excitait tellement qu'on décidait d'aller tous ensemble au bordel. Dans une ruelle du vieux quartier de la ville... Une maison bourgeoise, blottie contre la cathédrale aux clochetons en fer forgé... On s'y rendrait en voiture, à grand tapage, pour faire sortir des habitations les culs-bénits qui leur offriraient de ce vin campagnard pétillant qui lave les reins et fait pisser comme un arrosoir. On hurlait pour se donner du courage. La plupart approcheraient une femme pour la première fois. Déjà, ils entendaient les moqueries des putes. Expertes et indélicates, elles ouvriraient les braguettes et feraient tâter leurs seins. L'initiation serait stupide et honteuse. L'Auguste songeait à Damiane et imaginait ses yeux tendres, emplis de reproches et d'un émoi trouble. Il ne lui cacherait rien et dirait son dégoût pour ces femmes abjectes. Mais pardonnerait-elle ?

Richement meublé, le bordel sent le parfum et le tabac. Les garçons patauds n'osent pas marcher sur les tapis avec leurs gros souliers cloutés. Crier grossièrement dans ce luxe où les boiseries reluisent, où il y a des glaces et des tableaux de femmes nues, où les velours des rideaux et des fauteuils brillent comme l'eau des sources, leur paraît une profanation. À voix basse, l'un d'eux propose de foutre le camp de cette maison de tolérance pas faite pour des goussauts* de leur espèce. Selon lui, seuls des damerets* de la ville en habits noirs ajustés, aux cravates extraordinaires, doivent la fréquenter. La mère catin rit des mines penaudes de ses nouveaux clients. Elle a l'habitude ; ce n'est pas la première troupe de conscrits qui vient se déniaiser.

« Tenez-vous tranquilles. Les demoiselles vont venir. Soyez gentils avec elles. Bien que putains pour votre plaisir, elles sont femmes avec des sœurs et des enfants. Faites voir vos sous. »

On sort les porte-monnaie : marchander rassure. Et l'on attend, en roulant son chapeau entre les genoux. Une porte s'ouvre. La femme est jeune, toute en rondeur. Sa gorge est pigeonnante et ses cheveux la casquent. Un ruban noir souligne la blancheur de son cou. Elle marche superbement, comme l'épouse du maire d'Aspremont à la sortie de l'église. Les conscrits la saluent avec politesse. Elle dit malicieusement :

« Qui vient avec moi ? »

Quoi ! C'est cela une pute, une de ces traînées dont on parle avec mépris, sinon avec dégoût ? On aurait été fier de la pendre à son bras pour la montrer aux filles fagotées de la vallée. Avec gentillesse, elle sollicite les benêts. L'Auguste est poussé en avant. À lui de donner l'exemple. N'est-il pas le maître de la Jouvent, l'organisateur de pitreries et de calembredaines ? Il se lève, se laisse entraîner. Il ne pense plus à Damiane.

La femme se montre aimable. Elle ne tient pas à effaroucher ce beau puceau maladroit qu'elle dévêt, agace et baisote avec des gestes vaguement maternels. L'esprit troublé, il se laisse faire. Lorsqu'elle prend l'initiative de le chevaucher, il ne désire plus se séparer de cette chaleur humide où il a la sensation de se perdre et se laisse aller au balancement des hanches de sa partenaire. Les mains sont agréables et douces qui pèsent sur sa poitrine. Nouveau et étrange, le plaisir physique le submerge. Collée à lui, la femme prolonge sa béatitude et lui caresse le visage et le cou. Alors, une frénésie s'empare de l'Auguste. Il se rue sur sa compagne et tente de la pénétrer. Elle l'aide.

Il renouvelle sa jouissance presque immédiatement et refuse d'abandonner ce corps qui, maintenant, le fuit. D'autres obligations... Des clients attendent... Elle l'essuie avec un linge, l'aide à se rhabiller, rajuste sa robe, tire ses bas. Il aimerait recommencer, jusqu'à crever de fatigue.

« Tu es plaisant et vigoureux. Reviens quand tu voudras. Demande Louisette : c'est moi. Les bonnes choses ont une fin. Il faut t'en aller. »

Elle l'accompagne jusqu'au salon. Tout a été si facile, si rapide. Pourquoi fait-on de l'acte charnel une aventure dégoûtante ? Le plaisir doit-il être haïssable ? Il pense à Damiane, mais d'un cœur différent. Ah ! Damiane, si tu savais...

Sur le chemin du retour, les conscrits resteront silencieux, tassés et secoués sur les bancs de la carriole. On se contentera de dire avec des hochements de menton que le bordel, c'est bien. Le chahut reprendra aux lisières d'Aspremont. Cette nuit appartiendra à ceux qui vont être les soldats de Sa Majesté l'Empereur des Français que gazettes et pamphlets racontent putassier et coureur de lupanars. Il y aura de la joie à servir un tel brigand. Les heures d'après minuit se passeront à cogner dans les portes, à jeter des pierres dans les volets. Il faut réveiller ces gens assoupis pour qu'ils entendent les insultes à celles qui ne se laissent pas embrasser et trousser. Pour prouver qu'on n'est pas des babillans, on exhibe sa verge en pissant au milieu de la rue et on lui attribue des pouvoirs d'enchantement. Le vin aidant, on explique avec des redondances ce qu'on a fait subir aux putains de la ville. Vrai qu'elles ont crevé de jouissance ! On exorcise cette grande peur qui s'empare de l'homme découvrant le mystère de la femme. Les seaux d'eau qu'on jette par les fenêtres ne calment pas de telles ardeurs à gueuler.

À potron-jacquet, les conscrits iront se coucher, aphones, épuisés, titubants. Le départ aura lieu dans quelques semaines. On se souviendra longtemps de cette foutue journée !

Les conscrits ne retourneront pas au bordel. L'enthousiasme est tombé. À Aspremont, il y a le rassemblement de la jeunesse car l'Auguste passe ses pouvoirs. Garçons d'un côté et filles de l'autre, face à face, votent l'élection d'un nouveau maître de la Jouvent. Une canne a été enrubannée. Chacun, à son tour, la présente à celui qu'il a choisi. Puis, il dépose à ses pieds un morceau de bois. Le compte est vite fait. Alors, l'insigne de la fonction passe entre les mains de l'élu. On crie les « youfoufou » traditionnels. Et le nouveau maître prend la tête du cortège pour se rendre sur le pré de foire, où des divertissements ont été prévus. Une grande tristesse au cœur, le fils Joussaud ferme la marche. Il ne pense qu'à revivre avec Damiane les plaisirs maladroitement dérobés à une catin. Mais voudra-t-elle ? Assis sur un mur bas, il la regarde virevolter pour entrecroiser, au jeu de *courdello*[1], des rubans jaunes et rouges, couleurs de la Provence. Comme un résumé des heures passées, comme un avertissement des heures à venir, la chanson des cordeliers le salue une dernière fois.

---

1. *Le jeu des cordelles (spécialité de la petite ville de Barbentane) était pratiqué dans toute la Provence. Des rubans étaient attachés à un mât très haut. Garçons et filles en saisissaient les extrémités et exécutaient des figures de danse précises. Leurs évolutions réalisaient un tissage du plus bel effet.*

Sian de jouine courdelie.	Nous sommes de jeunes cordeliers.
Fasen de courdello.	Nous faisons de la cordelette.
Dins nostro boutigo vèn	Dans notre boutique viennent
De touto sorto de gènt.	Toutes sortes de personnes.
Mai lei plus poulido	Mais les plus jolies
Soun lei mies servido.	sont les mieux servies.

À travers les paroles du chant populaire, Damiane l'invite à venir à elle.

Quoi qu'il puisse arriver, il ne manquera pas ce rendez-vous.

XVII

La nouvelle servante à la Guette

LA CARRIOLE CAHOTE DANS LES ORNIÈRES. La servante serre le banc à deux mains et parfois, d'un geste gracieux, chasse la poussière qui poudre ses sourcils. Cette vallée plus riche de champs et de fruitiers que les pentes raides de son hameau, les lacis brillants de la rivière l'étonnent et lui plaisent. Érigée sur une éminence, la Guette se découvre de loin avec ses deux tilleuls qui l'empanachent. Amandine saute à terre la première, flatte le cheval, lui parle doucement. Il se laisse dételer par l'inconnue et, du front, la pousse aux épaules pour exprimer sa faim. À l'écurie, elle le bouchonne avec de la paille. Comme il encense, elle le fait boire. Puis, elle range le licou à clochettes, les bridons aux houppes coloriées, le collier pointu semé de grelots de cuivre tandis que le Goï croque bruyamment son avoine. La Joussaleto s'est surpassée. Tout le monde mange de grand appétit ses gâteaux de grésillons, d'amandes pilées et de miel.

Au bout de quelques jours, la fille de maître Bramafam donna l'impression d'avoir toujours vécu dans les vieux murs paisibles. Elle avait le geste assuré qui utilise le moins de temps et de force. Ses yeux observaient sans cesse. Prompte à comprendre ce qu'elle pouvait faire de sa propre autorité ou ce qu'elle devait demander pour complaire à la maîtresse, elle redonna une place et un ordre aux ustensiles et aux outils. Avec elle, Enna retrouvait la méticulosité de son défunt mari.

Amandine couche dans la cuisine, seul endroit qui convient à une fille de ferme, gardienne de l'âtre et des provisions de bouche. Tôt levée, tard couchée, elle tire l'eau du puits, dresse la table, fait les corvées ménagères. Antonine a rejoint la chambre de sa tante Jeanne à l'étage et en éprouve de la fierté. Elle estime qu'on la place désormais au même rang que les grandes personnes. Persuadée de son importance, elle commande, le menton levé, la taille cambrée. Une vraie poulette batailleuse ! La domestique répond gentiment, comme elle le ferait avec une sœur plus jeune, paraît se plier à la fantaisie de la fille de la maison, mais ne fait rien de plus qu'il ne faut faire. Enna lui en sait gré. Sa nièce se lassera vite du jeu, recherchera la présence de la nouvelle venue, la questionnera, la taquinera, lui demandera conseil et lui obéira de bon cœur.

À de rares moments de loisir, la servante retrouve son enfance. Elle connaît les jeux des petits paysans. Quand sa compagne se trompe, elle rit en montrant des dents blanches, l'appelle : « Vilaine grosse bête, crapaud maladroit... » et lui donne des tapes. Antonine n'a jamais été traitée aussi familièrement. Mise en confiance, elle raconte l'histoire de ses parents et pleure en reprenant le récit poignant de la bono fremo. Amandine la prend dans ses bras et la berce avec des mots tendres, ceux-là peut-être que les mamans disent à leurs enfants. L'orpheline est submergée de gratitude. Le temps passant, les deux filles s'embrasseront et se cajoleront comme on fait entre sœurs tendrement liées.

Amandine a peu de pudeur et n'éprouve aucune gêne à se dévêtir et à se laver dans la cuisine ou sur la margelle du puits. Elle laisse voir un corps blanc aux proportions admirables, des seins petits et fermes, des épaules bien galbées. Il lui arrive d'ôter sa jupe et de se masser les cuisses pour, dit-elle en riant, plaire à mon futur mari jusqu'à ses derniers bâillements[1]. Enna n'est pas insensible à cette beauté des formes et se sent attirée par la belle santé de cette

---

1. *Sur le point de trépasser, certains moribonds bâillent ou bien ont le hoquet. L'expression signifie jusqu'à la mort.*

jeune femme rieuse et pleine d'entrain. Elle ne saurait dire pourquoi et comment la Guette en est différente.

Le travail se fait bien et sans heurt. La servante a le sens de l'économie et excelle à des tâches que ni Enna ni la Joussaleto ne savent accomplir. Elle rafistole, scie, rabote, cloue et ne craint pas les battitures en frappant sur l'enclumot le fer rougi à la forge. Son esprit est inventif et sa cervelle pleine de contes et légendes qu'elle a retenus des veillées d'hiver au cours desquelles on monde des fèves sèches, des noix, des amandes. Placés dans la gorge d'une pièce de bois, les fruits sont frappés avec un maillet de buis. Parfois, on s'aide d'un petit burin. On travaille vite dans la poussière et le bruit. On mange des *oulivo à la pichoulino* macérées dans une coulée de cendres de bois et conservées dans l'eau salée. Les hommes boivent du vin de noix et les femmes du *coudounat* (eau de coing). La voix d'un récitant domine le tapage. Souvent, les rires font les mains malhabiles. Celui qui a été le plus drôle est félicité et embrassé. Amandine chantait joliment et apprenait à Antonine à danser sur de vieux airs. Grâce à elle, une certaine gaieté revenait à la ferme. Pour l'en remercier, on la laissa s'asseoir à table pour les repas. Ce faisant, on la traitait en égale, attitude de maîtres exceptionnelle dans la contrée. Parfois, le soir, quand ses paupières s'alourdissaient de la fatigue du jour, la nièce d'Enna posait sa tête sur les genoux de sa compagne pour réclamer le refrain du saint sommeil, celui qu'on chante aux tout-petits.

Sant souam,	Saint sommeil,
Vèni, vèni, vèni,	Viens, viens, viens,
Sant souam,	Saint sommeil,
Vèni que sies bouan.	Viens car tu es bon.
Lou pichoun pòu pas	Le petit ne peut pas
dormi,	dormir,
Lou sant souam	Le saint sommeil ne
pòu pas vèni.	peut pas venir.
Sant souam,	Saint sommeil,
Toun paire vendra deman,	Ton père viendra demain,
T'adurrera de	T'apportera du
bouan pan blanc	bon pain blanc.

Elle se sentait protégée et feignait de dormir pour mieux goûter la plénitude physique où elle se laissait sombrer. Son engourdissement faisait le vide en elle et lui procurait l'illusion d'un vrai bonheur. Amandine l'embrassait doucement sur le visage, les yeux, le menton. Parfois, elle appuyait, par surprise, ses lèvres sur la bouche entrouverte, offerte, tentatrice. Antonine trouvait ces baisers doux et agréables. C'était comme une fraîcheur un peu âcre de verveine, cela avait un goût de sucrin. Alors, elle se jetait contre son amie et la baisait dans le cou, tout près de l'oreille, sans remarquer qu'Amandine pâlissait et que ses gestes se faisaient plus rudes. Alors, elle détestait que celle qu'elle chérissait l'envoyât se coucher.

La servante s'occupait également de l'Étiennette. Au village, personne ne lui adressait la parole. On se méfiait d'elle doublement : elle était une étrangère et elle appartenait à la Guette. Enna ne lui avait rien dissimulé. Aussi, lorsque le Pégat l'avait abordée avec ses manières de rustre, elle lui avait rétorqué :

« Ne va pas t'imaginer, cordonnier, que tu pourrais frotter ta peau de crapoussin à la mienne. Voudrais-tu faire ma connaissance de plus près ? »

Elle lui avait tourné le dos. Cambrée, goguenarde, elle avait claqué ses fesses.

« Regarde que je suis faite comme toutes les autres. Es-tu content ? Maintenant, apprends de moi que les femmes de la montagne d'où je viens se battent avec le loup et le tuent pour sauver une brebis. À toi, je crèverai les yeux avec mes ongles si tu t'avises, une seule fois, de me manquer de respect. »

Contrairement à son habitude, il n'osa pas parler en mal de cette effrontée. Il se méfiait, se souvenant de la correction qu'un autre étranger lui avait infligée. L'affaire remontait au temps du mariage de son aînée. Excédé par les clabauderies de son beau-père, Bastien avait choisi deux témoins parmi les juges de la communauté[1] : César Fortoul, dit « lou Renaire » et Olivier Estremau, dit « lou Rousset ». En leur présence, il avait exigé des explications du cordonnier, qui ne sut que répéter ses calomnies. Oui, l'argent qui rendait la Guette prospère n'était que putasserie des femmes qui y vivaient ! Oui, le Leroy, leur maquereau, était le pire des nervis ! Oui, il mettrait le feu à ce bourdeau, la honte de la vallée ! C'en était trop ! Bastien demanda aux deux sages du village la permission d'administrer une punition au furieux. D'accord, c'était son droit ! Sur la place du Vièi-Mouart, l'ancien voiturier arracha à coups de fouet la peau du Pégat. Il appelait les spectateurs par leur nom. L'un après l'autre, ils répondaient :

« *Alumo, Bastian.* (Vas-y, Bastien.) »

Et ils l'encourageaient à voix haute

« *Qu gouverno ? Bastian o lou porc* ? (Qui est le maître ? Bastien ou le porc ?) »

---

1. *Hommes à la réputation de sagesse et d'honnêteté. Fort respectés, ils tranchaient avec autorité litiges et querelles locales (voir chapitre IX).*

Désormais, Antoine Mercadour se montra moins bavard. Mais pendant des années, il ne renonça pas à la vengeance. Quelle qu'en serait la manière ! Il se lia d'amitié avec la Grimaço, cette vieille insensée qui, à force de passer pour *masco*, avait fini par croire à ses pouvoirs particuliers. Elle avait, la mauvaise, trouvé des cahiers d'une aïeule un peu toquée, touchée au front, elle aussi, par un esprit malin et farceur. Il y avait de tout dans ces recueils : recettes de confitures, conserves, achards ; remèdes pour soigner bêtes et hommes ; formules en latin, phrases incompréhensibles, litanies sans queue ni tête... Elle avait tenté de déchiffrer cette ripopée*, fait des essais, pris ses désirs pour la réalité. Comme il n'y avait personne d'autorité, pas plus à l'église qu'à la municipalité, pour déconseiller ou interdire de telles pratiques, elle en fit l'essentiel de ses activités. Le père d'Enna la flattait, la rassurait, l'entretenait du scandale de sa fille et de l'étranger. Elle gobait les sornettes qu'il lui servait comme des confidences. C'était vrai que personne ne savait d'où venait le Bastien Leroy ! Ce genre de sournois et de mal-pensants était un danger pour le village. Un jour, il la pria d'utiliser son savoir pour infliger au propriétaire de la Guette le châtiment qu'il méritait. Elle ne refusa pas de fabriquer des figurines, d'invoquer les esprits, de prononcer des formules d'*enmascaire* (jeteur de sorts). Il n'y avait plus qu'à attendre !

Le 17 janvier était la fête de la Saint-Antoine.

Elle donnait lieu à un cérémonial réjouissant, emprunté au pays voisin de Valensole. Les faucheurs du prochain été choisissaient leurs lieuses de gerbes. Jeunes gens et jeunes filles se rassemblaient, à l'écart du village, autour d'une meule de paille. La tête dans le gerbier, elles se retroussaient et montraient leur derrière. Curieux bouquet de fleurs ! Les garçons tournaient autour en plaisantant et choisissaient à coup sûr. Il faut croire que les longs bas tricotés, les jupons et les larges culottes à dentelles étaient insuffisants pour conserver l'anonymat. Après avoir échangé les trois baisers traditionnels scellant leur accord, les solques[1] de la future moisson repartaient bras dessus, bras dessous. Avec force chansons et plaisanteries, on allait boire un coup de vin mariné chez le buvetier.

---

1. *Couples de moissonneurs bas-alpins dont certains allaient se louer dans les riches plaines d'Arles. Plusieurs* solques *constituaient une* chiourme, *sous la conduite d'un* baile, *chargé d'organiser le travail.*

À la Guette, en cette journée de l'année 1882, on fête les douze ans d'Antonine. La Joussaleto a fait une fricassée de chevreau. Des beignets parfumés aux graines de fenouil remplissent un tian. Antonine dresse la table. Soudain, quelque chose de chaud coule le long de ses cuisses. Elle passe une main sous sa robe et la retire gluante de sang. Prise de panique, elle se précipite vers Amandine, montre ses doigts rouges, son ventre et éclate en sanglots. La honte la bouleverse. La servante l'entraîne dans la remise et, après avoir constaté les dégâts, se met à rire.

« Ce n'est rien, grande sotte. Te voilà devenue une petite femme. Aujourd'hui, le jour de ton anniversaire. C'est un signe heureux. Tu auras beaucoup d'amour. »

Antonine retrouve un certain calme. Son amie lui fait le récit de sa propre découverte de la féminité et la caresse pour la consoler.

« Ô ma jolie, même la pierre de sang[1] ne pourrait rien contre cette blessure. Nous allons mettre un tapon à la bonde de cette grosse futaille. »

Elle montre comment porter des chiffons pour éviter l'écoulement et comment faire sa toilette. La fillette se laisse faire. Elle a très peur, mais elle est

1. *Calcédoine rouge ou grenat qui avait la réputation d'arrêter l'écoulement de sang d'une blessure.*

fière de son nouvel état sans pouvoir expliquer pourquoi. Elle prie sa compagne de n'en rien dire à personne. Toute tendresse, cette dernière ne veut rien promettre et ses yeux brillent de malice. Le repas fut gai. Les jeunes filles échangeaient des regards complices. Après tout, ce n'est pas si terrible d'avoir ses règles pour la première fois ! Le soir, Amandine vint trouver Enna pour lui expliquer l'événement du jour. Décontenancée, la tante ne savait que conseiller.

« Vous ne devriez pas laisser votre nièce dans l'ignorance. Une fille peut-elle rester sage sans la peur des hommes ? Vous savez combien ils sont brutaux, menteurs et égoïstes. »

Elle parle pour elle-même, dont les ardeurs de ses dix-sept ans font les seins douloureux, et feint de prendre pour un acquiescement l'embarras de la maîtresse de la Guette. Grâce à elle, Antonine apprendra bien des choses sur l'amour et les gestes qui procurent le plaisir charnel. Oui, la folie animale des hommes donne du malheur aux femmes. À elles de ne pas se laisser illusionner !

L'anniversaire se passa bien. La Mandeto avait été invitée. Elle raconta comment Antonine avait été portée sur les fonts baptismaux dans une couverture grossière pour le baptême des pauvres et des bâtards. Le prêtre avait mis un coin du manteau de la Vierge sur l'enfançon. Par une belle étoffe, il honorait Dieu qui acceptait de recevoir une âme nouvelle, bien qu'elle fût née du péché. Il avait constaté :

« *Anado de coudoun, anado de bastardoun !* (Année de coings, année de bâtards !) »

Puis, il avait expédié la formalité, à toute allure. Maintenant, la bono fremo était fière de voir la jeune fille si belle et si forte. Mais elle ne pourrait jamais oublier le paquet de chairs sanglantes qu'elle avait arraché au ventre d'une morte, il y avait douze années. Antonine l'embrassa et lui offrit un cadeau.

Une lettre lui ayant appris qu'elle était la marraine d'un bébé joufflu et pleurnichard, Amandine a sollicité la permission de quitter la ferme pour quelques jours. Refuser à une femme d'être marraine eût été se mettre le diable à dos. Enna a offert des cadeaux.

« Prends-les que tu les as mérités. Fais bien pleurer ton filleul au baptême pour qu'il devienne beau et vigoureux. Et reviens-nous vite que tu vas nous manquer. »

La veuve Leroy a réalisé qu'elle s'est attachée à cette fille, et cette affection un peu trouble lui procure de la gêne. Elle a aidé la servante à faire son bagage et l'a suivie des yeux jusqu'à la frênaie qui, au loin, barre le chemin de la ville.

De son hameau, la fille de Gaspard Bramafam rapporta du miel, des cuirs tressés, des objets plaisamment taillés dans de l'olivier et du buis. Elle n'arrêtait son bavardage que pour embrasser Antonine. Son compère, un garçon stupide, parlait de dévorer sa commère de baisers. Elle le lui avait permis seulement quand les cloches de l'église s'étaient mises à sonner. Pas pour du plaisir, mais pour que leur filleul chante bien, plus tard. Tous deux avaient échangé les cadeaux rituels. Elle avait offert un gilet noir et lui un fichu de dentelle fait au crochet par les femmes de sa famille. Les voisins n'avaient pas été autorisés à voir le nouveau-né. D'évidence, il fallait éviter les *enmascaire* qui, avant le baptême, se hâtent d'user de leur pouvoir. Certains de ces gens-là, des inconnus, espèrent gâcher la vie de l'héritier dont ils détestent les parents. D'autres, craignant sa future autorité, veulent s'en préserver longtemps à l'avance.

Trois prénoms avaient été donnés à l'enfantelet afin qu'aucun démon n'ait de prise sur lui. Après consultation du parrain et de la marraine, le père les avait annoncés à la parenté réunie au chevet de l'accouchée. Puis, il était allé chercher le berceau[1] pour y coucher ce fils, vêtu de blanc afin qu'il n'ait pas de barbe avant sa vingtième année. La mère

1. *Mettre un berceau dans une maison avant l'accouchement portait malheur soit à l'enfant, soit à la mère.*

racontait qu'elle avait voulu un garçon. Pour que son souhait réussisse, elle avait porté une chemise de son époux la nuit de la conception. Et son nigaud d'homme qui ne s'en était pas aperçu ! Amandine riait aux éclats et les femmes de la Guette l'écoutaient, attentives et amusées. La maison avait paru vide sans la joie de vivre de ce farfadet. La servante jurait que son filleul serait beau et intelligent. Comme elle ! Ne dit-on pas :

« *Dou cuòu o de l'esquino, tiras dou peirin o de la meirino*. (Des fesses ou des épaules, on ressemble au parrain ou à la marraine.) »

Elle l'avait langé en faisant le signe de la croix[1] et en disant :

« *Bouan Jesus, fes mi bèn grand e bèn sage*. (Bon Jésus, fais-moi bien grand et bien sage.) »

La cérémonie du baptême avait été animée. Tambours et galoubets accompagnaient le cortège. À son filleul, elle avait offert la robe garnie de dentelle ; le parrain, une chaînette d'or avec une ansette. Pour le porter dans ses bras jusqu'à l'église, elle lui avait mis un mouchoir sur les yeux, car nul ne peut ignorer que la lumière sert de véhicule aux mauvais sorts. Elle l'avait ôté devant les fonts baptismaux. Là, le diable

1. *De nos jours, des mères pratiquent encore ce geste plus conjurateur que pieux.*

ne rôde jamais, et les *masc* savent que le moindre maléfice qu'ils y feraient leur coûterait le salut éternel. Tout s'était bien passé. Heureusement ! À la sortie, le nouveau chrétien avait été confié à *la redo*[1] qui, selon la tradition, l'avait ramené à la maison. Et le parrain et la marraine firent face à la meute des enfants. Ils jetaient des sous et des dragées. La bataille était rude pour s'emparer d'une pièce de monnaie. Mais elle devait rester de bonne tenue. Il était interdit de lancer des injures si le parrain faisait le simulacre de jeter des cadeaux. Qui criait : « *Peirin couguiéu qu'a la merdo au cuou* (Parrain coucou qui a de la merde au cul) » recevait une bonne platée de gifles sonnantes. En revanche, on pouvait s'égosiller à hurler : « *Jito, peirin !* (Jette, parrain !) »

Bousculades et reproches. Tumultes et cris. À chaque volée de billon et de friandises, garçons et filles se jetaient au sol, s'accrochaient par les habits, se donnaient des coups de pied. Puis, ils revenaient assaillir le compère et la commère et chantaient à tue-tête avec mille grimaces et contorsions.

Peirin crassous ! Parrain crasseux !

1. *En règle générale, la* redo *était la femme du parrain (on l'appelait alors la « marraine babillarde ») ou une proche parente de l'accouchée.*

Qu'a lou boussoun trouca	Qui a la bourse trouée
E rèn per jita...	Et rien pour jeter…

Cette comédie avait duré jusqu'à la maison des parents. Le galoubet sautillait des notes aiguës et le tambour[1] à la peau usée ne faisait pas plus de bruit que si on avait tapé sur une grosse courge.

Le beau baptême, en vérité !

Essoufflée, les joues roses, Amandine oubliait la fatigue du voyage et refusait d'aller se coucher. Tant de choses restaient à raconter à celles qui étaient devenues, parce qu'elle était bonne fille et travailleuse, sa seconde famille. Avec une joie contenue, elle dit à Antonine :

« Moi aussi, j'aurai des enfants, de l'argent et beaucoup d'amour avec qui me plaira. Moi, je ne crains pas les hommes. »

---

1. *La caisse en bois mince du tambour provençal est très longue. Sur la peau en veau mort-né, une corde vibre suivant un diamètre et produit des sons graves avec une sorte de bourdonnement d'abeille. Le tambour est soutenu par une lanière de cuir passée autour du bras gauche du musicien. Les doigts de cette main tiennent le galoubet et en jouent.*

XVIII

Le retour à la Guette de l'émondeur d'oliviers

LA VOLAILLE GRATTE LES PAILLIS et le fumier, picore, se dispute, bat des ailes et court, folle, contre le vent. Des bouffées chaudes caressent les vieux murs. Les tilleuls ont des bourgeons roses. En parcourant les plantations, des frémissements verts racontent le printemps. Haut dans le ciel, des vols de migrateurs... La maîtresse de la Guette a beau être matineuse, trop, c'est trop ! Elle désespère et maudit le ciel de lui avoir enlevé son mari.

Ô regrets inutiles !

Des fumerons restent à épandre. La surge* entassée attend d'être décrassée de ses suints et peignée ; l'eau de la rivière brisera les doigts et la lessive de cendres fendra la peau autour des ongles. Mal soignée, la vigne périclite. Il aurait fallu remplacer par de jeunes plants les billons noircis par les pourritures. Le temps a manqué. Déjà les ronciers envahissent les talus parce qu'on ne les a pas brûlés pendant l'hiver. Une nuit de glace a ouvert des gélivures aux arbres fruitiers ; les dégâts se découvriront en juin, à la formation des calus. Le vieux cheval est plus avalé que jamais et son ventre semble traîner à terre. Au bout du sillon, il souffle fort, doit se reposer un long moment, regarde Enna avec ses bons gros yeux fidèles et s'ébroue comme une excuse à sa paresse. Il chemine vers la déchéance.

Comme la Guette.

Ô temps perdu !

Le retour du *recuraire* fut une surprise. Promesse de vagabond passe comme le vent sur les toits... Un soir, en revenant des champs, on l'avait trouvé devant la remise. En bras de chemise malgré le temps frisquet, il débâtait une mule au poil soyeux ; la bête avait une couverture avec des émouchettes colorées et regardait travailler son maître, en lui jetant de longs coups d'œil par-dessus l'épaule. Sans interrompre sa tâche, il s'adressa à Enna :

« Me voilà... »

Les mêmes mots que le Bastien après son absence d'une année !

« Ho l'ami, vous avez été longuet. Ici, personne ne vous attendait plus. »

Malgré des mois de silence, il avait la tranquille audace de s'imposer. Cet homme était-il un insensé ? Il ressentit cette hostilité et l'écarta avec de vagues gestes :

« Je les ferai beaux... Faudra qu'ils m'acceptent... Eux aussi... »

C'était toujours aussi irritant, cette manière qu'il avait de s'adresser à elle avec l'air de parler des oliviers. Mais à quoi bon se harpailler* ! Il prenait possession de la cuisine aux poutres enfumées, aux murs noircis, se lavait les mains et le visage, s'asseyait à table, tirait un couteau de sa poche, geste qui sollicitait une invitation à partager le repas, s'adressait à Amandine comme s'il l'avait toujours connue :

« Demain, ma jolie, veux-tu venir avec moi ? Les oliviers auront besoin de nos deux forces. Toi, je suis sûr qu ils t'aiment. »

Il donnait l'impression de revenir chez lui. Pour écarter les questions indiscrètes, il racontait l'histoire d'un paysan avare qui, à un voisin affamé venu le surprendre au moment du repas, osa dire :

« *Ô moun paure ami, s'avias pas dina, dinarias emé nautre !* (Ho mon pauvre ami, si vous n'aviez pas déjà dîné, vous dîneriez avec nous !) »

Lui n'avait pas mangé depuis le matin et acceptait de bon cœur la tradition qui fait une obligation d'inviter le visiteur à partager le repas familial. Et si la belle enfant qui avait lambiné à mettre son couvert tardait à servir, il la dévorerait sans plus de façon. Amandine se mit à rire aux éclats d'une remontrance si drôlement faite. Cet homme lui plaisait avec ses yeux clairs qui l'effleuraient. La veuve Leroy eut l'intuition que cette heure était fatidique. Brusquement, elle se souvint de ces cadrans d'horloge où, jadis, on inscrivait : « *Garo ti d'uno d'aquéstei !* (Méfie-toi d'une parmi toutes ces heures !) » Baste ! Pourquoi raisonner ? Elle était contente, simplement, qu'un homme vînt l'aider. Antonine et Amandine allèrent préparer un lit à l'étage. La Joussaleto récurait casseroles et assiettes, qu'elle posait bruyamment sur l'*ayguié*, cette étagère en bois où s'égoutte la vaisselle. L'intrusion d'un inconnu dans le lent déroulement de la vie quotidienne de la ferme l'indisposait. En bousculant la jeune servante dès son arrivée à la Guette, elle avait espéré renforcer son autorité sur les vieux bâtiments et leurs fantômes. Avec le *recuraire*, il en serait autrement. Elle le devinait fuyant comme le lièvre bondissant sur l'échine du mistral, mais aussi précis et acharné que la buse chutant sur l'étourderie d'un mulot. Désormais, tout serait différent.

En bien ou en mal ? Elle n'aurait pas su le dire.

Amandine demanda une faveur à la maîtresse. Elle ne souhaitait plus dormir à la cuisine, ne tenant pas à ce qu'un homme la surprît au lit ou la vît à demi vêtue. Un matin, le *recuraire* l'avait regardée avec goguenardise alors qu'elle passait sa chemise. Enna réfléchit. L'émondeur d'oliviers avait dû se divertir du trouble de la jeune fille. À moins que la servante ne fût une matoise... Elle décida :

« Tu coucheras avec moi tant qu'il sera ici. Mon lit est large pour deux. Nous bavarderons si nous n'avons pas sommeil. »

Amandine la remercia. Son regard luisait étrangement. Elle se montrait coquette et méfiante à l'égard du Célin Fouassard. S'il lui touchait familièrement l'épaule ou lui posait une question la concernant, elle prenait un air distant, presque furieux. Un soir, en caressant les oreilles d'une chatte grimpée sur ses genoux, il bougonna :

« Ces bêtes-là sont difficiles à comprendre... Elles offrent leur ventre... Et griffent si on les caresse... »

La maîtresse de la Guette comprit l'allusion et brusqua sa fille de ferme.

Deux semaines furent nécessaires pour tailler les oliviers ; leurs couronnes aériennes paraissaient jaillir des émondes qui jonchaient le sol comme des dépouilles. Ayant achevé sa tâche, le *recuraire* aurait dû s'en aller. Mais il coupa le gros bois, fit des fagots avec les broutilles, abattit des accrues, mit le feu aux ronciers des murettes. Enna osa lui dire :

« L'ami, voilà les olivaies faites et moi, je n'ai d'argent que pour payer ce travail. Votre surcroît de peine me met dans l'embarras. »

Il aurait pu répondre qu'il détestait voir les fermes péricliter et qu'aider autrui, c'est s'accomplir soi-même, surtout quand la besogne plaît. Pour la Guette, ce n'était plus tout à fait juste. Mais cet homme timide aurait fui à l'autre bout de la terre s'il avait découvert qu'il s'y attardait à cause d'une femme. Il entraîna Enna dans une visite des bâtiments, fit sauter pierres branlantes et bois vermoulus. Ses gestes démontraient.

« Dangereux, tout ça... Si la petite se blessait... »

La veuve Leroy comprit que c'était à elle, la maîtresse, qu'il pensait et fut incapable de faire preuve d'autorité. Alors, il se fit chaufournier, construisit un four aux dimensions modestes, cassa des pierres de calcaire gris, brûla le bois des oliviers. Antonine servait de gâcheur et prenait son rôle au sérieux. Tous deux allèrent sur les bassiers de la rivière passer du sable au tamis. La mule le transporta à la ferme ; lorsqu'on lui ôtait les œillères elle jouait des farces à la fillette et paraissait s'en amuser autant qu'elle.

Tout en s'activant, le Fouassard racontait des histoires que l'enfant écoutait bouche bée. Quand elle manifestait son admiration, il lui tirait sa longue natte noire avec des gestes comiques, comme s'il sonnait la cloche d'une chapelle.

« Drelin, drelin... Louanges au Seigneur terminées... La besogne reste aux pauvres moines... »

Il imitait les passereaux, les sauvagines, le vent, le gel qui brise les pierres, les murmures des arbres. Par lui, la forêt devenait une cité vivante avec ses lois, ses jeux, ses haines. Il expliquait les batailles lentes et acharnées des plantes pour en étouffer d'autres, posséder un coin de terre, s'emparer d'un talus ou d'une source. Ah, qu'il faut de réflexion avant de frapper avec la hache et qu'il est important de se faire pardonner, en prouvant combien on aime. Il apprit à la fillette à fabriquer et poser *lecques*[1], trébuchets et lacets. Il lui enseigna l'art de geler les crapauds[2] ; il faisait de même avec

1. *Les* lecques *sont des pièges faits avec des pierres plates en équilibre qui, en s'abattant sur l'oiseau, le tuent.*

2. *Le crapaud est placé entre les paumes des deux mains qu'on inverse rapidement à plusieurs reprises. Après quoi, l'animal, ventre en l'air, reste immobile, rigide, les pattes tendues et garde cette position pendant un long moment. Pour les poules, on trace plusieurs lignes régulières sur le sol. On y pose le bec du gallinacé, dont on maintient la tête et le cou parallèlement à ces dessins linéaires. Au bout de quelques secondes, la poule donne l'impression d'être paralysée et d'avoir perdu le sens de l'équilibre.*

les poules, qu'un coup de vent faisait basculer et se débattre ridiculement au sol. Un matin, un lièvre criait, pris par une patte à un collet. Le Fouassard le ramassa et lui tint la tête en bas. La bête cessa de s'agiter et de frémir. Elle devint malléable comme de la pâte à pain. Ses membres pouvaient être mis dans n'importe quelle posture. La nièce d'Enna s'en divertit tellement qu'elle pria son ami de rendre la liberté au désopilant captif qui, remis sur son derrière, échappa d'un bond prodigieux à ces magiciens aux pouvoirs si étranges.

À la tombée du jour, le *recuraire* et sa petite compagne s'en revenaient à la Guette en se donnant la main. Elle était fière, si fière... Pour la taquiner, Amandine lui disait qu'elle était amoureuse de l'homme aux cheveux gris comme la chèvre de son berger. Antonine se fâchait et se serait volontiers battue. Mais le sourire du Célin semblait dire :

« Chère sauvageonne, il n'y a pas de honte à avouer qu'on aime. Moi, je dis bien tout haut que je t'aime aussi... »

Du coup, elle traitait la servante d'idiote.

À table, le regard du Fouassard s'attache à la veuve Leroy avec une insistance involontaire. Parfois, la maîtresse de la Guette en est si gênée qu'elle se lève et s'affaire à quelque besogne. Tous deux ont cessé de se parler. Leurs mains s'écartent brusquement du pain qu'ils allaient saisir en même temps. Et l'on jurerait qu'ils viennent de se quereller...

Au-dessus des collines, le soleil des lièvres (la lune) a l'air de se moquer des humains endormis. Parce qu'on l'a laissé seul dans l'humidité nocturne, il s'en vient vagabonder dans une chambre de la Guette. Une femme couchée le divertit dont l'étonnement constate qu'un corps pèse sur ses hanches, que des bras entourent sa taille et qu'elle hésite à dénouer l'étreinte.

Amandine a eu un cauchemar et, inconsciemment, a cherché une protection. Sur sa peau, Enna ressent une chaleur moite et douce et, tout près d'un sein, comme une brûlure, la mouillure de lèvres. Pelotonnée contre elle, la jeune fille dort profondément. Ses mains glissent sur des reins qui cèdent à la caresse involontaire. La veuve Leroy s'énerve de cette chair contre sa chair. Son défunt mari ne cessait pas de la parcourir, de la laisser se tendre d'impatience avant de la faire chavirer. Les souvenirs d'amour marquent comme des cicatrices. La lune est allée se cacher derrière des nuages. La chambre est un grand trou noir où toute raison se perd, où l'obscurité permet que s'accomplisse ce que la lumière interdirait. Enna serre un corps souple, se glisse sous lui, croit retrouver la sensation si tentante d'un poids d'homme. Elle voudrait que s'anime cette présence dont l'haleine se mêle à la sienne. Ses doigts effleurant un ventre élastique, une toison soyeuse, elle hésite et se reprend. Amandine geint doucement. Lovée dans une quiétude physique, peut-être rêve-t-elle de possession d'amour ? Au petit matin, la servante s'éveille dans les bras de sa compagne, comprend qu'elle a été désirée et ne manifeste aucun étonnement. Pour reprendre sa place dans le lit, elle s'éloigne lentement. Levée la première, elle se met nue, passe ses cheveux au décrassoir, ôte avec soin les démêlures, les roule autour d'un doigt, les pose sur la commode. Assise sur le lit, elle s'étire avec nonchalance et prie la maîtresse de l'aider à faire ses tresses. Avec de longues épingles doubles, elle en fait un chignon haut sur la nuque. Plaisir délicat que de sentir sur soi les mains d'une autre femme trembler du besoin d'amour ! La nuit suivante, Amandine feindra le sommeil et attendra qu'Enna la fasse doucement rouler jusqu'à elle. Frémissante, elle acceptera les premières caresses, car elle est amoureuse d'Enna, et les rendra avec réticence, un peu comme une obligation. Puis, elle se laissera gagner par le plaisir. Enfin, elle se livrera sans retenue avec la fougue et les excès d'une vierge de dix-huit ans.

Une insatisfaction physique agace la maîtresse de la Guette. Sans plus réfléchir, elle décide d'accompagner le *recuraire* et le regarde travailler comme autrefois elle regardait son mari. Il a le même enthousiasme, les mêmes gestes précis de paysan. Moins fort, moins râblé, il n'a pas cette exubérance du rire, cette promptitude à se mettre en colère et à s'apaiser aussitôt. En lui, tout paraît profond ; en fait, il a les nerfs à fleur d'âme. Sa tranquillité affectée, la lenteur de ses mouvements, il les a acquises par une discipline difficile. Il prend contact avec l'outil, la plante, l'objet avec une grande douceur d'approche. Elle l'imagine dans le rituel charnel qui lie la femme à l'homme. Une transposition inattendue la bouleverse sans la surprendre. Bastien est à ses côtés, avec sa violence passionnée. Si elle s'allonge sur l'herbe, les bras ouverts, il ne pourra contenir son ardeur et viendra peser sur elle avant de combler sa chair qui déjà s'entrouvre et palpite. Elle glisse au sol et attend. Mais il n'y a que le silence et les coups précipités de son sang qui bat ses tempes. Une crevasse verticale barre le front du Célin Fouassard ; dans sa bouche, l'éclair furtif d'une dent. Il a rejeté son chapeau en arrière et son air est triste et exultant. Il tord ses mains et paraît ridicule parce que décontenancé. Elle s'assoit ; des brins d'herbe sèche font une résille à sa chevelure. Quelle folie de laisser deviner un besoin d'amour que des caresses de femme ont réveillé ! Machinalement, elle dit :

« Il faut reprendre le travail.

– Non ! »

Il ramasse ses affaires, lance sa veste sur les épaules avec des gestes liés qui ne sont que de lui.

« Que vous arrive-t-il, ho, *recuraire* ?

– À moi ? Rien, maîtresse. »

Ils se sont lancé leurs fonctions au visage. Comme des adieux ! Et il s'éloigne de son pas mesuré, balancé. Oscillant dans la lumière, il devient irréel, pareil aux imaginations d'Enna. Pourquoi ce brusque changement d'attitude ? Une vague de honte la brûle. Aurait-il mal interprété sa nonchalance amicale ? Elle est furieuse du mensonge qu'elle fait à son orgueil. Pourquoi cacher la vérité ? Elle ne s'était jamais offerte si peu dignement et a choqué la pudeur de l'homme qui lui avait avoué fuir les femmes. Partagée entre des sentiments différents, troubles, successifs, elle ne sait que faire et s'en veut d'avoir été percée à jour. Des souvenirs du Bastien bouleversent son ventre, une fois encore, et son corps frémit comme celui d'une cavale devant l'étalon.

« Ah ! Je suis folle, folle... Mon Dieu, que suis-je en train de redevenir ? »

XIX

Scandale autour de la mort de l'ennemi d'Auguste Joussaud

PARCE QU'ELLE N'EST PAS INDISPENSABLE à la Guette, Antonine va souvent s'occuper de sa grand-mère, l'Étiennette. Elle en termine rapidement avec cette corvée et utilise le temps gagné à se familiariser avec les ruelles et les maisons d'Aspremont. Qu'il est plaisant de baguenauder et de découvrir des visages ! Elle a grandi et forci, sa beauté de jouvencelle étonne. On lui sait gré de se dévouer pour la démente, dont les excentricités lassent la patience des villageois.

Un après-midi, elle buta contre le Tambour. En se vantant de lui avoir, à ses risques et périls, épargné les coups du Pégat, le brave homme n'avait provoqué que des rires. Par le diable ! Qui serait insensé au point d'affronter une montagne de graisse et cette bedaine en croupe de jument poulinière encombrant les andrones* dès qu'elle s'y faufile ?

« Petite, veux-tu gagner deux sous ?

– Bien sûr ! Ça dépend du travail. »

Il doit crier l'arrivée d'un marchand ambulant en boissellerie, ustensiles en terre cuite, matériel de cuisine et outillage. Si sa voix de haute-contre porte jusqu'au fond des maisons, en revanche, il s'essouffle à taper sur sa peau d'âne, car sa panse énorme lui fait les bras trop courts. Voudrait-elle l'aider ? Antonine est joyeuse à l'idée de ramener à ses tantes une pièce en bronze, avec le profil d'un monsieur à barbiche pointue, feu Badinguet. Elle accepte la proposition et marche devant le Tambour, vrai tapin à l'exercice.

Et le gros homme est fier d'exhiber la jeune fille dont la tresse de cheveux bat les mollets. Le spectacle est si exceptionnel qu'on s'attroupe. On fait des compliments, en insistant pour entendre des refrains. Flattée, elle fredonne des couplets d'Amandine. Pour se moquer de Léonard Radelet, la foule déclare, avec de gros rires, que, pour être si démesurément rond, ce tas de lard ne peut être que l'incarnation du péché capital de paresse. Il faut se méfier d'un fainéant qui n'a même plus la force de tuer une mouche... Les plaisanteries expriment sympathie et familiarité. Antonine les ressent comme une sorte d'adoption collective.

« Merci, monsieur Tambour. Ma tante Enna sera contente que vous me portiez de l'intérêt. »

Nature simple, il prend le public à témoin pour un propos grivois.

« Tu lui diras que, si elle a le besoin d'un mari gaillard pour la contenter, elle me fasse chercher. »

Des remarques scabreuses fusent que la jeune fille ne comprend pas. Confusément, elle estime que la réputation de la Guette est en cause.

« C'est pas possible, monsieur Tambour.

– Et pourquoi, s'il te plaît ?

– Pour que vous soyez un vrai homme, il faudrait d'abord vous fendre en deux, de haut en bas, comme une grosse tronche (bûche). »

L'hilarité est générale. Le Léonard ne se fâche pas ; il a l'habitude d'être taquiné sur son embonpoint. Il donne la pièce de deux sous et sur les joues d'Antonine fait, au nom de la Sainte-Trinité, claquer les trois baisers de paix. Et chacun d'applaudir en se félicitant de ce moment de joie.

« Ô gallinette (poulette), j'aimais bien ton papa. Celui-là, c'était quelqu'un ! Il faut que je te dise une chose que j'ai sur le cœur. »

Il s'est assis sur une marche de perron, en respirant fort, son tambour devant lui. Comme il ne sait pas par quoi commencer, il se lance d'un coup :

« L'Auguste était parti soldat. L'armée, c'est la ruine des familles. Ignorant que ta maman te portait, il lui a envoyé plusieurs lettres. À l'époque, je faisais le facteur, et je les ai données au cordonnier, qui les a déchirées sans les ouvrir. J'ai dit à Damiane de répondre. Mais elle ne savait pas écrire. Quel imbroglio ! Et ton papa fut tué sans avoir, peut-être, jamais rien su de ton existence. À l'annonce de la mort de son fils, la Marie-Anne se conduisit d'une si horrible manière que personne ne lui pardonnera jamais ! À la vérité, je me demande encore ce qu'on pouvait reprocher à tes parents. Le malheur est venu de la méchanceté et de la stupidité des uns et des autres. »

Pour honorer le héros tué à l'ennemi, Aspremont organisa une cérémonie du souvenir sur la place du Vièi-Mouart. Le maire lut un discours que le Pégat interrompit. À quoi bon tant d'hypocrisie ! C'était justice que les Prussiens aient abattu le fils Joussaud comme une bête. Lui savait bien pourquoi. Et tout le village aussi... On l'avait frappé à gourmandes et obligé à demander pardon à la mémoire du soldat et de sa fille morte en couches. Sûr qu'on lui rentrerait ses saloperies dans la gueule, s'il avait la folie de les redire. Il avait fui. Mais la foule restait insatisfaite car ce jour lui paraissait celui de l'équité. Alors, il fut demandé à la Marie-Anne de réciter publiquement une prière pour son aîné. Mais elle proféra des malédictions tandis que son époux pleurait devant tant de bêtise.

« Sois fière de ton papa. C'est un homme de sa trempe qu'il faudrait à la Mercadour. Alors, ses champs éclateraient de blés, ses prairies de barjelades* et ses arbres de fruits sucrés. Oui, l'Auguste Joussaud c'était vraiment quelqu'un de très bien ! »

Antonine remercie le Tambour. Contente d'avoir un ami aussi important et d'avoir gagné son premier argent, elle court vers la Guette, à en perdre le souffle, pour offrir la pièce de deux sous à ses tantes. Le *recuraire* la félicite et, par jeu, lui offre une autre piécette en bronze. Brusquement, elle se souvient des propos du Léonard. C'est vrai que le domaine exige un homme. Pourquoi pas l'émondeur d'oliviers ?

Elle se garde bien de le dire. Ce n'est pas à elle de faire admettre cette évidence.

Après avoir traînaillé son indécision, Enna est rentrée tard à la Guette. Elle appréhende de se retrouver face à celui qui l'a fuie. Le *recuraire* a fourragé dans le placard de la cuisine, taillé un morceau de pain, coupé une tranche de poitrine salée du plafond[1] et gagné sa chambre, non sans avoir expliqué à la Joussaleto :

« Vous direz à la maîtresse que, dans la vallée, les oliviers ont besoin de moi. La saison avance sur

1. *Aux solives de la cuisine, on suspendait dans des corbeillons de paille tressée des provisions faites de poitrine de porc salé et de lard. Le saindoux était conservé dans des vessies étanchéifiées.*

le sec... Des greffes attendent... Plus ici... Saluez-la de ma part. »

Elle lui a demandé la raison de cet adieu insolite, mais il n'a pas répondu. Alors, elle a soupçonné une brouille. Enna est si autoritaire ! Et cet homme si indépendant ! Elle n'a pas insisté. D'ailleurs, elle voit partir l'étranger sans déplaisir.

La veuve Leroy dîne à la hâte et va se mettre au lit. Quelques instants plus tard, Amandine s'allonge auprès d'elle et feint de dormir. La chaleur de son amie la parcourt en vagues irritantes. Enfin, la fatigue de la journée la terrasse. La ferme est silencieuse. Dehors, le cri d'un hibou rythme le temps. Des craquements de boiserie... Dans la chambre voisine, les ronflements exaspérants de la tante Jeanne... Des impatiences font trembler les jambes d'Enna. Une insatisfaction d'amante s'empare de son corps, si forte qu'elle a envie de jeter à bas de sa couche cette fille abusée par une fausse tendresse. Elle allume la lampe à pétrole, descend à la cuisine. Ses longs cheveux défaits comme une cape sur ses épaules, les poings sur les hanches, elle déambule et réfléchit. Impossible de s'opposer à la ruée de ses souvenirs. Si elle avait mieux aimé Bastien, peut-être serait-il encore vivant, avec des enfants pour le culbuter de leurs gambades ? Jamais, elle n'a pu oublier les yeux de son époux, peu avant son trépas. Absents et lointains, ils avaient cessé de la regarder, elle, l'Enna qu'ils avaient adorée comme la lumière du jour. Ils étaient fixés sur d'autres déceptions, peut-être plus cruelles, celles qui attendent l'homme mécontent de sa vie, après le grand passage vers l'oubli. Brûlé par la fièvre, il était parti pour des découvertes effarantes, sans s'intéresser à celle qui avait cessé de s'intéresser à lui. Par quelle aberration d'orgueil l'avait-elle abandonné à l'instant de leur séparation ?

Ne peut-on changer ?

Oui ! Si l'on devient humble de cœur. Est-ce difficile de dire à un homme qu'on a besoin de la force de ses reins pour vivre apaisée et heureuse ? Enna masse son ventre à pleines mains. La fraîcheur de la nuit mordille ses cuisses. Dans la campagne, la lune étire les ombres, fait jaillir des reliefs inconnus, sème les champs de formes étranges se mouvant avec lenteur. Une armée fantasmagorique cerne la ferme. Va-t-elle livrer un assaut nocturne à la forteresse que les vieux bâtiments symbolisaient, autrefois ? S'en prendrait-elle à cette femme désemparée ? Machinalement, Enna prend la lampe dont la mèche fume et pue âcrement. La voilà dans la chambre du Bastien... Le *recuraire* ne dormait pas. Il se redresse sur un coude et regarde, avec un trouble évident, cette femme superbe dont les seins tendent la chemise. Elle pose la lampe sur la commode, règle la mèche, s'assoit au pied du lit, sans se rendre compte que son geste est sans pudeur. Une idée la bouleverse. Demain, la Guette sera privée de la présence du Fouassard. Instinctivement, elle le tutoie pour le quereller :

« Pourquoi veux-tu me quitter ? »

Les mains du Célin sont posées à plat sur la couverture. Elle les voudrait errantes à la découverte de son corps, caressantes sur son cou et ses seins, hardies à d'autres attouchements. Elle ne sait plus qu'elle est, presque nue, sur le lit d'un homme de quarante ans, en pleine force du sang, en plein désir d'elle. Elle relance la dispute qu'elle a tenté de faire naître :

« Il faut que je paie ton travail. »

Il répond par un dicton, véritable reproche qui ne voudrait pas blesser :

« *Co que vèn dou diable s'en vai pèr lou foulet*[1]... (Ce qui vient du diable, le foulet l'emporte...) »

1. *Le* foulet *est un être invisible et présent dans les habitations campagnardes. Les foulets ou fouletons sont espiègles sans être méchants. Ils jouent des tours pendables aux maîtres de maison si ces derniers les négligent ou les méprisent. Ils filent comme le vent lorsqu'on veut les surprendre pour les punir ou pour éviter qu'ils commettent des sottises. Ils sont les successeurs des anciens dieux païens du foyer, joyeux et familiers.*

Enna est décontenancée par cette mise en garde. Il fuira donc toujours comme les foulets, ces esprits familiers des maisons campagnardes. Comment faire pour qu'il se livre davantage ?

« A-t-on jamais vu quelqu'un agir à ta façon de sauvage ? Oh ! tu m'exaspères. »

Enfin, il parle. Sa voix est douce, à son habitude. Par instants, elle se fait rauque et plus dure. De l'irritation y perce.

« Enna, vous êtes chère à mon cœur. Mais ne comptez pas sur moi pour déshonorer une maison que j'ai appris à aimer. Bonne nuit ! »

C'est un impérieux rappel à l'ordre, de l'eau glacée sur l'énervement d'Enna. Elle se découvre implorante, ridicule, se dresse et met sa main dans celle du *recuraire*.

« Célin, vous vous trompez. Je ne pouvais pas dormir à cause de votre fâcherie. Je ne la supportai pas parce que, moi aussi, je vous porte de l'intérêt. À demain, mon ami. »

Elle va dans sa chambre, s'endormira à l'aurore et se lèvera tard. Quand elle paraîtra à la cuisine, le paysan de Champmercier s'en sera allé, avant même que le soleil pointe, là-haut sur la colline. Sans réclamer son dû, sans dire mot...

XX

Inquiétudes et espoirs de la maîtresse de la Guette

LA MAÎTRESSE DE LA GUETTE a exigé que la paillasse du *recuraire* soit exposée aux rayons purificateurs de la lune[1]. Le brusque départ de l'ami des oliviers la laisse insatisfaite. L'idée saugrenue la tourmente qu'on lui a dérobé un bien mal défini.

Amandine a retrouvé son lit dans la cuisine et, le soir, se ronge d'impatience. Réellement amoureuse, elle fait naître des occasions pour rejoindre Enna, se déshabille devant elle, lui demande conseil pour soigner une verrue au creux de l'aine, montre un hématome sur une cuisse. Confusément, elle reporte ses élans et sa tendresse sur Antonine, s'occupe d'elle, l'invite à partager sa couche pour

1. *Les rayons de la lune étaient censés chasser les influences néfastes, psychiques et mentales ; les rayons du soleil assainir physiquement et matériellement.*

raconter des histoires. La jouvencelle aime les caresses, les mots d'affection, les compliments, accepte et rend les baisers car tout cela est agréable. Mais devenue prude, elle refuse de montrer ses seins et surprise, cache sa féminité avec ses mains. Alors, la jeune servante se met à moins aimer ce petit monde clos où elle ne peut pas choisir, où elle ne peut pas être choisie. Lentement, son caractère s'aigrira. La tante Jeanne sera la première à s'en apercevoir et à lui en faire le reproche.

L'été se termine.

Septembre est coupé d'heures de repos. Antonine n'a pas oublié le *recuraire*. Souvent, elle évoque son séjour à la ferme pour en faire une sorte d'épopée. Sa tante la laisse dire. Il ne lui déplaît pas de sentir la récurrence de moments agréables. Comment pourrait-elle se douter que ces récits sont un catalyseur et déclenchent des mouvements de son âme ? Un soir, sa nièce a posé des lacets. Le lendemain matin, triomphante, elle balançait à bout de bras deux lapins gris avec lesquels la Joussaleto a mijoté une gibelotte. Pendant la dégustation de ce plat savoureux, la fillette ne cessera pas d'exprimer son admiration pour l'émondeur d'oliviers, son maître en braconnage.

À constater l'excellent travail du Fouassard réalisé en si peu de temps, la maîtresse de la Guette juge son incapacité à diriger son domaine. Elle n'est pas une véritable paysanne. Elle a aidé Bastien parce qu'elle l'aimait et depuis sa disparition s'est efforcée de l'imiter. Maintenant, elle a l'impression confuse que champs et bâtiments deviennent hostiles. Elle ne peut pas savoir que c'est son corps de femme qui réclame la présence d'un homme qu'elle identifiera, une fois encore, à ses terres. Voilà huit ans qu'elle est veuve. Huit longues années d'aveuglement volontaire ! Elle reprend lentement conscience d'être une chair, une offrande. Avant d'entreprendre une tâche, il lui arrive de murmurer :

« Qu'aurait décidé Célin ? »

Au marché du mercredi à la ville, elle interroge des paysans.

« Savait-on où est le petit homme gris, le maître de la Rouvière à Champmercier ? »

Les questions de cette belle arrogante provoquent des méfiances. On répond évasivement car personne ne tient à s'occuper des affaires d'autrui. Parce qu'elle insiste, on donne des détails sur la vie du Fouassard. Ses propriétés sont un lieu d'extravagance qu'il a laissées à un cousin germain plus riche de marmaille que de compétence et de courage. Heureusement que tous deux s'entendent bien ! Peut-être parce qu'il n'est, ce *recuraire*, pas fait comme tout le monde, toujours par les chemins, et qu'il ferme les yeux sur le pillage de ses terres. Pouvait-on donner un conseil ? Les femmes qui lui courent après usent leurs souliers pour rien. À rouler de ferme à ferme, on ne lui connaît pas de galanterie. Pour un homme en plein sang, ce n'est pas normal. Ouais ! Comprenait-elle ce que parler veut dire ? Au fait, pourquoi voulait-elle le rencontrer ? Pouvait-on donner un autre conseil ? Il fallait lui écrire. De retour à la Guette, Enna est chaque fois plus tourmentée, plus indécise. Elle pleurerait de dépit si elle n'était pas si fière. Elle fera d'autres tentatives, mais les réticences masculines dresseront autour d'elle, avec des sourires amusés, un mur de silence et d'indifférence.

Aux premières fraîcheurs d'octobre, la tante Jeanne souffrit d'une angine. Elle n'avait pas d'écharpe tricotée avec de la laine à laquelle le suint a été laissé ; tous les bergers gavots en portent pour éviter les maux de gorge. Elle se soigna à sa façon avec une ficelle de fouet, celle qui s'effiloche en claquant. Après y avoir fait un nœud à chaque centimètre, elle la trempa dans de l'alcool camphré et la serra autour de son cou. Puis, elle but de grands bols de tisane de chiendent et de barbe de maïs ; la sudation abondante la débarrassa des poisons de l'infection. Trois jours plus tard, elle avait retrouvé la voix. Le temps restait gris. Des nuages roulaient sur l'horizon avec la forme de pain rond. La Joussaleto pronostiqua :

« *Quouro lou cèu fa pan, se noun plòu encuei, plòu deman*. (Quand, dans le ciel, les nuages ont la forme de pain, s'il ne pleut pas le jour même, il pleuvra le lendemain.) »

Elle ne se trompait pas. Les cloques de la pluie se mirent à courir sur les flaques d'eau. Elles gonflaient et fumaient, signe que le mauvais temps allait durer. Les champs furent détrempés. Impossible d'y travailler. On ne perdrait pas de temps, si on allait à la ville. Enna se décida à y emmener Antonine avec l'excuse de lui acheter des vêtements. Le départ eut lieu sous une averse battante. La tante et la nièce se serraient l'une contre l'autre sous un grand parapluie que les rafales faisaient bondir comme un taureau furieux. L'eau glaciale trempait les pèlerines de laine rude, mouillait les nez, coulait dans les cous. C'était désagréable. Mais la jeune fille ravie ne cessait pas de rire et de dire des bêtises. La ville l'émerveilla. Tout était découverte. Les rues si longues, les maisons si hautes, les boutiques si bien achalandées où les commis parlaient en français. Sa tante se divertissait de cet enthousiasme et, goguenarde, fit remarquer le comportement de messieurs bien vêtus, à souliers cirés et à chapeaux raides et lustrés. Leurs compliments ampoulés s'adressaient non pas à la vieille femme qu'elle était, mais à la jolie demoiselle qui marchait à ses côtés. L'adolescente eut honte, baissa la tête et pressa le pas.

L'orage les bouscula à l'instant où elles sortaient du Grand Bazar parisien plein d'ustensiles et d'objets aussi plaisants à regarder qu'inutiles. Un café leur servit de refuge. Il y avait du vacarme, on fumait la pipe, ça sentait fort l'absinthe, le marc et le tabac gris. Antonine sautait en cadence sur la banquette en moleskine pour en apprécier la souplesse, car elle ne s'était jamais assise sur des ressorts métalliques. Des clients, avec cravates et cols durs, jouaient au trictrac avec des airs compassés et lançaient les dés avec force exclamations. Elle eut vaguement mal au cœur et but, avec délices, une tasse de chocolat chaud. Oh ! qu'elle aimerait habiter la ville, où tout est facile, où les gens sont souriants et paraissent heureux...

Mais elle se lassa vite. Elle avait chaud et respirait mal dans cette tabagie. Dehors, l'averse avait cessé. Des nuages bas fuyaient au-dessus des toits avec des mouvements de troupeau affolé. En bousculant les maisons, les bourrasques de vent avaient des sifflements bizarres. Dans les caniveaux, des ruisseaux boueux et noirs roulaient des immondices ; des chiens maigres et craintifs y pataugeaient. Elle avait hâte de retrouver la charrette qui la ramènerait à la Guette. L'encolure basse, le vieux Goï soufflait de la vapeur. Sa crinière collait à sa robe, et la musette-mangeoire était remplie d'eau de pluie. Avant de s'engager sur le chemin du retour, Enna questionna sa nièce :

« Te plairait-il que nous profitions de ce voyage pour faire une surprise à ton capon de *recuraire* ? »

Antonine sauta de joie. Décidément, sa tante cachait un cœur délicat sous son apparence autoritaire. Elle s'empara des guides et excita la rosse qui, indignée, traîna la jambe et chemina à la seule allure qui lui convenait. À Champmercier, il ne se trouva personne dans les champs pour indiquer le domaine du Fouassard. On perdit du temps à cogner aux fenêtres d'habitations isolées. Les roues de la carriole s'enfonçaient dans la boue. Il fallut marcher à la gauche du cheval[1] et le tirer par la bride. Mouillées jusqu'aux fesses, les deux femmes tremblaient de froid. Elles furent délivrées de leur appréhension en découvrant un panneau en bois sur lequel était sculpté en relief : « La Rouvière ». Bordée de rouvres séculaires, une allée menait droit aux bâtiments.

1. *Pour conduire un attelage, les charretiers de Provence se tenaient à gauche de la bête de tête. Les Franchimans (les non-Provençaux) se tenaient à droite.*

Défeuillées par l'automne, les branches faisaient une voûte mystérieuse et imposante. La hâte de la veuve Leroy est grande. Pourtant, une force la cloue au sol. Un effort de volonté. Elle frappe à la porte. Une femme ouvre, bien en chair, rougeaude, souriante. Du dépit flambe dans le cœur de la maîtresse de la Guette...

« Mais oui, le Célin est là. Je suis sa cousine par alliance. Entrez donc, mes belles ! Mon mari s'occupe des terres, moi de la maison et du bétail. Que de travail ! Les temps sont bien durs pour les pauvres paysans. »

Elle se confie à des inconnues debout sur les dalles de terre cuite de la cuisine. Soudain, elle paraît découvrir leur état pitoyable et les pousse vers la cheminée, où elle fait flamber un fagot. La pièce en est violemment éclairée. Silencieux comme à son habitude, le Fouassard contemple les visiteuses sans dissimuler sa joie. Il tend les bras à Antonine et embrasse ses cheveux sans écouter son bavardage.

« Vous, Enna, chez moi !

– Je suis venue payer votre travail. »

Il paraît décontenancé et tient la jouvencelle par les épaules tout contre lui comme un alibi à la timidité qui le paralyse. Et la maîtresse de la Guette réalise qu'elle ne peut plus se passer de sa présence.

Elle ose l'avouer, l'orgueilleuse, et le répéter pour que ses mots trouvent le chemin d'un cœur d'homme. Elle s'attend à des reproches, à une fuite peut-être. Ses yeux quémandent, ses poings se ferment, ses paupières se piquent de larmes. Mais il lui prend les mains et les serre avec douceur. Ses yeux sont deux lunes claires où brasille l'émerveillement de l'amour.

« Ne dites rien, mon amie. Les oliviers m'ont appris tant de choses sur vous. Savez-vous qu'ils communiquent entre eux à de grandes distances ? C'est par eux que j'ai découvert que je vous aime. »

Il est heureux, simplement et profondément. Ses gestes sont tendres et mesurés. Mais il ne pose pas la main sur cette femme qu'il adore. Qu'elle soit là, près de lui, suffit à son bonheur. Il parlera peu et écoutera, en souriant avec indulgence, Antonine raconter la capture des deux lapins de garenne.

Le souper réunira toute la famille. Il sera bruyant, animé, plein de bousculades. L'oncle de Célin, un vieillard sec et jovial, plaisante avec lourdeur et insistance. Il s'extasiera sur la beauté des deux visiteuses. Vieux bonhomme hésitant sur ses jambes comme un jeune enfant, il affirme en tapant du poing sur la table :

« *Auriéu besoun de me faire legi lis evangèli.* (J'aurais besoin de me faire lire les Évangiles.)[1] »

Il parsème son discours d'invocations à saint Transit, le patron des valétudinaires, au bon saint Maur, le redresseur des jambes tordues, au prudent saint Fiacre, qui soulage les hommes trop sanguins[2]. Assis sur l'archi-banc[3], il est le premier à rire de telles sottises et raconte, pour s'en moquer à pleine gueule, le tohu-bohu de la Rouvière, les piailleries des enfants, les querelles du ménage. Enna découvre qu'elle n'est plus une étrangère pour les marmots qui, calés dans ses jupes, passent leurs menottes poisseuses sur son visage. Elle s'empare des doigts du benjamin, les replie, l'un après l'autre, dans le creux d'une petite main potelée et récite :

---

1. *Lorsque l'enfant faisait ses premiers pas, on célébrait l'événement en famille par une lecture des Évangiles.*

2. *Saint Transit est un saint imaginaire. La croyance populaire à son existence est la conséquence du passage des reliques de saint Honorat au monastère de Ganagobie (près de Manosque), où existe encore la tribune de saint Transit (transitus = passage). On appelait plus précisément le « mal saint Maur » ou le « mal saint Genou » les attaques de goutte déformante. Saint Fiacre guérissait du mal saint Fiacre (les hémorroïdes).*

3. *Banc en pierre sur l'âtre où s'asseyaient le maître de maison, les personnes âgées et les propriétaires en visite. Les enfants et les femmes s'installaient à l'écart.*

Quouro passo la becasso,	Quand passe la bécasse, (le pouce)
Aquéu la casso,	Celui-là la chasse, (l'index)
Aquéu la fricasso,	Celui-là la fricasse, (le majeur)
Aquéu la boulis,	Celui-là la fait bouillir, (l'annulaire)
Aquéu la roustis,	Celui-là la rôtit (l'auriculaire)
Piéu, piéu, piéu,	Piou, piou, piou,
Rèsta rèn per iéu.	Il ne reste rien pour moi.

L'enfant se jette en arrière avec des roucoulements de plaisir. Elle lui chatouille le cou avec son menton et rit aux éclats comme elle ne l'a jamais fait depuis des années. Elle retrouve des sentiments qui l'ont fait vivre, autrefois, lorsqu'elle attendait le retour du Bastien : espoir, confiance en l'avenir, soumission au destin. Malgré elle, elle prononcera les mots qu'alors elle avait dits :

« Nous nous marierons quand tu voudras. »

Célin devient grave. Enna pose la tête sur son épaule : senteurs de terre forte, de liège fraîchement démasclé... Troublée, elle chancelle et se raccroche à lui. Elle pleure, Enna la hautaine, à la façon d'une enfant grondée. Et elle exulte à se sentir si faible et d'en pleurer.

Célin lui a offert son lit, où elle se reposera avec Antonine. Il s'en ira dormir dans les foins, au chaud d'une couverture en peaux de brebis, en pensant à son bonheur tout neuf. Les draps de lin rugueux ont conservé l'odeur du travailleur. Enna s'y roule d'une hanche sur l'autre, trop énervée pour trouver le sommeil. Elle ne regrette pas l'impulsion qui vient de décider de son sort, mais elle se tourmente. Le Fouassard n'a pas répondu clairement. Elle s'agite, les reins douloureux, tremble de la tête aux pieds et, un instant, craint d'avoir pris froid sous la pluie. Brusquement, elle appréhende de n'être plus qu'une vieille femme incapable de donner de la joie et de l'amour.

Dans la cuisine, on a beaucoup parlé, entre femmes, tandis que la grande horloge à la caisse en noyer cassait le temps à coups de silences rythmés. La cousine du Célin s'est étonnée de la subite passion de son cousin. A-t-on idée de s'amouracher à son âge ! Elle a raconté, sans malice, des histoires de veuves désireuses de mâle. Ne prétend-on pas qu'elles fabriquent des statuettes d'homme à la verge raide et disproportionnée pour les invoquer dans leurs prières ? La visiteuse avait-elle bu, face à la lune pleine, une décoction de sève, de fleurs et d'écorces d'églantier ? Il paraît que ce breuvage inspire un amour sans contrepartie à celui dont on prononce alors le nom. Ces puérilités agacent Enna, qui doit aussi écouter des récits horribles d'accouchements et de morts d'enfants. Un carré réservé aux tout-petits dans le cimetière de Champmercier a toujours une tombe fraîche[1]. C'est la vie ! D'autres marmots attendent le sein de leur mère à qui de solides assiettées de lentilles donnent un lait abondant, à condition, naturellement, que quelque rancunière ne soit pas intervenue. Certaines de ces sournoises ont des pouvoirs occultes plus forts que ceux de la pierre de lait, morceau d'agate que les bonnes nourrices portent à même la peau. Sait-elle, cette femme de la vallée, que pour empêcher un nourrisson de pleurer, il faut remuer le berceau au rythme de son cœur[2] ? Ou bien coller son oreille contre le sein gauche de la mère pour qu'il se rassure à écouter battre le cœur de celle qui l'a porté dans le silence de son ventre. Quelle satisfaction d'amour-propre à

---

1. *Il n'y avait pas de dépistage des maladies microbiennes, pas d'hygiène, pas de vaccins. Les médecins étaient rares et leurs services coûtaient fort cher. Des pratiques ancestrales néfastes aggravaient les maladies infantiles au lieu de les guérir. La mortalité des enfants en bas âge était effrayante.*
2. *Effet catatonique, le rythme cardiaque de l'enfant étant de soixante-douze pulsations par minute.*

multiplier les conseils à la femme qui, devenue l'épouse du maître de la Rouvière, devra lui donner une famille ! Attention, lorsqu'on est enceinte, à ne pas ramasser du persil, car la plante se dessèche aussitôt. Surtout ne pas enrouler de la laine : il y aurait danger que le cordon ombilical étrangle le nouveau-né. Croiser les jambes fait le passage étroit et augmentera les douleurs de l'accouchement. Enjamber un chien donnera le mal de terre (l'épilepsie) à l'enfant. Compter les étoiles lui fera venir des verrues. Tisonner le feu l'amènera à pisser de partout comme un chiot. S'embrasser trop souvent le fera parler tard. Et si l'on exagère ce à quoi elle pense et qu'elle a honte de dire, c'est muet qu'il naîtra...

La publication des bans du mariage a étonné Champmercier.

Puis, les villageois se sont réjouis en apprenant que la future épousée, une veuve riche, belle et vigoureuse, est la propriétaire d'une ferme importante. Ils sont venus complimenter le Fouassard et boire son vin. Quelques jours avant la cérémonie, de joyeux garçons ont défilé dans les rues, portant à épaules un cercueil emprunté au menuisier. Déguisé en prêtre, un farceur brandit un goupillon à bout rond, taillé dans un rondin, le trempe dans un seau hygiénique empli de colle de farine et asperge les femmes rencontrées, en symbolisme d'union sexuelle heureuse et de fécondité. Accoutrés d'oripeaux, une corde au cou, ces jeunes gens mènent l'enterrement de la vie de garçon d'un regretté célibataire... Devant les portes des maisons, leurs grimaces pleurent burlesquement celui que leur confrérie d'hommes sans épouse a perdu. Un tel chagrin ne s'atténue qu'avec des cadeaux. En riant, on cède des victuailles aussitôt enfouies dans le cercueil. Après quoi, en grand arroi, le plaisant équipage s'en va voler des poules. C'est au village de les offrir puisqu'on ne peut aller, selon la tradition, les dérober chez la fiancée. On cuisinera les larcins à la Rouvière et on les dévorera au traditionnel et joyeux repas des poules regroupant les hommes à marier du village. Avec quel tapage et quels excès de langage !

Le maître de la Rouvière s'est montré généreux. Sur la table, il a mis un baricaut en perce. On s'est hardiment saoulé et on a cassé de la vaisselle. Le bel enterrement d'une vie de garçon, assurément ! Il promet un heureux mariage. Le fiancé a été félicité, fêté, acclamé. On a claqué les fesses de la cousine devant son mari et pris avec elle quelques libertés, en affirmant, avec des hoquets, que la vertu n'est que sottise. La fidélité des femmes – quelle mauvaise maladie ! – ne frappe que les puantes et les laides comme le bon Dieu de la Celle, dans le Var, un crucifié aux traits ravagés par la souffrance et horrible à regarder.

Le repas de noces fut simple et gai. À plusieurs reprises, on exigea que le marié embrassât son épouse. Il le fit timidement, réalisant mal que l'Église venait de le lier à cette femme superbe. Il paraissait avoir honte de son bonheur.

La nuit tombée, les époux se retirèrent. Allongé près d'Enna, Célin n'osait pas la prendre dans ses bras et se taisait, enchanté par la seule présence de celle dont il respirait l'odeur un peu sure. L'idée de toucher ce corps chaud et immobile à ses côtés le remplissait de panique. La nouvelle mariée ne tendit pas la main. Tout en désirant avec violence leur union charnelle, elle la redoutait. Si Célin l'avait effleurée, elle aurait perdu toute retenue. Son ardeur pour un plaisir physique, si longtemps attendu, aurait blessé cet homme chaste et sensible. Elle imaginait qu'un jour il serait, lui aussi, emporté par le torrent d'amour qui grondait au fond d'elle-même.

Le lendemain matin, en s'éveillant, Enna vit son mari penché sur elle. Il l'avait regardée dormir et sa joie rayonnait. Elle lui sut gré de sa réserve, le prit par le cou et tendrement lui baisa les yeux.

XXI

Viol d'Antonine par deux ivrognes

La Guette se remet à vivre d'une façon différente.

Les époux Fouassard travaillent côte à côte, ont des gestes identiques, se regardent, sourient. Célin ne parle pas plus qu'autrefois et Enna ne livre pas davantage ses pensées.

Restée amoureuse, Amandine protège son secret car elle ne tient pas à être renvoyée de la ferme. Maintenant, elle dort dans la chambre du Bastien, qu'elle partage avec Antonine. Parfois, sa compagne se glisse dans son lit et l'agace en la cajolant. Mais c'est d'un corps ferme et pesant dont elle a envie. Vite lassée par des ronrons de chatte et des gamineries, elle envoie son amie se coucher. Seule sur sa paillasse, elle se tourmente et se livre à des caresses solitaires qui l'énervent davantage.

La servante quittera volontairement la Guette. On lui fera tant de compliments et on la comblera de tant de cadeaux qu'elle promettra de revenir. Personne ne parviendra à l'oublier.

Et des mois passeront.

Les hirondelles sont revenues. La première a rasé le sol et voleté autour des bâtiments. Puis, elle s'est posée sur un fourchon de tilleul.

Une autre… Encore une autre… Bientôt, la ferme est entourée de vols brisés, de rebondissements gracieux sur les murs et les prés. Elles retrouvent leurs nids, les inspectent avec d'interminables jabotages, secouent leurs longues queues avec plein de remuements de plumes, se rengorgent, gazouillent. Dans l'air bleu, leurs ballets gracieux racontent en hiéroglyphes leur fidélité à ce coin de Provence. Un collier de cheval aux cuirs crevés est suspendu à une poutre de l'écurie. Un couple y bâtit son abri. Antonine reconnaît le fil rouge que, l'été précédent, elle avait attaché à la patte d'un oisillon ramassé au sol et rendu à la couvée. Quand elle sifflait, il ouvrait démesurément le bec et se hérissait.

La jouvencelle est fière de la confiance et de l'affection de son entourage. Son oncle est prodigue de conseils et de taquineries. Avec une solennité comique, il enlève son chapeau pour l'appeler :

« Mademoiselle, ma nièce… »

Mais ses yeux rient et démentent le sérieux du geste. Le samedi soir, il se rend chez le barbier du village. On n'aime guère se raser soi-même et, pour éviter des coupures malsaines, on confie ses joues au Pommade, un homme chauve et voûté, aux yeux verts, au nez triste tombant sur le menton. Il paraît sinistre, le Gaëtan Arnoux. Terriblement ! Clouée par la paralysie sur une chaise percée, sa femme, Octavie, passe son temps depuis des années à écouter la rue, épier les voisins, geindre. À force de souffrance, elle a reporté sur les gens du village, qu'elle imagine heureux, ses malédictions, jadis adressées à Dieu. Pour rester auprès d'elle, son époux a abandonné ses champs et les grands espaces. Il s'est fait étameur, réparateur, bricoleur, fabrique des ustensiles ingénieux, bouche les trous des casseroles et des arrosoirs, redonne du brillant aux vieilles cuillères et aux objets métalliques ternis. En passant devant sa maison, on crie très fort :

« *O Pomado, siés lèst ?* (Pommade, es-tu disponible ?) »

C'est un rendez-vous ferme. Il termine la tâche entreprise, s'inquiète des besoins de l'infirme et s'en va, les bras ballants. Sa boutique, c'est quelques mètres carrés de terre battue, un fauteuil canné, un banc de quatre places, deux brocs d'eau, une cuvette en terre cuite de guingois sur un trépied en fer rouillé. Une lampe à alcool chauffe une bouillotte de cuivre rouge au couvercle dépareillé, en émail bleu. Chez le Pommade, tout s'apprend et tout s'explique. On y discute les affaires du village, des plus simples aux plus scabreuses. Se rencontrer chez le barbier est un acte sérieux. Plus qu'à la buvette ! Si on affirme quelque chose, c'est devant des témoins lucides, conscients et le visage net. Pas moyen de se rétracter ! Parfois, une tête passe la porte.

« *Quant es d'ouro ?* (Quelle heure est-il ?) »

C'est une excuse pour voir s'il y a une place libre et quels sont les clients. Gaëtan Arnoux ne répond jamais. Il sait que toutes les barbes du village passent entre ses mains. Aujourd'hui ou demain ? Quelle importance ! Il ne s'étonnerait que du miracle qui ferait gigoter sa compagne.

Le Fouassard attend son tour en parlant de tout et de rien. Le village devrait acheter – dit-il – une moissonneuse[1], car avec cette machine tout le monde

---

1. *Dans les grandes exploitations provençales, les premières moissonneuses entrèrent en service vers 1881. Elles allaient bouleverser l'équilibre millénaire du monde rural. Les premières machines à battre le blé avaient fait leur apparition vers 1864, sans grand succès.*

gagnerait du temps pour d'autres travaux. Il a l'air de demander conseil et parle bas et doucement. Cela étonne ces paysans dont les voix lancent des ordres jusqu'à l'horizon. Il explique greffes, croisements, champs irrigués, céréales différentes, nouveaux fourrages. Il devient urgent de discipliner les troupeaux, qui ravagent les sous-bois et ruineront la vallée par la désertification des collines. Quand donc Aspremont s'intéressera-t-il aux fruitiers ? Et à l'élevage de la volaille et des porcs à plus grande échelle ? La force des habitudes fait croire à des rêveries. Qui vivra, verra ! La conversation est relancée sur des événements quotidiens. Et on se divertit de la colère du Pommade qui arrache la couenne du Frédéric Estarpet avec les hoches du rasoir que ce dernier lui a apporté.

« Ô sauvage ! Pourquoi que tu m'as passé un tranche-barbe plus mal en point qu'une denture de centenaire ? Avoue, calamité, que chez toi, tu t'en sers de scie ! »

Lorsqu'on connut mieux le nouvel époux d'Enna, on le mit en garde contre les propos perfides du cordonnier et on lui raconta comment le défunt Leroy avait tranché dans le vif. C'était une injonction informelle à l'action. Impossible de ne pas en tenir compte. Un après-midi, Célin décrocha le fusil rafistolé, le bourra de ferraille avec une charge de poudre réduite. Tranquillement, il se rendit chez le Pégat et lui appuya le canon de la pétoire sur la gorge. L'agressé fut terrifié. Il n'avait jamais imaginé qu'on pût, un jour, l'abattre de sang-froid.

« Est-ce que tu reconnais ce fusil ? C'est celui du pauvre Bastien Leroy. Ce bravasse a eu bien tort de ne pas t'avoir arraché la gueule. Sais-tu que moi, j'hésite jamais ? »

L'arme à la hanche, le Fouassard tira. La boutique fut saccagée. La décharge déchira la chemise du Mercadour et brûla un lambeau de peau, à hauteur des côtes. Incapable de parler, le père d'Enna regardait les volutes de fumée s'écraser sur les murs.

« Tu as eu ta dernière chance. Si tu continues à vomir le fiel sur les gens de la Guette, je tirerai plus bas pour te crever les tripes. Renseigne-toi, cordonnier ; toute la vallée te racontera que je foudroie l'émouchet quand, décroché du ciel, il tombe sur sa proie. Ne l'oublie plus jamais ! »

La haine secouait le Pégat comme une folie. Coûte que coûte, il lui fallait une satisfaction d'amour-propre. Une idée trottait dans sa tête dont il se délecta longtemps à l'avance. Oui ! sa vengeance serait éclatante…

L'été fut implacable. L'herbe jaunit, les champs périclitèrent, les feuilles des arbres brunirent et se tordirent en spirale, jonchant le sol comme en automne. Ce n'était plus la vérité que :

« *Aqéu que dis de mau de l'estiéu, dis de mau de soun paire*. (Celui qui dit du mal de l'été, dit du mal de son père.) »

À flanc de colline, les terres ne portaient rien et les paysans s'en désolaient. Seuls quelques jardins arrosés par les maigres eaux de la rivière avaient été épargnés. Une procession fut donc décidée pour que tombe, enfin, la pluie. Les femmes tressèrent des couronnes d'immortelles et de monnaie-du-pape. Elles firent des reposoirs où on prierait à genoux. La statue de la Vierge et la croix de bois peinte en noir des enterrements seraient promenées à travers les champs. Le curé louangerait Dieu à coups d'encensoir et répandrait de l'eau bénite.

La procession a lieu un dimanche après les vêpres. Pour lutter contre la chaleur et la poussière qui dessèchent les gosiers, les hommes ont apporté de quoi se rafraîchir. Mais par cette canicule, le vin, bien que léger, leur donne davantage soif. Éméchés, ils plaisantent et chatouillent les femmes, qui se défendent en frappant avec leur chapelet les mains trop hardies. Le prêtre ne voit rien ; il chante à tue-tête pour appeler au secours d'Aspremont les élus célestes qui, de réputation, ont, en Provence, pouvoir sur le temps. Derrière lui, le cortège se débande. Des groupes se forment. On lèche le goulot de bouteilles discrètement sorties des poches. On se moque d'Onésime Saubignet qui marche le buste droit pour ne pas trébucher sous le poids de la croix et on vient offrir à boire aux porteurs de la statue. Une deuxième procession masculine tourne en rond et reprend le cantique « Ave Maria » que les femmes chantent sans conviction. Mais les paroles sont différentes.

Lou portan, rede,	Nous le portons raide,
rede, rede.	raide, raide.
L'avès pas,	Vous ne l'avez pas,
vautre,	vous autres,
rede coume nautre.	aussi raide que nous.

Cela tourne au défilé de carnaval. Des jeunes gens miment les paroles indécentes. Tout le monde est heureux. Décidément, cette terre, quoi qu'on en puisse dire, est restée païenne. Peut-être est-ce pour cette raison qu'elle donne tant d'amour à ceux qui l'aiment.

Les saints invoqués n'apprécièrent pas cette palinodie. Hélas ! Ils ne firent pas tomber sur la Provence une goutte de pluie avant la mi-octobre.

Antonine est dans sa quinzième année. C'est une grande et forte fille aux longues jambes, aux hanches hautes, aux reins cambrés, aux seins petits et fermes. Son visage est régulier et harmonieux et ses traits sont sévères. Dans son regard, un éclat triste et dur surprend et retient l'attention. Les compliments qu'on fait sur sa beauté l'importunent et elle y coupe court. Le benêt accroché à ses jupes se voit distribuer des mornifles. Qu'on la traite d'orgueilleuse lui est indifférent. Rien de ce village ne l'intéresse car elle est persuadée que son destin sera exceptionnel. Alors, à quoi bon expliquer ?

Un matin d'octobre 1884, elle est allée soigner sa grand-mère en compagnie d'Enna. Puis sa tante s'absente pour des visites utilitaires. La folle s'agite comme un animal apeuré, pousse des cris aigus, arrache ses habits. La jeune fille lutte avec elle et se fatigue pour l'apaiser et la vêtir. Dans la chambre, il fait frais. Alors qu'accroupie, elle souffle sur les braises pour faire flamber des branchettes, la porte s'ouvre. Le Pégat pousse aux épaules deux hommes qui rient sottement. Elle reconnaît Jan lou Boufigo (Jean l'Enflure) et son compagnon de beuverie Vérin lou Mùou (Vérin la Bourrique), deux fainéantasses dont l'unique souci est de dépenser leurs quatre mauvais sous pour étancher leur soif. Dans les ruelles, ils traînent ensemble leur ivresse, se battent à coups d'avant-bras, tombent et se relèvent pour d'autres culbutes. Leurs pitreries font la joie des enfants qui courent après eux, lancent des pierres dans leur direction, s'amusent de leur colère et chantent entre deux cabrioles :

Jan counfesso li mounino,	Jean confesse les guenons,
Vérin toumbo dou cuou.	Vérin en tombe sur le cul.

Antonine a peur car le Mercadour déclare à voix forte :

« Vous pouvez y aller, mes collègues. »

Les deux ivrognes se ruent sur la jouvencelle, l'entraînent et la renversent sur le lit. L'Étiennette se love dans un coin de la pièce. Antonine repousse ses agresseurs à coups de talon. Haut troussée, sa robe découvre la chair nacrée de ses cuisses qu'ils pétrissent à pleines mains. Le cordonnier d'Aspremont souhaiterait-il infliger une correction à sa petite-fille ? À des gestes malhonnêtes, elle comprend soudain pourquoi le Pégat ricane. Il a promis une partie de rigolade à ses compagnons de soûlerie et les a encouragés à agir, surtout si cette graine de putain semblait faire des manières. L'Étiennette se lance sur son mari. Sauvagement repoussée, elle s'étale à plat ventre sur le carrelage et pousse des cris de bête qu'on égorge. La jeune fille a réussi à se dégager et fait face. Alors, le Pégat se précipite sur elle, lui renverse la tête en arrière en la tirant par sa longue natte tressée qu'il lui passe autour du cou et serre à pleins poings. Elle suffoque, se débat furieusement, hurle autant d'horreur que de la douleur de sa chair déchirée et s'évanouit.

Elle reviendra lentement à elle. La honte et l'épouvante font éclater sa tête d'une souffrance plus terrible que celle qui brûle son ventre ensanglanté, car les deux hommes se sont conduits avec bestialité. Allongée, incapable de réparer le désordre de ses vêtements, vide de toute pensée, de toute volition, elle n'a que l'envie de mourir.

Antonine ne répondant pas à ses questions, Enna la gifle pour qu'elle reprenne ses esprits. Agitée de spasmes nerveux, sa nièce ne peut pas parler. La tante finit par comprendre le drame et, hors de sens, se précipite dans la boutique du cordonnier, où les violeurs se réjouissent de leur exploit. Bravo ! Cette petite est faite pour l'amour, et l'amusement valait le déplacement. Ils reviendront profiter de l'aubaine. Verin lou Mùou n'a même pas refermé sa braguette souillée. Apercevant la maîtresse de la Guette, il s'esclaffe :

« La belle, il n'y a plus rien pour toi. »

Elle exige des explications, que Jan lou Boufigo fournit en riotant. La bonne plaisanterie ! Le Mercadour leur avait juré que la fille était vicieuse et se faisait payer comme les autres femmes de la Guette.

Cent sous qu'ils ont donnés ! C'est cher. À vrai dire, ils l'auraient préférée, elle, la femme du Fouassard, qui a bien du sein et de la fesse. C'est plus souple pour forniquer…

Enna fulmine, perd l'esprit, chasse les deux pauvres hères, victimes faciles de la malfaisance de son père. Pour quelle raison absurde ce fol alcoolique a-t-il volontairement fait cesser un équilibre qui, pour elle, représentait le bonheur ? Quel immense chagrin aura Célin en apprenant une telle cruauté ! Sa pudeur discrète, le respect qu'il a de la femme et son amour pour Antonine ne supporteront pas l'horreur d'un tel crime. Elle sait qu'il tuera et qu'elle le perdra. De rage, elle s'empare d'un marteau et l'abat de toutes ses forces. De la main, le Pégat pare le coup ; l'outil glisse sur son front, en fendant la peau qui s'écarte comme s'ouvre la grenade mûre. Le sang gicle. Elle frappe de nouveau, en cherchant à atteindre le visage. Aveuglé, il coule au sol et, pour se protéger, se met en boule, les coudes sur les yeux, dans un culbutis de souliers, de cuirs, de harnais. Parce qu'il a calculé tout le mal qu'il fera aux gens de la Guette, il a délibérément humilié la fille de

Damiane et ses injures confondent toutes les femmes de sa famille :

« Putes, salopes, bordilles (ordures)…

– Qu'il se taise ! Qu'il crève ! »

Là-haut, à l'étage, des cris de terreur se mêlent aux ululements de l'Étiennette. Un autre drame aurait-il éclaté ? Elle fait irruption dans la chambre de sa mère. La démente a saisi sa petite-fille à bras-le-corps. Antonine a cru qu'elle voulait la tuer et appelle au secours le *recuraire*, son ami. Elle lui demande de la venger parce qu'il l'aime et qu'elle l'aime.

« Viens me chercher, mon papa. Viens me défendre. »

Enna ne supporte pas cette vision, éclate en sanglots et se précipite sur sa nièce, dont les clameurs d'angoisse ont la hauteur et l'intensité des hurlements de la folle. Alors, la maîtresse de la Guette prend un broc d'eau et le lui verse sur la tête. Elle n'a rien trouvé d'autre pour la calmer afin de constater les dégâts physiques du viol.

Puis elle tente d'expliquer que le sort des femmes est d'être brutalisé par les hommes. Combien sont vaines de telles paroles de consolation ! La jeune fille ne sait plus où elle est ni ce qu'elle fait. Elle a sombré dans l'abîme de la bêtise humaine et est en train de devenir haine, rien que haine !

Il faut regagner la Guette. Mètre après mètre, mécanique, l'adolescente s'est traînée et, plus d'une fois, s'est affaissée. Sa tante l'a fustigée et lui a fait jurer sur le Christ en croix de garder le secret sur cette mésaventure. Souhaiterait-elle que Célin, en la vengeant, commette un meurtre et finisse sa vie sur l'échafaud ? Pour des gestes de mâle que, tôt ou tard, toutes les filles ont à connaître et à subir. Dans quelques jours, il n'y paraîtra rien et elle n'y pensera plus.

Une forte fièvre terrassera Antonine dès son arrivée à la ferme car le choc psychique a été terrible. Alitée, elle aura des cauchemars. Tisanes, remèdes, prières, imprécations ne pourront pas atténuer le mal fait, irréparable. Pendant des mois, elle revivra la souillure de ses quatorze ans pour la confondre avec le récit de la bono fremo sur l'horrible mort de sa mère. Elle mord sa natte qui a brisé sa résistance et voudrait en faire une arme pour étrangler et faire souffrir les violeurs qui étranglent et font souffrir les pucelles !

Son oncle lui a fait de fréquentes visites, s'est montré tendre et paternel ; mais elle a eu affreusement honte et s'est tournée vers le mur pour sangloter. Enna a tenté d'expliquer que leur nièce a éprouvé une grande peur à l'idée de mourir des fièvres et qu'il faudra beaucoup de patience et d'affection pour lui redonner confiance... Célin n'a pas été convaincu. Un soir, il a pris sa femme par les épaules et a exigé la vérité. Elle a détourné son visage et s'est mise à pleurer d'impuissance. Il n'a pas insisté. Pourquoi déroberait-il le secret de celles qu'il aime ? Il sait qu'elles font leur possible afin que tout aille pour le mieux.

Lui ne doit que travailler !

XXII

L'horrible mort du Pegat et le retour d'Amandine à la Guette

ANTONINE RESTE PROSTRÉE. Impossible de lui arracher une parole. La honte dévore ses forces. Elle fuit ses parents, se terre dans les bois, s'en revient à la fin du jour, épuisée et dolente. Si on parle de l'amener au village, elle tremble et sanglote. Elle a cessé de caresser les chèvres, ses amies, d'embrasser les naseaux du Goï, le vieux cheval impotent, d'apporter des carottes aux mules de son oncle. Une jeune femme fait la Guette différente parce qu'elle se sait salie et méprisable.

Il lui arrive de courir à travers la campagne à en perdre le souffle. À la forêt, au vent, au ruissellement de la rivière, elle clame son dégoût. Pour aviver son désir de vengeance, elle refait les gestes qui l'ont souillée. Mais elle ne retrouve pas la douleur qui a déchiré son ventre et s'en étonne comme d'un manque de fermeté de sa part. Alors, en tendant vers le ciel une croix faite de deux branchettes, elle renouvelle son serment de haine. À la ferme, elle lâche les chiens sur les visiteurs et vagabonds baguenaudant sur les terres. Parfois elle ouvre le couteau de l'Auguste pour menacer d'invisibles présences et le planter dans la poitrine des ivrognes qui l'ont violée. Elle préfigure l'acte en frappant un chêne dont l'écorce crisse comme se fend une chair grasse.

Pour le Mercadour, les choses sont allées de mal en pis. Sa denture était dévorée par des caries et des fistules pourrissaient ses gencives. Le poids de la cachotte* et l'habitude de tirer les fils avec ses chicots pour serrer les coutures des cuirs provoquaient des déchaussements. Les coups d'Enna ont fait éclater parois alvéolaires et racines. Rapidement, l'infection a attaqué les muqueuses du palais, puis les sinus. À vouloir se soigner en se rinçant la bouche à l'eau-de-vie et en chiquant, le Pégat a accéléré le développement de phlegmons. La septicémie va le clouer au lit et la fièvre consumer son sang et ses forces. La chair gonfle par plaques, se fendille, éclate : pus et sanies trempent les draps. Après une brève visite, des voisins avertiront le village que le mari de l'Étiennette souffre le martyre.

« Cet homme-là est en train de salement crever ! »

Personne ne viendra soigner le malade. Depuis l'épidémie de choléra qui, autour des années 1830, a ravagé Marseille et les villages provençaux, chacun est persuadé que boutons et pustules s'attrapent à la simple vue et qu'on en meurt… Alerté, le maire lève les bras au ciel et évite de faire venir un médecin. Il ne tient ni à fournir des explications ni à régler avec ses sous le prix d'une visite. De toute façon, cela ne servirait à rien. La mort est inévitable. Et ce sera justice car Aspremont ne peut pardonner l'horreur du viol de sa petite-fille et est agité de furieux ressentiments. Comment deux ivrognes sans cervelle auraient-ils pu ne pas se vanter de leur mauvaise action ?

Le cordonnier mourra, abandonné, et la puanteur de son agonie incommodera les passants dans la ruelle. Pas une âme chrétienne ne lui portera secours. Prévenue de la terrible fin du Pégat, Enna refusera de se déranger. Que lui importe qu'un être aussi immonde soit au terme de sa vie ! Elle ne regrette plus de ne pas l'avoir tué car à cet homme horrible, il fallait un châtiment horrible. Elle racontera à Antonine comment elle avait failli, le jour du viol, commettre un meurtre sur la personne de son propre père. Dieu ne l'avait pas permis. Et voilà que le criminel quitte ce monde dans d'abominables souffrances, comme une punition à tous ses forfaits. La jeune fille embrassera fougueusement sa tante pour la remercier d'un aveu aussi pénible et s'enfuira en sanglotant.

Dans la maison des Mercadour, c'est le silence. Personne ne veut imaginer que tout est accompli et nul ne se hasarde à franchir les quelques mètres qui le séparent d'une énigme, celle du passage de la vie à la mort. Soudain, éclatant comme la foudre en plein ciel d'été, illogique et pourtant réelle, des cris épouvantables. À l'étage, Étiennette, la démente, se déchaîne. Une fois encore, on s'adresse au curé, dont c'est la fonction de calmer les possédés. Parce qu'il a peur, il refuse son concours, en prétextant qu'il n'a pas l'autorisation de son évêque. Alors, les villageois s'attroupent devant la boutique pour d'interminables bavardages. Un objet chute au milieu de leur désordre ; la folle l'a lancé par la fenêtre où elle est apparue, gesticulante et nue. Quelqu'un se baisse pour le ramasser et pousse un cri d'horreur. Comment ne pas reconnaître la main du Pégat, avec sa manique de cuir noir incrustée dans la chair violette et gonflée ? C'est la débandade.

Quelques heures plus tard, s'encourageant l'un l'autre de la voix, des hommes vont faire le siège de la maison. Avec des fusils, des fourches, des cordes… D'autres débris humains ont été ramassés dans la rue et mis dans un chaudron au couvercle de fonte épaisse afin que les chiens ne les dévorent pas. Marche après marche, on monte l'escalier. L'Étiennette se rue sur les assaillants en brandissant un coutelas. Cette sauvagesse couverte d'immondices finira par être entravée. Couchée sur le carrelage, elle tend son corps comme un arc, en prenant appui sur la nuque et les talons. Son ventre saille que des secousses agitent. Ses hurlements n'étant pas supportables, on lui enfonce un chiffon dans la bouche. Dans la chambre, la vision est satanique. Tout a été cassé ou déchiré. Des lambeaux de viscères sont accrochés aux murs et aux meubles ; le sol en est jonché. Le cadavre purulent est tailladé, dépecé, mal équarri. Des heures durant, la démente s'est acharnée sur le ventre, les entrailles et le cou. Écorchée jusqu'aux os, la face du mort n'a ni yeux ni oreilles ni langue. La puanteur est si forte, le spectacle si intolérable qu'on quitte la pièce en vomissant. Alors, le maire fait interdire et garder l'entrée de la maison. Maintenant, c'est une question de gendarmes…

Après les constats d'usage, les militaires alertèrent la préfecture, qui décida l'internement de l'Étiennette Mercadour dans un asile de fous. Quelques jours plus tard, un fourgon fermé viendra chercher la malheureuse femme. On l'y fera monter en la traînant sur le sol avec des cordes comme le fauve qu'elle était devenue, en déchiquetant l'homme qui, pendant tant d'années, avait été son tortionnaire.

Les restes du cordonnier d'Aspremont furent portés au cimetière et ensevelis en pleine terre. Frappé de stupeur par un tel scandale, le village, en sa totalité, vint à l'enterrement. Plus par tentation de l'horrible que par respect d'un mort... Malgré soi, on déplorait la disparition d'un artisan si habile. Oui, Dieu ! Qui remplacerait l'homme à la cachotte éteinte ? On disait, l'air lamentable :

« *Aro, a guiso de cachimbau, fumara li mauvo per la racino*. (Maintenant, en guise de pipe, il fumera les mauves par la racine.) »

On ne voulut pas remarquer l'absence des gens de la Guette. On ne parla pas de l'Étiennette. On espérait oublier. C'est à cette condition que les sociétés humaines se perpétuent. Par un mauvais jeu de mots tournant en dérision les paroles de paix éternelle du prêtre, « Requiescat in pace », on résumait une manière de sentir l'existence et de la subir :

« *Resquibes quand ié passes.* (Tu glisses quand tu y passes.) »

Et personne ne parlera plus jamais de cette affaire abominable que, en novembre 1884, la presse provençale relata avec beaucoup de discrétion.

Enna abandonna l'héritage de son père à la commune. Elle ne récupéra ni un meuble ni un outil ni un souvenir. Au fil du temps, la municipalité ne trouva pas une âme vivante pour habiter un lieu où des faits si tragiques s'étaient déroulés. Les murs gardent les traces des actes humains, bons ou mauvais ; les paysans savent cela. À Aspremont-la-Rude personne n'accepta de tenter le diable, sans contrepartie, uniquement pour le plaisir de se détruire.

Le conseil municipal refusera d'entretenir la maison des Mercadour car il compte ses ressources au centime près. Dix années plus tard, pas un curieux n'aura osé toucher au saint-crépin qui, sous la poussière et les toiles d'araignée, rouille lentement.

Et saison après saison, la bâtisse tombera en ruine.

La Guette ne vit plus tout à fait comme avant, et nul ne saurait dire pourquoi. Les changements sont en l'homme, subtils, indiscernables, et provoquent des événements sans qu'il y soit préparé.

Antonine continue à se conduire étrangement. Dans les paroles aimables et les gestes attentionnés, elle ne découvre que de la pitié et s'insurge. Sa mésaventure n'était pas de sa faute. Alors pourquoi se sent-elle si profondément humiliée ? Son amour-propre la fait rebelle. Elle refuse les conseils, répond en s'efforçant de blesser, se laisse aller à l'irritation, à l'insolence, à la violence. Pourtant, elle sait bien que sa tante, son oncle, la bonne Joussaleto ne sont pas responsables de la cruauté du défunt cordonnier. Mais à travers eux, c'est encore un peu le Pégat qu'elle retrouve. Et l'idée même de leurs liens familiaux la bouleverse de colère. Elle ne va plus au marché de la ville, où elle ne supportait pas qu'un homme la frôlât et réagissait méchamment aux compliments masculins. Des clients fuyaient que sa beauté avait, un instant, retenus pour un marchandage. Enna est excédée par la conduite déconcertante de sa nièce. À ce souci s'ajoute celui de n'être pas encore mère. Une grossesse ferait le bonheur de son mari. Il le lui a dit et, comme elle s'accusait d'être la victime des maléfices de son père, il l'a détrompée :

« Nous sommes entre les mains de Dieu et de Lui seul. Nous aurons un enfant s'Il le veut bien. Ô ma chère femme, que puis-je dire pour t'en convaincre ? »

Il sait qu'elle a besoin de sa présence à chaque heure du jour, à chaque moment de leurs nuits. Cette femme autoritaire n'était que fragilité. Réfugiée dans l'amour d'un homme, elle ne sait plus vivre par elle-même. Sous le prétexte que la Guette a besoin de lui, l'ancien *recuraire* refuse de s'occuper des oliveraies de la vallée. À la vérité, c'est lui qui ne peut plus vivre séparé de son épouse. Grâce à son travail acharné, la propriété a changé d'aspect. Les parties basses ont été transformées en terres irrigables que sillonne un réseau de béseaux*. À quelques centaines de mètres en amont de la ferme, une vergne* a été établie sur le torrent. Protégé par une palée au départ, un canal d'arrosage a été creusé. Betteraves et légumineuses poussent à merveille. Une porcherie a été bâtie qui fournit un fumier riche et abondant. Le Fouassard a débroussaillé les chênaies, coupé et brûlé les chablis pour faciliter l'abatture* des glands. Les porcs s'en délectent qu'on élève en semi-liberté. La Joussaleto, qui parfois les surveille, prend plaisir à les guider sur les chemins avec son fouet dont la mèche cingle leurs fesses grasses. Eux grognent en levant le groin et bousculent celle qui les agace. Gonflés de mangeaille, ils reviennent de la glandée en trottinant. Avec des airs de bestiaire satisfait, la tante Jeanne fait tomber les bâcles aux portes de leurs loges. Habituée à la douceur folâtre des chèvres, elle se méfie de ces animaux brutaux, infatigables dévoreurs, et fait cesser leurs chamailles à coups de houssoir. Elle approche avec précaution les verrats énormes dont la denture broie des cailloux, et traite le Célin d'insensé qui, pour se moquer d'elle, chevauche ces monstres et les dirige avec des tapes sur les épaules.

Les revenus de la ferme ont augmenté. Le maître de la Rouvière est fier d'y ajouter ceux de son domaine et heureux de faire, quand il en a l'occasion, des cadeaux à Enna et à la Joussaleto. Grâce à la patience et à l'estime que son oncle lui témoigne, Antonine s'est remise au travail. De nouveau, elle accepte sa tendresse et ne résiste plus au plaisir de lui confier qu'elle l'aime. Mais elle continue à refuser ses caresses et ses embrassades.

Enna éprouve une sincère reconnaissance pour son époux. Parfois, elle ne peut s'interdire de penser que les événements se renouvellent en se ressemblant. Confusément, elle ressent qu'une vie humaine doit, jusqu'à la mort, subir les mêmes épreuves et les mêmes renoncements… Mais comment le savoir ?

XXIII

Confidences d'Amandine Bramafam

Dans la remise, la Joussaleto a assommé une chauve-souris et, selon l'antique coutume païenne, l'a clouée, vivante, sur un montant du portail. La bestiole s'est déchirée les ailes et chicote lamentablement. Aveuglée par le soleil, elle tremble de peur. Qui ne sait que ces *ratopignato* sont de vieux mulots auxquels des palmes ont poussé entre les doigts pour qu'ils puissent s'envoler et dévorer les blés ! Indigné, le Célin a des mots si désobligeants que les femmes de la Guette s'affolent. C'est la première fois qu'elles le voient perdre son calme. Mais la tante Jeanne n'admet pas d'être morigénée pour un acte qu'elle trouve naturel et bénéfique. Assurément les chauves-souris sont les âmes de défunts insatisfaits qui, la nuit, quittent le purgatoire et tourbillonnent pour tourmenter les vivants. Cette nouvelle sottise porte à son comble l'exaspération du mari d'Enna.

« Vous n'êtes qu'une imbécile. Fasse Dieu que votre cruauté ne se retourne pas contre vous ! Priez pour que la torture de cette créature innocente ne déchaîne pas le malheur sur l'un des vôtres ! Avez-vous oublié l'histoire des meurtriers d'un certain Jésus cloué vivant sur deux bouts de bois ? »

Elle s'est signée à plusieurs reprises. Le *recuraire* ne lui a jamais inspiré la moindre confiance. La connaissance que cet homme a des bêtes et des arbres, ses innovations à la ferme ont, bizarrement, accru la méfiance de cette sans-cervelle. Se singulariser, n'est-ce pas, le plus souvent, l'indication d'accointances avec des forces obscures ?

Quelques jours plus tard, la dispute reviendra à sa mémoire. Au cours d'une visite à la Guette, une compagne de communion solennelle racontera les événements au village, des tromperies de femmes, des farces de gamins… Aussi des maladies. Oh ! Elle en connaît : articulations nouées, gravelles, maux de ventre, fatigues qui font devenir dolents les plus acharnés au travail.

« C'est comme pour le Jean Joussaud. Vrai qu'un poison dévore ses sangs. Pas Dieu possible qu'un homme si avisé brétaude* des moutons ! Une laine juste bonne à remplir de vieux matelas comme on combuge* les futailles. Quoi donc faisait aller ses mains de travers, en maniant les forces en fer battu si élastiques, précises et rapides ? Bien capable, cette Marie-Anne, de lui avoir fait avaler dans du vin ginguet* une préparation à sa façon… Quelle pitié de voir chancir le blé et pourrir les provisions d'un tel travailleur ! Quelle peine à regarder ses jardins envahis par le chiendent ! »

Tant de précautions verbales persuadent la Joussaleto que l'affaire est sérieuse. À cause de la chauve-souris et de la menace du Célin, elle s'imagine responsable de la conduite bizarre de son père et réclame d'autres qu'en-dira-t-on. Oui, la Grimaço s'est rendue à plusieurs reprises à la maison des Joussaud, un panier au bras… Qu'a-t-elle manigancé ? Quel mauvais sort y a-t-elle laissé ? L'infortuné Jean qui marche courbé, les deux poings sur l'estomac ! Aux interrogations amicales à propos de sa santé, il répond par des sous-entendus :

« Hé, il ne meurt jamais que le plus malade… Il faut bien, un jour, faire sa première mort… »

On voudrait sourire de ces plaisanteries saugrenues comme un exorcisme à une fatalité inscrite dans la cernure de ses yeux, mais on ne peut pas. Pourquoi la Jeanne n'irait-elle pas le voir ? Ne serait-ce que pour défendre ses intérêts. Il paraîtrait que cette folle de Marie-Anne donne au curé tout ce qu'elle grappille sur les biens de la famille.

« Moi, ce que j'en dis, c'est histoire de parler. Chacun reste libre de décider selon son jugement. »

La visiteuse fait mine de prendre congé, en affirmant qu'elle a du regret de quitter « la pauvre, qui va avoir bien du souci avec son malheureux père ». Ses hésitations attendent qu'on se conforme aux usages. Qui a eu l'amitié de faire un long chemin pour apporter des nouvelles doit en être remercié par un cadeau. La Joussaleto n'y faut pas. Elle offre des fromages, un rayon de miel sauvage, un pot de confiture. Son amie de jeunesse s'en va satisfaite car, à tout bien considérer, elle a fait la charité à bon compte.

Le dimanche suivant, après la messe, la Joussaleto va surprendre son père qui, à la cuisine, somnole dans un fauteuil.

« C'est toi, ma fille ? Ça fait bien du temps que je ne t'ai vue. Viendrais-tu me demander si j'ai entendu l'horloge du couloir sonner, en présage de ma fin prochaine, les heures avec celle du clocher de l'église ? À la Guette, les chiens ont-ils déjà hurlé à ma mort, en regardant la lune ? C'est là que les disparus nous accueillent avant de partir pour de lointains voyages à travers l'univers. »

Elle ne répond pas. La pièce est sale. Des toiles d'araignée noires de poussière pendent du plafond. La vaisselle sent mauvais. Les cendres de l'âtre ont volé sous les coups de vent de la cheminée ; elles blanchissent les meubles et craquent sous les dents quand on époussette. Le vieil homme se lance dans un récit confus dès que, sur un coin de table, sa Jeannette a posé un verre d'eau-de-vie. Il détaille les repas solitaires, son épuisement, cette douleur qui lui troue l'estomac. C'est de faim qu'il se meurt. De faim ! Comprend-elle ? Une drogue a ravagé ses viscères. S'il avale une seule bouchée de pain, son ventre brûle. La responsable de ses souffrances, il la connaît et la maudit, cette épouse qui, persuadée de la faveur divine, se damne chaque jour un peu plus à force de méchanceté et de bêtise.

La Joussaleto prépare le repas de midi. Puis, elle oblige son père à mâcher lentement et à boire du vin coupé d'eau. Il bougonne, souffle à la façon d'un chat en colère, raconte l'agonie qu'il est en train de vivre. Et sa fille réalise brusquement qu'il a imaginé sa maladie comme la seule défense possible contre la haine de sa femme. Véritable suicidé, il va périr si quelqu'un ne l'aide pas à chasser ses idées noires. Lorsqu'elle lui recommande de faire quelques pas au grand soleil, il rétorque avec colère que ses jambes ne le portent plus et qu'il a décidé de mourir chez lui.

Au souper de la Guette, la tante Jeanne racontera sa visite et demandera conseil. Célin restera muet, mais Enna estimera, après réflexion, que la place d'une chrétienne est auprès d'un parent en mauvaise santé. Que son amie n'ait pas de scrupule à quitter la ferme ! Elle pourra y revenir quand elle le voudra.

Dorénavant, le Joussaud eut sa cadette auprès de lui. Ce ne fut pas sans cris et sans disputes. La Marie-Anne ne supportait pas qu'une femme de mauvaise vie habitât la demeure ancestrale et reprenait, en les amplifiant, les calomnies du défunt cordonnier d'Aspremont. La Joussaleto ne fut guère patiente. Elle rudoya sa mère et en éprouva du chagrin. Au bout de quelques semaines, le malade se porta mieux. Pour régulariser sa tension, il buvait une décoction de surgeons d'olivier et de cade de Phénicie fraîchement cueillis et, pour chasser l'urée, de la tisane de ronce et de romarin. Des emplâtres d'orties pilées firent merveille sur ses articulations craquantes comme des noix qu'on brise. Une cuisine variée et relevée lui redonna de l'appétit. Ses forces revenues, il fut moins pessimiste. De nouveau, il fut un de ces paysans de la vallée qui appliquent le souriant adage provençal.

Ten caud tei pèd e	Garde tes pieds chauds
fresco ta cervello,	et la cervelle alerte,
Pisso souvent pèr	Pisse souvent pour
la gravello,	la gravelle,

E de toun cors chasso lou vènt,	Et de ton corps chasse le vent,
Se vouas viéure longtèms.	Si tu souhaites vivre longtemps.

Parfois, le Fouassard apportait des provisions à la Joussaleto qui, bonne âme, regrettait vivement d'avoir, à la Guette, mal supporté la présence de l'ancien *recuraire*. Lui se rendait compte de son embarras et voulait l'ignorer.

La Guette était vraiment prospère.

On venait de loin acheter sa volaille et ses porcs. Deux nouvelles pièces de vignes avaient été plantées. Des oliviers avaient été greffés. Savamment taillés, les arbres du verger donnaient de beaux fruits. Falourdes et ligots entassés attendaient les acquéreurs. Contre l'effritement des terres en pente des baradines* avaient été creusées à la charrue…

Enna avait engagé une autre servante, rude et solide. Avec quel amusement, elle se rappelait Amandine en regardant aller et venir cette Pauline, la laideur faite femelle !

Et Antonine Mercadour eut dix-sept ans. Elle était éclatante de beauté. Avec obstination, elle continuait à refuser tout geste affectueux, tout propos aimable. La seule vue d'un homme lui rappelait, avec quel dégoût, le drame qui l'avait déflorée.

Enna se désolait que son deuxième mariage fût resté sans progéniture et, parfois, songeait à un époux pour sa nièce. Désireuse de la voir fréquenter des jeunes gens de son âge, elle la pressa de participer aux vendanges dans la vallée.

Travail épuisant ! On va d'un cep à l'autre, les reins brisés. Pour oublier la douleur des cuisses tendues et des articulations, on chante des airs populaires. Les malins inventent des couplets qui se moquent des vendangeurs, l'un après l'autre. Ils disent ce qu'ils ont sur le cœur à propos de la société, la méchanceté des hommes, la coquetterie des femmes et célèbrent la fraternité et l'espérance d'une vie meilleure. Grisée par le raisin mûr qu'on croque grain à grain, la fille de la Guette fredonne des rengaines d'Amandine et de la Joussaleto et les répète volontiers pour qu'on les apprenne.

Les garçons sollicitent leurs compagnes de travail, qui répondent, les futées, qu'il n'est de plaisirs d'amour que bénits par le mariage. Quand l'une d'elle a oublié un grappillon sur un sarment, celui qui s'en est aperçu bondit, le coupe et fait semblant de l'écraser sur le visage de l'écervelée pour lui faire « un museau de vendanges ». Elle échappe à la mascarade par des rires et des baisers. Belle et bonne tradition !

Le raisin cueilli, le propriétaire offrira un copieux repas à tous les vendangeurs. C'est la *souido* joyeuse, au cours de laquelle du vin généreux accompagne les tartines de sauçon, un mélange revigorant d'amandes pilées, d'huile d'olive et de menthe fraîche. Et chacun sera payé en public, en toute équité.

Sous un nid de feuilles, Antonine a oublié une grappe. Un rustaud à balèvres s'en est aperçu, la menace et exige sa récompense. Elle l'envoie promener. Mécontent, il la bouscule, la renverse au sol et pèse sur ce corps élastique et chaud. Lucide, elle essaye de retrouver les sensations éprouvées autrefois. Combien c'est différent ! Cette brute en sueur ne lui inspire même pas de la peur. Un instant, elle s'efforce de comprendre la cause des criaillements de plaisir des autres filles. Brusquement, sa violence et sa haine des hommes resurgissent. Lorsqu'il approche son visage du sien pour l'embrasser, elle lui déchire la joue d'un coup de dent. Relevé, le menton ensanglanté, il hurle qu'il va corriger cette garce, cette petite saloperie… Elle fait face et, avec son couteau à vendanger, le menace.

« S'il me touche, je le tue. »

Un matin de novembre 1888.

Amandine est de nouveau à la Guette. Elle est arrivée sans prévenir, haut perchée sur une carriole grinçante qu'une jument efflanquée tire à grands coups de collier. Dans ses bras, un petit enfant. Près d'elle, un homme costaud, au visage rond et bleu de barbe, au sourire niais, secoue les rênes. Antonine bat des mains.

« Est-il à toi, ce petit trésor ? *La benedicioun de Diéu lou vengue, lou bel àngi.* (Que Dieu bénisse ce bel ange.) »

Elle embrasse la mère et l'enfant, salue familièrement le mari. On se congratule à n'en plus finir, en parlant tous à la fois. La visiteuse saute au cou d'Enna, sans aucune gêne. Puis elle met son marmot dans les bras du Célin, en lui faisant remarquer qu'il n'a pas été capable d'en faire un aussi beau. Le *recuraire* a l'air peiné. Prétextant un travail à terminer, il rend l'enfançon à son père.

« Soyez content, mon collègue. *Es poulit ; Diéu lou creisse ; n'i a 'n plein brès.* (Il est joli ; Dieu le fasse grandir ; il remplit tout son berceau.) »

La fille de maître Bramafam retrouve ses anciens maîtres avec un plaisir évident et ne cesse pas de bavarder. L'après-midi, tandis que son époux visite les réalisations du Fouassard, elle raconte l'histoire de son mariage.

À son retour chez ses parents, elle s'est assotée d'un jeune homme qu'elle a trouvé gentil et aimablement disert. Sans façon, il l'a culbutée dans les foins et déflorée. Après quoi, il lui a fait cet enfant mignard qu'on appelle César Victorien. On les a mariés, et tout est bien car ils possèdent assez de terres pour vivre décemment, en besognant durement. Vigoureux au lit, son homme lui donne bien de la jouissance. Elle parle vite, s'excite, raconte sa grossesse et son accouchement. Assurément qu'elle aura d'autres marmots car son époux n'arrête pas de la prendre. Jamais elle ne se refuse. Elle confie que, maintenant, il lui arrive de l'agacer jusqu'à ce qu'il jouisse d'elle. Interloquée par de telles confidences, Antonine n'ose pas avouer qu'elle n'aura pas d'enfant car elle ne pourra jamais supporter le contact d'un homme. Rien que d'y penser la rend malade à vomir ! Avec une belle impudeur, Amandine ne passe aucun détail de ses expériences amoureuses : bousculades, baisers, attouchements, gestes de l'amour… On perd facilement la tête quand celui qu'on aime vous tient dans ses bras et qu'une peau moite colle à la vôtre. Pourquoi dissimuler ce qui est plaisir ? Elle affirme en souriant :

Lou liè es un bouan prat	Le lit est un bon pré
Per li nouvèu	Pour les nouveaux
marida	mariés
Que agon souan	Qu'ils aient sommeil
Ou que l'agon pas.	Ou non.

Son amie est-elle initiée à l'amour ? Antonine ne sait que répondre. Amandine croit à de la timidité et, pour faciliter des confidences, pose des questions précises. Que pense-t-elle des relations entre femmes ? A-t-elle eu l'occasion d'essayer ? C'est agréable, certes, comme amusement, tant qu'on n'a pas connu la force du mâle. L'avait-on désirée, elle, si belle et si tentante ? Non ! Il n'y a pas péché à solliciter une personne de son sexe ou à en être sollicitée.

La nièce des Fouassard n'a jamais imaginé qu'elle pourrait, un jour, écouter de pareils propos sans se fâcher. Mais l'enthousiasme de l'ancienne servante, la spontanéité avec laquelle elle raconte les joies de son corps la rendent indulgente. Serait-il possible qu'une femme se complaise à ces contacts charnels qui l'ont souillée et révoltée ? Bien sûr, il y a Enna acceptant son mari et dont les sens apaisés font paraître les gestes plus las, à chaque nouveau soleil. Il y a aussi Amandine qui revit, en les magnifiant, les satisfactions de son ventre comblé par un rustaud. Existerait-il des comportements d'homme différents ? Sa curiosité restant insatisfaite, elle demande à tout hasard :

« Toi, as-tu été amoureuse d'une femme ?

– Assurément !

– Où ça ?

– Ici, à la Guette. »

Elle ne cache pas sa stupéfaction. S'agissait-il de leur familiarité ? Mais pourquoi en parler comme d'une chose extraordinaire ? Un rire lui éclate au visage.

« Mais non, idiote ! Toi, je t'aimais bien. Nous avons souvent dormi ensemble, et tu sais bien qu'il ne s'est rien passé entre nous.

– Alors, de qui étais-tu amoureuse ?

– De ta tante. Et elle me le rendait bien. »

Incrédule, Antonine accuse la visiteuse de lui jouer une farce. Tante Enna ? C'est impossible ! Qu'est-ce qui a bien pu se passer entre la maîtresse de la Guette et une fille de ferme ? Incapable de l'imaginer, elle exige des explications.

« Je veux bien t'en faire la confidence. Mais jure-moi d'abord que tu n'en parleras à personne. Si mon mari l'apprenait, il ne me le pardonnerait pas. »

Antonine fait le serment. Alors, à voix basse, collée contre son amie, la jeune femme fait le récit de sa courte liaison. Elle ne cache rien, revit les heures plaisantes d'une passion de sa jeunesse, dit son bonheur et sa jalousie. Elle parle encore avec tendresse et admiration du corps d'Enna, de leurs joies dans les bras l'une de l'autre…

Antonine est bouleversée. Pour elle, l'amour physique, ce n'était qu'une sauvagerie d'ivrognes, la torture qu'elle avait subie, cette honte qui, lorsqu'elle pensait au viol, faisait flamber son visage. Tout cela est nouveau et si déconcertant… À son tour, elle raconte le drame vécu chez le Pégat et pleure de rage et d'amour-propre blessé. Amandine la presse contre sa poitrine et roucoule, en lui caressant le cou et les joues.

« Pourquoi ne m'en avoir jamais parlé ? Ô ma chérie, que je voudrais être ici, avec toi ! Pour te cajoler et te consoler. Pour que tu oublies de si affreux souvenirs. Pour t'apprendre à aimer l'amour. »

Elle l'embrasse sur la bouche salée par les larmes. En rendant les baisers, Antonine éprouve un plaisir ressenti pour la première fois.

Les visiteurs restèrent à coucher. Au souper, Amandine plaisanta gentiment son mari. Elle affirmait que César Victorien, son fils, serait un jour aussi laid que son père. Ne dit-on pas « *Poulit au brès, pas beu à l'imen* » (Joliet au berceau, affreux au mariage) ?

Elle raconta comment elle avait attrapé un renard[1] par la queue. À son retour au hameau, elle avait remarqué ce faraud et apprit qu'il avait du bien et des espérances. Alors, elle fit deux poupées de chanvre et leur donna son nom et celui de l'homme qu'elle souhaitait comme époux. En brûlant côte à côte, elles s'étaient rapprochées et soudées. Qui aurait pu échapper au sortilège ? Ses yeux luisaient de malice. Elle savait bien, l'impudente, que ce qui avait fait sauter le bonhomme, c'était sa croupe hardie et sa façon provocante de lever la tête pour appeler le désir des mâles. Mais pour tout l'or de la terre, son mari n'aurait pas avoué qu'il avait été pipé par le besoin d'amour d'une femelle. Maître Bramafam avait accordé la main de sa fille, si vitement et allègrement compromise, parce que les présages avaient été favorables. Dans l'âtre, il avait jeté des branchettes d'olivier dont les feuilles avaient dansé et s'étaient redressées avant de brûler, signe indiscutable que le mariage serait heureux. Célin avait-il fait de même ?

L'ancien *recuraire* n'avait pas répondu. Il tenait César Victorien sur ses genoux. Avec le

1. *Se dit des laiderons qui, malgré leurs défauts physiques, parviennent à trouver un mari.*

tranchant de la main, il faisait semblant de lui scier le cou. Il chantonnait :

Tiro la resso	Tire la scie
de mèstre Jan.	de maître Jean.
Tiro la tu que siès	Tire-la, toi qui
plus grand.	es plus grand.
Douno de pan	Donne du pain
à tis enfant.	à tes enfants.
Douno n'i en tu	Donnes-en, toi
que siès plus grand.	qui es plus grand.
Douno n'i en tu.	Donnes-en toi.
Capèu pounchu !	Chapeau pointu !

Et le petit enfant de rire aux éclats.

XXIV

Visite à l'asile de fous de Marseille et décès du Joussaud

En offrant une neuvième pièce d'or à Antonine pour son dix-huitième anniversaire, son grand-père déclame, la voix tragique :

« Petite, c'est la dernière. Bientôt, je vais faire le grand voyage dans les étoiles. Tu seras la seule que je regretterai. »

Non sans méchanceté, elle rétorque que Jeanne mérite plus qu'elle, en vérité, son affection et son intérêt. Ce malade tabide* l'intéresse médiocrement, et cette chambre de grabataire jamais aérée lui répugne où un remugle soulève le cœur.

À la cuisine, la Joussaleto amaigrie s'affaire autour de pots de tisane et de bouillon. Des cheveux blancs grisaillent ses tempes et elle n'a plus ce sourire qui, soudain, éclatait sur son visage pour une idée un peu folle, un merci, un bout de chanson. La nièce éprouve de l'affection pour sa bonne tante, bien qu'elle ait souffert de ses entêtements, de ses naïvetés, de ses colères. Maintenant qu'elle reconnaît son dévouement et sa bonté, elle ne lui en tient plus rigueur. Toujours aussi bavarde, la fille de Marie-Anne ne cache pas ses difficultés. Le milieu familial infernal vide sa cervelle et épuise ses nerfs. Irascible et insatisfait, son père refuse, avec l'obstination d'un gamin, de prendre ses médicaments. Jérémiades et lamenti incessants donnent au vieil homme l'impression d'exercer encore une vague autorité. Son infection rénale est toujours soignée avec des infusions de chiendent et de barbe de maïs. À longueur d'heure, il se lève en geignant, va pissoter des urines troubles, hurle à la moindre brûlure de ses muqueuses irritées. Il n'est qu'exigence. La coqueluche des vieillards le fait tousser et cracher. Lorsqu'il s'étouffe, ses bronches sifflent comme des rémiges de tourterelle. Cassé en deux sur ses oreillers, il devient violacé, agite les bras, cogne du poing sur sa poitrine. Un sirop de radis[1] calme les quintes. Au lever du jour, la Joussaleto va

1. *Un autre remède consistait à faire passer le malade atteint de coqueluche sept fois sous le ventre d'un âne gris, de droite à gauche. Il y eut des ânes célèbres, notamment celui du Luc, dans le Var, qu'on venait consulter de trente lieues à la ronde.*

cueillir des escargots grimpés aux épineux trempés de rosée. Puis, elle les secoue dans un tian avec du sel et du vinaigre, recueille les baves gluantes qu'elle saupoudre de sucre. Le malade ingurgite, à jeun, cette mixture dont il a horreur et qui, pourtant, le soulage. Sa sangle abdominale s'étant relâchée, il souffre d'une double hernie. Pour l'en débarrasser, il faudrait, selon une ancienne pratique, fendre un arbre en deux et le faire passer sept fois à l'intérieur. En général, le mal disparaît lorsque les deux parties de l'arbre se ressoudent. Mais le vieil homme refuse de sortir de sa maison. Peu lui importe sa guérison. Ce qu'il veut, c'est qu'on le plaigne. Il laisse Aspremont à ses bavardages.

« Il faut naître, se marier et mourir pour faire parler les gens. »

Antonine trouve cette réflexion stupide.

Étiennette Mercadour a échoué dans un asile marseillais.

L'administration envoie régulièrement des notes à la préfecture des Basses-Alpes, qui les répercute à la mairie d'Aspremont. Les phrases se répètent d'un semestre à l'autre. Jugée incurable, l'internée a été classée dans les fous furieux. Pas d'autre commentaire ! Enna a décidé de revoir sa mère et qu'Antonine lui tiendra compagnie. Sa nièce est enchantée. Elle a entendu parler de Marseille. Une ville immense… Et la mer…

Célin conduira les deux voyageuses à la gare de chemin de fer la plus proche, à dix kilomètres de la Guette, dans la vallée de la Durance, où la voix ferrée se faufile entre des vignes, des oliveraies, des bosquets de chênes. Malheureux du départ de son épouse, il la serre très fort dans ses bras. La jeune fille s'effarouche de la locomotive haletante, bruyante, crachant un nuage de fumée noire. Se voulant hardie, elle grimpe la première dans le compartiment étroit aux banquettes en bois et, les mains entre les cuisses, tend tous ses muscles pour ne pas montrer sa peur.

Le voyage fut interminable. Dans les courbes, le tortillard se secouait avec des ruades à briser les reins. Des escarbilles brûlaient les yeux et salissaient les visages. Le paysage défilait, semé de fermes avec des vols spiralés de pigeons. Dans le lit de la rivière, des champs de galets éclataient de lumière. Les montagnes lointaines paraissaient couvertes de neige ; mais ce n'étaient que des parois de calcaire éblouissantes au soleil.

À la sortie de la gare Saint-Charles, à Marseille, les deux femmes furent affolées. La cité phocéenne était un embarras de voitures, un immense vacarme. Quelle foule ! Les gens allaient vite, se croisaient sans s'arrêter, sans se saluer. Antonine éprouva de l'angoisse. Aussi de la curiosité, la même que celle ressentie lorsque, avec un bout de bois, elle dérangeait de grosses fourmis noires nichées dans des souches d'oliviers. Les bestioles s'agitaient, s'interrogeaient l'une l'autre, tournaient en rond, emportaient des œufs et des brindilles. Ces hommes et ces femmes pressés leur ressemblaient qui traversaient les rues en courant, se jetaient à la tête des chevaux et évitaient de justesse les roues des véhicules. Le tohu-bohu était si insensé qu'elle regretta le calme de sa vallée. Quelques instants plus tard, son attention était attirée par les boutiques, les façades des maisons, les avenues larges et pavées. À leurs vêtements sombres, les Marseillais reconnaissaient les deux promeneuses pour des gavottes et les plaisantaient avec des moqueries qu'elles auraient pu, moins futées, prendre pour des compliments. La maîtresse de la Guette répondait du tac au tac. Habiles passes d'armes ! Beaux joueurs, des hommes bien vêtus et galants multipliaient les flatteries sur la beauté hiératique des deux paysannes. La nièce d'Enna était ravie. Marseille lui plaisait qui, d'emblée, la faisait plus proche de l'image que son orgueil lui avait donnée d'elle-même.

Près de la porte d'Aix, la jeunesse du quartier était en fête. Une fillette était la Belle de Mai[1]. Parée de vieux rideaux, une couronne en carton doré sur la tête, un bouquet de fleurs dans chaque main, elle trônait sur une chaise au milieu du trottoir. Ses camarades quêtaient, en termes polis ou injurieux selon l'humeur ou la générosité du passant. Ces gosses de pauvres, de vraies teignes, s'acharnaient à constituer la *maye* (cagnotte). Cette réjouissance traditionnelle était, chaque année, l'occasion d'un bon goûter et de menus cadeaux. Les deux voyageuses se firent expliquer la coutume, offrirent quelques piécettes et furent accompagnées un bout de chemin par des remerciements et des chansons.

Après le souper, elles allèrent se promener sur les grandes artères et les quais, en s'extasiant sur les réverbères à gaz, qui donnaient une seconde vie nocturne à la ville et meublaient d'ombres vivantes les façades des immeubles. Des hommes les abordaient cavalièrement, les prenaient par le bras, les invitaient à passer la nuit ensemble. Reprise par ses terreurs, Antonine ouvrit son couteau et le pointa au nez des solliciteurs. Craignant un scandale, Enna

1. *Réminiscence païenne du culte de Maia. Un quartier de Marseille (la Belle de Mai) a conservé le nom de cette ancienne coutume.*

l'entraîna à vive allure vers leur refuge, une modeste pension de famille, où elle conta la mésaventure à l'hôtesse étonnée de tant de naïveté.

« C'est aux femmes de se refuser. Comment reconnaître la pute de la femme honnête ? Dites-le moi, mes belles. »

La philosophie de cette Marseillaise mafflue, au chignon défait, était déconcertante. Oui ! C'est difficile de reconnaître ce qui sépare la chiennerie de la vertu… Amandine et Enna, deux belles catins en vérité, n'étaient-elles pas les plus heureuses des femmes ? Ces pensées tracassèrent si fort la jeune fille qu'elle ne trouva le sommeil qu'au petit matin.

L'asile des fous était dans la proche banlieue. On s'y rendait en voiture publique. La bâtisse était lugubre, avec des barreaux scellés à toutes les fenêtres. Les visiteuses durent attendre pendant deux heures. Dans la cour principale, des aliénés se promenaient, hallucinés, gesticulants, prostrés. La plupart étaient âgés. Un homme se tenait la tête à deux mains et paraissait souffrir terriblement. D'autres soliloquaient. Sur un banc de pierre, l'un d'eux était vêtu d'une chemise de gros drap gris, à manches larges liées dans le dos ; le directeur, qui avait tenu à accompagner les solliciteuses, commenta :

« Un agité ! On lui a passé une camisole de force. C'est exceptionnel. Ici, nous appliquons des méthodes médicales modernes. Plus de chaînes, plus d'entraves. Nous avons adopté le *non-restraint* britannique[1]. »

Les deux paysannes n'entendaient rien à ce langage. Un dortoir fut traversé, longue pièce interminable, avec des bat-flanc le long des parois. Sur les paillasses, des démentes assises, couchées, à genoux, les cheveux hirsutes, à demi vêtues, enveloppées dans des couvertures… Certaines parlaient à voix haute ou sanglotaient… Rires, cris, soupirs… Près d'un poêle à bois entouré d'un épais grillage, deux enragées se disputaient un bonnet de coton à coups d'ongles. La salle sentait affreusement mauvais. Des malades s'approchèrent des visiteuses, dont elles convoitaient les fichus en ricanant. Le directeur les menaça du poing et les fit s'enfuir. Sans doute les avait-on déjà battues pour qu'elles se tiennent tranquilles. Enna demanda :

« Est-ce là que loge ma mère ?

– Non, c'est plus loin. »

---

1. *Libération de toute contrainte, loi anglaise de 1840 reprenant la loi française de 1838 qui, elle, dut attendre un demi-siècle pour être généralisée.*

On longeait un couloir. De chaque côté, une succession de portes aux verrous apparents, avec des lucarnes à hauteur d'homme. Peint en noir, un chiffre les marquait. Le guide s'arrêta devant le numéro sept, ouvrit un volet carré, jeta un coup d'œil et s'effaça. Enna regarda longuement, poussa un cri déchirant et détourna la tête.

« Dieu de bonté ! Ce n'est pas possible ! »

Antonine voulut voir. Une vieille femme nue, le crâne rasé, squelettique et couverte d'escarres, gisait sur le pavement d'une étroite cellule. Un corset de fer, à double rangée de lames épaisses, cerclait sa poitrine et ses épaules. Une chaîne courte l'attachait au mur. Reliés par une tige rigide, deux bracelets métalliques enserraient ses chevilles et, véritables abots*, interdisaient la marche. Tel un instrument de torture, l'armature métallique collait les bras au corps. La prisonnière agitait ses mains avec frénésie. Antonine hurla d'horreur en reconnaissant sa grand-mère, l'Étiennette, la folle, la victime d'un fou alcoolique et lubrique. Elle s'écarta du judas et prit sa tante dans ses bras.

« Mieux vaudrait qu'elle soit morte. Pourquoi la traiter comme une bête maudite ? »

Le directeur avait l'habitude des scènes pénibles et rétorqua posément :

« Il nous a été impossible d'agir autrement. Elle a agressé sauvagement des malades, des surveillants, des médecins. Nous avons dû l'isoler dans une cellule et faire en sorte qu'elle ne puisse pas se blesser gravement. C'est difficile et dangereux de donner des soins à une furieuse qu'il faut faire manger de force pour qu'elle puisse vivre. Voulez-vous la voir une fois encore ? »

Les deux femmes refusèrent. Elles avaient hâte de fuir cet enfer humain. Dehors, face au bleu profond du ciel, la fille aînée des Mercadour pria la Vierge Marie en sanglotant. L'épreuve l'avait tellement épuisée qu'elle dut se reposer un long moment sur un mur bas. En la prenant aux épaules, sa nièce lui confia que, si le cordonnier avait encore été de ce monde de malheurs, elle serait allée le tuer.

« Plus jamais je ne reverrai ma mère. Je n'en aurai pas le courage. Mais si Dieu est juste, il la fera promptement mourir dans cette tombe. Et c'est dans les tourments des flammes, pour l'éternité, qu'il aura jeté mon père. »

Antonine ne répondit pas. À tout bien considérer, le Pégat ne s'était pas plus mal conduit avec sa femme que le plus grand nombre des maris. Non et non ! Ce n'était pas à Dieu de rendre cette justice terrestre, mais aux femmes. Aux seules femmes ! Elle se rendait compte que ses haines et les violences de son cœur étaient toujours en elle, impétueuses et absolues.

À Aspremont, une mauvaise nouvelle.

Jean Joussaud vient de mourir. Personne n'a réussi à lui fermer les yeux. Et le village a peur, sachant bien qu'un mort dont les paupières restent entrouvertes annonce un prochain malheur.

Enna n'a pas voulu que son amie reste seule face à des difficultés de toutes sortes. Elle a couru vers la maison des Joussaud, tout en haut du village. Épaisse et solide, la bâtisse s'étale au pied de la colline. Ses dépendances s'accrochent à elle et encadrent une aire coloriée de volaille et de moies*. Un âne gris à poils longs erre, flegmatique. De temps à autre, il frotte ses flancs contre un angle de mur car des tiques le dévorent que personne ne lui enlève. Une foule bavarde encombre la chambre du défunt. À la campagne, la mort n'est pas lugubre. Elle est un état naturel, une suite de la vie, sa conséquence. Alors, pourquoi s'en alarmer ?

Celui qui, glacé et raide, repose sur son lit a eu une bonne vie de travail et sa part de misères. Mieux vaut la disparition de ce monde que la déchéance physique. On exprime sans détour cette façon de penser à la Joussaleto, la seule qui ressente un vrai chagrin. Dans le fond, elle aimait bien son vieux père, qu'elle a dévotement soigné.

La Marie-Anne arbore une mine satisfaite. Enfin, il a été retranché de cette terre, l'objet du scandale. Son allégresse choque. Certes, personne ne lui demande de pleurer le pauvre mort puisqu'on connaît ses sentiments à son égard. Mais on aimerait qu'elle se taise, seulement qu'elle se taise. N'osant la bousculer par respect des convenances, les visiteurs finiront par la reléguer à la cuisine. Ne faut-il pas offrir à boire ? C'est à la veuve d'observer cette coutume. La Joussaude paraît se réjouir de tenir ce rôle effacé. À vrai dire, elle ne supporte pas de revoir le visage du disparu. Ces pupilles fixes lui font peur qui semblent épier ses mouvements et scruter son visage. Comme deux chiens de l'enfer !

La veille de son trépas, le malade avait reçu des amis et leur avait confié que des manigances de jeteurs de sorts étaient responsables de son malheur. Il montrait ses avant-bras décharnés. Pour être dans un tel état, il fallait qu'on l'eût *enmasqué*. Quelle plus belle preuve ! Bien que ce fut l'avis général, on garda le silence car parler de *masc* au chevet d'un moribond peut engager son salut pour l'éternité.

Au moment où, le croyant assoupi, ils s'en allaient, sans bruit, un éclat de rire les avait fait sursauter. Ils vinrent se pencher sur celui qui ne prenait pas son trépas au sérieux.

« Ho Joussaud, que t'arrive-t-il ?

– Il y a, mes collègues, que même le *Bèlin*[1] ne peut plus rien pour moi. Pourtant, je me réjouis d'une vision que le ciel m'envoie, peut-être pour me consoler. La Marie-Anne rôtira dans le feu des vengeances infernales. De le savoir fait mon dernier plaisir sur cette terre et la mort moins dure à accepter. »

Il n'ajouta rien. La Joussaleto l'avait trouvé déjà froid, au petit matin, les mains à la gorge, les yeux à demi ouverts. Des humeurs coulaient de ses narines. Pas une seule fois, il n'avait évoqué des souvenirs d'Auguste, de Damiane, d'Antonine… Seules l'avaient tourmenté sa jeunesse, ses fiançailles et cette Marie-Anne qu'il aimait encore de toute la force de son dépit et de sa haine.

Aquéu paure Jan ! (Ce pauvre Jean !)

---

1. *Réminiscence de croyances celtes. Lou Bèlin est le chêne le plus vigoureux de la forêt, le « maître ». Il suffisait de passer quelques heures sous son feuillage pour être revigoré ou guéri. Par contre, lou Guien, arbre majestueux mais solitaire, était néfaste. Aucun oiseau n'y nichait ou ne s'y posait. Un dicton affirme : «* Vai t'en souto lou Bèlin. Ma vai t'en pas souto lou Guien. *(Mets-toi sous le Bèlin. Mais évite de rester sous le Guien.) »*

Un si brave homme ! Hélas ! on ne choisit ni sa famille ni son entourage. Des forces inconnues vous les imposent, et elles seules savent dans quel but ou pour quel châtiment. L'habit de ses noces, dont le mort a été revêtu, sent le bois de camphre qui, pendant des décennies, en a protégé le tissu contre mites et cafards. Trois grains de gros sel ont été jetés dans de l'eau bénite pendant qu'on récitait trois *Pater* et trois *Ave*. Un rameau d'olivier sert à asperger le cadavre allongé sur une planche et à faire sur lui, lentement, de larges signes de croix. La Joussaleto a recouvert glaces et miroirs avec des linges blancs, car il faut éviter que l'âme du mort y reste prisonnière au lieu de s'envoler vers le ciel. Elle a arrêté la course du balancier de la grande horloge du couloir : le temps des morts est si différent de celui des vivants ! *Aquéu paure mouart* (ce pauvre mort) reposera bientôt dans un cercueil assemblé à dos d'âne, à l'odeur pénétrante de bois de cyprès. Il emportera son anneau de mariage, un crucifix, sa canne et sa pipe. On console sa fille avec des mots bêtes d'amitié :

« Mieux vaut porter le deuil que le linceul… Quand ton deuil sera vieux, le mien sera nouveau… »

Aucune dépouille humaine ne devant rester seule dans sa maison, une veillée est organisée. Du café chassera le sommeil. On racontera des histoires de sorciers, de fantômes, de vampires, de morts fantastiques… Afin d'amorcer une réconciliation, on s'efforcera de passer quelques heures en compagnie de ceux dont une dispute a fait des ennemis. Refuser une amitié offerte au chevet d'un défunt engagerait dans le malheur et la mort. Anecdotes osées et gaudrioles seront appréciées, sans aucune gêne et en riant fort, un peu comme un dernier hommage.

Antonine fait le récit de son voyage à Marseille. Que d'émerveillements ! Elle a vu des bateaux enhuchés* avec des mâtures si hautes qu'on n'apercevait plus les mouettes qui s'y posaient. Il y en a qui crachent des tourbillons de fumée et battent la mer dans un bruit infernal. Elle décrit la foule des trottoirs, animée et fracassante, mime les gestes des marchands ambulants, répète les injures et chante les appels à la clientèle. Le vitrier qui passe, sa hotte sur le dos… L'aiguiseur de ciseaux et couteaux… Le ramasseur de chiffons et de peaux de lapin… Le vendeur de chichis (beignets frits dans l'huile) et de limaçons blancs, bouillis dans l'eau salée… Ce spectacle permanent fait tourner la tête et épuise. Elle ne parlera pas de l'asile de fous et de l'Étiennette, ce mort vivant. En revanche, elle est prolixe à propos d'une séance de pose chez M. Aicard, un photographe dont l'atelier est sur la Canebière. L'artiste lui a fait appuyer le coude sur une sellette en bois tarabiscotée. Tout autour, il y avait des plantes jamais vues avec de grandes feuilles vertes. Les épreuves sous verre, encadrées de métal doré, sont à la Guette. Superbes ! Elle est rouge du plaisir de bavarder. Une fille lui propose un peu de repos, chez elle. *Lou paure mouart* a bien assez de présences auprès de lui. Enna le permet. Dehors la nuit est d'un noir si profond que, dans les ruelles, on discerne à peine les angles des maisons. Une étoile filante raye d'un long trait vert phosphorescent le ciel piqué de points d'argent nets et brillants. Antonine s'exclame :

« Bel ange, Dieu t'accompagne en paradis[1]. »

En passant une porte d'entrée, sa compagne la prend par la main et chuchote :

« Surtout, ne fais pas de bruit ! »

Puis, elle l'entraîne à tâtons, à petits pas. Une bougie est allumée. La chambre paraît vaste où des pans d'ombre basculent à la danse de la flamme jaune. On devine une armoire en bois luisant, un bahut, deux chaises paillées. Le lit a des panneaux épais et brillants. La jeune fille se déshabille aussitôt, sa chevelure coule sur ses épaules. Les bras haut levés, elle enlève sa chemise et se débat pour démêler des mèches accrochées à de minuscules boutons de

1. *Croyance populaire. Les étoiles filantes seraient les âmes des bons chrétiens partant pour le paradis.*

nacre. Son ventre bombé a des courbes douces et s'agite de tant d'efforts. Il est ombré d'une toison légère, nettement tranchée par des lèvres minces. La nièce d'Enna ne s'attendait pas à une telle familiarité. Dans sa tête trottent les propos équivoques d'Amandine décrivant le plaisir qu'on éprouve à contempler une nudité de femme.

« Lucienne, pourquoi te mets-tu toute nue ?

– Parce que je dors mieux.

– Ce n'est pas honnête.

– Que tu es bête ! »

Elle n'insiste pas, ne tenant pas à passer pour sotte aux yeux de l'impudique, qui étire un corps blanc aux hanches hautes, aux seins ronds. Elle se déshabille dans une zone d'ombre et se coule dans le lit. Lucienne l'y rejoint, l'effleure de son souffle dans le cou et les oreilles. De l'énervement finit par pointer et courir sur la nuque d'Antonine, que la gêne fait reculer. À voix basse, sa compagne confesse qu'elle aime dormir avec d'autres filles.

« As-tu déjà connu les caresses et le plaisir ?

– Jamais !

– Veux-tu essayer ? »

Le corps de Lucienne est doux à toucher, soyeux comme des cocons de magnan. Sa peau sent vaguement l'herbe qui a séché en tas, une odeur forte, à la fois âcre et fade. Antonine est embrassée sur l'épaule, doucement, avec de petits bruits de lèvres. Elle s'enhardit et rend les baisers tandis que des doigts glissent doucement sur ses hanches, ses cuisses, son ventre. Des sensations bouleversantes l'envahissent par vagues. La chaleur de seins plaqués contre les siens l'agace et lui fait pousser des soupirs. Oui, tout cela est agréable !

Les deux jeunes filles s'endormiront lasses, satisfaites l'une de l'autre. Au matin, en pleine lumière, en toute joie, elles referont les gestes d'amour ébauchés, la nuit, avec timidité et jureront de se revoir pour mieux s'aimer. Par la suite, elles se rencontreront à maintes reprises. Fêtes, cérémonies, visites… Elles auront des étreintes brèves ou plus recherchées. Puis, elles se caresseront à la recherche de sensations nouvelles, en disant des mots tendres, comme de vieux amants.

Cette liaison durera des mois.

Puis, un jour, pour des questions d'intérêt paysan, Lucienne sera mariée par ses parents. Elle ne voudra pas froisser son amie, dont elle a reçu les confidences à propos de sa haine et de son dégoût pour les hommes, en lui avouant la vérité du mariage. En refusant de revoir la fille de la Guette, elle la laissera insatisfaite d'explications trop vagues et déçue de voir son premier amour s'échapper de son existence.

XXV

Jeanne Joussaud devient gouvernante et Fouassard meurt

Le testament olographe de Jean Joussaud exige un enterrement civil. Pas plus mort que vivant, le vieux paysan athée n'entrera dans une église. Le tour pendable qu'il joue à son épouse est vite connu d'Aspremont et de la vallée. Les hommes approuvent le disparu qui, fidèle à ses convictions, mérite le respect. Les femmes jugent démentielles les ultimes exigences du défunt. Un baptisé doit en terminer avec Dieu sur la terre au moins par une bénédiction, sinon comment peut-il espérer en Sa miséricorde ? Dépitée, la Marie-Anne souhaite se conduire en chrétienne et épargner la géhenne biblique à son mari, car l'absoute doit se faire dans un lieu consacré. Et elle court d'une maison à l'autre avec l'espoir de rameuter des bonnes volontés afin que le cercueil soit porté dans la maison du Seigneur. De force, s'il le fallait, car la hardiesse pour la cause de la religion catholique est toujours récompensée.

Le jour des obsèques, la Joussaleto fit arrêter la charrette des morts sur le parvis de l'église, le temps de la récitation du *Credo*. Puis, sans croix, sans la présence du curé, le cortège s'engagea sur le chemin du cimetière. Le disparu pardonnerait cette interprétation d'un testament respecté à la lettre. Peut-être y gagnerait-il son salut éternel ?

Antonine ne cessait pas de penser aux caresses nocturnes. Elle était impatiente d'une deuxième rencontre afin de retrouver ces émois charnels qui grisent comme un alcool. La douceur des étreintes faisait apparaître plus horrible la brutalité des ivrognes qui l'avaient déflorée. Elle enrageait de n'avoir pas encore savouré sa vengeance sur d'autres hommes, car les deux criminels avaient suivi le cordonnier dans la tombe. L'un s'était rompu le cou en tombant d'un toit et l'autre avait été foudroyé par une rupture d'anévrisme. Elle était persuadée qu'ils paieraient leur forfait dans les tourments de l'éternité. N'est-ce pas pour le châtiment d'êtres de ce genre que l'imagination humaine a créé l'enfer ?

De violentes disputes éclatent dans la maison des Joussaud.

La veuve exige de vendre les biens familiaux pour en offrir le produit à l'évêché. Cette œuvre pie rachètera les turpitudes des siens. Quelle vie d'abjection sa fille a dû mener à la Guette ! Elle reprend les calomnies que le Mercadour n'avait cessé de cracher pendant des années. La Joussaleto pique des colères bleues. Que lui importe que les chapelles du diocèse aient besoin de statues et d'ornements ! Elle refuse de voir disparaître en futilités le travail de son frère, de son père, de ses aïeux et discute âprement, mais en vain, car une folie religieuse emporte sa mère. Alors, avec le testament du disparu et la donation qu'il lui a consentie sur ses biens propres, elle part pour la ville, où le notaire établit ses droits. Désormais, elle aura assez de revenus pour vivre avec décence. Pourtant, une occupation lui sera nécessaire. Peut-être achètera-t-elle une bastide ? Homme serviable, le tabellion promet son aide.

Quelques semaines plus tard, elle recevait une lettre d'un commerçant se recommandant de son ami, Me Philippe Nadaud. Le solliciteur venait de perdre son épouse et recherchait une personne de confiance pour tenir sa maison et l'aider à élever trois jeunes enfants. Elle se présenta et fut engagée. Ses talents de cuisinière, sa propreté méticuleuse, sa gentillesse bougonne la firent rapidement apprécier. Elle racontait merveilleusement légendes, contes, histoires du pays provençal, en les émaillant de dictons et de proverbes… Au bout de quelques mois, les garçons déjà grandets ne se passèrent plus de cette gouvernante qui adorait leurs espiègleries et leurs jeux bruyants.

Souvent, elle évoquait la Guette comme une sorte de paradis où elle avait connu des jours heureux. Mais elle ajoutait aussitôt, en toute sincérité, que même pour une fortune, elle ne retournerait pas y vivre. Elle avouait aimer ces gamins turbulents qui, après l'avoir taquinée et irritée, ne savaient que faire pour être pardonnés et embrassés. Lorsqu'elle distribuait des portions de gâteau congrues, ils les lui rendaient en récitant :

Tanto Jano,	Tante Jeanne,
fai ti grasso.	engraisse-toi.
Vaqui un amelo.	Voici une amande.

Le plaisant cérémonial imitait l'offrande des rois mages. Menaces verbales et moulinets avec une louche en bois n'inspiraient aucune crainte à ces trois petits diables. Alors elle finissait par céder et, avec de grands rires, leur offrait le restant de pâtisserie.

Le maître de maison en vint à lui confier les clés des armoires, puis celle de la cassette en fer où il serrait l'argent nécessaire à la bonne marche d'une famille bourgeoise. Il s'étonna qu'elle fît des économies et lui en sut gré. Désormais, il la traita en parente dont le franc-parler et la rudesse étaient les gages d'une sincère affection. Vraiment, elle ne souhaitait pas revenir à la Guette ; la maison où l'on aime vivre est celle où le cœur s'ouvre, où les commensaux reçoivent avec gratitude l'amour qu'on leur offre. Les mois passant, elle n'hésita plus à réprimander les trois garnements et distribuer quelques calottes. Antonine se serait révoltée. Mais ces grands enfants acceptaient, tout en s'en moquant ouvertement, l'autorité et les sautes d'humeur de leur gouvernante. Quelle joie pour une farce, un anniversaire, une fête ! Embrassades, paroles affectueuses et cadeaux… Elle en vint à les chérir comme des fils. Complice bienveillante de leurs sottises, elle ferma les yeux sur leurs premières frasques de jeunes hommes et les conseilla avec discrétion mais fermement. En amie et confidente, mais aussi en paysanne sage et prudente qui savait que : « *Marrit enfant fa bouan ome*. (Le méchant enfant fait le brave homme.) »

Enna lui apportait des produits frais de sa ferme. Jeanne offrait confiseries, gâteaux, épices. Intarissable sur sa maisonnée, elle en faisait admirer l'ameublement, la décoration, l'argenterie, la vaisselle, le linge. Parfois, la maîtresse de la Guette enviait le bonheur de son amie à s'occuper d'enfants. Mais en allant au bout de sa réflexion, elle réalisait qu'elle ne souhaitait pas un tel sort. Comment aurait-elle pu vivre sans l'amour de son mari, égoïste et absolu, fait de plaisir, de reconnaissance, de sentiments confus, agréables et souvent bouleversants ?

Maintenant, elle laissait toute liberté à Antonine, cette femme secrète, indépendante, hautaine, si différente de la fillette enjouée de jadis. Elle désirait la marier car elle aspirait à rester seule avec son époux ; sa vie s'arrêtait à lui, rien qu'à lui. Mais Dieu permet-il de s'abandonner à ce point à un autre être vivant ? Parfois, elle confiait ses craintes de l'avenir à la Joussaleto qui, au lieu de chercher à comprendre ces sentiments profonds, ne savait que parler des fils de la maison, de leurs ennuis de santé, de leurs études. Étonnée par tant d'exubérance, elle soupçonnait son amie de confondre une admiration certaine pour le veuf fortuné avec le dévouement à ses rejetons.

Antonine venait parfois embrasser sa bonne tante. Elle tenait pour des vauriens ces garçons irrévérencieux, portés à la moquerie et, un jour, affirma tout net que c'est au fouet qu'il fallait les élever. La Joussaleto en exprima son dépit en termes si vifs que la jeune femme espaça ses visites. D'ailleurs, elle détestait badauder en ville, où les mâles collaient à ses jupes ainsi que des chiens après une femelle. Pour les faire tenir tranquilles, elle les aurait volontiers émasculés et le disait en termes crus. Enna tentait de lui expliquer que les hommes ne sont pas tous mauvais ou désagréables. N'est-ce pas le destin des femmes de leur appartenir et de partager leur vie ? Vains propos ! La maîtresse de la Guette ne pouvait imaginer que sa nièce était une amoureuse comblée. On s'ignore à force d'être familier et souvent la vie commune éloigne les uns des autres jusqu'à l'indifférence.

Travaux après travaux, le domaine des Fouassard, géré avec intelligence et compétence, continue son chemin paisible à travers les saisons. L'oncle fait confiance à la fille de la maison, dure à la tâche et fière de ses responsabilités. Il est vrai qu'elle sait tout faire et découvre sur l'instant le désordre, le manque ; le « faire-le-faut »… Déjà, elle se comporte en maîtresse qui n'écoute que sa propre raison. Grâce à elle, des murs de *restanco*, face au sud, retiennent des ados de terre meuble, largement fumée. On y fait pousser des primeurs, enchaussées et paillassonnées pour les protéger des gelées tardives ; les épiciers de la ville les achètent un bon prix.

L'exploitation des bois loués à la commune plaît à la jeune femme. Elle les parcourt pour les baliver et flache* les arbres à abattre. Les coupes sont confiées à un *esclapaire* (coupeur de bois) à qui elle a offert le tiers des bénéfices. Pour ce travail, son oncle aurait dû gaspiller trop de temps si utile par ailleurs. Dépouillées de leurs feuilles, les émondes servent à faire du charbon qu'on mêle avec du fraisil avant d'être ensaché. Le gros bois débité est entreposé à la Guette, prêt à la livraison. Elle veille au débroussaillage des sous-bois, à l'élimination des drageons et des épinaies, refuges des lapins de garenne. Collecteur averti, elle réduit avec des lacets la population de ces dévoreurs et vend ses victimes sur les marchés. De peu de rapport, les pigeons ont été délaissés. La nouvelle préoccupation de la Guette est la porcherie, où des verrats, bêtes magnifiques, sélectionnées comme reproducteurs, sont offerts à des prix élevés aux foires régionales. Au rythme des lunaisons, un gargot* vient saigner[1] les pourceaux achetés sur pied par des charcutiers.

Antonine s'occupe de la cuisine. Mais elle manque de tour de main et gagne du temps en

1. *Pour que la viande fasse du profit à la cuisson, les truies étaient tuées à la lune vieille et les verrats saignés à la lune nouvelle.*

servant, d'entrée, quelques abat-faim. Maîtres et serviteurs s'accommodent d'estouffades, d'œufs et de pommes de terre cuits sous les cendres. Viandes d'agneau et de chevreau, salaisons et charcuterie sont abondantes. La soupe est faite avec des légumes du jardin, des céréales et des morceaux de poitrine de porc. La ferme est riche de fruits, frais ou secs, et de confitures. Parfois, on grignote des gâteaux de la tante Jeanne, auxquels Antonine préfère baisures et grignes de pain. Le Célin l'en taquine. Avec le temps, il aime de plus en plus tendrement sa nièce qui, elle, accepte cette affection de père et ne sursaute plus lorsqu'il la prend par les épaules en l'appelant : « Ma louve sauvage… » Qui résisterait à la douceur tranquille du *récuraire* ? Il se plaît à lui faire des cadeaux, telle cette guédoufle* en verre coloré, représentant deux oies, les cous haut levés et tortillés. En la lui offrant, il a dit presque timidement :

« Tu vois, elles sont cœur contre cœur et détournent la tête. Comme toi et moi… »

Elle a eu un pincement dans la poitrine, une sorte de réaction d'orgueil et de mépris pour cet aveu d'un amour masculin.

Il pleuvinait.

La Sainte-Catherine de cette année 1892 traînaillait à travers la vallée des brouillards froids que les collines ébouriffaient et lançaient en cavalcade vers les masses nuageuses. Des gouttelettes perlaient au bout des branchettes. Les échos ne renvoyaient plus, en harmoniques, des bruits d'attelages, d'outils, de souliers ferrés. Le Fouassard frissonna. Trempée de crachin, sa veste était dure comme une armure. Un vol d'étourneaux traçait des spirales folles, en rebondissant d'un banc de brume à un autre. Mauvais temps ! On ne fait rien de bon sous la bruine. Mieux valait ne pas s'attarder. Soudain, il eut froid dans les os. Ses articulations douloureuses l'épuisaient et il dut tirer ses jambes, pas à pas, avec la sensation vertigineuse de s'enfoncer dans le sol. L'air humide plombait ses épaules et le faisait ahaner. À la Guette, il s'affala sur une chaise. Des frissons l'agitaient. Tout vacillait autour de lui. Antonine s'inquiéta :

« Oh, mon oncle, que vous arrive-t-il ? »

Il fut incapable de répondre. Un feu dévorait sa poitrine, juste au-dessus du foie. Des éclairs traversaient sa tête pour éclater en mille soleils. Il voulut se lever. Les murs basculèrent devant lui et il s'écroula au sol. Sa nièce appela la servante et toutes deux le relevèrent et l'emportèrent dans sa chambre. Il fut déshabillé, massé, frotté avec des serviettes chaudes. Pour la première fois, Antonine voyait la nudité d'un homme et fut sensible à la peau blanche, aux muscles longs et fins, à cette sveltesse du corps, qui lui rappelaient Lucienne. Ses gestes se firent plus doux pour frictionner la victime d'un refroidissement avec un mélange d'essences de marjolaine, d'eucalyptus, de thym et d'huile d'olive.

Enna s'installa au chevet de son mari. Elle ne quittait pas des yeux ce visage qui lui avait redonné la joie de vivre et l'amour. En ce jour de la Sainte-Catherine, promesse de vies nouvelles, quelque chose s'achevait qu'elle ne discernait pas. Elle souffrait de la souffrance de celui dont elle vivait, et ses mains brûlaient de la même fièvre. Le troisième jour, l'alité reprit un peu de lucidité et caressa les hanches de sa femme ; des décoctions de sauge avaient diminué les sueurs qui trempaient les draps. Mais sa respiration sifflait et des quintes de toux l'anéantissaient. Des filaments verts et jaunes avec des filets de sang apparurent dans ses crachats. La douleur qui poignardait son torse au moindre mouvement le faisait geindre lamentablement.

Alors Antonine attela la maringotte et la mena grand train jusqu'à la ville. Elle sollicita la visite d'un médecin qui vint tranquillement, le lendemain, au pas d'un cheval zain, bellement gigoté et harnaché de cuirs clairs. L'homme de l'art grommela qu'il était fatigué d'avoir fait près de trois lieues dans le froid. Puis il réclama une boisson chaude et le prix de la visite. Après quoi, il consentit à ausculter le malade et ordonna des potions, des sinapismes, des frictions. Les questions de l'entourage parurent l'excéder.

« C'est une fluxion de poitrine. Il peut s'en tirer car il a l'air de bonne constitution. Il reprendra peut-être le dessus dans trois ou quatre jours. Sinon… »

La phrase resta inachevée. Enna s'effraya au point d'exiger, avec colère, d'autres explications. Lui avait appris qu'il fallait parler durement à ces paysans durs avec eux-mêmes.

« On ne peut pas grand-chose pour lui. Ces médicaments-là, c'est miton-mitaine… »

Cinglant le cheval à coups de fouet, Antonine reprit le chemin du chef-lieu pour acheter les remèdes prescrits. Elle s'absenta cinq heures. Dès son retour, elle se précipita dans la chambre de son oncle qui paraissait dormir, le visage érubescent. Hélas ! Malgré soins et remèdes, la maladie empira. Des compresses de vinaigre froid sur le front n'ôtaient ni la fièvre ni la souffrance. Célin se mit à délirer, à parler d'oliviers, à évoquer le drame qui l'avait fait orphelin. Il n'aurait à emporter de cette terre que la gerbe d'amitié liée, brin à brin, à la Guette. Son épouse devrait se rappeler de lui. Oui ! Ils se retrouveraient. Plus tard… Ailleurs… Délivrés d'eux-mêmes… Pour toujours… Chaque mot arrachait ses entrailles. Cuillère après cuillère, Enna lui faisait avaler une décoction de pavot. Mais rien ne l'apaisait. Penchée sur lui, elle entendit, dans un affreux bruit de soufflet et de gargouillis, le refrain populaire des fêtes de la Tarasque, dans la vallée du Rhône.

La Tarasco !	La Tarasque !
La Tarasco !	La Tarasque !
Lagadigeu !	Lonlaire !
La Tarasco de casteu,	La Tarasque du château,
Laissas la passa,	Laissez-la passer,
La vièio masco,	La vieille sorcière,
Laissas la passa,	Laissez-la passer,
Que va dansa.	Pour aller danser.

Cette chanson, le Bastien la fredonnait à ses heures de joie. Pourquoi le mourant la reprenait-il ? Épuisée de fatigue, les nerfs tendus à rompre, la maîtresse de la Guette revivait, par un phénomène bizarre, chaque instant du trépas de son premier mari. L'identification s'était faite, malgré elle. Elle avait aimé le même homme à travers deux personnages et, en vérité, n'avait aimé qu'elle-même dans la mesure où elle avait tiré jouissance et profit de deux amours. Afin qu'il puisse lui pardonner, le fermier de Senas avait-il voulu qu'elle revécût son agonie, celle qu'elle avait fuie, autrefois, follement ? Le malade s'agitait, disait que le travail ne peut pas attendre. On le recouchait sur ses oreillers. On tâchait de le faire boire et de calmer ses souffrances. Enna vivait sa propre passion, sa montée vers un calvaire inattendu. À bout de forces et de nerfs, elle finit par sombrer dans un état hypnotique.

Célin Fouassard quitta cette terre à l'heure de midi, le deuxième dimanche de l'Avent, tandis que, terrassées par l'épuisement, Enna et Antonine dormaient, la tête appuyée sur la courtepointe du lit. La nièce ferma les yeux de ce visage enfin apaisé. L'épouse refusa de toucher le cadavre, même pour un dernier baiser, car tout son être refusait ce contact. Pauline, la servante, alla à Aspremont prévenir le curé et le maire. Des femmes du village[1] vinrent accomplir les gestes rituels millénaires et habiller le défunt.

1. *« Dans beaucoup de civilisations, les soins aux morts et les rituels funéraires ont incombé aux femmes. C'est qu'on les jugeait plus liées que les hommes au cycle – l'éternel retour – qui entraîne tous les êtres de la vie vers la mort et de la mort vers la vie. Elles créent, mais aussi elles détruisent. » (Jean Delumeau* – La Peur en Occident*).*

La veillée mortuaire se fit dans la cuisine. Antonine servait à boire. Avec des mots simples, elle répétait à sa tante la profondeur de son chagrin et appelait son oncle : « Mon pauvre papa… ». Devant la dépouille de cet homme bon et intelligent, dans les bras l'une de l'autre, les deux femmes de la Guette livraient leur douleur au néant et leurs sanglots rebondissaient sur les murs de la vieille maison.

Elles auront à supporter les allées et venues bruyantes des visiteurs. Elles auront à subir rires, plaisanteries, allusions… Ces mauvaises réputations de certaines familles… Ces lieux où on ne vient que pour mourir… Ces femmes qui dévorent la vie de plusieurs maris… Chaque réflexion frappera la jeune femme en plein cœur ; elle retrouvera, intactes, la bêtise et la méchanceté villageoises dont sa sensibilité avait tant pâti. Volontiers, elle aurait jeté à la porte ce ramassis de cancanières. Mais au cours d'un deuil, il faut savoir supporter, comme une peine supplémentaire, le sans-gêne et l'indécence d'autrui.

Il n'y eut pas de fleurs sur le corbillard. Antonine avait confectionné des couronnes et des bouquets de branches d'olivier. Le cercueil de l'ancien *recuraire* fut mis dans le caveau des Leroy à côté de celui de Bastien. Par la suite, Enna fit poser sur la tombe une pierre blanche sculptée portant, en lettres noires, l'inscription :

À mes deux époux adorés.
Bastien Leroy (1840-1876)
Célin Fouassard (1846-1892)[1]

Aspremont fit des gorges chaudes de cette extravagance. Aux étrangers, on montrait l'épitaphe pour les distraire, mais aussi pour se moquer, comme une revanche, des deux hommes que la Guette – croyait-on – avait si rapidement tués.

---

1. *Au vieux cimetière de Fréjus (Var), on peut encore lire sur une tombe très ancienne une plaque de marbre portant l'inscription « À mes trois maris adorés ».*

XXVI

L'étrange comportement d'Antonine Mercadour

De nouveau, la Guette reste entre des mains de femmes.

Au milieu de ses champs Enna paraît perdue. À la ferme, elle tente de faire survivre le pauvre mort. Pourtant son cœur et sa chair savent qu'il est disparu à jamais. Antonine s'irrite de la mélancolie où sa tante a sombré. Une telle apathie la rend furieuse car il lui faut, maintenant, assurer les tâches quotidiennes. Son premier acte autoritaire a été de chasser Pauline. À ses yeux, la servante a eu le tort, en voulant plaire à la maîtresse, de négliger son travail.

La veuve Fouassard a hérité les biens de son défunt mari. Elle a laissé la Rouvière à ses cousins, qu'elle croit honnêtes. L'affaire s'est réglée chez le notaire. Sa nièce a discuté âprement. Le lourdaud de Champmercier et sa sotte d'épouse l'indisposent dont la haine à l'encontre de leur parenté par alliance est évidente. Persuadés qu'une inconnue a volé les terres qu'ils estimaient devoir leur revenir, ils ont contesté avec aigreur le revenu fixe exigé d'eux à titre de fermage. Mais Antonine s'est montrée intransigeante. Enna aurait volontiers cédé. Elle ne pensait à la Rouvière que pour s'y rendre à la recherche de souvenirs de son mari. Au retour de ce pèlerinage douloureux, elle s'enfoncera dans son chagrin et se complaira à évoquer ses anciennes joies d'amour. Sur ses tempes, comme un intersigne menaçant, des cheveux gris olivier…

Antonine supporte difficilement le comportement de cette femme désemparée. Elle n'admet pas la maladresse qui laisse s'enfuir le troupeau, l'indifférence qui harnache mal les bêtes de somme et les blesse, l'oubli des gestes paysans saisonniers. La voilà obligée de se débattre seule, rudement. Bien que tous reconnaissent le travail comme la règle essentielle de la vie, des journaliers s'indignent de la dureté de la nièce de la maîtresse du domaine. Si les servantes sont jolies et accortes, la petite Mercadour exige d'elles ce que Lucienne lui apportait. Peu refusent. Chassées, elles racontent leur expérience. Cela fait rire les hommes, qui n'y voient point trop de malice. Les femmes sont envieuses dont la soumission aux mâles est le tourment.

Sa tante a fini par se rendre compte d'habitudes que, depuis la disparition du Célin, Antonine ne dissimule plus. Elle fait de vifs reproches à ses filles de ferme. Ce que veut la jeune maîtresse – lui répondent-elles – n'est pas désagréable. Dans d'autres fermes, il leur fallait subir sans protester la lubricité du propriétaire ou de ses fils si elles voulaient manger à leur faim. C'était répugnant et dangereux. D'ailleurs, la demoiselle sait être gentille et généreuse. Vrai qu'on l'aime bien dès qu'on la connaît mieux. Ne sachant quelle attitude prendre, Enna parle crûment de mariage.

« Comment peux-tu, toi qui me regardes vivre depuis ma naissance, me demander une telle chose ? Ne sais-tu pas que les hommes me dégoûtent ? Mais est-ce que cette aversion fait que je ne sois pas une femme ? Quelle morale m'interdirait d'aimer qui j'ai envie d'aimer ? Celle qui m'a faite orpheline ? Celle qui a permis que des ivrognes me violentent comme une bête dès qu'ils ont su que je n'étais plus une enfant ? Non et non ! Et cesse de m'importuner ! »

Passent les saisons.

Lentement, inexorablement.

Antonine va rarement à Aspremont. Naissances et décès lui sont indifférents. Elle veut ignorer les événements qui se déroulent en France et dans le monde.

Sa vie, c'est la Guette, rien que la Guette.

Après avoir fait don de ses biens à l'évêché, la veuve Joussaud passe le plus clair de son temps à l'église d'Aspremont où elle nettoie, époussette, balaie, cire, astique. Le curé la supporte sans patience et les enfants auxquels elle enseigne des rudiments de catéchisme se moquent d'elle avec cruauté. Ne souhaitant pas déplaire au clergé, qui a facilité leur installation, les propriétaires de son ancienne maison ont laissé une chambre à sa disposition. Dans la vallée, personne n'excuse ce dépouillement volontaire, car l'abandon de l'héritage ancestral est le pire des crimes paysans. Parce que cette folle a enfreint une loi d'airain, elle s'est volontairement mise à l'écart de la communauté. Mais elle est persuadée que son isolement et sa misère sont une pénitence admirable aux yeux de Dieu.

Elle finira par n'être plus qu'une pauvresse méprisée à laquelle nul ne fera la charité d'un mot aimable. C'est par hasard qu'on découvrira son cadavre sur le carrelage de son misérable logis. La terreur de sa mort solitaire sera burinée sur son visage. La Marie-Anne venait d'avoir soixante-quinze ans.

Des hommes, il en venait à la Guette. À la façon du temps, rudes et moustachus, fins de parler, durs à la tâche, avec le compliment et le rire faciles. Ils lorgnaient les femmes et étaient flambards d'apercevoir une épaule nue ou un mollet. Parfois, ils risquaient une allusion, un geste. Jamais directs ou triviaux, ils attendaient la défaillance féminine avec des attitudes de chat guettant un lézard entre de vieilles pierres. Antonine ne prêtait aucune attention à leur manège. Distante et autoritaire, elle complimentait rarement et brusquait souvent. Mais ses critiques étaient justifiées et ses ordres raisonnables. Nul n'ignorait qu'elle savait toutes choses de la terre et, pour cette raison, chacun lui portait respect.

Un jour, elle surprit Denise Esmiole, une femme solide et fessue, mariée au village, à laquelle on confiait les lessives de l'année. Un laboureur vigoureux, engagé pour retourner les chaumes, la besognait sans façon. Elle montrait des cuisses épaisses et grasses et agitait sa masse de lard, en poussant des cris aigus. De la main gauche, à hauteur du cou de son partenaire, elle secouait dérisoirement un nouet rempli de cendres de bois. Spectacle ridicule et peu ragoûtant. Le soir, au souper, Antonine admonesta le couple :

« Demain, tous les deux, vous quittez cette maison. Je ne tolère pas que vous fassiez vos saletés sous mes yeux ! »

Enna exigea et obtint des explications. Pourquoi transformer un amusement en drame ? À quoi bon chasser de bons travailleurs ? Prendre du plaisir sous le soleil de Dieu, est-ce un crime ? Sa nièce resta intraitable. L'image de l'homme suant et ahanant vautré sur cette truie consentante avivait en elle de trop pénibles souvenirs. Les serviteurs malmenés allèrent raconter à travers la vallée que la Guette était une ferme où rien ne se passait comme ailleurs.

Leurs affirmations ne surprirent personne.

Une fin d'après-midi de janvier, au moment où Antonine quittait la foire du chef-lieu, un essieu de la carriole se brisa. Il gelait à pierre fendre. Des loups, des sangliers, des chiens errants, toutes bêtes carnassières, affamées et dangereuses, parcouraient la campagne. C'eût été une folie, le soleil couché, de revenir à pied à Aspremont. Un forgeron consentit à faire la réparation dès le lendemain matin. Une auberge accueillit la jeune femme. À la table d'hôte, des représentants de commerce, des employés célibataires… Fringants et volubiles, ils s'empressèrent auprès de la belle paysanne. Après le souper, on bavarda sans façon. Elle accepta une cerisette, petit verre d'eau-de-vie servi avec une cerise confite. Ces citadins paraissaient sympathiques et leurs compliments étaient habiles. Quand on chanta, elle fredonna les refrains. Elle sourit aux histoires osées que les conteurs appuyaient, à son intention, de gros rires et de claques sur les cuisses. Quand chacun regagna sa chambre, les plus hardis lui firent, sans façon, les trois bises de l'amitié. Elle ne pouvait pas refuser et eut bien du mal à dissimuler sa gêne.

Au cours de la nuit, Antonine est réveillée en sursaut. Un solliciteur frappe à sa porte et prétend, à voix basse, qu'il a des choses importantes à lui confier. Négociant en bestiaux, il veut parler affaires.

« À cette heure ! Me croiriez-vous bête à ce point ? »

Il insiste et secoue la poignée de la porte. Elle crie qu'on l'importune avec des propositions dégoûtantes. Aussitôt, c'est un grand remue-ménage dans le couloir et une série d'altercations. Pourquoi aller contre le refus d'une femme ? L'interpellé proteste bruyamment et affirme que celle qui couche dans un hôtel en même temps que des hommes, c'est une pute, rien d'autre qu'une vulgaire pute. D'ailleurs, il sait, lui qui fait des achats dans la vallée, qu'elle est une traînée à bonnes fortunes. N'appelle-t-on pas sa ferme « le Bourdeau » ? Qu'on lui fiche la paix ! Il est assez grand pour savoir ce qu'il doit faire.

Antonine rugit de colère. Par-delà le temps et la mort, son grand-père, le Mercadour, continue son œuvre néfaste. Elle, une femme à hommes ! C'est plus qu'elle ne peut supporter et elle hurle. La patronne s'affole, ouvre la chambre, se précipite sur le lit où la jeune cliente, les poings sur les tempes, est en proie à une crise de nerfs. Par le diable ! Pourquoi a-t-elle si peur de l'acheteur de bétail, un fort bel homme à la réputation de générosité ? L'amour, c'est agréable. Ce qu'il faut, c'est savoir éviter d'être enceinte. Et un cadeau est toujours une bonne chose à prendre… Mais la nièce d'Enna n'entend rien. De hauts murs l'entourent à l'étouffer. Des rats à face humaine ignoble grimpent le long de ses jambes, l'assaillent, dévorent son ventre. Terrorisée, elle chute dans le vide et perd connaissance. On lui fait boire de la tisane chaude et un verre de marc, on lui frictionne le cou et les tempes, on lui tapote les mains, on lui pose cent questions. Lorsqu'elle reprend ses esprits, elle s'effraye de ces gens en longue chemise de nuit et revoit sa grand-mère, l'Étiennette, hurlant et se contorsionnant à terre, le jour du viol. Alors, elle se cache la tête sous les draps et tremble de tous ses membres. Parce qu'il est impossible de la calmer et de lui faire entendre raison, on la laisse à ses excès. Tard dans la matinée, l'essieu de sa carriole réparé, elle reprendra le chemin de la Guette. Les événements de la nuit l'ont laissée hors de sens.

L'homme publiquement éconduit n'a pas supporté le refus de cette garce. À la vérité – pense-t-il pour excuser la mauvaise action qu'il va commettre –, il n'aime pas les paysannes faciles. À environ six kilomètres de la ville, la route menant à Aspremont traverse un bois épais. Après avoir dissimulé sa voiture bâchée à quatre roues, le négociant en bétail attend le passage de la femme du « Bourdeau » et, pour se réchauffer, bat la semelle. Le ciel est d'un bleu dur, avec une frange opalescente sur les montagnes. Des corbeaux font du tintamarre, tout en haut des peupliers ; des roues ferrées crissent sur les pierres du chemin et ce bruit aigu les fait s'envoler. Une silhouette saisit le cheval par les naseaux pour l'obliger à s'arrêter. Violemment tirée par le bas de la robe, Antonine, pour ne pas tomber à terre, se rattrape aux épaules de celui qui l'agresse si brutalement ; des moustaches brûlent ses lèvres. Elle cogne devant elle, avec ses poings, de toutes ses forces, mais les bras qui la maîtrisent sont puissants.

« Tu t'es bien payé ma tête. Je vais te faire l'amour comme jamais on te l'a fait. »

Reprise par sa terreur physique, elle est sans force. Lui croit à un consentement et l'allonge sur le sol. Dans la cervelle d'Antonine fulgure la dernière vision consciente de l'ivrogne acharné à sa chair de pucelle. Elle crie sauvagement et roule sur les hanches pour se libérer de la lourde carcasse. À plat ventre, elle se ramasse sur les genoux et arque le dos. Il trouve plaisante cette croupe offerte. Allons ! L'affaire a été plus facile qu'il le pensait. Putain ! Oui, toutes des putains dès qu'on les touche… Au moment où il s'abat sur la jeune femme, elle se remet sur le dos et lui plante, jusqu'à la virole, le couteau de l'Auguste dans le bas-ventre. Relevée, elle rajuste ses jupons, remonte sur sa carriole et au fouet, lance le cheval au galop. Elle n'a pas un regard pour l'homme qui se tord de douleur. Le froid lui rend un peu de lucidité et elle fait demi-tour. Son agresseur baigne dans son sang. En arrachant la lame, il a largement ouvert sa blessure. Elle ramasse son couteau, l'essuie avec des feuilles mortes et dit d'une voix calme :

« Va-t'en au diable rejoindre ceux de ton espèce. »

À la ferme, elle racontera, au cours du souper, l'accident de la carriole et la plaisante veillée à l'auberge. Enna sera satisfaite d'apprendre que sa nièce s'est divertie en la compagnie d'hommes jeunes.

Deux jours plus tard, des chevaux hennirent au passage d'une voiture sur la route départementale. On les découvrit attelés, attachés à un arbre et affamés. À quelques pas gisait un cadavre dont les entrailles et le visage avaient été dévorés. La voiture bâchée, à quatre roues, était bien connue dans la contrée. Son propriétaire, de toute évidence ce mort méconnaissable, était M. Roger Dalmatte, bourgeois célibataire et bon vivant de la ville. Les gendarmes supposèrent que le négociant avait fait souffler ses chevaux à l'abri du vent glacial. Le froid avait dû l'engourdir… À moins qu'un malaise ne l'ait terrassé… Cette année, l'hiver était si rigoureux… Les bêtes fauves errantes de la nuit sont si dangereuses… Quelle sagacité policière aurait-elle pu découvrir une blessure faite par une lame sur un corps aussi affreusement mutilé ?

L'affaire fut classée.

La Guette vivant hors du temps, Antonine n'eut pas connaissance du meurtre qu'elle avait commis. Les années passant, elle oubliera ce qui, pour elle, n'avait été qu'un geste de défense. S'il lui arrivait d'évoquer ce pénible souvenir, c'était uniquement pour affirmer sa détermination à ne jamais souffrir une violence masculine. Sa dureté l'étonnait ; elle se savait si tendre et aimante avec les femmes qui, en de rares moments, comblaient l'ennui de son existence.

La veuve Fouassard est incapable d'un travail suivi.

Ses reins douloureux semblent peser dans son ventre. Elle s'est imaginée que les regrets rongent son corps et le font lentement dépérir. Au curé d'Aspremont, elle est allée confesser que ses défunts maris la réclament auprès d'eux. Horrifié, il a souhaité dissiper des pensées aussi funestes en la menaçant d'un châtiment éternel. Furieuse de l'incompréhension du prêtre, elle évitera désormais de le rencontrer. Et mois après mois, elle va s'habituer à l'idée de rejoindre dans la mort les deux hommes qu'elle a aimés. Peut-être retrouvera-t-elle alors des joies anciennes ?

Au fil des saisons, sa santé va se délabrer. Un médecin sera consulté. Utérus dur et volumineux, douleurs fulgurantes, lassitude générale… Ce genre de tumeur régresse quelquefois d'elle-même. Non ! Ce n'est pas si grave que la malade le suppose. À son âge, le mauvais mal[1] chemine lentement. Et voilà Enna persuadée qu'elle porte un enfant mort.

---

1. *On appelait ainsi des formes de cancers spécifiquement féminins.*

Elle a toujours su que la vie n'est que recommencements. Elle est punie par où elle a cru punir et doit payer le prix de ses fautes. Malheureux que nous sommes ! Face aux rythmes secrets et aux mystères de la vie et de la terre, qui peut savoir quand il a tort et pourquoi ?

Maintenant, la maîtresse de la Guette se traîne de la cuisine à sa chambre, risque quelques pas dans le soleil, occupe ses heures à de menues besognes et ne pose plus de questions. L'unique préoccupation de ses jours est de communiquer en esprit avec ses chers disparus. Elle les confond dans les souvenirs de sa chair, retrouve leurs caresses, leurs fougues, leurs aveux. Des désirs naissent en elle que brisent de furieuses douleurs d'entrailles. Un matin, elle est entrée dans la chambre d'Antonine. La jeune femme peignait ses cheveux qu'elle n'a jamais coupés ; noirs, épais, luisants, ils tombaient en ondes larges jusqu'à ses mollets. Elle en faisait deux tresses qui, tortillées en macarons et fixées par des épingles, affinaient son cou et donnaient à son visage un air sévère et altier.

« Tonine, viens m'habiller. Aujourd'hui, nous allons à la ville car il est temps de mettre nos affaires en ordre. »

Le voyage fut haché d'arrêts. Les cahots de la voiture arrachaient des cris à la malade qui devait s'allonger pour respirer et se calmer. Six heures furent nécessaires pour atteindre l'étude de Me Naudet. Menu et parcheminé, le notaire court sur ses quatre-vingts ans. Son œil est resté vif et malicieux derrière les lorgnons. Portée de guingois, une curieuse toque le fait ressembler à un procureur facétieux. En riant, il rappelle à la veuve les actes officiels du raubage (enlèvement) qui décidèrent de son mariage avec son premier mari. Il regrette de n'en n'avoir plus jamais rédigé car les coutumes se perdent et c'est dommage. La maîtresse de la Guette expose le but de sa visite : faire de sa nièce sa légataire car, si elle venait à disparaître, il n'y aurait que cette dernière pour conserver le domaine et entretenir son souvenir. Il ne fait aucune objection et ne cache pas son admiration pour la jeune femme et sa façon inimitable de se tenir le buste droit, les mains à plat sur les cuisses. Ah ! S'il était moins âgé, qu'il serait tenté par ce fruit pulpeux ! Il le dit si gentiment qu'Antonine ne peut s'interdire de sourire à ce propos flatteur.

À bout de forces, Enna décide de passer la nuit en ville. La Joussaleto accueille son amie avec plaisir. Elle a tant de choses à raconter ! De bien étonnantes choses, assurément ! Le maître de la maison l'a demandée en mariage, et ses enfants ne se sont pas opposés à cette décision. Tout s'est passé simplement. Un soir, il a sonné avec l'excuse d'avoir une tasse de verveine. À brûle-pourpoint, il a demandé :

« Jeanne, comment me trouvez-vous ?

– Bien d'aplomb, ma foi !

– Vous faites la bête. Comment me trouvez-vous comme homme ?

– Vous en valez de plus jeunes.

– Et comme mari ?

– La femme que vous prendrez pourrait plus mal tomber.

– Asseyez-vous et causons. »

Il avait fini par lui demander de l'épouser. Elle s'était obstinée dans son refus. Que dirait-on en ville ? Qu'une servante de village avait mis le grappin sur un homme riche. Ce n'était guère sérieux. Il avait montré de l'irritation. Hé ! Il se moquait bien des médisances. Pourquoi cancanerait-on à propos d'un mariage de raison ? Des hommes l'avaient-ils aimée ? Elle avoua, tout à trac, qu'à quarante-trois ans, elle était vierge et que le maître de la maison ne lui déplaisait pas. Non, pas du tout ! Depuis ces aveux insolites, il venait, chaque nuit, la rejoindre dans sa chambre. Que n'avait-elle connu le plaisir physique avec des hommes aux reins puissants ? Elle souriait vaguement au souvenir de récentes maladresses. Surprises et scandalisées, Enna et Antonine hésitaient à répondre à cette femme inconnue qui étalait avec complaisance les détails d'une aventure galante. Le lendemain matin, elles la quittèrent avec hâte. On supporte mal les gens lorsqu'ils vous échappent.

Les femmes de La Guette n'assistèrent pas aux noces fastueuses de Mlle Jeanne Joussaud et de M. Antoine Bidouré, un commerçant de bonne réputation bourgeoise. L'état de santé d'Enna avait empiré et interdisait tout déplacement. En compagnie de son époux, la nouvelle mariée fera une courte visite à la ferme. Elle trouvera la malade alitée, épuisée, souffrant atrocement et, à son chevet, ne cessera pas de raconter son bonheur de femme. Antonine jugera ce comportement stupide et indécent. Assurément, la fille de la Marie-Anne est bien d'une lignée d'imbéciles. Désormais, elle l'évitera.

Bien des années plus tard, la Joussaleto sera veuve. Les enfants et petits-enfants de son mari aimeront à se réunir dans la maison familiale où vit la marâtre qui les a si longtemps gâtés. Sur une commode, la photographie d'une jeune et jolie paysanne avec une adresse en lettres dorées : atelier Aicard, La Canebière, Marseille.

Jeanne Bidouré, née Joussaud, quittera ses tranquillités citadines pour s'en aller à Dieu en 1916, en plein carnage. Une nouvelle la terrassera.

À quelques jours d’intervalle, deux de ses beaux-fils ont été tués dans les tranchées du Nord. Ainsi est la vie ! Affreuse, à l’instant où l’on croyait atteinte une certaine paix du cœur. La mort de la sœur chérie de l’Auguste eut lieu par une magnifique fin de mai. À la Guette, le coucou avait déjà chanté dans les bosquets reverdissant. Autrefois, la Joussaleto adolescente, l’espoir au cœur, fredonnait en l’écoutant :

Couguou marello,	Coucou sauvage,
Que canto sus	qui chante sur
la ramo nouvello,	la branche nouvelle,
digo-me lou noum	Dis-moi
au verai,	son nom,
Quouro	Et quand
me maridarai…	je l’épouserai…

Alors le coucou ne cessait pas de chanter. Peut-être voulait-il lui confier qu’elle devrait attendre longtemps, trop longtemps, les belles amours dont elle rêvait…

XXVII

Vie quotidienne à la Guette et meurtre d'un visiteur

Les yeux de la veuve Fouassard sont cernés de violet. Les dents saillent dans son visage décharné. Pareilles à deux souches de genêt mort, ses mains reposent sur la courte-pointe doublée d'une garniture de coton et de plumes. Un certain seuil de douleur passé, on éprouve des sensations inconnues, difficilement descriptibles. L'agonisante a rejoint ses morts qu'elle espérait tant revoir et, déjà, partage leurs joies et querelles. Non ! Célin n'était pas un homme calme et doux, l'ami des oliviers. C'était l'image qu'il souhaitait donner de lui-même. Voilà qu'il se montre irascible, désireux de jouissances, dur à l'encontre des âmes qui l'entourent. En revanche, Bastien est patient et plein de douceur. Elle ne retrouve plus ses emportements, sa rudesse. Quelle confusion ! Sa vie durant, elle s'est attachée à des apparences. L'amour n'est qu'aveuglement sur soi. Il transforme, déguise, dévoie. Au seuil de la mort, Enna comprend que la règle d'or d'une vie est de se garder d'aimer.

Dans le lit où ses deux maris ont trépassé, la moribonde débite cent folies. Tendue et angoissée, Antonine l'écoute exprimer des pensées qui lui sont familières. Elle aussi est mue par les créations de son imagination et réalise qu'elle en sera la victime. Comment douter que les actes de notre vie, nous les vivons d'abord en pensée ! Qu'il est difficile de rendre moins pénible le passage d'un être aimé vers l'au-delà ! Croyant soulager sa tante, elle lui fait avaler des pilules opiacées. Remède dérisoire pour de tels tourments. Mais la drogue facilite les hallucinations de la malade ; en vérités énormes, elles éclatent dans la conscience de la jeune femme.

Enna Mercadour, veuve Fouassard, rendit son âme à Dieu, le 4 février 1896, jour de la Sainte-Véronique. Mains jointes sur la poitrine, comme une dernière et inutile prière… Son visage exprimait la joie d'avoir retrouvé, peut-être, ceux-là qui faisaient partie d'elle. Obstinément et raidement, sa nièce refusa que les gens d'Aspremont et de la vallée viennent à la Guette s'incliner sur la dépouille mortelle et la bénir selon le rite. Elle voulut rester seule avec le cadavre de cette femme admirable. Espérait-elle, comme une résonance des retrouvailles spirituelles des trois êtres exceptionnels qui l'avaient aimée, percevoir des indications sur l'avenir ?

Dans le caveau des Leroy, le cercueil de la défunte fut placé entre ceux de ses deux maris. Antonine ne pleura pas et ne daigna pas répondre aux condoléances villageoises, où se devinaient des joies hypocrites. Ces mines faussement contrites étaient sans importance. Seule comptait sa propre affliction. Pendant douze mois, elle portera des vêtements de gros deuil[1]. Pendant douze mois, elle évitera les cérémonies, les grandes messes, les accouchées. Pendant douze mois, elle ne s'assoira pas sur le seuil de la maison. Elle connaît les obligations d'une maîtresse de la Guette, toutes les obligations. Dorénavant, c'est à elle de perpétuer les traditions, même si elle ne les approuve pas, car on lui a appris qu'elles se veulent protectrices et salvatrices.

Au temps de Pâques, son deuil lui interdisant d'assister à des festivités, elle enverra tous ses

1. *Le gros deuil était observé après la mort d'un parent direct. Antonine, qui était la nièce d'Enna, signifiait, en le portant, qu'elle se considérait comme la fille de la défunte. Ce deuil exigeait de stricts comportements sociaux.*

serviteurs à la bénédiction des rameaux de laurier et d'olivier[1]. De retour à la ferme, ils lui raconteront avec amusement les enfants brandissant et secouant des branchettes des arbres sacrés où bonbons, sucreries, fruits confits ont été suspendus, comme le symbole du monde matériel sur lequel on a fait régner, malgré lui, le Christ Esprit. La signification échappe à la marmaille, dont les yeux s'écarquillent de gourmandise. Garçons et filles sont impatients de passer la langue sur les friandises et, déjà, ont choisi celle qu'ils grignoteront la première. Dans l'église, ils raclent leurs souliers sur le pavement, deviennent bavards et agités. Cette messe se prolonge à n'en plus finir. Ils aspirent à retrouver la rue pour de joyeuses débandades, des hurlements de joie, des goinfreries. Les rameaux bénits seront ramenés à la maison pour être placés à la tête des lits. En vêtements ponceau, les enfants de chœur parcourent le village, en faisant du tapage avec des instruments bruyants[2]. Ils s'efforcent de remplacer les

---

1. *En Provence, le buis n'était pas utilisé au temps de Pâques. On croyait qu'il portait malheur et on évitait de l'utiliser. Médicalement, il est toxique s'il est mal dosé.*

2. *Cornes de bergers,* crainaires, *clinquettes,* cracino, tarabastello, *clapets,* renaires, *sans compter casseroles, chaudrons, futailles, que les enfants traînent sur les pavés et martèlent à coup de gourdin.*

sonneries des cloches parties pour Rome, où le pape les bénira avant de les laisser s'envoler aux quatre coins du monde. On fait silence, juste le temps d'écouter les heures des offices et d'adoration au Saint-Sépulcre, un reposoir fleuri et orné.

À la Guette, Antonine a préparé un repas de pois chiches. Elle s'est rappelé la Joussaleto, qui ne manquait jamais de dire :

« *Es paure l'oustau que noun manjo de cese per Rampau.* » (Elle est pauvre la maison où l'on ne mange pas de pois chiches pour les Rameaux.)

Avec une légèreté d'âme inhabituelle, elle a, selon l'usage, servi elle-même sa domesticité. Au cours de la semaine sainte, elle fera respecter les coutumes. Nettoyer la maison de fond en comble, en veillant à ne pas essanger du linge ou faire la moindre lessive. Interdiction de toucher aux aiguilles à coudre, qu'elle a rangées dans une armoire fermée à clef ; en les utilisant, on risquerait de blesser la Sainte Vierge qui, la pauvre, a eu bien assez de malheur avec son fils. Les œufs pondus le vendredi saint sont mis de côté. Personne n'ignore que, si on les casse par maladresse au cours des mois suivants, ils ne sont ni clairs ni couvis. Et parce qu'ils ont les mêmes vertus que les cendres du feu de la Saint-Jean, on les met dans les piles de linge et les garde-robes. Antonine a aussi rappelé à ses gens que la terre saigne, en souvenir de la Passion du Seigneur, si on l'étrempe au temps de la semaine sainte, et que pas un seul poquet ne doit être fait car les semences pourriraient ou bien les légumes deviendraient amers. Oui ! Pâques est un temps de réflexion sur la vie des champs et sur soi-même.

En cortège, les villageois sont allés répandre de l'eau bénite sur les vignes, les arbres, les prés, les murs bâtis. Ainsi, les forces obscures des mondes parallèles auront davantage de peine à y pratiquer des sortilèges car la peur de Dieu les fera se tenir tranquilles. Une année leur échappera. On a mis à profit la promenade rituelle pour secouer les arbres fruitiers, un à un, pour « fixer les fleurs ». Le geste sacramental veut être le gage d'une heureuse fructification, l'un des symboles de la dépendance de l'homme à la Mère unique, la Terre.

À la Guette, le repas pascal s'est déroulé dans l'allégresse. Une fois encore, la pensée d'Antonine est allée à sa bonne tante Jeanne, dont le rire et la voix claire affirmaient :

Pèr Pasco, manja l'uou,	À Pâques, mange l'œuf,
Un bouan gigot	Un bon morceau
de buou,	de bœuf,
De la salado fero	De la salade amère

Pèr fa caga	Pour faire aller
grand mero,	grand-mère à la selle,
Un bouan barriéu de vin	Un bon tonneau de vin
Pèr fa pissa peirin.	Pour faire pisser parrain.

Chez le buvetier, il se dit, à grands coups de gueule, que le prochain siècle sera fraternel et changera la planète. Mais Antonine ne s'en doute pas qui vient d'avoir vingt-sept ans. Hautaine et dure, elle n'admet ni conseil ni remontrance. Nul ne trouve grâce à ses yeux car elle ne fait confiance à personne. Les marchands la redoutent. Sur son domaine, valets et servantes viennent travailler sans plaisir et s'en vont, chassés à la moindre négligence. Au-dessus de l'écurie, le fenil a été doté de cloisons en bois et divisé en cellules ouvertes. On y accède par une échelle aboutissant à l'affenoir, une ouverture carrée dans le plancher. L'hiver, il y fait doux à cause de la chaleur des bêtes. Les travailleurs saisonniers s'y aménagent un coin de repos où ils rangent leurs affaires. Pour dormir, ils se roulent dans une bâche en toile et s'enfoncent dans la paille. Les besoins naturels se font sur la litière. La toilette a lieu dans la cour où, près du puits à la large margelle de pierre usée, deux cuvettes émaillées, un broc, un cube de gros savon restent à demeure sur une table vermoulue.

Les yeux de la jeune maîtresse de la Guette paraissent errer, mais ils voient tout, mesurent tout, s'informent de tout ; brusquement présente là où on ne l'attendait plus, elle cingle le paresseux avec des mots durs. Parfois, la nuit, elle inspecte les dépendances. Autour d'elle, une lanterne à pétrole à verre opale fait tournoyer des cônes de lumière. Déambulant le buste raide, elle apparaît étrange, presque fantomatique, dangereuse. Alors, les serviteurs se signent par prudence et osent dire tout haut que, devenue une *masco*, elle se livre à quelque rituel nocturne.

La vallée ne cesse pas de parler de la petite-fille bâtarde du Mercadour, le défunt cordonnier. L'imagination, l'envie, la bêtise aidant, on lui prête des sentiments exécrables et on l'accuse de forfaits imprécis. Aspremont murmure que le malheur des uns et des autres ne peut provenir que de l'indifférence méprisante de cette maudite femelle. Par le Dieu vivant ! Ce n'est pas juste que ce rejeton de quatre fous soit devenu une riche propriétaire et une femme si belle que tous les hommes la désirent en secret. Et qui pourrait croire naturelles ces morts de la Guette ? Ah, si on pouvait parler librement devant les autorités… Antonine méprise ces clabaudages et serait presque satisfaite de la jalousie exprimée par tant de regards haineux. La voilà vengée des humiliations de son enfance qu'elle a subies, autrefois, dans ces mêmes ruelles. Elle rend le mal pour le mal sans avoir à parler, sans agir.

Elle n'a pas changé ses habitudes avec les filles de ferme de bonne mine, s'il s'en trouve. La nuit, elle a besoin de sentir une présence auprès d'elle, plus pour se rassurer que pour goûter l'énervement et le plaisir. Jamais, elle n'a retrouvé la passion amoureuse de Lucienne, son corps souple, son désir d'être aimée. Sommaires et négligées, ses partenaires occasionnelles ont les membres raidis par le travail aux champs. La familiarité excessive d'une femme seule, sans famille, sans mari, sans enfant ne les offusque pas. D'abord surprises par des exigences qu'elles jugent sans intérêt, elles finissent par se prêter à des jeux féminins sans conséquence. La plupart ont l'expérience de l'homme, et la maîtresse les agace, sans plus. Parfois, au cours de la journée, elles vont retrouver leur équilibre, en se faisant hardiment trousser et chevaucher par quelque saisonnier à la ferme.

La maîtresse de la Guette eut besoin d'une souillon pour les tâches ménagères et les soins à la basse-cour. Par esprit d'économie, elle sollicita et obtint de l'Assistance publique qu'une de ses pupilles lui soit confiée. Peut-être imaginait-elle rendre vaguement justice à sa mère en s'occupant d'une enfant abandonnée. Elle alla la chercher au chef-lieu du département et sa surprise fut vive : gracieuse et bien faite, l'adolescente allait avoir seize ans. Une soudaine attirance lui fit passer un bras autour des épaules de la jeune fille qui, croyant à un geste d'amitié, se serra contre cette belle femme au sourire si plaisant.

Antonine fut aussi patiente qu'habile pour initier la nouvelle venue. Elle procéda discrètement, devint chaque jour plus familière et caressante, se fit coiffer, habiller, laver. Elle en usait pareillement avec Rébecca, ravie de tant de sollicitude. Parfois, elle se moquait, mais avec gentillesse, de ce nom que, dans la contrée, jamais personne n'avait porté. La jeune servante se fâchait. Était-ce sa faute si elle n'avait pas eu un patronyme à sa naissance et si le fonctionnaire préfectoral chargé de l'état civil était un lecteur de l'Ancien Testament[1] ?

« Alors, je t'appellerai Moinelle. Comme un oiseau, tu marches la tête haute et les reins cambrés.

---

1. *À la fin du* XIX*e siècle, la croyance au mythe virginal était générale. Chez les catholiques : apparitions de la Vierge, dogmes de l'Immaculée Conception, de l'Assomption, etc. Dans plusieurs sectes protestantes : mythe de Rébecca, la mère des jumeaux Esaü et Jacob, etc. Dans les cénacles spirites : les mères spirituelles, etc. Ce fonctionnaire de l'état civil a probablement suivi une mode de son temps.*

Sais-tu que j'aime te tenir dans mes bras ? T'embrasser m'agace les lèvres comme fait une sorbe revêche. Tu me plais bien parce que tu es capricieuse et effrontée. J'entends te garder et faire de toi une amie. »

La nouvelle venue se révéla une autre Lucienne. Soumise, impétueuse, exigeante, elle aima vraiment son amante qui, avec elle, retrouvait les élans amoureux de ses dix-huit ans. Elle racontait la tristesse et la dureté de la vie dans les salles communes de l'Assistance publique. Elle avait détesté ses compagnes vicieuses, sournoises et leur avait rendu rebuffade pour rebuffade, méchanceté pour méchanceté. Antonine la cajolait et la rassurait.

« Je t'aime telle que tu es, plus cochet que moinelle. Auprès de moi, tu ne seras plus jamais malheureuse. »

Débordante de tendresse, Rébecca se laissait bercer. Elle aimait qu'on l'aimât. La nièce d'Enna supportait ses exigences avec amusement. Que quelqu'un lui tînt tête lui faisait plaisir, encore qu'elle tolérât cette attitude de défi parce qu'elle pouvait la briser à tout instant. L'orpheline en profitait pour se conduire en enfant gâtée. Elle avait pour sa maîtresse une véritable passion qui, souvent, se manifestait par d'étranges fidélités d'animal.

Un soir de novembre, l'orage se déchaîne dans la vallée. Les coups de tonnerre secouent la vieille bâtisse comme on agite une vannette pour éparpiller le grain. Des éclairs font bondir les meubles de l'ombre où ils se réfugiaient. Les collines grondent. La pluie soufflette les tuiles et les murs avec des rafales dures comme des cascades. Au loin, la rivière a des longs râles de chat en colère. Serrées l'une contre l'autre, les deux femmes de la Guette ne peuvent trouver le sommeil.

« Écoute. Un ébrouement…

– Ce sera à l'écurie.

– Mais non ! il est différent.

– Quelque bête perdue et affolée. »

En chemise, elles descendent à la cuisine et allument une lampe à pétrole. Curieusement, Antonine pense à sa mère traînant son ventre lourd sous les bourrasques. Elle la sent présente, veillant sur elle. Cette sensation étonnante ne lui inspire aucune crainte. Puisque Damiane n'était pas méchante de son vivant, comment pourrait-elle l'être après sa mort ? Ses réflexions s'enfuient comme un vol d'arderelles car on cogne à la porte. Elle décroche le fusil, l'arme et ordonne à Rébecca de faire sauter l'entillette et de dégager la clenche du mentonnet. La porte s'ouvre d'elle-même sous des coups de poing. Un cavalier botté surgit de la nuit. Luisant d'eau, son manteau s'égoutte sur le seuil. Il dit lentement pour ne pas effrayer les deux paysannes :

« *Diéu çai sié*. (Dieu soit ici.) »

La salutation traditionnelle réclame l'hospitalité. L'homme s'avance de quelques pas pour se dégager de la tornade dont les faisceaux de pluie brasillent derrière lui. Beau et dérisoire, le chapeau à la main, il explique qu'il s'est perdu et quémande un abri, le respect des usages. La maîtresse de la Guette n'a pas abaissé son arme. Elle souhaite que l'étranger disparaisse dans cette obscurité d'où il est sorti comme une menace, un défi. Pourtant, elle ne peut refuser son toit à qui le réclame au nom de Dieu. Elle dit :

« *Siguès lou bèn vengu*. (Soyez le bienvenu.) »

L'eau plaque les habits du voyageur sur son corps. Rébecca l'invite à s'asseoir, s'accroupit devant lui et l'aide à enlever ses bottes. Il est visiblement gêné par cette jeune femme prévenante et nue sous son vêtement de nuit.

« Maîtresse, il faut le sécher. Sinon, il va mourir d'un coup de froid. »

Antonine n'a pas quitté le fusil. Sa voix menace :

« Qui es-tu, toi qui te hasardes follement dans la tempête. Ne sais-tu pas que nos collines sont assassines quand elles rugissent de fureur ?

– J'habite loin d'ici, à Paris. J'ai loué un cheval pour visiter des parents que je ne connais pas, là-haut dans la vallée. Mon père a fait fortune au Mexique[1], en vendant de la toile, de la chandelle et des ustensiles en fer-blanc. »

Il parle fort mal le provençal, trébuche sur certains mots et blèse. Il ôte veste, gilet, chemise. La musculature de son torse est fine. Antonine compare ce corps d'homme jeune et svelte à celui du *recuraire*, son défunt oncle, se rassure vaguement et va accrocher le fusil à son taquet de bois, près de la cheminée. Dans le placard, Rébecca a pris un torchon et frotte cette peau blanche qui sent le fade, la boue des chemins et le chien mouillé. Puis, elle déclare que le visiteur a la chair douce et les cheveux soyeux d'une fille, et de la paume lui caresse les épaules. Lui se méprend sur le geste et ne sait quelle contenance prendre. Des habits du pauvre Célin lui sont présentés.

« Ils ne sont pas de votre taille, mais faits de bonne étoffe, ils vous réchaufferont. Enlevez aussi votre pantalon. »

Son regard va de l'une à l'autre. Alors, la servante éclate de rire :

1. *Bon nombre de Bas-Alpins se sont expatriés à la fin du* XIX*e. Fortune faite, certains sont revenus vivre dans leur village natal.*

« Maîtresse, le pauvre pigeon a honte de montrer ce qui le fait garçon. Allons préparer son lit. »

Quand les deux femmes reviendront à la cuisine, il sera vêtu en paysan. Assis sur l'âtre, il a allumé une pipe à long tuyau, curieusement ouvragée. Il a l'air d'un enfant sage et est réellement beau malgré des échauffures sur le visage. Rébecca va mettre le cheval à l'écurie. Antonine fait chauffer du vin sucré aromatisé avec des brins de romarin. L'étranger ne la quitte pas des yeux et ne dissimule pas son émerveillement. Il la complimente sur sa chevelure, affirmant qu'il n'en a jamais vu d'aussi somptueuse. Elle lui apprend qu'elle ne l'a jamais coupée, en souvenir de sa défunte mère, et se tait.

Jusque tard dans la nuit, le cavalier perdu évoquera le pays où il a passé son enfance et parlera de civilisations anéanties, de l'amour, de la mort, de peuples misérables. Il chantera dans une langue sonore où les mots roulent comme les échos de coups de fusil dans la montagne, où se devinent du désespoir, de la révolte, la fatalité. Antonine prendra plaisir à écouter et sa moinelle battra des mains. Viendra l'heure d'aller se reposer. Rébecca se coule le long du corps chaud de celle qu'elle aime, chantonne des refrains retenus, grisolle son contentement, alouette charmée par l'étrange et beau jeune homme, et s'endort heureuse. Cette soirée n'a pas déplu à la maîtresse de la Guette car l'inconnu a des manières agréables et douces. Pourquoi les paysans de la vallée ne lui ressemblent-ils pas ? Un moment, elle a cru, avec un peu de rage contre elle-même, qu'alors elle ne les détesterait pas autant et qu'elle arriverait, peut-être, à en aimer un.

Parce qu'elle est saisie à plein corps, à hauteur des reins, la servante se réveille et réalise que le visiteur de l'orage essaye de la forcer. Elle ne veut pas crier mais se défend avec vigueur. Allumée sur la commode pour éviter la foudre en prolongeant la protection du cierge de la chandeleur, une veilleuse à huile éclaire la surprise d'Antonine découvrant qu'un homme étreint sa compagne. Elle intervient brutalement. Lui, c'est la magnifique propriétaire du domaine qu'il désirait aimer. Dès qu'il reconnaît son erreur, il se jette sur elle. Alors l'image de son grand-père le Mercadour l'étouffant avec sa natte s'impose à elle. Une volition de son subconscient lui suggère de se défendre de la même manière. Elle cesse de lutter, saisit sa tresse de cheveux, la passe autour du cou du maladroit et serre à pleins poings comme elle le fait avec le tordoir pour assurer une corde sur la charrette. Il se secoue, bave, se met à râler.

Rébecca s'est levée et ne perçoit du drame que des respirations saccadées. À la hâte, elle allume la lampe à pétrole et la brandit au-dessus du lit. L'homme maintenant immobile est étendu sur les tommettes rouges de la chambre. Penchée sur lui et liée à lui, sa meurtrière regarde avec horreur ce visage que l'asphyxie rend ridicule. C'en est fini d'un jeune et brillant cavalier. La Guette l'a tué parce qu'il ignorait que l'homme doit respecter la femme. Son cadavre nu s'étale sur le dos, bras et jambes en croix, la verge en érection comme il arrive parfois à des suppliciés lentement étouffés. Antonine prend par la taille sa compagne en pleurs et l'entraîne vers la cuisine où, jusqu'à l'aube, elles resteront blotties l'une contre l'autre, enveloppées dans une couverture. Dehors, la tempête ne s'est pas calmée. Les branches des tilleuls sifflent comme des lanières de fouets et la pluie bat un rappel de tambour assourdissant.

Au petit matin, transies de froid, elles reviendront dans la chambre. L'inconnu est bel et bien mort. Que décider ? Aller au village pour raconter l'affaire au maire ? Il préviendra les gendarmes et ce sera l'inexorable déroulement de la justice officielle. Qui croira Rébecca, une fille de l'Assistance publique ? Pour elle, ce sera de nouveau un bagne féminin. À l'encontre de la maîtresse de la Guette, ce sera pire encore. Ni indulgence ni pitié. Pas un magistrat ne daignera perdre du temps pour rétablir la vérité.

Les bourrasques ont cessé. Au-dessus des fraissines*, des nuages bas se bousculent. Sur le domaine, il n'y a ni servante ni ouvrier. Gorgé de boue, roulant à pleins bords, le torrent va interdire toute visite pendant plusieurs jours. Alors, Antonine traîne le cadavre sur la terre glissante jusqu'à la porcherie, le bascule dans la loge du verrat et ouvre les portes de séparation avec un croc à fumier. Dans l'après-midi, les pourceaux affamés, après s'être battus entre eux, se rueront sur la dépouille ; le lendemain, il n'en restera que quelques os et le crâne. Avec une pelle, elle ramassera les misérables restes et les mettra dans un sac. Elle sait un endroit dans la colline… Entre deux veines de rocher… Un trou profond qu'elle comblera avec des pierres…

Cette tâche macabre la fera vomir de dégoût et trembler d'horreur. À son retour à la Guette, elle ordonnera à Rébecca de faire flamber des sarments de vigne dans la cheminée de la cuisine pour que les habits du jeune homme et son bagage soient brûlés. La nuit tombée, le cheval sera sellé et une fourche à foin plantée dans son arrière-train. Affolé par la douleur, l'animal piquera le galop et disparaîtra. Des riverains le découvriront, une jambe brisée, enlisé, au bord de la Durance en crue, brassant des tourbillons, charriant des épaves et des arbres. Des battues seront organisées pour retrouver le cavalier. Mais les sauveteurs seront vite persuadés que l'imprudent s'est égaré et a fait une chute. Le courant de cette rivière démente l'aura emporté au loin. Peu d'espoir à avoir. Broyé et recouvert par les galets qu'emporte la force des eaux, le corps de l'infortuné devra reposer dans le lit de la coléreuse. Cela est déjà arrivé…

XXVIII

Amours ancillaires et drame familial

ANTONINE se rendait compte que son crime avait été d'orgueil. Se débarrasser d'un homme maladroit, affolé par ses sens est si facile ! Les deux amies étaient vigoureuses et auraient pu ramener à la raison ce citadin convaincu, par éducation, de la docilité des jolies paysannes. Quel gâchis ! Le temps passant, elles cesseront d'évoquer le drame, transformé dans leur souvenir en un accident sans plus d'importance que bien d'autres, plus ou moins tragiques, de leurs deux existences. Rébecca se montre aussi confiante et soumise. Pourtant, une angoisse étreint son cœur. Persuadée de n'être plus aimée comme avant, elle redoute son renvoi à l'Assistance publique. L'idée d'avoir à subir les rudoiements de nouveaux maîtres lui est insupportable. De fréquentes crises de larmes la secouent que la maîtresse de la Guette feint d'ignorer. À quoi bon discuter ! Le soir où elle écartera sa petite amante de sa couche, elle la blessera jusqu'à l'âme.

Une nuit, sa moinelle vient se blottir contre elle et, en sanglotant, lui confie qu'elle ne peut pas vivre sans son amour. Elle confesse ses appréhensions et son attachement à la vieille bâtisse. Pourquoi lui enlever le seul bonheur de sa vie ? Antonine est stupéfaite. Jamais elle n'a imaginé qu'on puise s'attacher à elle par d'autres liens que ceux du plaisir et de l'intérêt. Cette fille la surprend et l'attendrit qui l'embrasse avec frénésie et dont le désespoir vibre sur sa peau et s'insinue jusqu'au fond de son ventre.

Elle calme Rébecca, la berce, la cajole, s'impatiente de sa propre faiblesse et ressent, comme une jouissance physique, la bouleversante joie d'être aimée pour soi-même. Elle la gardera auprès d'elle, la tête sur sa poitrine, lui caressera les cheveux et le visage. Et la servante s'endormira rassurée ; la maîtresse ne peut pas mentir qui lui a juré qu'elle l'aime mieux, maintenant qu'elle l'aime comme une sœur. Dès lors, elle supportera sa solitude nocturne.

Antonine va changer lentement de comportement et devenir plus familière avec qui vient travailler à la ferme. Distraites par les manigances des hommes toujours préoccupés d'accrocher leurs doigts à un jupon, les domestiques écervelées ne sont plus réprimandées avec autant de sévérité. Des propriétaires voisins, invités, viennent partager le souper à la Guette. Pélissier, Estremeaux, Fortoul, les sages, d'autres encore promènent leurs souliers cloutés sur les dalles de la cuisine. Ils racontent familièrement le village, se réjouissent, avec de bons rires, de leur existence tranquille et paysanne et proclament leur bonheur de vivre en accord avec Dieu qui est la Nature, l'Amour des hommes, le Respect de soi-même, la Tolérance… Ils disent aussi, avec simplicité, leur satisfaction de voir enfin joyeuse cette belle jeune femme.

Sans raison apparente, Aspremont a décidé que l'héritière d'Enna Fouassard ne serait pas mécontente de trouver un mari pour diriger ses belles propriétés. La nouvelle a parcouru la vallée comme une mistralade, car la petite Mercadour est un parti magnifique. Des parents passeront la saluer. Par hasard, affirment-ils. On bavarde à bâtons rompus autour d'un verre d'eau de coing ou de vin de noix. Eux ont du souci. Trouver des épouses convenables aux fils, c'est le drame des familles possédant du bien. Elle répond qu'il ne faut pas se presser et que les terres sont patientes. À force de réfléchir, elle-même n'arrive pas à se décider. Il lui faudrait un homme sur mesure… Comme son oncle défunt… Quel prétendant aura assez de force d'âme pour supporter le rejeton du Pégat, de la Marie-Anne et de l'Étiennette, ces monstres infernaux, et du Joussaud, celui qui crachait à la face de Dieu ? Oui, quelle maison honorable accepterait la honte qu'un de ses mâles donne son nom respecté à une bâtarde ? Avec l'air de faire plaisir, elle commet sciemment une vilenie, en rappelant aux solliciteurs décontenancés des calomnies que ce village n'a cessé de rabâcher. Elle est trop lucide pour ne pas savoir qu'ils les rediront si leurs espérances sur ses terres à blé et à fourrage venaient à être déçues. On se quitte pourtant avec plein d'amabilités.

« À se revoir ! Tenez-vous en santé. »

Rébecca tire la langue à ces hypocrites et, dès qu'ils ont tourné les épaules, contrefait leurs manières doucereuses.

« Ô bel oisillon de la vallée, reçois de moi un baiser de Judas en échange d'une vigne. Préfères-tu celle "des quatre arbres" ou celle "des trois mésanges" ? Veux-tu une caresse de chattemite pour tes oliviers ? Ne te reste-t-il pas des pièces d'or cachées dans une pile de draps de lin brodés ? Offre-les pour qu'on te dise des contes d'amour à dormir debout. Ma *caio* (ma caille), viens que ces avarasses te serrent sur leur cœur. Qu'ils te mangent à toutes les sauces ! Qu'ils t'arrachent les plumes, une à une, comme à une oie, pour gonfler leurs édredons ! Ô bonne sainte Claire, ouvrez les yeux à ma maîtresse aveugle ! Ô saint Antoine généreux, faites-moi trouver une *pèiro vèirenco*[1] qui la protégerait des dévoreurs de biens ! »

Antonine rit. Son amie l'amuse qui force la comédie parce qu'elle est jalouse.

« Approche que je te claque, impertinente. Et si moi, j'ai l'envie d'un homme musclé à la place d'un laideron de ton espèce ! Sais-tu seulement la différence qu'il y a entre le fils de ces braves gens et toi, bergère de pets d'âne ?

– Assurément ! »

La servante contrefait le prétendant, l'appelle *lou Galipet* (le faiseur de culbutes), *lou Buou-Vinaigre* (le buveur de vinaigre), *lou Darnagau* (l'étourneau)... Cent sobriquets lui passent par la tête. Menacée de recevoir un poêlon sur le crâne, elle s'enfuit et chante à tue-tête des couplets gouailleurs mettant en garde les brus naïves contre la cupidité des beaux-parents.

Au village, des célibataires s'enhardissent, saluent la maîtresse de la Guette et l'interpellent avec l'excuse de parler du temps et des travaux. Vite, ils se vantent et parlent de leurs champs et

1. *La* pèiro vèirenco *était un galet vitrifié qu'on scellait sur le faîtage visible des fermes. Elle protégeait du mauvais œil, de l'incendie et de la foudre.*

d'espoirs de succession. Cet étalage d'épicerie choque la jeune femme, qui s'efforce de ne rien laisser paraître de son mépris. L'accident mortel du cavalier a aiguisé sa méfiance. En se découvrant plus orgueilleuse, elle croit dominer sa haine des hommes alors qu'elle ne fait que mieux dissimuler des réactions d'amour-propre. Avant de prendre congé, elle a des compliments habiles pour les familles, les aïeules, la prospérité des domaines.

Dans la vallée, il se raconte aussi en confidence que la Mercadour n'éprouve peut-être pas tellement le besoin d'un époux. Car à sa ferme… On n'insiste pas. Chacun feint d'oublier un certain passé : ne faut-il pas que les bonnes terres d'une aussi belle garce à plaisir reviennent à un propriétaire d'Aspremont ? On tente de mettre le curé dans le jeu. Les familles catholiques, les vraies, celles qui transmettent la croyance et la foi, restent solides parce qu'elles défendent âprement leurs biens matériels et les augmentent par tous les moyens. Le prêtre accepte d'intervenir et s'en vient tourner autour d'Antonine comme un pigeon sur un carré de petits pois. Persuadé qu'il n'y a pas plus grand crime contre Dieu que le plaisir de la chair, il estime qu'il lui faut d'abord mettre de l'ordre dans la vie de cette pécheresse. Déjà, en confession, il lui a vivement reproché des amitiés féminines, bien qu'il sache que de telles habitudes, communes à nombre de jeunes filles imaginatives, se perdent avec le mariage et le premier enfant. Faite d'une côte de l'homme, la femme ne doit que lui donner des fils et glorifier le ciel par la chasteté. À Antonine, il rabâche des histoires de saintes et de vierges martyres. Lasse d'écouter des discours futiles, elle répond vertement et reproche aux gens d'Église l'étroitesse de leur charité, leur absence d'élan et d'amour. Comment peuvent-ils, si absurdement, juger au nom de Dieu ? L'ignorance est la seule excuse qu'elle trouve à son visiteur. Oui, son grand-père, le Jean Joussaud, a bien agi à l'égard d'un clergé enjuponné et capon ! Vexé par l'algarade, le prêtre racontera sa mésaventure. Mais Aspremont donnera raison à Antonine, qui suit la tradition, celle qui tolère des enseignements empruntés à une civilisation différente tant qu'ils ne s'opposent pas aux convictions ancestrales, transmises de bouche à oreille, de génération à génération.

Vigoureux et bien-disants, des hommes viennent offrir leurs bras à la maîtresse de la Guette avec le secret espoir de plaire et, avec un peu de chance, de séduire. Ils plastronnent, fanfaronnent, travaillent comme des démons pour s'attirer ses bonnes grâces. S'ils usent de manières peu convenables, elle redevient la femme d'orgueil dont la violence inspire la crainte. À la première remontrance cinglante, on fuit. Dangereux comme des bêtes à l'affût, ses yeux noirs sont une menace. L'idée maléfique qu'on en a, malgré soi, conservé, entretient une ambiance ambiguë et donne l'allure d'un drame à chaque froncement de sourcils de l'héritière d'Enna Leroy.

Devenue capricieuse, Rébecca n'hésite plus à contrarier la propriétaire du domaine. Mais à ses moments d'abandon, elle se livre tout entière. Gestes familiers, joies partagées, tendresse, reconnaissance… Pourtant, Antonine n'est plus satisfaite de ces liens charnels. Énervée et inquiète, elle serait prête à accepter des sensations plus violentes. Elle s'en rend si bien compte qu'elle n'ose pas avouer à sa moinelle que souvent ce désir confus l'éloigne d'elle. La servante a suivi une évolution identique. À la ferme, des travailleurs saisonniers la courtisent hardiment. Elle se laisse agacer, tenter, séduire et, en cachette, va de l'un à l'autre pour des passades brutales et vulgaires. Elle regrette le lent rituel d'attouchements et de baisers qu'elle savourait auprès de son amie. Mais la violence de l'homme est si différente, si bouleversante qu'elle ne peut plus s'en passer !

Antonine la surprendra car les fenils ont toujours attiré les amours clandestines. Elle lui fera une terrible scène de jalousie et la battra jusqu'au sang. L'idée qu'un homme, que des hommes – la servante l'avoue parce qu'elle doit la vérité à celle qu'elle n'a pas cessé d'aimer – aient joui animalement d'un corps fait pour d'autres délicatesses lui est insupportable. À quoi bon écouter les explications de celle qui l'a trahie ; elle les ressent dans sa propre chair. Pourtant, elle ne chassera pas Rébecca car la solitude lui fait peur. La Guette pèse immensément sur ses épaules. Maintenant, elle comprend pourquoi sa tante Enna a cédé au *recuraire*. Ce n'était que cela son grand amour : une lassitude à vivre seule. Parce qu'elle est prête à des renoncements, elle pardonnera, en exigeant des confidences pour mieux comprendre – dira-t-elle. En vérité, elle a besoin, comme tant d'orgueilleux, d'être bercée d'illusions.

La servante aura d'autres amours masculines et les lui racontera, plus pour témoigner de sa confiance que pour excuser ses faiblesses de femelle.

Antonine était sans famille et allait avoir trente ans. Ayant vécu trop longtemps avec des folies en tête, elle savait qu'elle ne supporterait jamais le mariage. Tant pis ! Mais il restait la Guette. Si elle, la maîtresse actuelle, venait à disparaître, les terres reviendraient à l'État. Cette pensée lui était d'autant plus insupportable qu'elle sentait grandir son affection et son indulgence pour sa moinelle. En s'attachant la servante par des liens matériels, elle espérait n'être plus jamais privée de sa présence. Sa tante Enna n'avait-elle pas, avant sa mort, assuré l'avenir du domaine en le lui confiant ? Elle aborda carrément ce sujet avec Rébecca. Le projet comblait les vœux de son amie. Encore fallait-il un lignage... Pourquoi Rébecca n'épouserait-elle pas un gaillard qui lui donnerait des rejetons souples comme des aigrins* et solides comme des souches d'olivier ? Les prétendants ne manqueraient pas dès qu'Aspremont se persuaderait qu'elle serait, un jour, l'héritière de la Mercadour. Tout se devine dans le monde paysan. On perçoit à distance, on juge vite, on met à profit les gens comme on tire bénéfice des bêtes, sans scrupule, mais avec une apparente morale, conséquence de règles aussi anciennes que les sociétés rurales. Elle finit par accepter un homme du village, faraud, costaud, sûr de lui, point laid. Antonine disait, en matière d'encouragement :

Entre aquéu	Entre celui
que tu vouas,	que tu veux
E aquéu que ti vourié,	et celui qui te voudrait,

Poudriès ben resta au cavibié.	Tu pourrais bien te retrouver seule accrochée à un taquet de bois.

Le garçon fit une cour cavalière et poussa loin les choses. Rébecca le laissa faire et sut qu'il lui donnerait de la jouissance. Les champs seraient en de bonnes mains. Il suffisait de le voir travailler, dur avec les animaux, âpre au gain. Sans cesse sur l'ouvrage, il justifiait l'adage provençal.

« *Pèr Sant-Jan, lei jornado soun d'an*. (À la Saint-Jean, les jours sont d'une année.) »

Sa famille avait bonne réputation et lui n'était pas sans biens. Il s'appelait Alphonse Richaud et allait sur ses vingt-six ans. Après avoir tâté de la servante à son aise, il plastronna, donna des conseils, parla haut, joua à l'homme important. La maîtresse de la Guette fit semblant de ne pas remarquer le manège vaniteux. Un soir, dans la remise, il la prit par la taille et tenta de l'embrasser. Elle se dégagea d'un tour de hanche et le gifla à toute volée, sans un mot, comme si elle châtiait une mule récalcitrante à coups de bridon. Au souper, elle l'interpella sans hausser le ton :

« Alphonse, n'oubliez jamais qu'ici, c'est moi qui décide et qui déciderai toujours si quelqu'un reste ou s'en va. »

Décontenancé et rageur, il n'osa pas répliquer. Ostensiblement, Antonine referma son couteau[1]. Il n'y avait plus qu'à se lever de table sans avoir terminé le repas.

Le mariage a été décidé.

Il aura lieu avant la fenaison. Les futurs époux sont allés en compagnie de Mlle Mercadour passer des actes chez le notaire. Le couple logera dans l'ancienne chambre de la Joussaleto.

La noce de plein air est joyeuse. Tout le village y participe. Chère plantureuse… Vin abondant… Antonine est heureuse sans arrière-pensée car sa moinelle est bien plaisante à regarder et paraît si contente. Elle a bien fait les choses et s'est occupée elle-même de la cuisine. Le marié éclate dans son costume noir et son gilet brodé. Il a chaud, boit beaucoup, tient sa femme serrée contre lui et rit à l'avance, à gorge déployée, des plaisanteries qu'il va

---

1. *Le maître de la maison portait, le premier, le pain à la bouche, après l'avoir béni. Il donnait le signal de la fin du repas en refermant son couteau et en le mettant dans sa poche.*

dire. Il croit plaire alors qu'on le supporte parce que, assis à une bonne table, on s'empiffre gratuitement. Des danseurs sautillent et tournent en rond sur l'aire à dépiquer faite de galets ronds, avec une bordure de pierre. Refrains pour crincrins et cornets à pistons… Rengaines populaires… Bousculades et taquineries… Éméché, l'Alphonse s'excite et court après les femmes. Il gueule qu'il va prendre la mariée devant tout le monde pour montrer que les siennes sont vaillantes et bien remplies. On empêche la réalisation d'un projet aussi saugrenu en le ramenant à table et en le faisant trinquer à la santé de chaque invité. Presque ivre, il continue le tapage de plus belle façon !

Maintenant, il s'en prend à Antonine et lui reproche à voix haute de n'avoir pas plus de sentiments dans le cœur que d'envies d'amour dans le bas du ventre. Il devient vulgaire et insolent. Pour tenter de calmer son mari, Rébecca le caresse sans nulle honte. Mais il est trop pris de boisson pour pousser plus loin des gestes qui lui plaisent bien. Dans sa cervelle, un ressentiment : il a été méprisé et bafoué par cette bâtarde. C'est insupportable pour quelqu'un de sa trempe ! Il n'aura de cesse que de lui rabattre le caquet car le fait d'être riche n'est pas une raison pour se croire supérieur. Les femmes, on les dresse ! Et celle-là est bien la plus méchante pute qu'on ait connue dans la région. Sournoise et vicieuse, elle se cache pour faire ses saletés. Lui n'a pas peur du soleil pour renverser les filles dans les prés, et même des femmes mariées. De cocus et de catins, Aspremont est rempli. Comme partout ailleurs ! Comme ici, autour de cette table… Les invités chantent à pleine voix pour couvrir ces insanités.

La maîtresse du domaine arrive de la cuisine. Sur une planche, elle présente, aidée par une servante, une pièce de bœuf rôti à la broche posée sur les landiers*. Selon l'usage, c'est au nouvel époux de faire l'entame avec la grande lame triangulaire passée à l'affiloir. Elle s'approche de lui en souriant. Alors l'Alphonse a l'idée folle de passer une main sous ses jupes. Il la remonte vivement le long des cuisses et, à travers les culottes qu'alors les femmes portaient largement fendues, lui saisit la vulve et serre si fortement cette chair tendre et soyeuse qu'Antonine pousse des cris de douleur et d'indignation. Satisfait de son exploit, il rit bruyamment.

« Je tiens la bête par son poil mais je n'y trouve pas de queue. »

C'est une vengeance et non pas une licence que permet le temps d'une noce. Sans lâcher sa prise, le Richaud se met debout. Son bras relève la robe et découvre les jambes de celle qu'il offense.

Alors, il ouvre sa braguette, se colle à elle et ainsi la bafoue devant tout le village, en la traitant comme une fille de bordel.

Pourquoi faut-il qu'elle soit, une fois encore, humiliée ? Et par le seul homme pour lequel elle a eu, grâce à l'amour d'une autre femme, quelque bonté ? Le dépit l'aveugle, la colère gronde dans sa poitrine. Soudain, quelque chose éclate dans sa tête. Elle s'empare du couteau à découper et de toutes ses forces le plonge dans le cou de son insulteur, au défaut de l'épaule. Le cœur percé, l'Alphonse Richaud s'écroule, foudroyé, sur la table du repas de ses noces.

Il se fait un silence terrifiant. Un appel de coq éclate comme une indécence. Pétrifiés, les convives restent assis. Le sang inonde la nappe et coule à gros bouillons de la blessure comme lorsqu'on remue la jambe du porc qu'on vient d'égorger. Quelle folie d'avoir insulté la Mercadour ! Mais quelle folie plus grande encore d'avoir tué pour un geste que bien des hommes ont risqué pour se distraire des indignations feintes de coquines provocantes.

Brutalement, Antonine prend conscience qu'elle ne peut plus échapper au malheur auquel l'a vouée sa naissance.

Leur stupeur passée, les invités s'éparpillent et se hâtent vers Aspremont pour raconter le drame en le présentant comme une fin du monde. Les femmes de la Guette restent face aux parents de la victime, qui les accusent et les insultent en exagérant leur douleur. Parce que des espoirs de profits s'envolent, ils les confondent, avec de hauts cris, dans une même imprécation : la Mercadour parce qu'elle a tué et cette fille de l'Assistance publique parce qu'elle devient, scandaleusement, par son mariage d'un jour, la propriétaire des biens de l'Alphonse Richaud. La jeune veuve manifeste un immense chagrin, plus à l'idée du châtiment qui attend sa maîtresse que de la mort d'un époux de quelques heures. Elle embrasse la meurtrière, en répétant inlassablement que cette mort est accidentelle. Mais elle est sans illusion, l'expérience de sa jeunesse lui ayant prouvé, jusqu'à l'absurde, que la justice des hommes n'est qu'infamie et incompréhension.

Dans un concert de lamentations, la dépouille de l'assassiné sera transportée à la maison familiale. Le village défilera devant elle, en agitant ostensiblement des chapelets. Sans retenue, avec une exultation méchante, on reviendra à des errements du passé. Le Pégat prendra, enfin ! la revanche qu'il avait tant désirée. Voilà que sa voix nasillarde trompette des malédictions, celles qu'il avait proférées, pendant si longtemps et avec quel acharnement ! Contre la vermine de la Guette. Comme des canonnades, les affirmations du défunt cordonnier éclatent à travers les ruelles. De nouveau, on ragote à pleines dents sur les amours de Damiane et de l'Auguste, sur la chiennerie de leur bâtarde. Les haines renaissent à propos de cette ferme au travers de la vallée et s'amplifient du dernier scandale. Le curé prend des airs entendus ; à l'église, sous l'abat-voix, n'avait-il pas prédit ce crime ?

« À s'écarter des chemins de Dieu, on perd son âme et on fait le malheur d'autrui. L'enfer est peuplé de damnés qui ont cru à la liberté de penser ! L'Alphonse Richaud est la victime de l'athéisme et de l'indévotion. »

Il a l'air de prêcher une croisade. Au pied du lit mortuaire, il répétera, comme une litanie, des propos insensés. Qu'il est vain de s'opposer aux forces tumultueuses que la bêtise, l'ignorance, le désir de faire le mal font sourdre et grossir comme des monstres ! On parle d'aller se venger à coups de hache ou de fusil. Mais on n'en fait rien car on a bien trop peur des gendarmes et de cette Antonine Mercadour si violente et cruelle. La vérité, c'est qu'elle est bien du sang de l'Étiennette, la vieille folle possédée par la luxure. Ça crève les yeux qu'elle a tué par vice de jalousie. Et l'on discute, encore et sans cesser, d'événements qu'on croyait oubliés, pour en détailler, avec quelle délectation, les moments les plus abominables.

Nul n'évoquera le sort de la jeune épousée. Qu'importent sa peine et son désarroi ! On lui refusera l'entrée de la chambre où repose le cadavre de son mari. Qu'elle soit rejetée à son fumier dès lors qu'elle est devenue inutile !

XXIX

Procès d'assises et condamnation d'Antonine Mercadour

LE LENDEMAIN DU DRAME, dans l'après-midi, deux gendarmes à cheval, pleins d'assurance, vinrent chercher la meurtrière, lui montrèrent des papiers officiels de justice et lui ordonnèrent de faire, sur-le-champ, un ballot de vêtements et de prendre des provisions de bouche. Ils ne cachaient pas leur étonnement devant la beauté et la prestance de la maîtresse de la Guette. Ils avaient cru ramener à la prison départementale une harpie hideuse et rechignarde. Cette femme les intimidait. Pourtant, ils lui passèrent les poucettes, c'était le règlement ! et l'emmenèrent, trottinant sur les cailloux de la route, une chaînette métallique reliant ses poignets à la selle du brigadier.

Au cours du trajet, les deux militaires échangèrent des propos grivois. Un marié saigné comme un cochon le jour de ses noces, ce n'est pas courant. Ça vous a un air de farce. Simples et rudes, ils ne comprenaient que des actes simples et rudes. Dans ce crime, ils ne voyaient qu'une histoire de fesses et s'en réjouissaient avec des plaisanteries d'autant plus salaces que la prisonnière excitait leurs sens. Au cours d'une pause, l'un d'eux voulut faire le galant et hasarda un geste osé. La maîtresse de la Guette lui cingla le visage avec la chaîne. Furieux, les lèvres en sang, il la corrigea durement. Elle lui cracha au visage, sans même éviter les coups.

Interrogée et bousculée, l'inculpée Antonine Mercadour s'enferme dans le silence. Elle regarde avec mépris les témoins qui l'accablent et transforment en évidences des racontars de village. Le juge d'instruction s'étonne de cette avalanche de faits contradictoires pour rapporter les circonstances de la mort d'Alphonse Richaud, un propriétaire d'Aspremont. Il ne comprend pas les perversités qu'on étale avec complaisance et se perd dans des histoires de jeteurs de sorts, de malédictions familiales, d'envoûtements… Tout cela est-il encore possible en cette fin du brillant XIXe siècle ? Quoi d'étonnant que, dans un tel milieu, un drame de la stupidité ait éclaté ? Passionné par les travaux de J. M. Charcot à la Salpêtrière avec des sujets hystériques, il voudrait, lui aussi, faire la part de l'irrationnel. Et il cherche, tant qu'il le peut, une certaine vérité, si absurde soit-elle…

Quel abîme entre des paysans butés et rustres et cette criminelle intelligente et secrète qui préfère se taire quand elle ne peut répondre avec clarté et mesure ! Il souhaiterait lui venir en aide. Peut-être, et plus simplement, son cœur est-il ému de la trouver si belle ? Instinctivement, Antonine se méfie, persuadée que le magistrat n'est là que pour la tromper. Il finira par se sentir impuissant à démêler les motifs de cette tragédie campagnarde, renoncera à découvrir la personnalité profonde de cette curieuse meurtrière et laissera aller les événements. Il n'est pas là pour juger cette femme qui s'enferme – il le constate pour le regretter – dans un orgueil peu commun. Mais qui pourrait lui expliquer la Guette ? Voilà que les habitants d'Aspremont et de la vallée n'hésitent pas à lui en parler comme s'ils avaient entendu les confessions, au tribunal de Dieu, des hommes et des femmes qui y vécurent. Eux qui sont incapables de discerner le bien du mal, l'acquis du raisonnable, l'illusoire du réel ! Si on attaquait leurs propriétés, c'est avec acharnement et même jusqu'à la mort qu'ils les défendraient. Alors, pourquoi les a-t-on persuadés que ce fut un crime, le geste d'une femme qui a défendu son bien le plus sacré, ce symbole de l'Amour et de la perpétuation de la Vie ? Pourquoi leur religion en a-t-elle fait, absurdement et dangereusement, un objet de honte, de dérision, de plaisir coupable ?

Antonine posera ces questions aux gens de justice lorsqu'ils lui rappelleront, en termes crus, le mobile du meurtre, et ils ne sauront pas quoi lui répondre. Elle taira le viol dont elle a été victime dans sa quinzième année et veillera à ne pas laisser échapper un détail ou une confidence qui rappellerait ses forfaits involontaires. Des filles de ferme ont raconté des histoires étranges sur ses mœurs anormales et dissolues. Qu'a-t-elle à dire pour se défendre ?

Dissolues, ses mœurs ! Elle qui se sent plus femme que tant d'autres femmes parce qu'elle a su, en dépit de tout, garder sa liberté de femme…

Anormales, ses mœurs ! Pauvres hommes qui osent juger au nom de lois qu'ils ont faites à leur seul usage ! A-t-on jamais présenté à un tribunal un homme coupable d'avoir refusé une femme ou de s'en être débarrassé par un acte brutal ? Curieuse société qui exige des femelles soumises aux mâles, à chaque instant ! Qui donc prostitue la femme, si ce n'est l'homme ? Ces idées sont d'une démente ou d'une communarde. On lui dit, sans ménagement, qu'elle se fait le plus grand tort à les exprimer.

Rébecca ne supporte pas de voir la maîtresse de la Guette tourmentée et humiliée. Elle la défend de toute sa vivacité d'esprit, de toute l'affection qu'elle éprouve pour celle qui l'a chérie pendant tant d'années. Elle raconte une Antonine délicate, attentionnée, tendre, et ses affirmations dérangent le déroulement de l'instruction. L'acharnement de la servante est aussi impitoyable que celui des villageois attachés à satisfaire des rancunes. Voilà la veuve de l'assassiné défendant la meurtrière au lieu de se consacrer à la mémoire de son défunt mari ! Alors, les magistrats parlent d'indécence et s'indignent. Ils ne prendront pas Rébecca au piège de ses relations sentimentales. Elle leur tiendra tête avec malice.

« Hé, messieurs ! Que ne peut-on imaginer à propos de deux femmes seules, habitant une ferme isolée ? Dites voir quel homme, dans sa vie, n'a pas partagé le lit d'un autre homme ? Connaissez-vous une femme qui n'ait pas dormi avec d'autres femmes ? »

Elle avouera, sans vergogne, ses relations avec des ouvriers agricoles et que son défunt mari l'a possédée bien avant les noces. Pour réfuter des témoignages accablants, elle parlera argent, jalousie, haines, calomnies… Sa maîtresse était-elle folle, méchante ou rancunière, de lui avoir donné, à elle, une fille de l'Assistance publique sans biens et sans famille, son domaine en partage ? Son époux avait été tué... Paix à son âme ! Mais pourquoi avait-il commis ce geste odieux ? Habitant Aspremont, il connaissait la réputation d'Antonine Mercadour. Ce n'était un secret pour personne qu'aucun homme ne pouvait l'approcher. Tout cela était lamentable et regrettable ! Mais qui ne sait qu'un paysan ivre est abandonné par Dieu !

Devant la cour d'assises, elle aura les mêmes accents de vérité. L'accusée se tiendra droite, l'air absent, et sa dignité témoignera en sa faveur. Pourtant, les jurés n'étaient que des hommes soumis à des habitudes et des préjugés. Ne pouvant admettre qu'un tel crime pût rester impuni, ils condamnèrent la femme qu'ils jugeaient à quinze années de prison. C'était le minimum. L'avocat de la défense s'estima satisfait. Il avait prévu le pire et recommandé sa cliente, non pas à la justice, mais à la pitié de ceux qui allaient sévir.

La sentence fut prononcée le 27 mars 1900. Un siècle nouveau commençait dans l'éclatement d'un printemps magnifique. Déjà l'imagination des hommes le faisait paradisiaque...

Incarcérée à la prison du chef-lieu du département, la femme Mercadour ne s'habituera jamais à la détention. Les couloirs lugubres lui font horreur où des bruits de galoches obsessionnels, rythmés, abrutissants ne cessent pas de résonner entre les murs lépreux. L'uniforme de droguet, le dortoir commun, la toilette publique, les gestes obligatoires sous les regards malveillants des surveillantes l'exaspèrent jusqu'à la fureur. Être menacée et fouillée, recevoir des ordres et des coups, autant d'actes autoritaires qui la mettent en transes. Elle reste hautaine, indifférente aux autres détenues, épaves de la pauvreté, prostituées aux sangs dévorés par les maladies vénériennes et l'alcool, détraquées de toute espèce. Ces condamnées pour avoir avorté, ces voleuses à l'étalage par misère, ces délinquantes minables, puériles et agitées, craignent son intelligence et éprouvent une envie à la fois haineuse et admirative pour celle qui a osé tuer un homme. Elles ressentent vaguement que son crime honore toutes les femmes. Parce qu'elles sont animalement soumises à l'ordre social, leur solidarité carcérale ne va pas au-delà de gestes d'entraide insignifiante, parfois un sourire ou des paroles aimables. Antonine ressent comme une dégradation irrémédiable sa mouvance à ce lamentable microcosme, refuse obstinément de s'abaisser, s'efforce d'éviter la promiscuité. Pourtant, il lui faudra vivre des drames passionnels et assister à des scènes ignobles ou bestiales, certaines détenues se livrant aux pires extravagances pour satisfaire les désirs charnels qui empoisonnent leur imagination. Elle qui, parfois, s'était jugée coupable d'avoir accepté la tendresse de ses amies s'effare de sa naïveté. Que de degrés dans l'avilissement des femmes !

Rébecca ne l'abandonne pas. Son mariage l'ayant délivrée de la tutelle de l'Assistance publique, elle a pris la relève de la maîtresse de la Guette et dirige le domaine de son mieux. À chaque visite, elle apporte des victuailles, des vêtements, un peu d'argent. En offrant sa présence, elle devient l'espoir car, en prison, on ne se meurt, le plus souvent, que de découragement et d'abandon. Antonine attend sa moinelle comme le croyant la célébration rituelle du culte. Grâce à elle, c'est un passé heureux qu'elle tente de revivre et qu'elle magnifie.

La Joussaleto a refusé de témoigner devant la cour d'assises. Sous le prétexte qu'elle n'avait pas assisté au drame, son mari le lui avait interdit. En fait, il n'était soucieux que de la réputation bourgeoise de leur ménage. En ne s'opposant pas à cette mauvaise action, elle a abandonné à un sort injuste la fille de son bien-aimé frère Auguste, cette enfant dont, si souvent, elle avait rêvé être la nouvelle mère. Les affections changent au gré des événements. Toute passion s'effrite avec le temps. Celle qu'Antonine appelait sa « bonne tante » se sent fautive et n'osera jamais affronter la prisonnière au parloir de la maison d'arrêt. La pensée d'une rencontre la bouleverse tellement qu'elle demande pardon de sa lâcheté à une photographie, celle d'une adolescente au sourire mélancolique, entourée de plantes vertes, le coude sur une sellette tarabiscotée, torsadée de chimères. Il lui arrive de prier pour l'emmurée vivante et d'apaiser ses remords par une fausse charité. Étrange comportement qui estime avoir fait l'essentiel du devoir social par la récitation de formules ! Sans le savoir, elle se livre aux mêmes imaginations, aux mêmes espoirs de sa jeunesse et refait, différemment, l'expérience vécue à la Guette. Parce qu'elle s'est toujours estimée indispensable. Parce qu'elle a toujours cru faire son devoir. Parce qu'elle a toujours été persuadée que le but de sa vie est de se dévouer à des enfants. Autrefois Antonine et maintenant ses beaux-fils. Bien qu'attristée par cet abandon, la détenue n'en a aucun ressentiment. Dans son souvenir, la Joussaleto et ses fariboles ont rejoint, sans amertume, les morts de la Guette ; néfastes ou bénéfiques, ils l'avaient fait devenir, en dépit d'elle et peut-être malgré eux, la victime qu'elle était.

Diverses activités rompent l'angoissante monotonie carcérale et rendent acceptable le lent déroulement du temps dans ces salles froides, sinistres, hérissées de grilles de fer. Parfois, en compagnie d'autres détenues, Antonine fait des corvées à l'extérieur de la prison. Hors des murs aveugles, elle s'arrête et salue le soleil le bras levé, comme faisait sa tante Enna, les matins de la moisson. Elle vit intensément cet instant de retrouvailles avec un horizon de collines. Alors, elle revoit la Guette. Avec quelle netteté ! Les armaires des vieux murs sont pleines de remuements de moineaux. Un balle-queue* sautille sur la margelle du puits. Un couple de pigeons roucoule en se becquetant. Des bondons en liège sèchent, alignés comme des soldats à la parade. À la porcherie, le cagnard* en fonte fume ; l'eau du chaudron dans lequel on prépare la pâtée des pourceaux a débordé en bouillant et éteint les bûches. Elle hume des odeurs de fourrage chanci, de vin foxé, de fruits talés, d'huile rancie, de purins aigres, de bêtes mal étrillées. L'égrugeoir pour les pierres à sel est cassé. Laissée au gel, la meule à affûter s'est brisée. Des roues sont à embattre. Que d'écots dans les bois ! De nouveau, les champs sont parsemés de buissons touffus, de cytise et de genêt. L'entrure de la charrue n'a pas été assez profonde. On effrite la terre laissée sans fumure. L'accolage des vignes a été fait sans soin ; elles traînent à terre, étouffées par des ronciers.

Mauvais travail.

Rien que du mauvais travail.

Comme autrefois, elle inspecte ses terres et les bâtiments. Sur le linteau de la porte d'entrée de la cuisine, elle ne voit plus la plaque de cuivre qu'on astiquait avec soin afin qu'en brillant, elle repoussât les mauvais esprits. *La pèiro de la picoto*[1] (la pierre pour la clavelée) a disparu qui restait suspendue dans la mangeoire des moutons. Et qui, oh, quel fou ! a enlevé de l'écurie le chardon magique[2] à trois branches, symbole de l'équilibre des forces cosmiques utiles à l'homme ?

Dieu, quel gâchis !

Elle crie son désespoir :

« *Encaro sièu vièu !* (Pourtant, je suis vivante !) »

Elle pleure de sa déconvenue et de l'abandon où sombre le domaine. Ses compagnes pensent que

---

1. *Variolite tachetée qu'on trouve dans le lit de la Durance. On l'appelait également* pèiro dou veré *(du venin). Elle guérissait hommes et femmes de la variole et les moutons de la clavelée* (picoto *en Provençal), maladie dangereuse et très contagieuse.*
2. *Réminiscence d'une coutume païenne. Le chardon était le signe chaldéen des troupeaux et du char solaire. Il est parfois considéré comme l'emblème des pôles magnétiques terrestres.*

ses larmes sont celles de l'amertume et de la honte car dans les rues, des citadins observent avec dégoût leurs uniformes rapiécés et montrent du doigt, en les insultant et en crachant sur leur passage, ces femmes que le vice et la prison ont souillées.

En 1908, Rébecca s'est remariée.

Elle est venue présenter son époux à Antonine. L'homme n'est guère futé. Ses moustaches tremblent quand il rit. Le front plissé sur des pensées futiles, il suçote le tuyau d'une pipe en forme de tête de chien. Il n'a pas craint la mauvaise réputation de la veuve d'un assassiné. En fait, ce sont les terres qu'il a trouvées à son goût. Installé à la ferme, il a pris des habitudes de paresse et des manières de bon vivant. Dans le secret de ses calculs paysans, il estime que la maîtresse de la Guette a peu de chance de sortir vivante de la prison de femmes, où il sait que les conditions d'existence sont effrayantes. Il s'est conduit en bon mari puisqu'il a fait trois enfants à sa femme. Au cours de l'été 1912, le ménage les perdra dans une épidémie de typhoïde, à quelques jours d'intervalle. Bouleversée par le chagrin, Rébecca restera plusieurs mois sans aller rendre visite à Antonine qu'inconsciemment, elle rend responsable de ce triple infanticide. Son époux l'obligera à reprendre le chemin de la prison : la

Mercadour ne reste-t-elle pas la propriétaire légale de la Guette et de la Rouvière ? Et n'est-ce pas la prudence même que d'éviter son ressentiment ?

En août 1914, le mari de Rébecca partit sans joie pour la tuerie. Six semaines plus tard, il disparaissait dans l'Argonne. De cette dérisoire épopée guerrière, la veuve conservera trois lettres sans intérêt et la photographie prise à un bivouac d'un fantassin à képi, les poings sur les hanches.

Elle fourrera ces souvenirs inutiles dans un tiroir de commode et les oubliera. La tâche à la ferme devenait accablante car dans toute la vallée on ne trouvait plus un seul travailleur agricole à engager. Une œuvre de mort, stupide et acharnée pour s'accrocher à des idées sans racine vivante, saignait les villages de Provence.

XXX

Mort solitaire d'Antonine Mercadour

LE TEMPS D'EMPRISONNEMENT d'Antonine Mercadour s'acheva le 1er avril 1915 ; malgré les événements de la guerre, l'administration judiciaire ne lui avait pas fait la grâce d'un seul jour de sa peine.

Lentement, comme à regret, un baluchon sur la hanche, elle quitta la ville pour s'en aller à pied vers l'inconnu. Elle avait peur de la réalité et honte d'avoir gâché quinze années de sa vie pour la mort d'un seul de ces mâles que des gouvernants sacrifiaient, avec quelle obstination ! par centaines de milliers, sans remords et sans sanction, uniquement pour se donner l'illusion d'avoir raison.

Elle revoit les collines familières, les lignes des champs, les courbes de la rivière, les silhouettes trapues des bosquets, paysage dont elle a tant rêvé, et son cœur danse. Bouleversée par sa liberté de mouvements, elle retarde l'instant de ses retrouvailles avec sa maison. Là-bas, derrière les frênaies, il y a les deux tilleuls qui la salueront comme autrefois. Rien n'aura changé. Pourtant, tout est si différent.

Au dernier tournant de la route, la maîtresse de la Guette est brusquement désespérée et se met à trembler comme une bête fourbue. Quelle désillusion cette fin de jour corail et émeraude va-t-elle lui apporter ? Des rumeurs de voix anciennes l'assaillent. Étrangement, le bourdonnement devient vacarme. À bout de forces et de nerfs, elle s'allonge sur un talus. Dieu, qu'elle a vieilli ! Ses mains sont fripées, ses cheveux coupés court ont blanchi. Quinze années de prison ont brisé tout élan de son âme. Elle retrouve ses biens comme une pauvresse quémandant autant la pitié qu'une aumône. Ses habits passés de mode et son allure de mendiante lui donnent vergogne. Alors, elle pleure de rage et, de dépit, se cache dans un fourré en attendant que vienne la nuit.

Antonine frappe timidement à la porte de la cuisine. Passante que sa hardiesse étonne, elle n'ose pas caresser de la paume la pierre lisse du chambranle. Les ombres du crépuscule entourent les bâtiments de discrétion. Pas un chien pour aboyer aux jupes de l'intruse. Pas un bruit familier au râtelier dans l'écurie. Pas un gloussement de volaille énervée. Le silence est dans sa tête, celui d'une prison nouvelle où l'enfermera désormais la réprobation des gens de la vallée. Elle en a la prescience et s'étonne de son apathie.

Rébecca l'accueille sans chaleur ; cette femme épuisée lui sera une charge supplémentaire. Cependant, elle s'efforce d'être avenante et parle de ses enfants morts, du mari disparu au front, de la dure vie qu'elle mène depuis tant d'années. Antonine n'écoute pas. Ses yeux errent et découvrent la saleté de la pièce, les murs décrépits et enfumés, le sol encombré de jarres, d'ustensiles, d'outils. La laîche des chaises pend, son lit d'enfant a disparu, le fusil n'est plus suspendu au cavilhé près de la cheminée. Non ! Cette femme aux larges fesses, aux seins pendants, aux chevilles informes, cette inconnue qui sent la sueur et le suint n'est pas dans sa mémoire. Moinelle, sa petite amante vive comme une chevrette, avait de grands yeux pailletés de malice et de tendresse. Cette inconnue l'écœure avec ses paupières bouffies de fatigue, ses lèvres tristes, sa face couperosée où déjà pousse une moustache de la quarantaine.

Antonine a envie de vomir, une hâte de s'en aller… Elle a sommeil, rien que sommeil… Elle a besoin de solitude, rien que de solitude… Elle s'excuse de sa présence et serait prête à se lamenter comme autrefois le Joussaud. Rébecca en a pitié et la laisse monter à la chambre du Bastien, remplie de sacs, de touques, d'objets sans intérêt. La nouvelle venue se fraye un chemin jusqu'au lit et bascule dans une semi-hébétude.

Sainte Croix ! Miséricorde ! Que la liberté fait horriblement mal !

Les jours suivants, la maîtresse de la Guette fera le tour des terres. Avec la lenteur d'un cérémonial, elle inspectera bâtiments et dépendances pour constater que tout s'en est allé à l'abandon. Les visions de la prison se justifient qui lui ont fait vivre, dans sa chair, la déchéance de son domaine. Des souvenirs jaillissent et redeviennent vivants. Les arbres s'inclinent vers elle qui les remercie de fredonner de vieilles complaintes. Au pied des oliviers, des ombres du passé s'inquiètent des temps à venir, d'une civilisation qui se croit différente et meilleure parce qu'elle devient aveugle. Antonine a cessé de croire à la pérennité de l'œuvre humaine dans les champs. Le monde artificiel de la prison l'a laissée tourmentée et désemparée. En dépit de sa volonté, elle ne peut surmonter la lassitude qui brise son corps dès que ses doigts saisissent un objet. Quinze années de misère et d'abjection ont arraché de ses entrailles toute raison de vivre. Par-delà le temps, elle s'estime coupable de n'avoir pas assez aimé sa tante Enna, de n'avoir pas accepté la tendresse de son oncle Célin, d'avoir détesté les

Joussaud, d'avoir voulu la mort de deux imbéciles qui avaient, un moment, comblé le vide de leurs vies en la déflorant. À quoi sert la haine, sinon à se détruire ? D'anciens phantasmes reviennent. Non plus pour exalter son orgueil, comme autrefois, mais pour démontrer, à l'évidence, l'inanité de toute action humaine pour changer une destinée.

Visiblement, les deux femmes de la Guette ne s'entendent pas. À force d'avoir obéi, Antonine n'ose plus diriger. Réfugiée dans la passivité et le silence, elle laisse aller sa compagne sur l'ouvrage. Aspremont l'a reconnue et traitée ignominieusement. Il y avait bien assez de malheurs… Cette guerre sans fin vidait les familles du meilleur de leur sang. On ne supportait pas qu'une criminelle vint narguer des foyers détruits… Elle a pressé le pas et baissé la tête, sans éprouver la moindre honte à fuir la place du Vièi-Mouart. La cloche de la prison qui rythmait les obligations quotidiennes résonne dans ses oreilles et lui interdit l'écoute de propos sans signification. Elle dira simplement :

« Qui a mauvais voisins a mauvais matins. On ne veut plus de moi, nulle part. Et même toi, moinelle ! Qu'ai-je donc fait à Dieu ? »

Rébecca fut satisfaite d'accueillir un prisonnier de guerre détaché d'un camp. Ce fermier rhénan ressemblait étrangement à son mari tué par d'autres Allemands. Harnacher un cheval, éparpiller la poussière de la paille, respirer les foins coupés, équilibrer un coffin*, émotter… autant de gestes nécessaires à sa vie. Il avait appris quelques mots de provençal et faisait rire en les disant à contresens. Sa bonne volonté désarmait. Tranquille et vigoureux, il s'attaqua aux besognes les plus rudes. À tout propos, il montrait les photographies de ses deux enfants et de sa femme morte de la poitrine avant le déclenchement des hostilités. Sa maison s'agrippait aux flancs d'une colline boisée. Aux museaux humides de ses vaches lentes et douces pendaient des mouchettes en fer forgé…

Les deux lettres noires P G peintes sur la veste de l'uniforme gris lui étant insupportables, Rébecca obligea ce valet de ferme occasionnel à porter des vêtements de son défunt mari. Elle avait besoin d'un homme à ses côtés. Quel qu'il fût ! Bientôt, Helmuth Karrer, l'ennemi qu'elle ne parvenait pas à détester, la rejoignit dans le lit où s'étaient nichées (mais que c'était loin !) d'autres amours délicates.

Passe le temps…

Antonine vit discrètement. Apaisée par celui qui partage ses nuits, sa compagne est d'humeur supportable. Enceinte, elle accouchera d'un garçon dont Antonine refusera avec obstination d'être la marraine.

La guerre continue son train diabolique. La France ne se relèvera pas de cette catastrophe. Après 1918, vidée de tout ce qu'il y avait de sain et de fort en elle, elle deviendra autre chose et il lui faudra trois générations pour découvrir cette évidence. Les événements politiques et militaires ne parvenaient à la Guette qu'en rumeurs confuses recueillies au marché de la ville. La signature de l'armistice fut une surprise. Dans la vallée, elle changea les habitudes de deux femmes qui vivaient bizarrement dans une ferme isolée car Helmuth Karrer, le prisonnier de guerre complaisant, fut rapatrié en Allemagne. Il écrivit aussitôt que sa ferme était en bon état et qu'une de ses filles avait péri dans un accident. Il espérait que son fils français viendrait vivre auprès de sa demi-sœur. La lettre suivante proposait le mariage à la mère. Rébecca ne balança pas un instant. Antonine la laissa s'en aller sans émotion et sans regret. Peu lui importait le sort de cette femme qui l'indifférait. Et elle avait tellement envie de solitude.

Enfin rendue à son domaine, Antonine Mercadour réalise que la Guette glisse de ses mains, fuit son désir, oublie le passé. Elle n'a pas d'argent. Poignardé dans le cou, un mort veille en sentinelle à l'endroit même de son assassinat et condamne sa meurtrière à l'abandon, à la vacuité de ses champs, au silence d'une vieille bâtisse. Elle s'est lassée d'aller à la foire du chef-lieu, où on la montrait du doigt. Elle a l'impression d'émerger d'une terrible maladie qui, de toute évidence, l'a laissée horrible de visage puisque tout le monde la fuit. C'est insupportable de n'être plus qu'un monstre ! Ses journées s'écoulent dans l'oisiveté car des crises d'arthrose la font horriblement souffrir. Elle a songé à vendre le domaine mais aucun acheteur ne s'est présenté ; dans le département, des centaines de propriétés sont à l'encan ou à acheter pour une bouchée de pain, leurs mâles ayant été tués dans les tranchées. Pour survivre, elle élève de la volaille, tend des collets, cultive un bout de jardin. Tout en faisant des fagots de genêt sec qu'elle brûlera dans la cheminée, elle mène paître deux chèvres. Et pendant des semaines, elle ne voit une âme vivante.

La maîtresse de la Guette ignore ses contemporains, la France et ses déchirements politiques. Elle va d'un champ à l'autre, désespérée de voir les vignes redevenir sauvages, les arbres fruitiers se dessécher et mourir, les prairies détruites par les ajoncs et les cystes. Ébouriffés de gourmands, les oliviers attendent, avec leur patience d'arbres des dieux, qu'un *recuraire* s'intéresse de nouveau à eux. Ils ont l'air de plaindre une vieille femme qui soliloque, la joue appuyée à leurs troncs. Ils ont hâte qu'elle s'écarte d'eux car ils ne comprennent plus son langage et ont peur des violences qui l'agitent.

La nuit, Antonine erre, la démarche somnambule. Son visage paraît phosphorescent à la lumière de la lune. Elle tire son ennui et sa déchéance à coups de hanche, s'arrête, fixe le néant de son existence, droit devant elle. Dans sa tête, le martèlement d'idées fixes cesse, le temps d'écouter boubouler un hibou, geindre l'argile sèche, se plaindre les rochers, murmurer des ramures, bruire un taillis… Rien ne lui échappe des confidences de la terre. Elle est le fantôme vivant des vies s'agitant sur son domaine, comme ces spectres familiers qui rappellent, à ceux qui ne veulent plus se souvenir, que l'avenir sera identique au passé.

La malédiction du Pégat s'est réalisée. C'est vrai que des pensées peuvent se matérialiser si on croit fermement à cette possibilité. Peut-être que la seule erreur d'Antonine Mercadour fut d'admettre cette malédiction pour réelle à cause de l'acte insensé d'un grand-père alcoolique, livrant sa petite-fille à deux ivrognes.

17 janvier, jour de la Saint-Antoine.

Deux chasseurs marseillais tirent la grive dans les cades et les genévriers d'une vallée de la haute Provence où le froid matinal fait craquer les oreilles et fend les joues. À la recherche d'un abri, ils pénètrent dans une bâtisse abandonnée. À l'intérieur, un bric-à-brac d'outils aratoires et d'ustensiles de cuisine. La fouille des placards révèle des provisions moisies, des pots d'olives, des fromages de chèvre durs comme des galets, de la vaisselle sale.

Curieusement, des récipients sont alignés avec soin sur la grande table. Quelqu'un aurait-il accompli l'ancien geste rituel qui, dans une maison, signalait la présence d'un mort par des chaudrons et des pots de cuivre retournés ?

Étonnés et vaguement inquiets, les deux citadins visitent la ferme, fusil à la main. À l'étage, il y a, desséché et conservé par la rigueur de l'hiver, le cadavre d'une femme âgée, en habits provençaux traditionnels, les pointes d'un fichu croisées sur la poitrine, une tresse de cheveux gris dans la bouche. Les chasseurs marseillais sautent dans leur automobile et foncent vers Aspremont, le plus proche village où, par téléphone, ils alertent les gendarmes.

La défunte est Antonine, Augustine, Damiane Mercadour, née (bien étrange coïncidence !) le 17 janvier 1870 et bien connue aux archives de la brigade. Une affaire de meurtre… À la belle époque avant la Grande Guerre… Stupide querelle de paysans… Par ici, les gens sont étranges, rancuniers et sauvages… Les constatations légales faites, le souci des obsèques fut laissé au secrétariat de la mairie. Personne ne se douta que la morte avait rendu son âme à Dieu dans le lit où sa mère l'avait mise au monde, en mordant sa natte pour ne plus crier de douleur, pour ne pas proclamer avant de mourir que les hommes sont mauvais.

La dépouille fut mise en terre par l'*aclapaire* (le fossoyeur), discrètement et sans témoin. On n'avait trouvé aucune parenté pour autoriser l'ouverture du caveau des Leroy. Ne faut-il pas respecter les règlements administratifs ?

De nos jours, à Aspremont-la-Rude et dans la vallée, qui se souvient d'Antonine Mercadour, l'orpheline orgueilleuse qui chantait en peignant ses longs cheveux :

Tant bello que tu sies,	Si belle que tu sois,
Tant gaio que n'en ries,	Si joyeuse que tu en ris,
Toun destin	Si tu connaissais
ne sables,	ta destinée,
Bessai	Peut-être que
n'en mouriries.	tu en mourrais.

Glossaire

Abatture : Action d'abattre les fruits et en particulier les glands.

Abot : Entrave qui s'attache aux paturons des chevaux.

Accourcie : Chemin de traverse.

Aigrin : Jeune poirier ou pommier sauvage dont les fruits sont aigres.

Allaise : Banc de sable formé à la suite d'une crue.

Ameulonner : Mettre du foin ou des céréales en meules.

Androne : Ruelle, cul-de-sac.

Aubage : Ensemble des planches minces que les charrons emploient pour les panneaux de charrettes.

Augelot : Petite fosse creusée pour recevoir un pied de vigne.

Balle-queue : Nom usuel de la bergeronnette.

Baradeau : Fossé pour l'écoulement des eaux de pluie dans un champ.

Baradine : Fossé creusé sur un versant montagneux pour réduire l'érosion du sol.

Barjelade : Semis d'avoine, froment et légumineuses pour donner du fourrage.

Béseau : Rigole pour la distribution de l'eau d'irrigation dans les prés.

Biloquer : Labourer profondément avant l'hiver.

Brétauder : Tondre inégalement.

Brigot : Bois de feu coupé à 0,66 mètre de longueur.

Cachotte : Pipe dont le fourneau n'a pas de talon.

Cagnard : Réchaud de fonte ou plat allant au feu, porté par quatre pieds.

Carbatine : Peau de bête fraîchement écorchée.

Cascatelle : Petite cascade.

Coffin : Étui contenant de l'eau, dans lequel le faucheur met sa pierre à aiguiser.

Combuger : Remplir, imbiber d'eau une futaille pour l'éprouver.

Conquet : Cuve qui reçoit la vandange à son arrivée à la cave.

Coquebin : Très naïf, innocent, niais.

Dameret : Homme soigneux à l'excès de sa personne et fort empressé auprès des dames.

Dandrelin : Hotte pour la vendange.

Douzil ou doisil : Cheville pour boucher les trous d'un tonneau.

Échinon : Boîte à fond perforé dans laquelle on verse le lait caillé.

Enhuché : Se dit d'un navire haut sur l'eau.

Éteule : Chaume qui reste sur place après la moisson.

Fenasse : Débris laissés par le foin sur le plancher des fenils.

Flache : Endroit d'un tronc d'arbre où l'écorce est enlevée.

Fraissine : Terrain planté de frênes.

Gargot : Personne qui abat les porcs et les vend aux charcutiers.

Ginguet : Vin aigre.

Gobelotter : Boire fréquemment et à petits coups.

Goussaut : Cheval lourd et trapu, court de reins. Homme épais.

Grillette ou grillet : Sonnette placée au cou des chiens de chasse ou aux pattes des faucons.

Guédoufle : Huilier formé de deux flacons arqués.

Harpailler (se) : Se quereller avec aigreur.

Landier : Grand chenet de fer muni, à sa partie supérieure, d'un petit récipient à claire-voie, pour faire un feu de charbon de bois.

Margotin : Menu bois utilisé pour allumer le feu.

Martellière : Vanne permettant de régler la circulation de l'eau d'arrosage.

Matasse : Écheveau.

Moie : Tas de blé, de sable, de bois ; meule de foin.

Mouvette : Cuillère de bois pour remuer les sauces.

Palanche : Morceau de bois courbé et entaillé aux deux bouts, servant à porter, à l'épaule, deux seaux à la fois.

Papeton : Épi de maïs.

Parpaigne : Se dit d'une pierre qui occupe toute l'épaisseur du mur et qui a par suite deux faces extérieures.

Glossaire

Plesser : Entrelacer les branches extérieures d'une haie vive à l'intérieur de celle-ci.

Pradelle : Prairie naturelle.

Rache : Trait marqué sur une pièce de bois pour indiquer le travail à faire.

Ragage : Détérioration produite par le frottement d'un corps quelconque sur un autre corps.

Reguinder : En parlant d'un oiseau, s'élever dans les airs par un nouvel effort.

Ripopée : Ouvrage écrit, composé d'idées communes, incohérentes ou mal liées.

Rompis : Ensemble d'arbres cassés.

Serve : Mare dans la cour d'une ferme.

Surge : Laine grasse, qui n'a été ni lavée, ni dégraissée.

Tabide : Qui est d'une maigreur excessive.

Taroupe : Le poil qui croît entre les sourcils.

Vergne : Digue de rivière faite de pieux et de fascines.

Viète : Partie du sarment de l'année précédente, restée sur le cep après la taille.

Table des matières

DANS LA MÊME COLLECTION

Les textes de la collection Terre de Poche nourrissent la mémoire collective à travers l'histoire d'une famille ou d'un village de nos régions, un récit de voyage, un document historique ou une chronique intime. Grâce à ces destins croisés, ces descriptions animées, ces analyses précises, le lecteur voit resurgir à chaque page ses souvenirs de jeunesse, la reconstitution de la vie de ses aïeux, des paysages contrastés : autant de témoignages précieux en ce début de siècle.

1 - *La Bête du Gévaudan*, François Fabre et Jean Richard.
2 - *Voyages avec un âne dans les Cévennes*, Robert Louis Stevenson.
3 - *Le Pain de Lamirand*, Jean Anglade.
5 - *La Montagne aux sabots*, Georges Rey.
6 - *La Dernière Estive*, Antonin Malroux.
7 - *Clémentine*, Jean-Louis Chantelauze.
8 - *Tintinou, paysan*, Justin Bourgeade.
9 - *Le Pain de cendre*, Paule Valette.
10 - *Le Retour de Rose*, Yveline Gimbert.
11 - *Le Troisième Prétendant*, Jean-Pierre Fournier la Touraille.
12 - *Les Porteurs de terre*, Jean Rosset.
13 - *Les Galoches rouges*, Paul Perrève.
14 - *La Meule éclatée*, Paule Valette.
15 - *La Tondue*, Marie de Palet.

16 - *Julien, berger des collines*, Julien Ventre.
17 - *Le Secret de Marie*, Jean Chauvigné.
18 - *La Roque-Basse*, Claude-Rose Touati.
19 - *Le Refus*, Christian Marcon.
20 - *Les Arbres de mai*, François Cognéras.
21 - *La Tuile à loups*, Jean-Marc Soyez.
22 - *Le Sentier aride*, Marie de Palet.
23 - *La Petite Fadette*, George Sand.
24 - *La Vallée des forges*, Joseph Gourgaud.
25 - *Antoinette, une vie de femme en 1900*, René Proriol.
26 - *La Demoiselle du presbytère*, Yvette Frontenac.
27 - *Jacquou le Croquant*, Eugène Le Roy.
28 - *La Belle Ouvrage*, Gérard Boutet.
29 - *Mémoires de femmes*, Gérard Boutet.
30 - *Saisons paysannes,* Gérard Boutet.
31 - *Les Encriers de porcelaine*, Jean-Paul Malaval.
32 - *Comme le scorpion sous la lauze*, René Évrard et Aimé Vielzeuf.
33 - *L'Étoile rousse*, Yvette Frontenac.
34 - *La Rosée blanche*, Jean-Paul Malaval.
35 - *Là où les chèvres sont pires que les loups*, Michel Verrier.
36 - *Adieu lou païs*, Micheline Boussuge.
37 - *Les Mains au dos,* Jean Anglade.
38 - *Le Destin des Vanbergh*, Gilberte-Louise Niquet.
39 - *L'Enfant oublié*, Marie de Palet.
40 - *Les Forestiers*, Gérard Boutet.
41 - *Métiers insolites*, Gérard Boutet.
42 - *Nos grands-mères aux fourneaux,* Gérard Boutet.

43 - *Les Jours derrière la montagne*, Paule Valette.
44 - *Les Années buissonnières*, Roger Bichelberger.
45 - *La Batteuse*, Charles Briand.
46 - *L'Empreinte du dieu*, Maxence Van Der Meersch.
47 - *L'Enfant de la Borie*, Jean Rouquet.
48 - *Le Dernier Regain*, Francis Grembert.
49 - *La Ferme des neuf chemins*, René de Maximy.
50 - *L'Enfant de la montagne noire*, Laurent Cabrol.
51 - *Les Enfants du beffroi*, Gilberte-Louise Niquet.
52 - *Des croix sur la mer*, Jean-François Coatmeur.
53 - *La Robe bleue d'Hélène*, Jean Mouchel.
54 - *La Bâtisse aux amandiers*, Henri Julien.
55 - *L'Ivraie et le Bon Grain*, Jean Anglade.
56 - *Mensonges*, Jacques Mazeau.

Poches pratiques

P1 - *Saints, anges et démons*
P2 - *Mots d'amour*
P3 - *Citations, proverbes et dictons de chez nous*
P4 - *Trucs et conseils à l'ancienne*
P5 - *Grandes et petites histoires de la gourmandise française*
P6 - *Aux plaisirs du jardin – Jardinez à l'ancienne avec la météo*
P7 - *Confitures et gourmandises – Conserves et boissons à faire soi-même*
P8 - *Vertus et bienfaits des plantes – Tisanes, infusions, décoctions*

Achevé d'imprimer sur les presses
de l'imprimerie « La Source d'Or » - 63200 Marsat
Imprimeur n° 13101